SOPHIE JORDAN

FUEGO EN EL CIELO

LA MAGIA VIVE

Traducción de Elena Macian Masip

Montena

El papel utilizado para la impresión de este libro ha sido fabricado a partir de madera
procedente de bosques y plantaciones gestionadas con los más altos estándares ambientales,
garantizando una explotación de los recursos sostenible con el medio ambiente y beneficiosa para las personas.

Penguin Random House Grupo Editorial

Fuego en el cielo

Título original: *A Fire in the Sky*

Primera edición en España: octubre, 2024
Primera edición en México: enero, 2025

ISBN: 978-607-385-369-9

Impreso en México – *Printed in Mexico*

Para Diana Quincy: qué afortunada soy
de poder llamarte amiga

Giran y giran los vientos de fuego.
Que prendan estas palabras en el cielo:
sigue el resplandor del oro y el sonido de las alas
por profundos túneles y guaridas heladas.
Escucha mi hechizo, dragón, mi enemigo:
que tu reinado llegue a su final,
que tus madres no engendren nunca más.
No más crías.
No más crías.
No más crías verán el sol despertar.

Maldición de Vala, bruja de las sombras.
Año 400 de la Trilla

LOS DRAGONES SIGUEN VIVOS

El mundo los cree extintos, aniquilado el último en la Trilla. Cree que se perdieron en los anales del tiempo, que fueron condenados al olvido, que solo serán recordados por los bardos. La humanidad, en su arrogancia, se aferra a ello, al deseo de que así sea.

Mas desearlo no lo hace cierto.

Hace años, los reinos de los hombres se unieron y se aventuraron en los Riscos. Legiones de soldados unieron sus fuerzas por el bien común, para poner fin a los mortíferos dragones. Con sus flechas de puntas rematadas con escamas de dragón, con sus espadas hechas con sus huesos y sus manadas de lobos, alimentados desde cachorros con sangre de dragón, la humanidad les dio caza adentrándose en las nieblas, en las profundidades de las montañas, a través de sus antiguas cavernas y sus serpenteantes túneles. Cazaron durante años, décadas, siglos, liberando al cielo del fuego de dragón y reclamando para sí los tesoros de sus escondrijos.

No quedó ni un rincón de los Riscos sin inspeccionar. Exploraron cada hondonada, barranco y bosque; explotaron hasta el último recurso. Los soldados hallaron y asesinaron a cada manada hasta lograr que la última criatura alada fuera erradicada de los cielos, hasta que su fuego se apagó para siempre. Hasta que no quedó ninguna.

Excepto una.

PARTE 1

LA NIÑA DE LOS AZOTES

1

TAMSYN

Era un buen día para unos azotes.

No serían los primeros. Había sufrido más de los que podía contar. Sin embargo, aquel era un día especial. Era el día en que vendrían los señores de la frontera.

La noticia había llegado a la Ciudad y también hasta palacio. Habían atisbado al destacamento al otro lado de los muros, una columna serpenteante de guerreros que marchaban hacia nosotros. No tardarían en llegar; no les quedaba más que el ascenso a través de las laberínticas calles.

El señor chambelán estaba demasiado distraído para azotarme como era debido. En circunstancias normales, a Kelby le gustaba regodearse en su trabajo, y jadeaba de gusto con cada latigazo que asestaba a la carne desnuda de mi espalda. Mientras yo me encogía y me tensaba de dolor, él esperaba a que me relajara. A que mi cuerpo se aflojara. Y entonces me azotaba de nuevo. Era todo un experto en infligir dolor, tanto como yo en soportarlo.

A menudo me recorría la espina dorsal con los dedos secos, una caricia perturbadora entre cada trallazo del látigo. Pero ese día no hubo caricias de ningún tipo. Estaba inclinada sobre la mesa donde él me había ordenado que me colocara, apretujándome el vestido contra el pecho para no perder el recato. El señor chambelán había interrumpido mi lección de arpa. La maestra Gytha, la arpista residente, había escapado a toda prisa en cuanto el hombre anunció su llegada, proclamando que se disponía a ejecutar el castigo que me correspondía.

Los habitantes del palacio pertenecían a una de dos categorías: los que eran capaces de soportar mis castigos y los que no. Gytha, con su buen corazón, formaba parte del segundo grupo. Los miembros de dicha categoría jamás se quedaban para ser testigos de tan incómodos acontecimientos. Sin embargo, nadie se oponía a ellos. Nadie intervenía. Sencillamente, tal cosa no ocurría.

Kelby hizo su tarea de forma apresurada, sin su vigor y meticulosidad habituales, contrariado de forma evidente por estar perdiéndose otras actividades por mi culpa. Sin duda, lo que deseaba era estar entre los demás cortesanos, asomado a las murallas, maravillado ante la procesión de guerreros curtidos en el campo de batalla que cabalgaba en dirección a palacio.

Mis hermanas sí estaban obligadas a observar mi flagelación. Era lo que imponía el protocolo. Siempre. Perfectas señoritas en fila, princesas educadas para ser reinas, con las manos recatadamente juntas delante de ellas, sufriendo ante el espectáculo. Y sí, sufrían, pues, siendo yo la niña de los azotes real, me habían educado junto a ellas, me habían criado como una más de la familia. Me llamaban «hermana»…, si bien no lo era.

Habrían tenido que ser pequeños monstruos desalmados para no sentir nada. Tal vez fueran superficiales, malcriadas, pero ¿desalmadas? No. Y de eso se trataba. Para eso servía una niña de los azotes real. Mi castigo se convertía en el suyo. Era algo que sentían, algo de lo que se arrepentían.

Siempre lo habíamos hecho todo juntas, desde que éramos pequeñas. Jugábamos juntas, comíamos juntas, íbamos a clase juntas; no existía ninguna distinción entre nosotras. Éramos hermanas.

No había diferencias, salvo una. Una distinción de suma importancia: yo era la única que debía soportar los castigos.

Feena y Sybilia se movieron inquietas desde su puesto. Ellas también esperaban con anhelo el momento de unirse a las festividades, de alegrarse la vista con la llegada de los tristemente conocidos guerreros de las Tierras Fronterizas. Se rumoreaba que tenían más de animal que de hombre, pero eran la razón por la que nuestro reino había prosperado y había permanecido intacto. Habían logrado mantener a nuestros enemigos del norte a raya durante décadas. La amenaza de los dragones se había desvanecido; le habían puesto fin hacía un centenar de años en el Lamento, la cruenta batalla final de la Trilla, que había llevado a los dragones al borde de la extinción. Sin embargo, infinidad de peligros habían ocupado su puesto: los bandidos dentro de nuestras propias fronteras, los saqueadores de los Riscos, los piratas de la costa, los ejércitos invasores de Veturlandia y del otro lado del canal...

El látigo se estrelló contra mi piel y me estremecí ante su doloroso mordisco.

Alise cerró los ojos con fuerza; una expresión compungida endurecía sus rasgos. A sus dieciséis años, era la más joven de mis hermanas y la que más padecía por mis azotes. Sí, claro, Feena y Sybilia también tenían remordimientos, pero Alise era la única de mis hermanas que se deshacía en lágrimas cuando me sancionaban por sus travesuras. Pertenecía a la categoría de los que no eran capaces de soportar mis castigos y, de no haber estado obligada a mirar, habría huido junto con la maestra Gytha.

En cuanto el quinto y último latigazo —el número que Kelby había decidido como castigo por la disputa entre Sybilia y Feena de aquella mañana, por un lazo para el cabello, nada menos— me restalló en la espalda, le tiró el látigo a una doncella que había cerca.

—Espero que esto baste para poner fin a esas riñas tan indecorosas. Tenemos invitados importantes. Compórtense como las princesas penterranas que son y hagan que sus padres estén orgullosos de ustedes. —Se tomó unos instantes para mirar a Feena y Sybilia, asintió con severidad y salió de la estancia. Las muchachas no se quedaron más tiempo; se apresuraron a seguirlo para unirse a las celebraciones de la corte.

La única que se quedó fue Alise, que me ayudó a recolocarme las ropas con cuidado de no rozarme la espalda dolorida.

—Lo siento mucho. De todas formas, no te rasgó la piel —me aseguró, indicándole con un gesto a la doncella que se había acercado a ayudar que se fuera. Pero, claro, yo ya lo sabía.

A lo largo de los años, había aguantado castigos que sí me habían rasgado la piel. Esa era precisamente la razón por la que aquellos incidentes ocupaban un lugar destacado en mi memoria.

—No es culpa tuya —le dije, estremeciéndome cuando el vestido cayó sobre mi maltrecha espalda con todo su peso.

—Esta vez… —murmuró mientras me ataba los lazos.

La miré con afecto.

—Casi nunca es culpa tuya.

Con Alise, castigar a otra persona a latigazos en su lugar proporcionaba los resultados deseados. Odiaba tanto que me hicieran daño que casi nunca se comportaba mal. Se acercaba tanto a la perfección como era humanamente posible.

—Esas dos… —gruñó, fulminando con la mirada el lugar donde hasta hacía unos instantes estaban sus dos hermanas—. No veo la hora de que las casen y se marchen.

Me estremecí al oírla, porque, cuando llegara ese día, yo no me alegraría.

Cuando Feena y Sybilia se casaran y se fueran —algo que sin duda ocurriría pronto, pues el rey ya había mantenido conversaciones sobre el compromiso tanto con el país de Acton, al otro lado del Canal Oscuro, como con la lejana Isla de Meru—, Alise no tardaría en seguir sus pasos, y yo no tenía ninguna prisa por perder a mi hermana preferida.

No sabía qué habían planeado sus padres para ella, si es que ya tenían un plan... Pero lo tendrían. Tarde o temprano, lo tendrían. No permitirían que la más adorable y dulce de las princesas se quedara soltera, no con la amenaza del norte, cada vez más acuciante. Sería una oportunidad desaprovechada. Había oído suficientes fragmentos de conversaciones en la corte y entre el rey y el señor regente para saber que Penterra estaba desesperada por formalizar posibles alianzas.

Tragué saliva con dificultad. Cuando las princesas se casaran y abandonaran el palacio, me quedaría sola. Tal vez no fuéramos hermanas de sangre, pero eran la única familia que había tenido nunca. ¿Qué sería de mí cuando ya no me necesitaran? ¿Qué sería yo entonces? Las molestias de mi espalda empalidecieron al lado del pinchazo que se me clavó en el pecho.

Tal vez yo viviera atrapada entre dos mundos —era realeza y no lo era; era una más y no lo era—, pero al menos sabía cuál era mi lugar. Sabía cuál era mi cometido.

«Cuando se vayan, todo se terminará —pensé—. Tendré que encontrar un nuevo lugar, un nuevo propósito».

Aparté de mi mente esa pérfida vocecilla que en los últimos tiempos no había hecho sino alimentar mis miedos. Suspiré. No tenía sentido preocuparse por lo que no podía controlar. Al fin y al cabo, el rey y la reina tampoco pensaban librarse de mí. Yo les importaba, así que no me cabía duda de que se encargarían de que quedara bien posicionada.

—No lo hacen a propósito —le dije a Alise.

El instinto de protegerlas estaba fuertemente arraigado en mi interior, incluso si se trataba de defender a las unas de las otras. No conocía otra cosa. Era lo que había hecho desde que tenía solo cinco años, cuando se decidió que ya era lo bastante mayor como para empezar a ser castigada por las fechorías de mis hermanas.

Alise puso los ojos en blanco.

—No lo hacen a propósito, pero lo hacen. Deberían ser más conscientes de cómo te afectan sus actos.

Ya era un poco tarde para eso. Me contuve para no contestarle que, si no habían aprendido la lección a esas alturas, jamás lo harían.

Ella me tomó de la mano y me jaló para que nos fuéramos de la cámara.

—Vamos, Tam. Vayamos a ver a qué viene tanto alboroto. —Observó mi expresión con atención e hizo una pausa—. Si tú quieres, claro…

—Claro que sí. Vamos. —La visita de los señores de la frontera había generado muchísima expectación, y yo tenía tanta curiosidad y tantas ganas de echarles un vistazo como los demás.

Nos dirigimos a paso ligero hacia el Gran Salón, donde el rey y la reina darían la bienvenida a los recién llegados, tal y como hacían con cualquier dignatario al que tuvieran en gran estima. Feena y Sybilia ya estaban allí, en sus asientos a la derecha de la reina, inclinadas hacia adelante con los rostros luminosos, cautivados y ansiosos.

Nos abrimos paso entre la multitud. Todos los habitantes de palacio habían acudido a ver el espectáculo. Los señores y las señoras de la corte se apretujaban contra mí, y los olores a sudor y a perfume en cuerpos poco aseados ascendían flotando hasta colmar mi olfato. Por las aspilleras se colaba una débil brisa, pero no era en absoluto suficiente para que circulara el aire entre la muchedumbre de mirones.

Desvié la mirada hacia las puertas dobles del Gran Salón y se me aceleró el pulso. Ya los oía acercarse, ya se percibían los fuertes pasos de los guerreros que llegaban. Se me puso la carne de gallina; cuanto más se aproximaban, más vibraba y canturreaba mi piel. Era una sensación extraña, emocionante a la vez que turbadora.

La expectación me secó la boca. Pronto estarían allí, ante el estrado, donde la familia real estaba sentada formando un retablo impresionante del que yo, en general, también era parte, situada junto a Alise.

Fijé la vista en las dos sillas vacías que había al lado de Feena, una para Alise y otra para mí. No pude seguir avanzando. Por alguna razón, mis zapatos estaban pegados al suelo, inmóviles. El instinto de permanecer en la periferia del salón me había dejado clavada en el lugar.

Le di un codazo a mi hermana.

—Ve. Ocupa tu lugar junto a ellos, Alise.

Ella me estrechó la mano y me estudió con curiosidad.

—Vayamos las dos —contestó jovialmente. Siempre hacía todo lo posible para que yo me sintiera una más.

Le solté la mano para llevar la mía sobre el estómago, que de repente estaba revuelto. No quería sentarme en esa silla ante los forasteros, no si me encontraba tan mal. Solo de pensarlo me picaba todo el cuerpo…, como si de repente la piel me apretara demasiado.

—No me siento muy bien —me excusé—. Me retiraré a mis aposentos.

Me miró con atención y asintió despacio.

—Está bien. Deberías pedir que te lleven un poco de té de menta.

—Sí, eso haré. —Me di la vuelta y me aparté de ella, perdiéndome más entre la gente, pero no abandoné el salón. No logré hacerlo; aún sentía curiosidad. Simplemente, si lo observaba desde la distancia me sentiría más… segura. Menos vista.

Segura de que Alise estaba convencida de haberme ido, me acurruqué junto a una pared del fondo, tras una dama con un vestido voluminoso. Me asomé sobre su hombro para echar un vistazo, con la esperanza de que, por una vez, mi cabello rojo actuara en mi beneficio y me ayudara a confundirme con el intenso color escarlata de su tocado. Si alguien me veía, tal vez me obligaran a ocupar mi lugar habitual en el estrado.

De repente, una figura se pegó a mí.

—¿Qué haces aquí mirando embobada con el resto de la corte?

Di un brinco al oír aquella voz grave en mi oído. Me llevé una mano al pecho y la posé sobre el corazón, de repente desbocado.

—¡Stig! —Solté una suave risa—. Me asustaste.

Una sonrisa asomó a los labios de mi amigo. Señaló a mi familia con la cabeza.

—Tu lugar está allí.

Me sonrojé bajo su mirada perspicaz. Esquivar a Stig no me resultaría tan fácil como a Alise. Para empezar, él no era una inocente muchacha de dieciséis años. Era un hombre observador y seguro de sí mismo. A sus veintitrés años, era el hijo del señor regente y servía como capitán de la guardia. No escaseaban los rumores malintencionados que aseguraban que había logrado el puesto solo por la posición que ocupaba su padre, pero yo sabía la verdad. Su padre tal vez se hubiera procurado el nombramiento de señor regente gracias a su astucia y su ambición, superando a varios otros candidatos, y se hubiera convertido en el segundo hombre más poderoso del reino, pero Stig era más que competente por sí mismo. Era un espadachín excepcional y muy astuto en las intrigas de la corte. Hacía gala de una lealtad férrea; no dudaría ni un segundo antes de ofrecer su vida tanto por el rey como por el país. Además, tenía algo de lo que su padre carecía: corazón.

—Prefiero verlo desde aquí.

Una expresión sombría le borró la media sonrisa.

—Tamsyn… —dijo con aquella suave voz de reproche que yo tan bien conocía.

La había usado infinidad de veces a lo largo de los años para asegurarse de que yo siempre tuviera claro que era tan importante como mis hermanas y que merecía los mismos honores. No era capaz de contar las ocasiones en que había acudido a mi rescate. El fuerte y noble Stig, siempre ahuyentando a los abusivos que se habían propuesto ponerme «en mi lugar». La mayoría de la gente respetaba mi cometido en palacio, pero siempre había quien no; me había encontrado con ellos en el pasado y me encontraba con ellos en el presente. Abusivos que creían importante recordarme que no era una verdadera princesa de sangre azul.

Me encogí de hombros y le dirigí lo que esperaba que fuera una mirada tranquilizadora.

—Estoy bien —insistí—. Simplemente, prefiero las vistas desde aquí.

Señalé a los espectadores boquiabiertos de mi alrededor con poca convicción, pero él no miró a ninguno de ellos. Sus ojos seguían fijos sombre mí.

—Eres una princesa de Penterra. Tu lugar está allí arriba. —Inclinó la cabeza hacia el estrado. Tras un largo momento, al ver que yo no hacía ademán de ir, se acercó a mí y, con una voz intencionadamente baja y los ojos brillantes, me provocó—: ¿Tienes miedo? —Me sonrojé. Él continuó recorriendo mi rostro con sus cálidos ojos cafés—: ¿Te dan miedo los hombres malos que están a punto de cruzar esas puertas? No me digas que te crees las historias disparatadas que se cuentan sobre ellos.

Puse los ojos en blanco y resoplé.

¿Miedo, yo? ¿De unos desconocidos? No tenía ninguna razón para tenerles miedo. Y, sin embargo…, no podía negar que sí estaba sintiendo algo. Tragué saliva. Había algo que me impedía ponerme en un lugar donde pudieran verme.

La chispa provocadora de los ojos de Stig se apagó, y me miró con un gesto evaluador. Fue como si, en ese momento, viera algo en mí, como si se percatara de que había algo misterioso e inquieto que me reconcomía. Adoptó una expresión sobria como una tumba.

—¿Tamsyn? —Hizo una pausa para tragar saliva—. Ya sabes que yo siempre te protegeré.

No tuve la oportunidad de responder, de mostrarle mi acuerdo o mi desacuerdo, aunque, por supuesto, lo sabía.

Porque las puertas se abrieron de par en par, golpeando los muros, y el sonido se propagó por el vasto espacio y me reverberó en los oídos. El señor chambelán se abrió paso con el rostro perpetuamente sonrosado más rojo que nunca e hizo una profunda reverencia ante el rey y la reina. Kelby lo estaba disfrutando. El brillo de su mirada me recordaba a cuando me azotaba, o a cuando devoraba una pata de cordero asado, dos de sus pasatiempos preferidos.

—Majestades, ¡ya están aquí!

Una docena de soldados de las fronteras, ocho hombres y cuatro mujeres, entraron en el salón. Eran guerreros fornidos de cuellos anchos, vestidos con túnicas acorazadas de cuero y con las espadas envainadas a sus espaldas. Sus pesadas botas martilleaban contra el suelo al compás de mi estruendoso corazón. Lucían sin vergüenza alguna la suciedad del largo viaje ante los miembros de la corte, envueltos en sedas y bordados.

Las mujeres eran altas y fibrosas. Las contemplé asombrada; jamás había visto mujeres semejantes, vestidas de armadura y pantalones de montar, entrenadas para defender y luchar junto a los hombres. Entorné los ojos al mirar a una de las guerreras y arrugué la nariz. ¿Era sangre lo que manchaba su guardabrazo?

—Quizá sí sea mejor que esperes aquí —gruñó Stig.

Lo miré con dureza. Observaba a los visitantes con el labio curvado en una discreta mueca.

—¿En serio? —Me tocaba a mí provocarlo—. Ahora ¿quién es el que está asustado?

No respondió a la provocación. Su atención estaba fija en aquellos forasteros que entraban en el salón.

—Es mejor no acercarse a ellos.

—Son… —Busqué la palabra hasta dar con ella—. Héroes. —Era un recordatorio tanto para mí como para él—. Les debemos mucho.

Hizo una mueca de desdén.

—¿Ah, sí? ¿Debemos darles las gracias por hacer lo que está en su naturaleza? Son asesinos. —Negó con la cabeza—. No te creas todas las historias, Tamsyn. Derramar sangre les causa placer. Son unos animales.

—Estás siendo un poco duro —murmuré—. Tú eres el capitán de la guardia. Un soldado. No tan diferente de…

—No. Yo no me parezco en nada a ellos —me interrumpió con voz inexpresiva, carente de su calidez habitual—. Yo sirvo al trono de Penterra. A tu familia. —Sonrió y volvió a mirarme—. A ti.

Le devolví la sonrisa. ¿Cómo no iba a hacerlo? Mi familia era buena conmigo; sin embargo, en la corte había nobles que me trataban con desdén o indiferencia. Pero Stig no. Él siempre había sido bueno conmigo. Siempre había sido mi amigo.

En ese momento, abandonó mi lado y avanzó para ocupar su lugar junto al estrado, flanqueando a la familia real. Junto a él había una hilera de sus guardias más veteranos, radiantes con sus túnicas rojas de botones resplandecientes y sus expresiones estoicas.

El señor de la frontera y su séquito hincaron la rodilla ante el rey y la reina y cruzaron un brazo sobre el pecho, con las manos cerradas en puños a la altura del corazón. El contraste entre su aspecto y el de los elegantes señores y damas de la corte era enorme. Avergonzarse habría sido la reacción más apropiada por su parte, pero no había ni un atisbo de tal sentimiento en sus rostros cubiertos de mugre.

Arrugué la nariz. Su olor me había alcanzado. Viento, tierra y caballos. Y algo distinto. Algo más. Algo que nunca antes había olido. Una oleada de calor me atravesó, erizándome la piel. Reconocí el aroma en lo más profundo de mi ser, aunque no fuera capaz de nombrarlo.

Los contemplé asombrada, perpleja. Aquellos guerreros eran enormes, feroces y desaliñados. No tenían nada que ver con los pulcros guardias del palacio, entre los que Stig era el más pulcro de todos ellos, con su abundante cabello castaño peinado hacia atrás con precisión, su barba corta y perfectamente arreglada. Había clavado su mirada alerta y desconfiada en la partida de guerreros y descansaba una mano sobre la empuñadura de su estoque. Reconocí lo mismo que él. Vi lo que él veía. Eran violentos. Peligrosos. Sus cicatrices, sus cuerpos maltrechos eran así por una razón. Supe aún con más certeza que observarlos desde el fondo del salón había sido la decisión correcta.

Llevaban el pelo más largo de lo que dictaban las modas; trenzado, algunos de ellos. Otros se habían rapado los lados del cráneo, y tenían la piel recubierta de dibujos de tinta. En las Tierras Fronterizas seguían sus propias modas, era evidente. Yo no tenía forma de saberlo; nadie se atrevía a ir. Era un lugar sin civilizar.

—Es él —susurró maravillada la mujer que estaba delante de mí, moviéndose de forma que me tapó un poco la vista—. ¡La Bestia! —Me subí a un escalón y me puse de puntitas para ver mejor al hombre que encabezaba el grupo—. El señor Bestia —añadió, sin hablarle a nadie en concreto, como si la aclaración fuera necesaria.

El señor Bestia.

Era más alto y corpulento que los otros, y eso que yo no era una mujer menuda. Pocos hombres estaban a mi altura y, sin embargo, él parecería un gigante a mi lado. Aunque no habría jamás un motivo para que estuviera a mi lado.

Sus guerreros se quedaron un paso por detrás de él en un claro gesto deferencial. Tragué saliva. A pesar de que las historias lo pintaban como un ser de proporciones míticas, no era más que un hombre, y bastante joven, además, pues debía de contar pocos años más que mis veintiuno.

Tenía un perfil de rasgos duros, con una nariz afilada como la hoja de una espada, la boca convertida en una línea recta, la mandíbula dura y cuadrada. Por su cuello bronceado descendían extraños dibujos de tinta que desaparecían bajo la armadura de cuero, y un pensamiento cruzó por mi mente sin invitación: ¿hasta qué parte de su cuerpo llegarían esas marcas?

Noté una presión en el pecho, como si me empujaran desde el centro. Me froté ese punto, intentando deshacerme de esa sensación tan desconcertante. Sin embargo, fruncí el ceño al percatarme de que era como si mis pechos hubieran despertado también. Los notaba más pesados…, doloridos e irritados.

—¿Es él? —susurró alguien lo que todos estábamos pensando. No solo pensando: sintiendo. Solo verlo provocaba una reacción visceral—. ¿El rey de la frontera?

El rey de la frontera. Otro de sus muchos nombres. El señor de la frontera, la Bestia, el rey de la frontera, el señor Bestia… Él era todas esas cosas.

Legiones y legiones de guerreros seguían a ese hombre. Era protagonista de leyendas y de pesadillas; el más fuerte, el más despiadado. El hombre que mantenía al reino unido.

Tras apenas terminar la Trilla, cuando aún se notaba el calor de la victoria en los labios, habían empezado las refriegas y los conflictos internos. Continuaban hasta el día de hoy, tan incesantes como el vaivén de las olas en el océano.

Con la desaparición definitiva de los dragones, los humanos se habían vuelto los unos contra los otros. La humanidad no podía seguir dando caza a los dragones, pero sí podían cazarse entre ellos. Y a las brujas. Y eso hicieron.

Se rompieron las alianzas; estallaron los ataques a Penterra. Violentos invasores cruzaron cordilleras y vastas turberas, atravesaron desiertos y mares, causando estragos, saqueando mi hogar para hacerse con todo aquello que juzgaran valioso.

Y eso no significaba que no hubiera amenazas también dentro de nuestras propias fronteras.

A lo largo del territorio siempre habían surgido pequeños fuegos, conflagraciones que se encendían y apagaban, esperando el día en que sus llamas pudieran por fin extenderse. En los tiempos actuales, las hogueras campaban a sus anchas, furiosas.

Abundaban los bandidos. Las carreteras eran peligrosas. Ninguna comitiva de palacio osaba viajar a ninguna parte sin escolta. Guardias armados nos acompañaban a mis hermanas y a mí dondequiera que nos dirigiéramos, ya fuera una breve incursión al pueblo o un viaje más largo a la finca de veraneo en la costa.

Pero, por malos que fueran los bandidos, otros eran aún peores.

A menudo recibíamos noticias de los saqueadores que se escondían en los Riscos, en los sistemas de túneles y cavernas que antaño habían sido el hogar de los dragones y que llevaban largo tiempo abandonados. Atacaban a los pueblos del norte con saña, y en los últimos años se habían hecho aún más osados, y se aventuraban cada vez más al sur para atacar a las comunidades más vulnerables. Tal vez la Trilla hubiera terminado —hacía casi cien años que no se avistaba ningún dragón—, pero no podía decirse que la paz hubiera llegado al país.

Sin los señores de la frontera, concretamente, esos señores de la frontera, los que en ese preciso instante estaban en el Gran Salón, nuestras fronteras septentrionales habrían caído hacía tiempo. Penterra entera habría caído hacía tiempo. ¿Y quién sabe qué habría sido de nosotros?

—Sí, es él —confirmó otra voz.

No miré quién hablaba. No miré a ningún lugar, excepto a él. A ese hombre que respondía a varios nombres y cuyo nombre real yo no había pronunciado jamás. Quizá poseer un nombre tan ordinario como el resto de nosotros lo haría menos extraordinario.

Me froté con más ahínco el pecho, pues la tensión no hacía sino empeorar, y empecé a preguntarme si no estaría sufriendo algún tipo de apoplejía. Pero allí seguí, empapándome de la imagen de los recién llegados…, de él.

Su rostro era como esculpido en piedra. Miró a la familia real con ojos como el helor de la noche, fríos como el invierno y desprovistos de emoción. Se detuvo un poco más de tiempo en mis hermanas. Alise se encogió; no le gustaba ser objeto de su atención. Feena y Sybilia se mostraron menos indiferentes; tenían la espalda recta, para que se apreciara más la forma de sus pechos bajo el vestido. Les gustaba que los hombres se fijaran en ellas y, al parecer, no hacían una excepción con el rey de la frontera.

—Señor Dryhten, bienvenido, bienvenido. —El rey Hamlin se puso de pie y dio un paso al frente. Tan cerca del guerrero parecía diminuto y poca cosa; con sus manos suaves como las plumas de un pájaro y su constitución mediocre, no era ningún guerrero. No había participado en una sola batalla; regía desde la seguridad de aquellos muros. Por fortuna, contaba con hombres como la Bestia para que mantuvieran a Penterra a salvo en lugar de hacerlo él. Al no tener herederos varones, preservaría su reino gracias a los ventajosos matrimonios de sus hijas con príncipes de los reinos vecinos.

Le dio una palmada al señor Dryhten en el hombro musculoso.

—Esperábamos con ganas su visita. Preparamos un festín y entretenimiento para todos ustedes.

La Bestia inclinó ligeramente la cabeza y uno de sus guerreros dio un paso al frente. Llevaba algo cubierto por una sábana de lino. El señor de los guerreros lo tomó y retiró la tela para revelar un hermoso collar de piedras preciosas.

Todos los presentes ahogaron un grito. Incluso desde donde yo estaba veía el resplandor del objeto y sentía su atracción. Aquella joya no era como nada que hubiera visto; ni siquiera la reina poseía una pieza de tal clase.

La Bestia se la ofreció al rey con una profunda inclinación de cabeza.

—Majestad, un presente que mi padre descubrió en los Riscos en su expedición final.

Me sobresalté al oír el sonido de su grave voz, que sentí casi de forma física, tan tangible como si una mano callosa me hubiera golpeado la piel.

El rey aplaudió alborozado y aceptó el collar, cuyo peso midió.

—¡Vaya! Pesa más de lo que parece. —Se lo llevó a su esposa, que, con una expresión de admiración, acarició con mano amorosa lo que ahora veía que eran rubíes y turmalinas. Mis hermanas se acercaron para admirarlo también.

—Es muy amable de su parte, señor Dryhten. Estamos muy agradecidos con usted y con sus compatriotas. Somos nosotros quienes deberíamos ofrecerles regalos. —La sonrisa de la reina era tan dulce que parecía un presente en sí misma—. Es nuestro deber asegurarnos de que sean recompensados con creces por todo lo que hacen por el bien de este reino.

El rey murmuró unas palabras de acuerdo con su esposa y luego asintió.

—Sí, hemos pensado mucho en cómo mostrarles nuestra gratitud como es debido.

—Se me ocurre una manera, Majestad. —A pesar del uso del término honorífico, de su voz se desprendía una incuestionable falta de deferencia.

En el salón crecieron los murmullos ante tamaña osadía. ¿Acaso se atrevía a exigir meros instantes tras su llegada?

—Bien, hable, pues, buen señor. —El rey asintió, animándolo a continuar—. ¿De qué se trata?

Hubo una pausa. Se hizo un silencio en el salón, ya que todo el mundo esperaba su respuesta.

—Me entregarán a una de sus hijas como esposa.

El silencio del salón era atronador.

Nadie respiraba.

La presión en mi pecho se transformó en unas palpitaciones muy profundas. La Bestia no volvió a hablar ni a moverse. No le hacía falta. Su voz reverberaba a través del Gran Salón; aquellas palabras se habían quedado grabadas en el aire para siempre.

«Me entregarán a una de sus hijas como esposa».

Tragué saliva para acallar un sonido estrangulado. Era ridículo. El rey jamás casaría a una de sus hijas con aquel bruto sin civilizar. ¡Qué agallas! ¡Qué temeridad tan absoluta!

Yo respetaba la jerarquía de la sociedad en la que habitaba. Era lo único que conocía. Lo único que me habían enseñado. El orden era una ofensiva contra el caos. Todo el mundo ocupaba el lugar que le correspondía: una posición, un título, un rango y un cometido. Y la Bestia se atrevía a pensar que podía librarse de ese orden.

Aquel hombre ofensivo le sostuvo la mirada al rey durante un momento largo e interminable. Si aquello era una prueba de voluntades, fue el rey quien la perdió, algo ignominioso para un monarca.

Pero apartó la mirada, buscando al señor regente. El padre de Stig aconsejaba al rey en todo.

Aunque aquello no se me antojaba un asunto que requiriera consejo alguno. El rey debía responder de forma enfática y taxativa, negándose con vehemencia.

Pero la rotunda negativa no llegó.

En lugar de eso, el señor regente miró a mis hermanas, evaluándolas como si nunca antes hubiera reparado en su existencia, lo que era encarecidamente incierto. Las evaluaban en todo momento, como si fueran mercancía. Todo el mundo sabía que el futuro del reino dependería de las alianzas que se formaran con ellas. El señor regente no querría perder a ninguna de las princesas ante un compatriota, aunque fuera alguien tan vital para el bienestar del reino como el rey de la frontera.

Aquel punto muerto llegó a su fin cuando el señor regente bajó la barbilla en un asentimiento casi imperceptible. ¿Qué mostraba? ¿Reconocimiento? ¿Conformidad?

El gesto no pasó desapercibido. El salón estalló. Movimientos y susurros de inquietud se extendieron por la estancia como la marea. Stig dio un paso al frente de la hilera de guardias y miró a su padre con incredulidad, agarrado con más fuerza a la empuñadura de su espada, como si se sintiera tentado de usarla.

El señor regente negó con la cabeza una vez, reprendiendo a su hijo para que guardara silencio. Stig apretó los labios con terquedad y retrocedió un paso. Por mucho que no le gustara, era un siervo leal al trono y un hijo obediente. Quizá cuando se quedara a solas con su padre intentara hacerle cambiar de parecer, pero no lo haría allí.

«Me entregarán a una de sus hijas como esposa».

No conseguía que esas terribles palabras dejaran de resonar en mis oídos. El señor regente no podía tomar en consideración algo tan indignante.

Negué con la cabeza. Ni siquiera había sido una petición o una proposición. Había sido una declaración de los hechos. Una conclusión irrenunciable.

El hombre que me había criado y amado como un padre jamás lo aceptaría. ¡No podía!

Miré al señor Dryhten con odio, deseando fervientemente que volviera por donde había venido. Un bárbaro de las Tierras Fronterizas que no sabía ni limpiarse las botas antes de entrar a palacio no era digno de casarse con una de mis hermanas.

Y, aun así, el rey seguía sentado en su trono como si nada, contemplando a la Bestia con aire pensativo. La mirada del señor regente era firme, evaluadora, calculadora. Me invadió el desaliento. Ni el rey ni el señor regente se habían reído, resoplado o mostrado ofendidos, las reacciones que me habrían parecido apropiadas para aquella situación.

El lugar que le correspondía a una princesa era un palacio en el que pudiera vestir las sedas más delicadas y lucir las mejores joyas. Y el lugar de los señores de la guerra despiadados se encontraba en las peligrosas fronteras del reino. El uno no encajaba con el otro. No combinaban bien; sin duda, no casaban bien.

Feena y Sybilia ya no parecían tan intrigadas. Intercambiaron una mirada, nerviosas. El miedo brillaba en los ojos de Alise. Incluso con tanta distancia de por medio, detectaba el movimiento de las delicadas líneas de su pálido cuello; le costaba tragar saliva.

«Alise no. Por favor, no».

Las tres eran la viva imagen de la inocencia. Suponía que esa era la razón por la que para mí tenía más sentido que la receptora de sus azotes fuera yo. Yo no parecía inocente. Yo no parecía frágil. Yo era la elección natural, con mi gran altura, mi mirada demasiado directa y mi desagradable melena. Yo tenía el aspecto de alguien propenso a la maldad. Al menos, eso era lo que siempre me había dicho el señor chambelán, cuando mascullaba entre dientes mientras me azotaba la espalda. «Eres una criatura pérfida y malvada, una ramera de baja cuna que solo sirve para la vara, que ha nacido para recibir los golpes de mi látigo».

—¿Señorita Tamsyn? —La voz apartó mi atención del drama que se estaba sucediendo. La señora Dagny me miró parpadeando—. ¿Qué hace aquí? —Señaló a los mirones de alrededor con sus dedos rechonchos y llenos de anillos—. ¿No debería estar allí sentada? —Señaló mi silla vacía con la cabeza.

—Llegué tarde y no deseaba causar ninguna distracción inapropiada.

La mujer negó con la cabeza y apretó los labios. Leí en ella su desaprobación, sus pensamientos. Estar allí era como proclamar mi impropiedad. Una verdadera princesa estaría en el lugar que le corresponde.

Dediqué la sonrisa de arrepentimiento de rigor a aquella dama, una amiga íntima de la reina, y devolví mi atención al frente del salón, para ver cómo el rey y sus consejeros se marchaban junto al señor Dryhten y dos miembros de su séquito de guerreros. Se me hizo un nudo en el estómago.

—Vaya, se van con la Bestia. —La señora Dagny suspiró contrariada—. Supongo que no se nos permitirá oír cómo el rey Hamlin responde a semejante despropósito. —Abrió su abanico y empezó a abanicarse la cara con furia.

Me animó ver que no era yo la única que objetaba ante aquello. La única que no se sentía así. Por desgracia, la decisión final no dependía de la señora Dagny, y temía que si el rey y el señor regente celebraban una audiencia privada con el señor Dryhten fuera porque no se oponían a las demandas del guerrero tanto como debían. ¿Y si la Bestia los convencía de que lo aceptaran como marido para una de mis hermanas? Sentí la acometida de las náuseas antes de que se me instalaran en la boca del estómago.

No. No. ¡No! No podía permitirlo. Tenía que protegerlas.

Y, como si yo pudiera hacer algo por evitar que ocurriera tal horror, me abrí paso entre la multitud, pues tenía la certeza, y con razón, de dónde continuarían con su conversación. No había ni un rincón de aquel palacio que fuera un misterio para mí. La ventaja de ser una princesa menos importante, menos valorada, era que no me vigilaban tan de cerca como a las demás. Había explorado hasta el último rincón de aquel palacio a mi voluntad. Los pasadizos secretos no eran secretos para mí.

Sabía exactamente adónde ir.

2

FELL

Yo era el hijo de mi padre.

Él me había enseñado a luchar. Me había enseñado el significado del honor. Que debías sangrar por las cosas que importaban. Tu patria. Tu pueblo. Un rey débil que no valía nada. Inhalé. El mismo rey en cuyo palacio me encontraba, el que cosechaba los beneficios de mi protección a cambio de…, de nada.

Mi padre estaba satisfecho con el acuerdo. Balor el Carnicero no cuestionaba el acto de luchar, de sangrar, de incluso morir por un rey lejano. El honor era suficiente para él.

Pero aquello se había acabado.

No era suficiente para mí.

No había honor en ser el perro apaleado de nadie.

Yo era el hijo de mi padre. Lo había aprendido todo de él, también de sus errores, y me negaba a seguir aceptando «nada» como pago por tanta sangre. Ya era hora de que las Tierras Fronterizas fueran consideradas algo más que el borde de la nada, que un país incivilizado digno solo de los despojos de la humanidad.

—¿Estás seguro de que quieres hacer esto? Cualquier «esposa» que saques de aquí estará muerta antes de que acabe el invierno —masculló Arkin solo para mis oídos mientras entrábamos en la cámara y oteaba la opulenta estancia con su mirada sagaz.

—Eso no puedes saberlo —repuse.

—¿Que será débil y blandengue como la miga mojada en leche? Ya lo creo que puedo. Será de aquí. —Señaló a nuestro alrededor moviendo los dedos con desprecio—. Si no perece de agotamiento en la travesía, cuando vadeemos el río o con la primera borrasca de nieve, me comeré mi propio escudo. —Me miró con una expresión de incredulidad—. Vamos, Dryhten. He visto a esas «princesas» con mis propios ojos, igual que tú. Lo que necesitas como esposa es una doncella armada, una mujer fuerte que te dé hijos. Alguien que pueda montar a caballo todo el día para luego montarse en tu verga toda la noche.

El viejo esbozó una sonrisita. No era muy delicado, pero había servido a mi padre como su vasallo y ahora era el mío. Era un señor de la frontera por derecho propio, con una propiedad más pequeña al oeste de mi fortaleza, y lo habían criado como un salvaje, lo que lo había convertido precisamente en la clase de guerrero que querías a tu lado en una batalla. Suspiré. Quizá no fuera el mejor hombre para acompañarme en empresas diplomáticas.

—Ya basta —ordené en voz baja.

El rey y su comitiva estaban solo a varios pasos de distancia, y no tenía deseo alguno de que nos oyeran hablar de vergas. Aquel no era el momento para el debate. Arkin había anunciado de forma muy clara sus recelos durante el viaje hacia el sur, y yo ya había tomado una decisión. Las princesas no parecían mujeres muy robustas, pero así debían ser las cosas. Penterra estaba amenazada en varios frentes. Sí, teníamos enemigos, pero esa no era la única amenaza. Nuestro pueblo se moría de hambre. La hambruna y la enfermedad campaban a sus anchas en el norte, en el sur, en todas partes. La situación era funesta y no estaba mejorando bajo el reinado del rey Hamlin. Necesitaba un lugar en el consejo para que aquellos bastardos con cara de sapo dejaran de joder cada vez más las cosas, y un matrimonio con una princesa penterrana me lo garantizaría.

Un lacayo nos invitó con un gesto a sentarnos en cualquiera de aquellos muebles de aspecto endeble. No había superficie que no estuviera repleta de cojines de seda o de terciopelo, brocados y borlas. Elegantes cuadros recubrían las paredes y un fuego crepitaba en una chimenea tan grande que podría haber dado cobijo a varias personas. ¿Acaso hacía en el sur tanto frío como para que necesitaran algo así? Hice una discreta mueca mientras me sentaba en una banca. Mi fortaleza era cómoda, pero ni por asomo tan ostentosa.

Nos ofrecieron vino. No era cerveza, pero le di un buen trago con gusto de todos modos mientras contemplaba por encima del borde del cáliz con piedras preciosas cómo el rey se sentaba. El señor regente era más influyente de lo que esperaba. Me había dado cuenta de que el rey a menudo lo buscaba con la mirada antes de hablar, después de hablar e incluso cuando no hablaba en absoluto.

—Su propuesta es interesante, señor Dryhten —dijo el rey Hamlin con cautela. El púrpura de su túnica era tan chillón e impoluto que me lloraban los ojos al mirarlo.

El señor regente se había quedado de pie, con el cuerpo esbelto apostado a la derecha del rey y una mano sobre el respaldo de su silla. Me pregunté si el monarca se habría percatado de lo controladora que aparecía la postura del primero, como si él no fuera más que una marioneta de cuyos hilos jalaba el hombre que tenía detrás.

Miré al señor regente.

—Creo haberme ganado una buena recompensa.

—Pero ¿una princesa del trono penterrano? —El señor regente sonrió como si yo fuera un niño pidiendo lo imposible, aún demasiado inocente para darme cuenta de ello—. Se extralimita, mi señor.

El rey asintió casi con arrepentimiento.

—¿De veras? —Me apoyé sobre unos cojines tan suaves y lujosos que mi cuerpo no supo bien cómo reaccionar ante tanta comodidad. Había pasado casi un mes cabalgando sin tregua y durmiendo en suelos implacables para asegurarme de tener tiempo de llegar a casa antes de las primeras nieves. No había nada peor que estar atrapado en una nevasca a la intemperie.

Mi intención era volver antes, pero un feroz contingente de invasores del norte me había tenido ocupado durante muchos meses, y yo no era de esa clase de hombres que envían un emisario a buscar a su futura esposa. Arkin se había ofrecido a venir en mi lugar, pero me parecía el tipo de asunto del que debía encargarme en persona, por inconveniente que fuera. Y tampoco sentía ningún deseo de posponerlo un año más. Era imperativo resolverlo cuanto antes.

Un sirviente rellenó nuestros cálices y nos ofreció fruta. Aquellos frutos eran un lujo en el clima frío del norte. Elegí un racimo de uva fresca y, después, Arkin agarró una pera y mordió su carne jugosa haciendo ruido. Miró a los demás, que contemplaban parpadeando cómo el jugo goteaba por su barba canosa.

—Nadie discute que han servido al reino admirablemente. —El señor regente adoptó un tono obsequioso. Necesité de toda mi fuerza de voluntad para no atacarlo. Cerré los dedos en un puño que ansiaba salir despedido y estrellara contra aquel rostro petulante. Sin embargo, aquel no era el mejor modo. No allí. En mi vida, en mi mundo, la violencia era la respuesta a la mayoría de los problemas. Allí, en cambio, la respuesta era la conversación. Las mentiras. Ganarse el favor de otros.

Acababa de llegar y no veía la hora de volver a casa.

El señor regente fingía educación y decía las palabras adecuadas, pero no era sincero. La sonrisa no se le reflejaba en la mirada.

Yo no estaba acostumbrado a otra cosa que no fuera deferencia, así que el rostro petulante de aquel hombre me irritaba.

Igual que el de ese joven bastardo que me observaba desde su puesto al otro lado de la cámara, con ojos castaños brillantes y llenos de desprecio y la boca convertida en una mueca de labios implacables bajo la barba. No nos habían presentado, pero lucía galas e insignias de oficial… y el ceño fruncido. No hacía nada por disimular la aversión que sentía por mí, lo que casi me parecía digno de respeto. Prefería eso antes que las sonrisas falsas y las alabanzas vacías del señor regente. Supuse que no estaba de más apreciar su falta de artificio. Lo miré enarcando una ceja con gesto burlón y disfruté al ver el rubor que le teñía las facciones.

—¿Admirablemente? —repetí, preguntándome si sería yo el único que se habría percatado de lo condescendiente que había sonado.

La sonrisa del rey se tambaleó. Él también se había dado cuenta.

El otro entornó de forma ligera los ojos.

—Apreciamos mucho sus esfuerzos —insistió el señor regente de forma un poco forzada, instándome a… ¿A qué? ¿A creerle? ¿A sentirme halagado?

—¿Ah, sí? En fin, qué alivio —respondí con un entusiasmo exagerado. Me metí un grano de uva en la boca y lo mastiqué con despreocupada lentitud—. Tiemblo de imaginar qué pensarían de mí si no me dedicara a conservar la frontera septentrional una vez tras otra.

Dejé que mis palabras quedaran suspendidas en el aire. No era una amenaza, no abiertamente. Pero sí era algo sobre lo que podían reflexionar… Y no me cabía duda de que lo harían.

Arkin fue el primero en volver a hablar, para sorpresa de nadie. Se adentraba en cada batalla con la espalda en alto, aunque fuera una que debiera librarse con palabras.

—Sin duda. Si no fuera por nuestra defensa, tres mil guerreros de Veturlandia habrían invadido el país la pasada primavera. Ahora mismo, habría otro rey sentado en esa silla. —Mi vasallo señaló al lugar donde se encontraba el rey Hamlin con sus gruesos dedos empapados del jugo de la fruta. Arkin nunca se andaba con rodeos.

La sonrisa del señor regente se desvaneció y las líneas de su cara alargada se tensaron. Le brillaban los ojos, pero no podía negar los cargos, porque eran ciertos.

—Y, por si eso no fuera suficiente —continuó Arkin—, también están los saqueadores de los Riscos. Esos bastardos sí que saben luchar. —Dijo aquello último con una pesada exhalación, negando con la cabeza al recordarlos. Me miró buscando mi confirmación.

—Son buenos luchadores —coincidí mientras asentía una sola vez, mirando con disgusto a los guardias de la estancia. No sobrevivirían a un enfrentamiento con ellos.

Los saqueadores que ocupaban los Riscos no llegaban a contarse por miles, pero eran unos sujetos sanguinarios, muy hábiles, despiadados e imposibles de rastrear. Bien lo sabía yo, que lo había intentado, y era el mejor rastreador de las Tierras Fronterizas. Mi padre se había encargado de ello. Aquellos tipos eran esquivos como el humo.

El rey se aclaró la garganta.

—Nuestra gratitud hacia usted —miró a Arkin— y hacia todos los señores de la frontera no puede expresarse con palabras.

—Tal vez entonces deba demostrarse —sugerí con serenidad arqueando una ceja.

El rey miró primero a su consejero y luego a mí, inquieto, consciente de que había vuelto a tropezarse contra la cuestión.

Se hizo un silencio.

Me metí otro grano de uva en la boca y lo hice rodar sobre la lengua mientras esperaba a que el rey hablara, disfrutando de su evidente incomodidad.

El monarca sabía por qué había venido. Todo el mundo lo sabía. No me había andado con rodeos. Una de sus hijas sería mía. No podía permitirse perder mi lealtad si quería conservar su reino.

Aplasté la uva entre la lengua y el paladar. Mastiqué y alargué una mano para agarrar otra…, pero me detuve en seco.

La piel se me crispó con una sensación repentina, una especie de percepción. El vello de mis brazos empezó a vibrar. Miré a mi alrededor, escudriñando rápidamente las caras que me rodeaban sin ver en sus expresiones nada fuera de lo común, ninguna pista de un estado de alerta o de peligro, y eso que yo era todo un experto en detectar amenazas. A eso me dedicaba. Esa era la razón por la que había sobrevivido durante tanto tiempo. Notaba una tensión en la piel, percibía algo que la jalaba y que no podía explicar.

Era como si alguien hubiera entrado en la cámara y se hubiera unido a nosotros, pero no se había abierto ninguna puerta. No había entrado nadie. Las personas a las que veía eran las mismas que había antes, y sin embargo yo sentía el peso de una nueva mirada, el escrutinio de alguien a quien no podía ver. Alguien a quien solo podía sentir. Notar. ¡Saborear!

Compelido por un hilo invisible, me levanté de la banca y me desplacé por la estancia, recorriendo su perímetro y bordeando los muebles. Rocé con las puntas de los dedos el dorso de una silla con tapizado brocado, el enorme escritorio situado frente a una vidriera, un tapete que recubría una pared, buscando, escudriñando aquel espacio que de repente crepitaba con el calor y la energía de una tormenta inminente.

Los demás intercambiaron miradas, sin duda preguntándose el motivo de mi extraño comportamiento.

—¿Mi señor? —me llamó el señor regente con un matiz de irritación en la voz—. ¿Va todo bien?

Lo ignoré. Ladeé la cabeza, presté atención y escuché el rumor de un latido en los oídos, martilleando a un ritmo mayor que el mío propio.

Me detuve frente a un cuadro de la batalla final de la Trilla. El Lamento había tenido lugar hacía un siglo. El padre de mi abuelo había estado allí. Ese día, fue él quien lideró a nuestros ejércitos hacia la victoria, el responsable de que cambiaran las tornas en la guerra contra los dragones. La batalla dejó incontables víctimas en ambos bandos, pero las bajas de los dragones fueron mucho mayores. Devastadoras. Después del Lamento, el final solo era una cuestión de tiempo. No tardaron en dar caza a los pocos dragones que no habían sido masacrados. Buscaron a los rezagados hasta encontrarlos, apresarlos y eliminarlos. No se volvería a ver un dragón…, salvo uno. Una vez. Una ocurrencia única y extraordinaria ochenta años después del Lamento.

Seguí contemplando la pintura: un cielo nocturno iluminado por fuego de dragón e incontables criaturas aladas retorciéndose y contorsionándose en piruetas mortales sobre los ejércitos de los hombres, con la silueta serrada y oscura de los Riscos dibujando una sombra amenazante en el fondo. Era una obra de arte notable, pintada en azules oscuros y feroces tonos rojos, dorados y naranjas.

No era capaz de apartar la vista de la masacre. Era la primera vez que veía una representación pictórica de ese día, ya que del Lamento no había oído más que historias y relatos. El día de Sigur, el aniversario de aquella crucial ocasión, celebrábamos un festín, alzábamos nuestras copas y festejábamos. Los viejos guerreros compartían las historias que les habían transmitido sus ancestros, relatos de heroicas aventuras, del bien derrotando al mal, que acogíamos con gran entusiasmo. Incluido yo. Sobre todo yo. Me sentía parte de aquella sabiduría popular, conectado al pasado más lejano más que los otros por mis desafortunados (¿o afortunados?) comienzos.

Tenía tres años cuando mi padre me rescató. Al menos, aquella fue la estimación más precisa de mi edad; jamás podré saberlo con certeza. Las certezas que sí tenía eran las siguientes: veintitrés años antes, Balor el Carnicero lideró una partida de búsqueda a los Riscos recubiertos de nieve que se adentró hasta lo más profundo y cavernoso de las montañas. Fue allí donde me encontró, bajo la gruesa piel de la montaña: una desventurada criatura, desnuda, encogida a los pies de una bestia monstruosa, a punto de convertirse en su almuerzo.

En aquel entonces habían pasado ochenta años. Ocho décadas desde el último avistamiento de un dragón. Todo el mundo los creía muertos, extintos, erradicados. Pero allí estaba yo…, en la guarida de un dragón. El último. Una anomalía. Un caso atípico. Como una cucaracha, aquella cosa se había escondido en el vientre más profundo de la montaña, para salir a cazar solo cuando lo protegía el oscuro manto de la noche, para reclamar y devorar la comida que pudiera encontrar… En esa ocasión, yo.

Los dragones vivían siglos y aquel, mi captor, a buen seguro habría vivido mucho más de no haber sido por Balor el Carnicero. Al rey de la frontera le debo la vida. No solo me salvó, matando al último dragón, sino que también me acogió y me crio como si fuera su hijo.

Para los demás, lo que tenía delante no era más que un cuadro.

Pero para mí era mucho más.

Yo sí comprendía lo que representaba. Exudaba violencia, dolor y desesperación. Derrota y triunfo. El triunfo de la humanidad sobre los demoniacos dragones, sobre aquellas malvadas criaturas que nos habían arrebatado tanto y nos habrían arrebatado mucho más, que habrían continuado sembrando la destrucción. Igual que aquel dragón —mi dragón— me había arrebatado a mis verdaderos padres y había destruido a una familia que no conocería jamás. Mi dragón. Por jodido que fuera, siempre pensaría en ese dragón como mío. El dragón que me robó, el que me habría asesinado.

Y, más allá del lienzo enterrado bajo las vívidas pinceladas de óleo y témpera, había algo más que palpitaba y respiraba… y me había llamado. Un…, un fantasma de algo. Algo que me había erizado la piel, que la había jalado hasta la agonía.

Algo más allá de la impresionante obra de arte y mi fascinación por la historia que contaba.

Entorné los ojos y agucé la vista, concentrándome más en la escena, tan visceral como una herida abierta. Sintiera lo que sintiese, fuera lo que fuere lo que percibía en aquella estancia, se originaba allí, en aquel cuadro.

Me le quedé mirando, ilógica e imposiblemente convencido de que me devolvía la mirada.

Cerré los puños a los lados de mi cuerpo, clavándome las uñas en la carne de las palmas. La cámara me resultaba cada vez más asfixiante. Un aliento caliente me salía de los labios y la nariz en forma de vapor.

—¿Mi señor? —Oí la voz a mi izquierda. El rey estaba a mi lado. No lo había oído acercarse, tan absorto como me encontraba en dar caza a lo que fuera que me afectaba.

Inhalé. Exhalé. No sirvió de nada. Seguía teniendo demasiado calor; la presión de mi pecho era demasiada.

—Es impresionante —murmuré, incapaz de apartar la vista de la escena, aunque sabía que lo más adecuado era dedicar toda mi atención al hombre que estaba a mi lado.

—Sí, tengo entendido que es una representación notable.

Lo tenía entendido a través de los anales de la historia, no gracias a la memoria colectiva de su familia.

Cien años antes, ninguno de los miembros de la familia real había estado allí para luego transmitir el relato de sus proezas en aquella cruenta batalla final. El rey de Penterra no lideraba a los ejércitos del sur. Ni entonces ni ahora.

El Lamento —la Trilla, en realidad— corrió a cargo de los ejércitos del norte. Tuvo lugar en el norte. Los dragones los despedazaron hasta hacer polvo sus huesos, calcinaron sus carnes hasta convertirlas en cenizas. Fue la sangre de los guerreros de las Tierras Fronterizas la que corrió por el campo de batalla, la sangre de guerreros como mi bisabuelo. Fue él quien lideró los ejércitos de los hombres en el Lamento cien años antes. Ningún guerrero hizo más que él para eliminar la plaga de dragones de nuestras tierras.

Era un cuarto hijo. Antes de que él asumiera el cargo de señor de las Tierras Fronterizas habían caído tres hermanos e incontables primos. Antes de aquello, había formado una alianza con Fenrir, el padre de todos los lobos, y así se aseguró la lealtad de hasta el último lobo del país y su ayuda en la cacería de dragones.

Aquello formaba parte del pasado, pero no se había olvidado. No en el norte. Y tampoco en ese momento, mientras yo miraba al rey expectante, con mi paciencia convertida en un hilo frágil y quebradizo. El norte estaba harto de esperar lo que le correspondía.

Yo estaba harto.

El rey exhaló un suspiro del que emanaba resignación.

—Bien. Tengo hijas.

Lo que subyacía en esa frase me resultó muy satisfactorio. Hijas, en plural. Aquella admisión era una rendición. Sabía que tarde o temprano tomaría esa decisión; no tenía otra opción. Me necesitaba demasiado como para no claudicar. Al menos, eso me había estado repitiendo desde que había salido de casa.

Esbocé una ligera sonrisa y me giré para mirar directamente aquella pintura infernal, incapaz de arrancar mis ojos de ella ni siquiera entonces, cuando mi objetivo estaba ya al alcance de mi mano.

—Así es.

—¡Majestad! —bramó el señor regente desde detrás de nosotros—. No querrá decir que…

—Tengo varias hijas —aclaró el rey Hamlin con voz rígida, sin duda para acallar las protestas del señor regente. Era la primera vez desde mi llegada que se parecía a un rey—. Tal vez pueda prescindir de una por un hombre tan valioso como el señor Dryhten.

Un golpe de calor irradió desde el cuadro, como si el fuego que poblaba el cielo fuera real y hubiera cobrado vida para salir a quemarme.

Había ganado.

Había logrado exactamente lo que me había propuesto. O casi.

Ese hombre me entregaría a una de sus hijas. Una princesa del reino sería mi esposa. Yacería en mi cama. Tal vez, un hijo mío crecería pronto en su vientre. Y eso significaba que mi voz se oiría entre las que tomaban decisiones en el gobierno de este reino. Por fin. Sentí entonces a mi padre, que me llamaba desde la tumba, orgulloso y complacido. Por fin las Tierras Fronterizas recibirían lo que se les debía.

El rey me puso una mano en el hombro.

—Venga, mi señor. Hay mucho de lo que hablar.

3

TAMSYN

Me encontraba al otro lado del cuadro, envuelta en la oscuridad, separada de aquellos hombres solo por un delgado lienzo tan estirado como la piel. Escondida en el pasadizo secreto, invisible para quienes se hallaban en la cancillería de mi padre, contuve el aliento.

Yo era invisible para ellos, pero ellos no lo eran para mí. Lo veía y lo oía todo, y la furia bombeaba con fuerza y velocidad en mi interior, palpitando dentro de mis venas como una tempestad. Mi padre pensaba entregarle una de sus preciosas hijas a la Bestia de las Tierras Fronterizas.

Una de mis hermanas.

El hombre al que llamaba «papá», que me consentía igual que a sus propias hijas, jamás haría tal cosa. Él no traicionaría de ese modo a una de los suyos. O eso creía yo.

Jamás había sentido una ira tal, una indefensión tal. Durante toda mi vida, mi obligación había sido proteger a las princesas de Penterra. Que me azotaran en su lugar era un privilegio. Una larga fila de padres había ofrecido a sus hijos para tan prestigioso puesto. Muchos lo habían solicitado cuando la reina se había quedado encinta. Me habían elegido a mí. Era un honor. O, al menos, eso me habían enseñado.

Mi primer recuerdo era de la nodriza mandándome a la cama sin cenar. Tenía tres o cuatro años y estaba confundida, ya que yo no había hecho nada malo. Feena, que era unos meses más pequeña que yo, adoraba jugar al escondite. Le gustaba tanto que había seguido jugando hasta mucho después de que la nodriza nos llamara. Ese día, habían tardado más de una hora en encontrarla, aunque la mujer, presa del pánico, había reclutado a todo el personal de palacio para que le ayudaran a dar con ella. Al final, habían descubierto a la princesa en el fondo de un armario de uno de los dormitorios de invitados, donde se había quedado dormida.

Aquella fue mi primera lección. Mi primer castigo. Me mandaron a la cama con el estómago vacío mientras Feena me miraba con los ojos muy abiertos y total incomprensión, pues era demasiado pequeña para entender por qué la nodriza, que temblaba de furia contra ella, y no contra mí, me mandaba a mí, y no a ella, a la cama con hambre. Recuerdo estar acostada en la cama, mirando de forma fija la oscuridad con la cara mojada de lágrimas saladas y calientes, un nudo en la garganta por la injusticia y el estómago rugiéndome de hambre. Me sentía tan herida, tan confundida... ¿Qué había hecho yo para que me trataran con tanta dureza?

Sin embargo, al final todas lo entendimos.

Mis castigos acabaron adquiriendo carácter físico. Primero fueron las manos de la nodriza, luego las de los preceptores y finalmente llegó el señor chambelán. Todos ellos se encargaron de que las princesas sufrieran las consecuencias de sus travesuras. De que yo sufriera las consecuencias de sus travesuras. Yo. Por las cosas que hacían ellas. La confusión y el dolor se fueron desdibujando hasta que aquello se convirtió en una realidad aceptada.

Yo era la niña de los azotes.

Había protegido a mis hermanas durante toda mi vida, y ahora necesitaban más amparo que nunca, al menos una de ellas. Debía protegerla de él. La Bestia había irrumpido en palacio con su banda de rufianes y sus odiosas demandas y mi padre había cedido.

Pero yo no pensaba hacerlo.

Mientras el aliento escapaba de mis labios con furia, fulminé con la mirada los ojos pálidos como el hielo de ese hombre que se creía con derecho a reclamar a Feena, Sybilia o —Dios no lo quisiera— Alise para sí. Mi hermana pequeña era menuda y delicada. Un guerrero así la rompería.

Apenas nos separaban unos centímetros y el aire caliente crepitaba entre los dos. La melena oscura le llegaba a los hombros y por los lados estaba recogida en trenzas pegadas al cráneo. Casi notaba su respiración a través de la endeble barrera del lienzo. Estudié su rostro emborronado por las fibras de la tela, reconfortada por la certeza de que la oscuridad de aquel pasadizo húmedo no le permitía verme, pero, si así era…

¿Por qué se había detenido justo delante del cuadro?

¿Por qué me miraba como si sí pudiera verme? ¿Como si estuviera a punto de alargar una mano y tocarme a través del lienzo?

Una sensación febril se me extendió por la piel en cuanto imaginé aquellas grandes manos encima de mí.

Era imposible, por supuesto. No podía saber que estaba allí.

Recorrí su rostro ensombrecido con la mirada, estudiando cada línea y hendidura, la mirada intensa, el gesto recio de su boca. Parecía… agitado. Tal vez me había delatado a mí misma con un ruido. Me había creído absolutamente sigilosa, pero no había otra explicación para su fijación por el cuadro.

El rey le puso una mano en el hombro y se lo llevó para discutir los detalles de su matrimonio con una de mis hermanas…, pero no antes de dirigir una mirada de desaprobación hacia el cuadro. Contuve el aliento.

Mi padre sabía que me hallaba en el pasadizo secreto.

Por supuesto que lo sabía. Papá había vivido toda su vida en palacio; él mismo nos había enseñado los pasadizos cuando éramos pequeñas. Retrocedí unos centímetros, segura de que no estaría muy contento conmigo. Por una vez, tal vez me hubiera ganado yo misma los azotes.

Esperé mientras los hombres continuaban su conversación con la esperanza de enterarme de a cuál de mis hermanas le esperaba tan vil destino, cuál estaría condenada a atarse para siempre al tristemente famoso señor Bestia, sanguinario y despiadado, considerado más monstruo que hombre, el último humano en sobrevivir a un dragón.

Pero papá no medió palabra. No mencionó el nombre de la hija a la que pensaba prometer con el rey de la frontera, y aquel terrible bárbaro tampoco lo preguntó. Con toda probabilidad, al muy desgraciado ni siquiera le importaba. No me cabía duda de que, para la Bestia, todas mis hermanas eran lo mismo: una cara agradable e hija del rey. Intercambiables. Aquello no hizo sino acrecentar mi indignación. Mis hermanas eran más que eso. Eran personas, y muy distintas.

A Feena le encantaban los animales; siempre se estaba colando una mascota u otra en la cama, mientras que Sybilia preferiría beber veneno que permitir que cualquier animal se le acercara, por miedo a que le saltara encima y la lamiera. Y luego estaba la dulce Alise, que adoraba sus acuarelas y comía fresas con nata todas las mañanas. Comía tantas fresas que olía a ellas.

Me sobrevino un escalofrío cuando Dryhten insistió en que el matrimonio se celebrara lo antes posible. Papá accedió y le aseguró que así sería. Todo estaba ocurriendo tan rápido que me daba vértigo. La reina ni siquiera había sido informada…, y mucho menos la novia. Echaba humo solo de pensar que una de mis hermanas quedara a merced de un hombre conocido como la Bestia… ¿Acaso papá no temía por su hija?

Poco después, empezaron a dispersarse, y el señor regente les recordó que les esperaba un gran festín. Los guerreros de Dryhten parecían satisfechos, así que me pregunté por qué él se mostraba tan taciturno. Se había salido con la suya. ¿No debería estar sonriente, como hacían los demás? Y, sin embargo, se le notaba la tensión en la piel de la mandíbula. Volvió a lanzar otra mirada hacia el cuadro. Hacia mí.

Me puse rígida y negué con la cabeza.

«No, no, no. Sigue andando, bruto».

Me tapé la boca con los dedos para reprimir cualquier sonido que se me pudiera escapar, como si hubiera pronunciado aquellas palabras en voz alta.

No era posible que hubiera oído mis pensamientos, pero entornó esos ojos centelleantes. Desde aquella distancia, era imposible leer lo que expresaban, pero sentía sus sospechas con tanta agudeza como si tuviera la hoja de una espada contra el cuello. Su ancho pecho se hinchó con el impulso de una inhalación que, de algún modo, oí —sentí— y luego dio media vuelta y se fue de la cámara.

Me dejé caer contra la pared, agachando la cabeza, y me quité la mano de la boca con un estremecimiento de alivio. Pasaron varios minutos hasta que conseguí recomponerme lo suficiente como para moverme. No me entusiasmaba la idea de volver por aquel laberinto de pasadizos que serpenteaba a través del palacio, con la compañía de todo tipo de criaturas con más patas de la cuenta. Además, era un largo camino húmedo y oscuro hasta el salón donde a mi madre y a sus damas les gustaba dedicarse a sus labores. Levanté el pestillo, decidida a irme de allí lo antes posible.

Con un empujoncito, el cuadro se abrió como si de una puerta se tratara y salí a la cámara, hundiendo los zapatos en la alfombra que cubría el suelo de piedra.

El Gran Salón debía de estar repleto de juerguistas que estarían comiendo, bebiendo y danzando al compás de la música de los trovadores que habían convocado especialmente para la velada. No es que la corte penterrana hubiera necesitado nunca una razón especial para celebrar una fiesta, pero la llegada de aquellos invitados tan especiales resultaría en largas horas de celebración. Nadie se habría percatado todavía de mi ausencia, y yo tenía que encontrar a mis hermanas para advertirles. Debía hablar con mamá; tal vez ella lograra convencer a su esposo. Quizá podía también hablar con Stig, para que intercediera ante su padre. Sabía que él estaría de mi parte.

Volteé para asegurarme de que el cuadro estuviera en su lugar y nada revelara que lo habían movido. Satisfecha, me di la vuelta de nuevo, pero choqué con una pared. Una pared dura con brazos y manos que me rodearon. Una pared que poseía una voz grave y ronca.

—Veo que este palacio está equipado con espías.

¡La Bestia!

El olor que había percibido un rato antes en el Gran Salón me asaltó de inmediato. Me empapé de ello, de él. Dilaté los agujeros de la nariz. Viento, tierra y caballos. Y aquel «algo más» indescifrable.

Una oleada de calor se extendió por mi cuerpo, prendiendo fuego a mi piel. Me arqueé contra aquella losa de hombre, contra aquellos músculos palpitantes e inamovibles. Le empujé el pecho firme con las palmas de las manos, desesperada por liberarme.

Yo era fuego. Todo mi cuerpo ardió con el contacto y el miedo me atenazó la garganta.

Los ojos de él ya no eran rendijas entornadas. Me contemplaban sin reparos, abiertos y alerta, preparados para la batalla. Tan de cerca, sin una barrera entre nosotros que lo emborronara, me di cuenta de que eran del color de la escarcha, gris pálido con un aro azul más oscuro. En ellos resplandecía su satisfacción. Me había percibido detrás del cuadro y ahora me había descubierto.

—No soy ninguna espía —contesté con una voz ronca que no reconocí como propia.

—¿Ah, no? Entonces ¿quién eres? —Recorrió mi rostro y mi cabello rojo como el fuego con la mirada, que detuvo sobre mi melena. Aquel color tan poco habitual había sido uno de los protagonistas de los tormentos de mi infancia, pues los niños de la corte lo consideraban un recordatorio visible de que en realidad no era una de ellos, de que no era una princesa «de verdad», sino una niña de la calle acogida por unos reyes generosos de buen corazón—. ¿Qué eres?

¿Qué era yo? ¿Qué era él?

Sus ojos me absorbían de una forma nueva para mí. Nadie me había mirado nunca así. En el palacio me prestaban muy poca atención, salvo cuando se requerían unos azotes o cuando a alguien le apetecía ridiculizarme por mi altura desgarbada, mi desafortunado cabello o mis dudosos orígenes.

En ese momento, el bruto alzó una mano.

Me estremecí.

Él hizo una pausa; sus ojos me estaban comunicando algo. No supe decir qué, pero me relajé un poco. Esperó un momento más y entonces acercó su manota para acariciar uno de los mechones de mi pelo, que frotó con los dedos con suavidad, como explorándolo.

Noté entonces una vibración y me di cuenta de que, inexplicablemente, venía de mí. De mi pecho.

Me soltó el pelo, que cayó contra mi cuello con un murmullo. Las sujeciones de hierro que eran sus brazos volvieron a rodearme, apretujándome, atrayéndome más hacia él. Flexioné los dedos contra su túnica de cuero como un gatito que amasara con sus patas, incapaz de resistirme, incapaz de no moverme y explorar.

—La pregunta es si espías para ti o para alguien más —añadió.

Pasaron unos instantes antes de que lograra hablar.

—Yo… no soy nadie.

Emitió un sonido; parte carcajada, parte gruñido.

—Ay, dulzura, sí que eres alguien… Algo.

Me estremecí, a pesar del calor que me había engullido.

Aquel hombre ya no era una figura distante al otro lado de un salón abarrotado. Ya no era alguien oscurecido por una pintura que hacía las veces de velo. Estaba allí, era real y palpitaba contra mí. Su pelo no era solo oscuro, era negro como el carbón, con destellos azules y púrpuras como el ala de un cuervo cuando la acaricia la luz de la lámpara cercana. Distinguía el aro azul intenso de sus ojos pálidos, admiraba el abanico de un grueso imposible que eran sus pestañas. Y su boca… Dios, su boca. El labio inferior era ancho y grueso, engañosamente exuberante para un hombre que parecía ser todo dureza y brutalidad.

Parpadeé y negué con la cabeza, como si quisiera despertar de su hechizo. Aquel hombre era, simplemente, distinto. Y punto. Eso era lo que me tenía tan cautivada. Con aquel cuerpo tan enorme, aquella melena demasiado larga y aquellos ojos abrasadores, no tenía nada que ver con los hombres de palacio. Eso era lo que me fascinaba.

Y me aterrorizaba.

—Suéltame —le ordené.

Estaba segura de que no era un hombre que se rindiera ante nadie. Era un guerrero que se adueñaba de lo que quería. Su existencia se basaba en la robustez, en ejercer la fuerza, en la dominación. Por un instante, no creí que fuera a obedecer.

Y entonces lo hizo.

—Por supuesto —dijo.

Aflojó un ápice los brazos, permitiendo algo de espacio entre los dos. Aun así, me detuve, perdida en la gloria de aquel rostro, aquel pelo y aquellos ojos, desconcertada ante el tumulto de sensaciones que me abrumaban.

Por fin me liberé y di un paso tambaleante hacia atrás. No me ayudó mucho. El aire estaba cargado y chisporroteaba a nuestro alrededor, como si se acercara una tormenta. A él le brillaban los ojos, como los de una bestia acechando en la oscuridad. Me pareció apropiado.

—Te dejaré volver a…, a lo que sea que estés haciendo en lugar de espiar —continuó.

Abrí y cerré la boca. No me gustaba su tono burlón. Quería ponerlo en su lugar, demostrarle que…, ¿qué? ¿Que se equivocaba? Porque no era así. No se equivocaba. Estaba espiando, de lo que no me arrepentía. Haría eso y mucho más para mantener a mis hermanas a salvo.

De repente, la puerta de la cancillería se abrió y entró el señor regente.

—Ah, mi señor, pensábamos que estaba en… —En ese momento, su mirada se detuvo sobre mí y se sobresaltó, apretando los labios en una mueca de desaprobación.

Me puse tensa. Aquel charlatán pomposo me toleraba, pero sabía que no me tenía en buena estima. Aunque cumplía mi función como niña de los azotes, pensaba que estaba demasiado mimada, demasiado integrada en la familia real. Y lo que menos le gustaba era mi amistad con su hijo. A veces lo descubría observándome cuando estaba con Stig y, en esos instantes, su mirada me asustaba. Me hacía sentir que estaba haciendo algo malo, una sensación que detestaba. Me esforzaba mucho por comportarme como era debido. Ya era suficiente que me castigaran por el mal comportamiento de mis hermanas, no necesitaba también pagar por mis propios errores. Eso sí que podía controlarlo.

—¿Qué haces aquí, muchacha? —Me miró por encima del hombro—. No deberías estar aquí. ¡Largo! —Me hizo un gesto con la mano para que me fuera, tratándome como el fastidio que era para él.

Vacilé solo lo suficiente para dedicar al señor Dryhten una última mirada recelosa, como si esperara que me agarrara de repente, que me agarrara y me castigara por haber estado escuchando.

Pero no lo hizo, por supuesto. Me dejó ir, así que me marché a toda prisa, sin dejar de sentir cómo su mirada palpable, caliente y feroz se deslizaba por mi espalda.

No me atreví a ir al Gran Salón, como había pensado en un principio. El señor Dryhten estaría allí, y un solo encuentro con él había sido suficiente para una velada. Para toda la vida. Además, existía la posibilidad de que me delatara como espía ante el rey y la reina.

Me estremecí solo de pensarlo. Los reyes se portaban bien conmigo, pero incluso ellos tenían un límite. Sabía perfectamente que no me convenía avergonzarlos ante la corte y nuestros importantes invitados.

Corrí a mis aposentos, donde me dediqué a pasearme arriba y abajo, preguntándome si el señor regente se encargaría de que sufriera represalias por haberme encontrado a solas con Dryhten. ¿Debía esperar una visita del señor chambelán para que me azotara de nuevo? Hacía mucho tiempo que no me sometían a una flagelación dos veces en un mismo día. No me entusiasmaba la idea.

Desde el Gran Salón llegaban sonidos de júbilo. Quise creer que el señor regente habría bebido las copas suficientes para olvidarse de mí, pero sabía que era poco probable. Él jamás perdía la cabeza con el vino y, estando allí los señores de la frontera, estaría más alerta que nunca.

Una de las criadas llegó para bajar la colcha y dejar la cama preparada, pero cuando me encontró en la alcoba se quedó para ayudarme a prepararme para dormir. Me cepilló el pelo hasta que crepitó como el fuego, y luego me lo peinó en una larga trenza.

—¿La pasó bien esta noche, mi señora? —preguntó, dando por hecho que había estado en el Gran Salón junto a los demás. Cuando el palacio estaba tan lleno de gente, era sencillo perderle la pista a la menos importante de las princesas.

—Sí —mentí, mirando mi reflejo de forma inexpresiva. No iba a contar la verdad: que ni siquiera había ido al Gran Salón—. ¿Ya volvieron mis hermanas a sus aposentos?

—Creo que no. La celebración sigue en pie, y no tiene pinta de decaer.

No me sorprendió. Sin embargo, mis hermanas no se quedarían mucho rato más; mamá no permitiría que festejaran hasta bien entrada la noche. Las esperaría despierta. Merecían saber lo que ocurría. Necesitaban saber lo que habían planeado para una de ellas. Necesitaban que alguien les advirtiera. Juntas, trazaríamos un plan.

En ese momento, alguien llamó secamente a mi puerta y, sin esperar a que les diera permiso, entraron el rey y la reina, seguidos del señor regente. Al ver al padre de Stig, se me cayó el alma a los pies.

La reina le hizo un gesto con la cabeza a la criada.

—Eso será todo. Puedes irte.

La muchacha hizo una reverencia y obedeció. Cerró la puerta al salir y el sonido reverberó por mi alcoba, que de repente se me antojaba muy pequeña. Era una situación única: el rey, la reina y el señor regente a solas conmigo en mis aposentos privados, agotando todo el aire de la habitación. Di por hecho que el motivo de su presencia era que el señor regente me había descubierto a solas con el señor de la frontera.

La Bestia era un individuo valioso para ellos, era evidente. Pensaban casarlo con una princesa solo porque lo había pedido. No me cabía duda de que habían venido a interrogarme acerca de nuestro encuentro y a asegurarse de que no había ofendido al señor Dryhten de modo alguno.

Me puse de pie a toda prisa y me sequé las manos sudorosas en el camisón. No estaba segura de no haber afrentado a la Bestia. Sus ojos entornados asomaron a mi mente, tan gélidos que casi sentí el golpe de frío. Luché por controlar mi expresión y no revelar mis dudas.

Hice una reverencia a mi madre y a mi padre, pero no logré más que una rígida inclinación de cabeza en beneficio del señor regente, que estaba al lado de ellos con una postura estoica y la expresión más fría y astuta que nunca.

Mi padre me observó con una sonrisa.

—Tamsyn, tengo entendido que te las arreglaste para entrar en la cancillería durante mi audiencia con el señor Dryhten.

Me ardían las mejillas. Le habían informado, por supuesto.

—Sí, papá.

—¿Por un pasadizo secreto?

—Sí, papá.

Soltó un ruidito que no era de aprobación ni de desaprobación.

—Supongo que la culpa es mía, por habérselo enseñado a tus hermanas y a ti.

—Mira que escuchar a escondidas sobre asuntos que no te conciernen… —El señor regente chasqueó la lengua y miró al rey, buscando su asentimiento—. Se lo he dicho en otras ocasiones,

Majestad. —Suavizó el tono, efusivo pero persuasivo—. La consienten. Se toma demasiadas libertades.

—Eso ya no tiene importancia —repuso la reina de forma tajante.

El señor regente exhaló un suspiro con aire sufrido, pero asintió casi imperceptiblemente para mostrar su acuerdo.

Y aquello me pareció un mal presagio.

Los miré a los tres asustada, preguntándome por qué ya no tenía importancia.

El rey se giró hacia mí.

—Doy por hecho entonces que sabes que le prometí al señor Dryhten a una de mis hijas.

—Sí, y no logro entender por qué, papá.

Era mi oportunidad para convencerlo. Era la ocasión perfecta: estaba reunida con las tres personas que tomaban todas las decisiones. Respecto a mi vida. Respecto a la vida de mis hermanas. Respecto a la vida de los habitantes de la ciudad… y de todo Penterra. Hasta ese momento, estaba convencida de que eran las tres personas más poderosas de todo el reino, pero ahora sabía la verdad. Ahora sabía que existía una bestia con un poder que rivalizaba con el suyo, una bestia que se había presentado en nuestra puerta, y a la que mi familia estaba dispuesta a darle lo que pidiera.

—No te corresponde a ti entender las razones de tus superiores —me espetó el señor regente.

Mi madre se acercó a mí y me acarició con afecto la gruesa trenza, que descansaba sobre mi hombro.

—Oh, Tamsyn… —me regañó—. Siempre tan firme en tus convicciones. Es encomiable.

Me relajé un poco gracias a sus alabanzas y le dirigí al señor regente una mirada desafiante.

El rey me puso las manos sobre los hombros.

—Sé que te parece inconcebible, querida. —Me miró a los ojos—. Pero la diplomacia es necesaria para gobernar un reino.

—No dudo de que es difícil, pero no puedes hacer esto —me atreví a suplicar ignorando la presencia del señor regente. Sabía que me estaba observando disgustado por nuestra familiaridad, por nuestra cercanía, pero, al fin y al cabo, el disgusto no era nada nuevo de su parte—. No puedes entregarle a ese hombre una de mis hermanas.

—Puede hacer lo que quiera. ¡Es el rey! —afirmó el señor regente, puntuando cada palabra con un énfasis hiriente. Me miraba por encima del hombro y de sus ojos irradiaba el odio de siempre. Se las arreglaba para parecer más alto que yo, aunque no lo fuera.

—Perdóname. —Eran palabras de arrepentimiento, pero no lo sentía. No lo sentía en absoluto, no cuando se trataba de proteger a mis hermanas.

—Oh, ¡díselo de una vez! —dijo mi madre con impaciencia.

Levanté la vista de golpe. ¿Decirme qué? ¿A qué hermana habían condenado a tan terrible destino? ¿Ya lo habían decidido? Tragué saliva, a pesar del gigantesco nudo que se me había formado en la garganta.

—No vamos a entregarle a ninguna de tus hermanas —dijo por fin el señor regente, casi como si lo estuviera saboreando. Y aquello no me dio buena espina. Ni tampoco esa sombra de sonrisa que agrietaba sus duros rasgos.

—¿N… no?

Mi padre asintió.

—Esa nunca fue mi intención.

Me froté la frente, aliviada pero confundida.

—No lo entiendo. Te oí acceder a…

—Teníamos que acceder. Por desgracia, no podíamos negarnos a lo que nos pidiera el perro de las Tierras Fronterizas. Necesitamos que siga protegiendo nuestra frontera del norte. —El señor regente curvó los labios y enseñó los dientes en una mueca de desdén—. Maldito bárbaro… No mancillaremos el linaje real con un individuo como él.

—Entonces ¿qué harán? —Algo tenían que hacer. Le habían ofrecido una princesa penterrana. No lo había oído mal.

El rey me estrechó los hombros con un gesto alentador.

—Le entregaremos una princesa de Penterra, tal y como le hemos prometido.

Con el ceño fruncido, miré cada uno de sus rostros expectantes y negué con la cabeza despacio.

—Pero dijiste que…

—Sé lo que dije —admitió el rey.

Y entonces…

—La princesa que le vamos a entregar —aclaró por fin el señor regente— eres tú.

4

STIG

No recordaba una vida antes de Tamsyn. Ella siempre había estado ahí. Era una parte de mí, indeleble en mi memoria. Era como tinta grabada para siempre en el lienzo de mi vida, en mi piel.

Mi mundo y el de la familia real siempre habían estado entrelazados. No tenía recuerdos de mi madre. No había logrado recuperarse de los esfuerzos del parto y había muerto antes de mi primer cumpleaños. Me había criado en la corte, hijo de un padre ambicioso que solo reparaba en mí cuando le servía a un propósito. Se esperaba de mí que sobresaliera en los estudios, y también que superara a los demás muchachos en el campo de instrucción. Debía correr más rápido que ellos, cabalgar más rápido que ellos, ser mejor que ellos en todo.

Todo lo que se hacía era bajo la sombra del rey y la reina, junto a las princesas, esos incordios que no me quedaba más remedio que soportar. Y supuse que la familia era eso: las personas a las que soportabas. Esa era su definición. Sin embargo, con el paso del tiempo, Tamsyn acabó por convertirse en algo más (¿o menos?) que un incordio. Se convirtió en alguien que ya no tendría que soportar.

Yo tenía trece años cuando me la encontré sollozando en un rincón de palacio, hecha un ovillo. Estaba abrazada con fuerza a sus propias rodillas, como si así pudiera hacerse desaparecer.

Acudí junto a ella, a pesar de que en aquel entonces las niñas no me interesaban mucho, sobre todo las pequeñas. Si le iba a dedicar tiempo a alguna chica, sería alguna de las mayores y guapas que nos miraban a mis amigos y a mí con gesto coqueto. Sin embargo, tampoco a ellas solía prestarles mucha atención.

En aquella época pasaba casi todo mi tiempo entrenando, perfeccionando mis habilidades con la espada y siguiendo las órdenes de mi padre en todas sus formas. Mi infancia había llegado a su fin; los tiempos para niñerías habían terminado. Tenía cosas que hacer, cosas importantes. Adultas. Pero, aun así, ella me transmitió algo, algo que me hizo acudir a su lado.

Era tan larguirucha como un potro, con los codos huesudos y el pelo rojo como el fuego siempre despeinado; se le soltaba de las horquillas y le caía por la espalda y por delante de la cara; era un desastre. Debería haber seguido adelante. La obligación me llamaba, y ella ni siquiera se había percatado de mi presencia. Podría haber pasado de largo, pero me detuve y me quedé ante ella. Estaba hecha un mar de lágrimas y había accionado algo en mi interior.

Me agaché junto a ella. Parecía tan pequeña, tan vulnerable y patética… Le di un golpecito con el hombro.

—¿Por qué estás tan triste?

Se sobresaltó. Levantó la cabeza ahogando un grito y se secó las mejillas mojadas. Me miró con aquellos ojos anegados en lágrimas.

—¿Por qué? —Su voz sonaba quebradiza, como una hoja seca—. ¿Por qué? —Se sorbió la nariz y ahogó un sollozo—. Porque nadie me querrá nunca. —Se tropezó con las palabras, como si fueran excesivas, demasiado grandes y difíciles de manejar para su boca.

Yo parpadeé, inseguro de qué hacer con aquello, y respiré hondo.

—¿A qué te refieres, Tam?

Y entonces soltó un torrente de palabras, tan deprisa que tardé unos instantes en descifrarlas, que incluso me perdí la mitad.

—Feena me enseñó…, me dijo… Nunca me pondré la tiara nupcial de mamá… —Negué con la cabeza, totalmente perdido. No lo entendía. ¿Era una especie de riña entre hermanas?—. Ayer me azotaron por… —Se detuvo con un resoplido y se apretó las rodillas con los dedos—. Ni me acuerdo. Algo que hizo Sybilia.

Las princesas eran muy revoltosas. Todo el mundo lo sabía. La princesa Alise era la que mejor se portaba de las tres, pero era poco más que un bebé. Todavía no era tan propensa a causar daños como Sybilia y Feena.

Tamsyn negó con la cabeza de nuevo.

—Yo no soy nadie. Me dicen que soy una de ellas, pero ni siquiera podré llevar la tiara de…

No pude seguir escuchando aquello. Ni viendo aquello. No soportaba aquellas palabras tan amargas, ni su expresión de dolor. Sabía que en palacio había gente que no era amable con ella. La tradición del niño o la niña de los azotes tenía una larga historia y era una posición respetada por la mayoría. Sin embargo, algunas personas ruines y mezquinas solo se sentían mejor, solo se sentían por encima, si hundían el ánimo de los demás. Eran las mismas personas que se dirigían a los sirvientes como si estos no fueran humanos. Las mismas que habían hecho que Tamsyn estuviera acurrucada allí, en la oscuridad, con el rostro lleno de lágrimas.

Me puse de pie de golpe y le tendí la mano.

—Ven.

Levantó la vista parpadeando; me miró a mí y luego a mi mano.

—¿A dón…?

—Ven conmigo. Quiero enseñarte una cosa.

Puso su manita sobre la mía y le ayudé a levantarse. Luego la guie pasillo abajo y cruzamos el palacio hasta llegar a la galería. Era una estancia estrecha que se alargaba y se alargaba, doblándose y bifurcándose en otros pasillos y antecámaras con suelos de mármol. En la galería había cientos y cientos de pinturas enmarcadas, esculturas y piezas de cerámica.

Me detuve deliberadamente delante de un retrato. Sin soltarle la mano, señalé con la cabeza la imagen de un hombre de pelo gris con un aspecto muy digno.

—¿Sabes quién es?

Ella estudió el cuadro y exhaló un suspiro, malhumorada.

—Pues algún dignatario, supongo. ¿Tiene relación con el rey? ¿Debería conocerlo?

Tal vez. La galería estaba llena de retratos de figuras notables de la historia penterrana. Podrías dedicar una vida entera a aprender sus nombres y sus biografías. ¿Debía sorprenderme que la institutriz todavía no la hubiera instruido sobre su legado?

—Era el niño de los azotes del rey. Lo eligieron cuando era solo un bebé de la prole de un pequeño terrateniente.

Históricamente, los niños y las niñas de los azotes pertenecían a familias de baja cuna asediadas con un gran número de bocas que alimentar. Si elegían a uno de ellos para el puesto, se aliviaba su carga. Aquel o aquella joven pasaba a criarse entre lujos y sacaba a su familia carnal de la pobreza. ¿El precio de tal acuerdo? Unos azotes de vez en cuando. Todas las partes salían beneficiadas.

Dio un paso al frente y contempló el retrato con atención.

—Cuando su cometido como niño de los azotes llegó a su fin, sirvió como emisario en Acton —continué—. Se casó con una aristócrata y se instaló allí. —Seguimos avanzando hasta llegar junto a otro retrato: una mujer vestida con ropajes del siglo pasado—. Esta es Inger de Torsten, la famosa poeta. —Por lo penetrante de su mirada, supe que había oído hablar de ella—. Ella también fue una niña de los azotes. ¿Lo sabías?

Tamsyn negó con la cabeza.

—N… no. Ya sabía quién era, querido. No hay bardo que no haya hecho canciones de sus versos, pero no sabía que era… como yo.

—El destino de tus hermanas es el matrimonio. Deben formar alianzas. Esa es su obligación, pero no la tuya. Tú sí que tendrás elección sobre tu futuro.

—Elección… —musitó, como si estuviera saboreando la palabra.

Señalé la larga pared de la galería.

—Están todos aquí. Los niños y las niñas de los azotes del pasado. Vivieron vidas importantes, igual que harás tú. No es verdad que no seas nadie. No lo es ahora ni lo será nunca. Tendrás un futuro después de esto, Tamsyn. Eres importante… y siempre lo serás.

Se puso recta y alzó un poco la barbilla. De repente, mientras contemplaba el retrato de la mujer que un día había sido como ella, me pareció más alta.

Tras un largo momento, echó a andar, pero se detuvo ante el siguiente retrato.

—¿Y él? ¿También fue un niño de los azotes?

Asentí.

—Sí. Están todos aquí. En esta pared.

Echó un vistazo a la hilera de retratos.

—Háblame de ellos, por favor.

Hice lo que me pedía, y le conté todo lo que sabía del largo linaje que la precedía y de su prestigioso legado.

Jamás volví a verla llorar en una esquina. Después de aquello, fue distinta. Ambos lo fuimos. Yo me había criado con todas las princesas, pero mi relación con Tamsyn era especial. Íntima. Siempre que estábamos juntos en la misma cámara, mis ojos la encontraban, la seguían, permanecían sobre ella.

Ya no volvió a haber muchos días como ese, en el que tuve que animarla. Ya no necesitó eso de mí. Era como si le hubieran quitado un peso de encima. Nunca miró atrás, nunca descendió de nuevo a aquel abismo oscuro. Nunca volvió a cuestionar su papel. Siguió con su vida, igual que yo. Ambos seguimos viviendo, cada uno con sus responsabilidades.

Yo no pensaba en sus azotes. No pensaba en que un látigo le desollaba la espalda. Sabía lo que era llevar a un cuerpo al límite. Muchas noches me desplomaba en la cama dolorido y a punto de romperme después de una jornada de entrenamiento. Ella era fuerte, como yo. Nuestros cuerpos lo soportarían. Y, a sus veintiún años, se estaba acercando al final. No era algo de lo que se hablara, pero yo lo sabía. Había pensado en ello a menudo a medida que los años pasaban, a medida que ella crecía, que pasaba de torpe a hermosa. Se acercaba poco a poco a aquel vago final, al día en que sería libre.

Las princesas ya estaban en edad de casarse, sobre todo Feena y Sybilia. No tardarían en marcharse, y cuando eso ocurriera ya no habría necesidad de tener una niña de los azotes. Tamsyn podría seguir con su vida y construir su propio legado, como habían hecho tantas otras antes que ella. Como yo le había prometido.

Al menos, eso era lo que tendría que haber pasado. Antes, cuando pensaba en la llegada de ese momento, solía sentirme expectante, impaciente. Tamsyn sería libre. Libre de ser. Libre de elegir.

Me estremecí. Me había equivocado. Ahora me daba cuenta de que jamás tendría esa elección. Ni el rey, ni la reina, ni siquiera mi propio padre, lo permitirían. Tenían otros planes para ella y me habían convertido en un mentiroso.

Jamás habría concebido que pudiera darse una situación como aquella. Hacía años le había dicho que tendría un futuro ilustre, y había sido sincero. No había previsto que la prometieran con nadie, y mucho menos con Dryhten.

No pensaba permitirlo. Me lo juré. Aquel bastardo jamás la tendría.

Soporté el banquete en el Gran Salón con aquella convicción ardiendo dentro de mí, con el cuerpo vibrante de tensión. Abría y cerraba los puños mientras observaba a los nobles que festejaban. Debido a la asistencia de la docena de guerreros de las Tierras Fronterizas, se requería mi presencia, si bien lo único que yo deseaba era marcharme de allí e ir en busca de Tamsyn.

Pero era mi deber quedarme hasta que la celebración terminara, y todo el mundo sabía que yo, el hijo del señor regente, el capitán de la guardia, jamás le daba la espalda a mi deber.

Así pues, esperé hasta que el Gran Salón se vació. Hasta que el último juerguista se fue a la cama. Hasta que el silencio se coló, grueso y viscoso como un charco de sangre, por cada rendija y grieta de los muros de piedra de palacio.

Cuando estuve seguro de que todos dormían, recorrí con sigilo, silencioso como un fantasma, los pasillos como tumbas. Nunca había osado entrar en la cámara de Tamsyn. Era muy inapropiado, muy irregular... Pero eran tiempos desesperados y no había nada que no estuviera dispuesto a hacer por salvarla. Nada. Nada en absoluto. Lo sacrificaría todo. Incluso el deber.

Incluso a mí mismo.

5

TAMSYN

Cuando tenía diez años, me enteré de que no se celebraría ninguna gran boda de Estado en mi honor. No habría una multitud de invitados, ni celebraciones que duraran una semana. No se organizarían cacerías reales para la comitiva nupcial, ni se dispondría un lujoso festín con entretenimiento de todo tipo. Las campanas no repicarían por todo el país, ni habría ritos matrimoniales con un príncipe lejano ni un dignatario de importancia para mejorar la situación del reino. Un futuro así, de los que resplandecen como un prisma acariciado por la luz, deslumbrante y colmado de maravillas, estaba reservado para mis hermanas, no para mí.

Aunque no es que hubiera dedicado mucho tiempo a pensar en el futuro, sobre todo no a los diez años. Todavía no. Era una niña; esas cosas no me preocupaban. Vivía el momento.

Pasaba las mañanas aprendiendo con mis preceptores y nuestra institutriz. Daba lecciones de música, danza, arte y modales. Jugaba con el gato gordo atigrado que dormía en la cocina. Montaba en poni por los vastos jardines y jugaba y exploraba con mis hermanas. A veces, me sentaba ante el fuego en el Gran Salón y escuchaba fascinada a los bardos que venían a palacio a contarnos historias de tiempos pasados, de dragones que exhalaban fuego y brujas que lanzaban hechizos, de huldras seductoras y harpías espantosas, de criaturas marinas y del monstruoso Fenrir, padre de todos los lobos, que devoraba a cualquiera que se atreviera a poner un pie en su territorio.

No permitía que los azotes ocasionales me afectaran. No eran más que algo que me había tocado soportar, como una dosis de algún medicamento amargo o un jalón de pelo cuando el cepillo trataba de deshacerme los enredos en el cabello. Algo desagradable, pero, por fortuna, breve. Me negaba a obcecarme en aquellos sucesos.

En mi primera juventud, el rey, la reina o la institutriz a menudo se encargaron de decirme las verdades que dolían, de instruirme en mi papel, formarme y supervisar mis castigos. El señor chambelán todavía no se había interesado por mí. Su indeseada atención no nació hasta mi decimoquinto verano.

Sin embargo, a veces sí sentía el peso de la dura mirada del señor regente, sobre todo si descubría a su hijo jugando conmigo. Yo no le gustaba, y me recordaba con frecuencia cuál era mi lugar en el orden de las cosas. Y, que quede claro, consideraba que mi lugar se encontraba más bien junto a la criada de la recocina, y no jugando a los dardos con Stig.

Sin embargo, los reyes no estaban presentes el día que empecé a contemplar seriamente el futuro que me esperaba. Ese día, la dolorosa verdad afloró de una fuente inesperada en mitad de un juego infantil.

Habíamos terminado en el aula, así que teníamos un poco de tiempo para nosotras antes del almuerzo. Las princesas estaban revoltosas; yo, no tanto. Estábamos jugando a perseguir nuestras sombras y corríamos pasillo arriba y abajo, y entrábamos y salíamos de las alcobas entre chillidos de júbilo y pisotones. En un momento dado, me detuve para recuperar el resuello en el lujoso saloncito adjunto al dormitorio de los reyes, y me paré sobre la mullida alfombra para admirar el retrato nupcial de la reina, en el que posaba con sus elegantes ropajes de boda, los ojos brillantes y las mejillas sonrosadas.

Estudié su rostro en el lienzo. Tenía la barbilla inclinada en un bonito ángulo que destacaba la esbelta curva de su cuello. Era joven, por supuesto, apenas una muchacha, y su semejanza con sus bonitas hijas era notable. Amedrentada, me enrollé un mechón de pelo rojo en el dedo, muy consciente de lo poco que me parecía a ellas.

Lucía un velo de gasa que llegaba por debajo de sus hombros delgados y que se mantenía en su lugar gracias a una tiara de oro y rubíes que le resplandecía sobre la frente. Su constitución era delicada, casi como la de un pájaro, a diferencia de como yo la conocía. En esos tiempos, gracias a sus muchas curvas, era una mujer imponente.

En ese instante, Feena pisoteó alegremente mi sombra y se detuvo a mi lado, jadeante. Mi admiración por el retrato debía de reflejarse en mi mirada. Entonces, mi hermana señaló la diadema de piedras preciosas que su madre lucía en la cabeza y dijo:

—¡Yo llevaré eso el día de mi boda! —Hizo una torpe pirueta—. ¡Pero tú no!

Soltó aquella frase como si nada. No lo hizo por crueldad, ni tampoco por ser antipática. Feena no era así. Ella me daba la mano para ir a casi cualquier lugar, y cada vez que hacía algo de lo que se enorgullecía era mi nombre el primero que pronunciaba con su vocecilla aguda, ansiosa por presumir ante mí de sus méritos.

Y, sin embargo, sentí sus palabras como la punta afilada de un cuchillo, como una hoja punzante que se me había clavado en mi tierno corazón.

«Pero tú no».

—Yo… Yo no —concedí, intentando mostrar que ya lo sabía. Como si aquello hubiera sido obvio también para mí…, si bien nadie me lo había dicho de forma directa. Si bien nunca había pensado en el matrimonio. De repente, lo estaba haciendo, y no podía pensar en nada más.

Yo era la mayor por siete meses, pero siempre me había sentido más atrasada que Feena… y también que Sybilia, en cierto modo. Me sentía menos lista, menos sabia, con menos mundo… Simplemente menos. Un cristal que brillaba un poco menos. Oro un poco menos pulido.

No me sorprendía mucho, porque era… menos.

Menos que ellas del modo que más contaba. Me lo podría haber confirmado cualquiera a quien le hubiera preguntado. Yo misma era capaz de reconocerlo sin despreciarme y sin mala voluntad. Tan solo era el orden natural de las cosas. Toda mi existencia se basaba en ese hecho.

Feena asintió.

—Esa tiara ha pasado entre las mujeres de mi familia de generación en generación. Esos rubíes los encontraron en el escondrijo de un dragón, cuando todavía surcaban los cielos. La primera en ponérsela en su boda seré yo, luego Sybilia y luego Alise.

Pero yo no.

Nunca sería yo.

Lo de tratarme como a una princesa real tenía un límite. No se extendía a un futuro en el que me casaría siguiendo las grandes tradiciones, como una princesa penterrana. Feena solo me estaba informando de lo que ya sabía todo el mundo. Lo entendí entonces. Y lo acepté, con ayuda de Stig.

Fue él quien me consoló. Me enseñó a todos los niños y niñas de los azotes cuyos retratos estaban en la galería. Me tranquilizó persuadiéndome de que yo también tendría un propósito. No sería un matrimonio para sellar una importante alianza —ese destino les correspondía a mis hermanas—, pero tendría un destino.

Y sin embargo, contra todo pronóstico, me encontraba en la víspera de mi boda. A pesar de las palabras tranquilizadoras de Stig, a pesar de todo lo que me habían hecho creer, al día siguiente me casaría para formalizar una importante alianza. Stig se había equivocado.

Era incapaz de dejar de pensar en ello y no podía dormir.

Al día siguiente estaría casada. Con un extraño. Con un señor de la frontera sin modales ni gentileza, un bárbaro más acostumbrado a matar que a la vida en la corte. ¿Había siquiera una corte donde él vivía? ¿Alguna civilización entre aquellos tipos rudos, brutos y vulgares que entraban en el palacio real con las ropas manchadas de sangre?

Ya era tarde, y cada vez más tarde, según el incesante tictac del reloj de mi mesita de noche. Las festividades habían terminado y el silencio resonaba en el aire. Todo el mundo había abandonado ya el Gran Salón para refugiarse por fin en sus camas.

La voz del señor regente se repetía en mi mente una y otra vez.

«La princesa que le vamos a entregar… eres tú».

En ese momento, mi mundo se había cubierto de niebla. Me iban a entregar… a él. Como si yo fuera un objeto en lugar de una persona.

Tenía la garganta atenazada. Me iban a servir como a un faisán asado en el festín de Eldr.

Cuando había recuperado el poder del habla, había protestado sin mucha convicción. Al principio. Pero desobedecer no formaba parte de mi naturaleza. Había pasado toda mi vida, veintiún años, sirviendo al trono de Penterra, sacrificándome por mis hermanas, por mi país. Era lo único que conocía, y se me daba bien. Aquello solo sería una continuación de mi deber, seguir siendo la única persona que sabía ser.

Mi puerta se abrió con el más suave gemido de las bisagras, pero el sonido fue estruendoso en mitad de tanto silencio. La puerta de un dormitorio abriéndose en mitad de la noche podría haber hecho sonar las campanas de alarma para muchos, pero no para alguien que tenía tres hermanas que gustaban de irrumpir en su cámara sin llamar ni pedir permiso. Más de una mañana me había encontrado con una o más de ellas acurrucadas junto a mí, con los brazos y las piernas enredados con los míos, sobre todo después de que me hubiera tocado recibir algún castigo por sus transgresiones. Siempre se sentían terriblemente culpables y tenían que asegurarse de que no hubiera quedado lisiada de por vida, así que pasaban la noche pegadas a mí.

Me puse un brazo encima de los ojos; no me molesté ni en mirar. Justo aquel había sido un día tan extraordinariamente memorable como para que las tres se colaran en mi cama. Me habían azotado, habíamos sido invadidas por invitados bárbaros del norte y luego me habían prometido con uno de ellos, el que más miedo daba de todos. Me sorprendía que no hubieran acudido antes, pese a que se había celebrado una gran fiesta en el piso de abajo… Les encantaban las fiestas, aunque con toda probabilidad no les habían permitido permanecer en ella durante mucho rato.

Se me hizo un nudo en la garganta al preguntarme cuántas noches me quedarían para mí sola en esa cama. Quizá aquella sería la última. No sabía cuándo desearía mi futuro esposo partir a las Tierras Fronterizas, pero, hasta entonces ¿dónde dormiría yo? ¿Aquí? ¿En otro lugar? ¿Sola? ¿Con él? Tragué saliva. Me reconcomía la incertidumbre.

Abrí el cubrecama a modo de invitación.

—Está bien. Métete en la cama.

Pero la voz que me respondió no pertenecía a ninguna de mis hermanas.

—Es una bienvenida más cálida de lo que esperaba.

Me senté de golpe, me aparté el pelo de la frente y parpadeé para que se me acostumbraran los ojos a la oscuridad, agradecida porque el resplandor del fuego me salvara de una negrura completa. Distinguí la silueta de Stig a los pies de mi cama, como una sombra invasora. Sus familiares rasgos estaban envueltos en penumbra, pero eran inconfundibles.

Salté de la cama, colocando los pies descalzos en la alfombra que cubría el suelo.

—¿Qué haces aquí? —Miré a mi alrededor, por si acaso lo acompañaban más visitantes inesperados.

Por estrecha que fuera nuestra relación, nunca se había atrevido a entrar a mis aposentos privados. Había líneas que no debían cruzarse, umbrales que no debían traspasarse.

Quizá esa era la razón por la que tendíamos a estar cerca el uno del otro. Entendíamos esos límites; en eso, nos parecíamos. Hacíamos lo que se esperaba de nosotros. Respetábamos las reglas. Cumplíamos con nuestro deber sin falta alguna.

La presencia de Stig era inesperada, y me resultaba extraño verlo en aquel contexto, en mis dominios.

Alargué una mano hacia los pies de la cama para alcanzar mi bata, que había dejado allí antes de acostarme, me la puse y me até el cinturón mientras él me miraba con unos ojos febrilmente brillantes.

—¿Era mejor que no viniera? —preguntó, expresando su incredulidad con un resoplido. Caminó recto hacia la izquierda y luego hacia la derecha—. ¿Tendría que haberme mantenido alejado? ¿Es eso lo que crees que haría? —Su tono era más cortante del que estaba habituada a oír en él, sobre todo cuando se dirigía a mí. Siempre era amable y gentil. Siempre me escuchaba cuando le hablaba… y también cuando no.

Negué con la cabeza, ignorando una débil punzada en el pecho.

—No deberías estar aquí.

Habían puesto mi mundo al revés. La persona que yo había sido ese día, al despertar, no era la misma que en ese momento se erguía ante él. Había muchas cosas que no sabía, pero de eso sí estaba segura.

Stig dio unos pasos adelante y me agarró de los brazos.

—¡No es posible que esto te parezca bien! —Clavó los ojos ardientes en los míos; el color café de sus iris se derretía, encendido por un fuego nunca visto—. No es justo. ¡No está bien, Tamsyn!

—Stig… —repuse con cautela—. Lo que yo quiera no importa. —No se lo dije con amargura, ni porque tuviera baja opinión de mí misma. Sabía que mi vida tenía valor, que yo cumplía con un propósito…, pero mis preferencias nunca habían sido una prioridad.

—Sí que importa. ¡Tú importas!

Le lancé una mirada.

—¿En serio? Nunca se ha tratado de mí. Lo sabes bien. —Él mismo me lo había dicho hacía años. La niña de los azotes no era dueña de sí misma. Pertenecía a la familia real.

Yo era suya. Estaba atada a ellos hasta que me soltaran; sería libre solo cuando ellos lo anunciaran.

Y no lo anunciarían nunca. Ahora lo sabía.

—No puedes hacer esto…

—¿Cómo puedo no hacerlo? Hago lo que me dicen. —Siempre. Igual que él. Eso éramos—. ¿Por qué te estás comportando de este modo? —Nunca, ni una sola vez, me había retado a contradecir a mis padres o a desobedecer el cometido que se había decidido para mí desde mi primera infancia, al revés. Me molestaba que lo estuviera haciendo. Estaba molesta con él. Era como si en un libro que conociera bien, con todas sus palabras y personajes conocidos y su final satisfactorio, de repente se hubieran reordenado las páginas y se hubiera reescrito la historia de otro modo. ¿Por qué llenarme la cabeza con ideas de rebelión? ¿Por qué lo hacía más difícil de lo que ya era?—. ¿Por qué me haces esto?

—¿Yo? ¿Qué te estoy haciendo yo? Solo te pido que pienses en ti, que te pongas por delante.

¿Ahora? ¿Ahora me aconsejaba eso? ¿Qué creía, que me estaba haciendo un favor? Negué con la cabeza con ferocidad.

—No. Para. No eres justo.

—¿Que no soy justo? Te diré lo que no es justo. Que te cases con ese bárbaro. Que te entregues, que entregues el resto de tu vida a ese…

—Por mi reino —lo interrumpí—. Por la gente de Penterra. Es lo mismo que haces tú. —Era el capitán de la guardia. Un soldado. Cumplía con su deber, y siempre se había enorgullecido de ello. Debería comprenderlo. No debería tener que convencerlo.

—Esta vez te están pidiendo demasiado. —Apretó los dedos sobre mi brazo—. Te están pidiendo tu vida.

—Como soldado, no arriesgas menos.

—¡Tú no eres un soldado! —estalló, y luego apretó los labios como si se arrepintiera de su arrebato. Miró la puerta de mi alcoba con recelo, como si esperara que alguien irrumpiera de repente.

—Eso es justo lo que soy. Lo que he estado haciendo todos estos años…

Respiró hondo, alzando el pecho.

—Esto será peor. Peor que nada que hayas soportado hasta ahora.

Aquello me enfureció. ¿Qué sabía él de lo que había soportado todos estos años? Nunca hablábamos de las palizas. Nunca le contaba los detalles, ni a él ni a nadie. Tampoco había sido nunca testigo de ellas, ni me había preguntado al respecto. Lo más cerca que habíamos estado de hablar de esa parte de mi vida —una parte muy importante— había sido el día que me había enseñado los retratos de los demás en la galería. Los retratos de los que eran como yo. Cuando me dijo que algún día todo aquello terminaría y yo podría convertirme en otra persona, alguien con una vida que le perteneciera por completo. Al menos, es lo que debería haber pasado.

Me liberé de su abrazo y puse distancia entre los dos. ¿Qué sabía él de mi dolor y mi sufrimiento? ¿Qué sabía él de los jadeos del señor chambelán en mi oído mientras me golpeaba la espalda con el látigo?

Había enterrado aquellos sentimientos, y ahora él se atrevía a pincharme para que los sacara, a manosearlos, a exponerlos y hacer que salieran a la superficie entre gritos. Había arrojado luz sobre ellos en mitad de la noche, en mis aposentos…, la víspera de mi boda con la Bestia de las Tierras Fronterizas.

—Si haces esto… —prosiguió con voz ronca—, le pertenecerás a él.

¿Y en qué se diferenciaba eso de lo que tenía entonces? Allí tampoco me pertenecía a mí misma.

Alcé la barbilla; mi decisión era férrea.

—Deberías irte. Ahora mismo.

Una expresión desesperada se adueñó de su rostro.

—Podemos irnos. Los dos. Podemos irnos antes de que el resto del palacio se despierte.

Sonreí, pero el gesto se me antojó doloroso.

—Lo único que sé sobre ti, Stig…, es que siempre haces lo correcto. Jamás abandonarías tus responsabilidades por mí. Ni por nadie.

—Sí lo haría. Por ti, lo haré.

—No —susurré negando suavemente con la cabeza—. No abandonaré a mis hermanas. Si yo no lo hago, una de ellas tendrá que casarse con él. No puedo permitirlo.

—¡Permítelo! Casarse con alguien por una alianza, aceptar a un desconocido como esposo, siempre ha sido su destino. ¡El suyo! —Me señaló con fuerza con el dedo—. No el tuyo.

—Y mi destino siempre ha sido protegerlas, hacer cualquier cosa que se me pida con ese fin.

Negó con la cabeza.

—Esto no. —Señaló el ropero con la cabeza y ordenó—. Haz la maleta. Nos vamos.

—¿Nos? —«Nos». ¿Pretendía irse conmigo? ¿Estaba dispuesto a huir conmigo como si fuéramos dos almas errantes, trovadores o bardos, libres de hacer e ir adonde les plazca?

Era inconcebible.

—Sí. Te sacaré de aquí. Te llevaré lejos de…

—No puedes irte. —Señalé a nuestro alrededor—. Formas parte de todo esto tanto como yo. Tenemos un deber.

—¡Al infierno con mi deber, y al infierno con el tuyo!

Retrocedí. Nunca lo había oído hablar así, nunca lo había visto tan enojado. Ni por mí, ni por nadie, ni por nada. Él nunca era tan… intenso.

—Escaparnos juntos nos destruirá a los dos —insistí.

Al final, ese sería el resultado. ¿Quiénes seríamos sino dos personas que habían traicionado a aquellos que los amaban y confiaban en ellos? Mis hermanas, mi padre, nuestro país…

Stig ostentaba una posición de importancia, tenía respeto y un futuro brillante con una esposa de alta alcurnia. ¿Cómo iba a robarle aquello? Si lo arrancaba de ese mundo, acabaría por guardarme rencor. Allí era alguien importante. No permitiría que sacrificara aquello por mí.

—Tú no eres así —continué—. Eres la persona más honorable que conozco. La más responsable. La gente te sigue por cómo eres, no porque seas el capitán de la guardia o el hijo del señor regente. Tú no huyes de lo que importa.

Stig había sido mi héroe durante mucho tiempo. Siempre había estado a mi lado para hacerme sentir mejor, ya fuera llevándome a montar a caballo, jugando a las damas o explorando los pasadizos secretos de palacio, cuando entrábamos por una habitación y salíamos por otra. Aquello me alborozaba.

—Tienes razón —replicó—. No huyo de lo que importa.

Y me besó.

No cerré los ojos, de tan impactada que estaba por la cálida presión de su boca. La boca de Stig. Sobre la mía.

Stig. Y yo. Besándonos.

Exhalé y él se tragó mi aliento, engulléndolo dentro de sí. Stig, mi mejor amigo, me estaba besando.

Sus labios se movieron sobre los míos, aunque mantenía espacio entre nosotros. Su cuerpo bien formado era de una altura similar a la mía, así que yo no tenía que estirar el cuello ni él que inclinar la cabeza. Alcé una mano y le toqué una mejilla, rozando la superficie sedosa de su barba. Era agradable, tan reconfortante como envolverme en una vieja manta.

Se apartó y me miró con una ternura que nunca antes había visto en él.

—Nos vamos.

Me humedecí los labios y negué con la cabeza suavemente.

—¿Adónde iríamos? —Preguntárselo fue un error. Los ojos se le inundaron de alivio y supe que le había dado esperanzas. Unas esperanzas que jamás podría satisfacer.

No habría ni un lugar seguro para nosotros en Penterra. Nos buscarían hasta cazarnos. Podríamos llegar a Acton o a la Isla de Meru en un barco. El viaje no sería fácil; el Canal Oscuro era famoso por sus aguas peligrosas. Los barcos que lograban cruzar a salvo eran los que tiraban por la borda cebo vivo para apaciguar a las criaturas que acechaban bajo las aguas negras. Normalmente, bastaba con cabras o cerdos…, pero a veces hacía falta otro tipo de carnada. Los criminales sentenciados a muerte eran condenados al encierro en las celdas de los barcos rumbo al extranjero como cebo.

Me estremecí pensando en cómo serían sus últimos momentos, bajo aguas llenas de monstruos, aunque fueran culpables de crímenes terribles. Pensé en el helor del agua, en el terror atenazador y las aún más atenazadoras fauces de las criaturas…

Aunque lográramos llegar sanos y salvos a alguna de esas costas lejanas, no podríamos confiar en que nuestros aliados nos dieran refugio si alguna vez descubrían nuestra identidad. Nos obligarían a volver a casa. No viviríamos ni un solo día sin mirar atrás, sin preguntarnos si lo que decimos o hacemos podría delatarnos.

—No hay escapatoria —sentencié—. Esa es mi vida. No pienso esconderme de ella, ni tampoco huir. Además… Nos encontrarían. Tu padre… —Me falló la voz; se desvaneció poco a poco como una brisa moribunda. Negué con la cabeza. Su padre jamás aceptaría la huida de su único hijo. Le pondría precio a nuestras cabezas y mandaría a los rastreadores más experimentados tras nosotros—. Jamás seríamos libres.

—Me da igual.

Sonreí con indulgencia y levanté una mano para acariciarle la mejilla barbuda con el pulgar. Se estaba comportando como un niño.

—No, no te da igual. No puede darte igual. Y a mí tampoco. Mis hermanas no me dan igual. No puedo abando…

—¡Ni siquiera son tus hermanas de verdad!

Las palabras se me clavaron como afilados colmillos. Mi ternura se desvaneció en un abrir y cerrar de ojos.

—No puedo creer que me hayas dicho eso. —Había hablado igual que todos aquellos que me acosaban, igual que su padre y los que nunca me habían aceptado, los que se habían encargado de que me sintiera siempre una forastera: los niños que susurraban lo bastante alto para que yo oyera lo que decían, las sirvientas que se miraban y ponían los ojos en blanco cuando me anunciaban formalmente junto a mis hermanas… Jamás imaginé que Stig se rebajaría a decirme palabras como aquellas, a convertirse en otra de las sombras oscuras de mi vida.

Me dirigió una mirada penetrante, implorante.

—Tamsyn, no estoy tratando de hacerte daño. Pero es cierto. No eres una de ellas, en realidad no... Tú te llevas los azotes. Te llevas las palizas. No les importas...

—¿Quién eres tú? —Negué con la cabeza. Aquel no era el muchacho que me había llenado la cabeza con las historias de las niñas de los azotes que había habido antes que yo y que habían hecho grandes cosas después. Hizo ademán de hablar, pero levanté una mano para acallarlo, pues no me interesaba su respuesta—. Basta. Ya es suficiente. Esto es lo que hago, lo que soy. ¿Qué he sido todos estos años sino esto? —le pregunté alterada, acalorada, alzando los brazos hacia los lados—. Nunca te habías opuesto y ahora, de repente, ¿te parece fatal? —Bajé las manos y le dirigí una mirada acusadora—. Al menos ya no seguiré siendo la niña de los azotes. Que te sirva de consuelo. Eso por fin se ha terminado.

Se le endureció la mirada. El café cálido adoptó un tono férreo y oscuro.

—Bien lo sabes, ¿no?

Me embargó una oleada de ira.

—Ya. —La palabra se retorció, amarga, entre mis labios—. Sea como sea, no debería molestarte. Hasta ahora nunca lo había hecho.

Esta vez hizo una mueca, y me sentí tan satisfecha como culpable. No quería que las cosas fueran así. Siempre habíamos sido amigos. No quería esta amargura entre nosotros.

Pasó un largo momento antes de que pronunciara con gesto sombrío:

—Ya decidiste hacerlo, entonces.

Asentí una vez, sufriendo la fuerza de sus profundos ojos cafés, tan rebosantes de piedad y decepción que busqué en mi interior y me pregunté si rechazarlo —rechazar la posibilidad de un «nosotros»— era un error. Era la primera vez que decepcionaba a Stig, y tenía el estómago encogido por haberlo hecho.

—Te casarás con él —continuó—. Te meterás en su cama. Dejarás que te lleve al norte, a esas tierras salvajes. Lejos de aquí. —Hizo una pausa—. Lejos de mí.

Lo miré a los ojos, leí en la expresión de sus rasgos lo que nunca antes había visto, lo que todavía sentía en el cosquilleo de mis labios. Tuve que aunar todas mis fuerzas para no llevarme una mano a la boca, para no acariciar el eco suyo que permanecía allí.

En lugar de eso, apreté la mano contra mi costado.

—Mañana cumpliré con mi deber y me casaré con el señor Dryhten. Y, además, ¿quién sabe? Quizá ni siquiera quiera llevarme con él.

«Cuando descubra la verdad, puede que quiera alejarse de mí tanto como le sea posible», pensé.

Él negó con la cabeza y soltó un ruidito de frustración que resonó en mi interior.

—Ya lo creo que te llevará con él. —Exhaló, más animal que humano—. No querrá dejarte atrás.

Lo estudié en la penumbra. No sabía qué pensar de aquella afirmación. Yo no estaba tan segura.

Me humedecí los labios y, con voz temblorosa, dije:

—En la vida hay que tomar decisiones difíciles, y esto…

Stig se echó a reír; un sonido cruel que me hizo recular.

—Oh, Tamsyn… ¿Eso piensas? ¿Que alguna vez has tenido poder de decisión en algo? Hablas de deber, pero ¿qué es en realidad sino una atadura? Mañana cambiarás a un captor por otro.

Di un paso atrás, perpleja, incapaz de comprender por qué me castigaba con aquellas palabras tan desagradables. Se suponía que era mi amigo, como lo había sido siempre, pero aquella frase había sido lo mismo que llamarme estúpida. Eso era lo que yo había oído. Me escocían los ojos, que empezaban a anegarse en lágrimas.

—Los matrimonios concertados son de lo más común, Stig. Seguramente, tú…

Me interrumpió.

—No sabes cómo te tratará. Lo que te hará. No habrá nadie que pueda detenerlo. Podría matarte y nadie haría nada al respecto.

De repente, me sentí helada de pies a cabeza, como si fuera ya un cadáver, como si me hubiera quedado sin sangre caliente, y lo odié. Odié a mi amigo por ponérmela tan difícil… Por meterme dentro un miedo tan amargo.

Y, como si pudiera leerme la mente, dijo:

—Tamsyn… —Me tomó de la mano y la estrechó—. Estoy intentando liberarte. Salvarte.

Me dolían los pulmones; cada vez me costaba más respirar. Era como si me estuviera estrujando el pecho, y no solo la mano. Sentí una llamita parpadeante de algo que se parecía al anhelo, pero aplasté esa emoción imposible con la misma rapidez con la que había aparecido, pisoteándola como a un insecto.

—Buenas noches, Stig. —Aparté la mano y me separé varios pasos de él mientras me frotaba los brazos, fríos de repente. Mi tono de voz no admitía réplica—. Nos vemos mañana.

Mañana, el día de mi boda.

El día en el que Stig no sería más que un rostro entre la multitud, un espectador, una orilla lejana que quedaría atrás mientras yo navegaría hacia mi nueva vida.

Apretó los dientes, tensando la mandíbula bajo la sombra de su corta barba, y supe que por fin lo había entendido, que por fin había aceptado mi destino: una vida sin él.

—Buenas noches, Tamsyn —respondió.

Pero lo que yo oí fue un adiós.

PARTE 2

LA BODA

6

TAMSYN

Los preparativos de mi boda empezaron a la mañana siguiente, en cuanto me desperté.

Había sido una noche intranquila. Una noche larga.

Una noche de sueños fracturados, de momentos de un pánico atenazador en los que, con unos ojos como platos, contemplaba la casi completa oscuridad mientras pensaba en lo que estaba haciendo, en lo que iba a hacer…, en lo que debía hacer.

Cuando Stig se marchó de mis aposentos, me quedé sentada en la penumbra, bajo la tenue luz del fuego, sin ver nada y viéndolo todo, mientras las llamas se extinguían poco a poco en la chimenea, desvaneciéndose hasta que las ascuas se convirtieron en cenizas calientes. Acuciada por las dudas, reviví mis últimos instantes con Stig y me pregunté si habría cometido un terrible error, uno del que me arrepentiría el resto de mi vida, durara esta lo que durara.

No se me presentaría ninguna otra opción después de Stig. Él había sido mi última oportunidad. Su insensata oferta de huir juntos había sido mi única esperanza de escapar de ese destino. Sin embargo, me aseguré a mí misma que no me había equivocado. Que no podía desentenderme de mi deber y escabullirme como un ladrón en la noche sin despedirme siquiera de mi familia; no podía abandonar a mis hermanas, desertarlas, y así obligarlas a enfrentarse y soportar aquello de lo que yo no había sido capaz. No tenía estómago para hacerlo.

Deseé que el día no llegara nunca. Insté al amanecer a convertirse en la nada, a que la noche durara para siempre, que se aferrara al cielo con sus garras, que aguantara. Pero fue fútil.

Al final, la noche se marchó.

Y llegó el día, como hacía siempre.

El primer destello de luz violácea que se coló por las contraventanas, tan dulce y tierno como la huella de un golpe, me horrorizó. Y, a medida que la luz crecía, también lo hacía un martilleo en el pecho que latía cada vez más alto, cada vez más fuerte, hasta que no me quedó más remedio que frotarme entre los pechos, intentando desembarazarme de la sensación.

No fui a desayunar al Gran Salón, como era mi costumbre. Me trajeron una bandeja a mis aposentos y me obligué a comerme el pan, el queso y la fruta. Mastiqué, ignorando que la comida me sabía a arena. Tenía que comer, pues necesitaría sustento para el día que me esperaba. Para la vida que me esperaba.

Para mi noche de bodas.

Las palabras eran como una maldición, como una sombría pincelada en la mente que me despertaba un escalofrío. Jamás se me había ocurrido que tendría aquello. Una noche de bodas. Un matrimonio. O, al menos, no lo había dado por hecho.

Eran mis hermanas quienes estaban destinadas a un matrimonio de conveniencia, a las que habían educado para convertirse en esposas, en reinas. En mujeres poderosas desposadas con hombres poderosos. A mí solo me habían educado para encajar mis castigos. Me estremecí.

En ese caso, esto tampoco sería muy distinto.

Las damas de la reina me estaban asistiendo, tan hermosamente peinadas y fragrantes; revoloteaban a mi alrededor como abejas en una colmena. Las conocía, por supuesto. Aquellas elegantes nobles eran las madres de los niños que me habían atormentado a lo largo de mi juventud. Como es natural, mis coetáneos habían aprendido de sus madres que yo era diferente a ellos. Menos que ellos.

Y, sin embargo, aquellas mismas mujeres me estaban tratando con deferencia, atiborrándome a vino caliente, cuyo dulzor especiado se me extendía por la lengua y me descendía por la garganta. Lo bebía con avidez, disfrutando de su efecto en el interior de mi cuerpo, cada vez más relajado y más blando, insensible a lo que se avecinaba. Quizá su intención era precisamente aquella: embarullar mis sentidos el día de mi boda sería un acto de bondad.

Apoyé la cabeza en el borde posterior de la tina y cerré los párpados, abandonándome a sus gentiles cuidados. Me bañaron con jabones y aceites aromáticos. La vainilla y la bergamota flotaban en el aire, entremezclándose con los hilos de vapor que emanaban del agua. Se me escapó un profundo gemido cuando la señora Frida, prima y más íntima amiga de la reina, me frotó los hombros y los brazos con una esponja. Cuando me lo indicó, me incorporé y me incliné hacia adelante para que pudiera dedicar sus atenciones a mi espalda.

—Es afortunada de que su piel no lleve prueba alguna de su…, este…, vocación.

Me puse un poco tensa y abrí los ojos; había comprendido de inmediato a qué se refería.

Era, en realidad, una maravilla que no tuviera cicatrices, asunto al que no me gustaba desviar la atención, pues el mismo señor chambelán se mostraba perplejo al respecto. Me había acusado más de una vez de ser una bruja, una bruja de sangre, concretamente, famosas por su cabello rojo como el fuego y poseedoras de la magia más oscura y poderosa. Había advertido al rey y a la reina de que me habían infiltrado en el seno de su familia para acarrearles la ruina.

Por fortuna, jamás se habían tomado en serio las acusaciones del señor chambelán. A ojos de mis padres, mi resiliencia demostraba que mi destino era ser su niña de los azotes. De haberse convencido de lo contrario, mi destino habría sido la pira. Me habrían arrojado al fuego y habrían dejado que me consumieran las llamas. Habría sido destruida, como toda la magia.

Al terminar la Trilla, la atención de los hombres se había vuelto hacia las brujas, y así había empezado la guerra contra las de su clase. Las brujas, como los dragones, debían ser perseguidas, cazadas hasta darles muerte. Las habían proscrito. Se ofrecieron recompensas por sus cabezas, por las de todas, ya fueran brujas de sangre, de las sombras, de los bosques o de los huesos. No se hicieron distinciones entre ellas: eran diferentes, y siempre se temía a lo diferente. Las brujas eran, además, criaturas mágicas, lo que significaba que no solo las temían: las vilipendiaban. En realidad, no era solo a los dragones y a las brujas a quienes cazaban..., sino a la magia.

La magia era el enemigo.

Las brujas que habían logrado escapar habían huido hacia los lugares más recónditos del reino para no sufrir el mismo destino que los dragones. Las que no huyeron reprimieron su magia, enterrándola en lo más profundo de su ser, y se esforzaron por mezclarse con la población humana. Se convirtieron en esposas, en madres. Las brujas podían ser la costurera del pueblo, la comadrona local, la pinche del cocinero. Ellas mismas mataron su magia, la convirtieron en polvo para no terminar convertidas en polvo ellas mismas, para que el viento no acabara llevándose sus cenizas.

Yo sabía que no debía estar de su lado. Eran criaturas malvadas que usaban su magia para hacer el mal. Había oído las historias. Se dedicaban a corromper y retorcer las mentes, a robar bebés y a seducir a hombres y mujeres para alejarlos de sus esposos. Arrebataban sus riquezas a los inocentes con un simple hechizo. Pero…

Pero esas no eran las únicas historias que había oído.

Había oído decir que se habían aliado con los humanos en la guerra contra los dragones. Si eso era cierto, ¿por qué nos habían gustado un momento y al siguiente ya no? ¿Por qué nos habíamos vuelto contra ellas?

Cuando le había pedido a la institutriz que me aclarara la cuestión, me había contestado que dejara de preguntar estupideces y que le permitiera terminar con su lección. Así que ya no pregunté más. Sin embargo, no por ello dejé de pensar en las brujas ni de preguntarme qué habría sido de ellas. Me las imaginaba huyendo, escondiéndose y sobreviviendo y, estuviera bien o estuviera mal, me alegraba por ellas. Me alegraba que siguieran con vida, quedaran las que quedaren.

A lo largo de los años, el señor chambelán se había ido tomando mi resiliencia como un desafío y se había dejado llevar en muchas ocasiones en las que me había impuesto su castigo con ferocidad, decidido a marcar mi carne de forma permanente. Esas noches, me iba a la cama doblegada de dolor, con la espalda palpitando y la piel rota y amoratada, llena de verdugones ensangrentados y supurantes. Sin embargo, a la mañana siguiente me despertaba recuperada y curada, aunque hacía todo lo posible por disimularlo, no fuera que otros empezaran a creer las disparatadas acusaciones que aquel hombre vertía sobre mí. Era una batalla constante, la de esconder los milagros que obraba mi cuerpo.

Aparté esos pensamientos sacudiendo la cabeza con vehemencia. Al menos ya no tendría que seguir viviendo con ese miedo. Mis días como la niña de los azotes habían llegado a su fin.

«Bien lo sabes, ¿no?».

Las palabras de Stig me perseguían. Resonaban en mis oídos.

Se me encogió el estómago y cerré los ojos, presa del terror. ¿Qué sabía yo del señor Dryhten, excepto que era un señor de la guerra cuya moneda de cambio era la violencia, el derramamiento de sangre? Stig tenía razón. Era muy posible que me pegara todos los días.

—Qué piel tan suave y bonita —murmuró la señora Frida mientras me enjuagaba el jabón de la espalda—. Ese bárbaro tuyo se lleva un tesoro. No creo que se haya encontrado con una piel así en las Tierras Fronterizas. Son gentes rudas y poco refinadas.

Las otras murmuraron palabras de asentimiento y yo no pude reprimir un escalofrío. No obstante, sí contuve la réplica de que no era mío. Todavía no. Y quizá nunca lo fuera, ni siquiera después de desposarnos.

—Eres valiente —intervino otra dama mientras me enjuagaba el pelo—. Muy valiente.

Sabía que solo querían halagarme, animarme, incluso, pero sentí una abrumadora necesidad de llorar o de abofetearla. Cuanto más me trataban como si fuera directo a mi ejecución, más me sentía como si así fuera, y aquello no me consolaba nada.

Me ayudaron a ponerme de pie con sumo cuidado de que no resbalara en la tina. Nunca, en toda mi vida, me habían consentido de aquel modo. Sí, me trataban bien, salvo por las flagelaciones periódicas. Había recibido una buena educación, me vestían y me alimentaban, y además disponía de mi propia cámara en los mismos aposentos que la familia real. Y, aun así, nunca me habían consentido y mimado de aquel modo.

En ese momento, la reina entró en mi cámara seguida por un par de criadas que llevaban mi vestido de novia, un vestido ornamentado de seda bordada con colores crema, dorado y amarillo. Era precioso. Nunca me había puesto una prenda tan delicada. Ni siquiera las princesas debían de haber lucido nada así.

La señora Frida aplaudió y soltó una exclamación al verlo.

—¡Con el pelo será impresionante!

La reina la calló con una mirada.

—El pelo no se verá —le recordó.

—Ah. Sí, sí, por supuesto. —Asintió en un gesto deferencial.

Tragué saliva, nerviosa. La última vez que me escondería. Albergaba la esperanza de que el señor Dryhten no reaccionara demasiado mal cuando lo descubriera todo.

Cuando me descubriera a mí.

La única madre que había conocido contempló mi cuerpo desnudo de la cabeza a los pies, evaluándome con la mirada. Intenté no moverme nerviosa y resistí al impulso de cubrirme los pechos. No era especialmente recatada, pero jamás me habían desnudado y exhibido ante docenas de ojos.

Ella asintió, y la luz se reflejó en las piedras preciosas incrustadas en la tiara que llevaba en el pelo dorado.

—Creo que tu marido se mostrará… complacido. —Lo afirmó con clara esperanza, lo que no resultaba precisamente alentador.

Tragué saliva, a pesar del nudo que tenía en la garganta, y me obligué a sonreír.

—Gracias.

—Quizá podríamos ponerle un poco de sejd en la bebida —sugirió una de las damas mientras me miraba dubitativa, dejando muy claro lo que quería decir en realidad. «Porque tal vez no sea suficiente para tentarlo».

No me ofendí. En realidad, no tentarlo me resultaba bastante tranquilizador, ya que el momento de la consumación me aterrorizaba. «Mejor yo que mis dulces hermanas», pensé, el único recordatorio que necesitaba. Me puse recta mientras mi madre continuaba su escrutinio. Era capaz de seguir adelante. Tal vez él fuera un guerrero, pero yo también lo era, a mi manera. Aunque Stig no estuviera de acuerdo.

—Es demasiado arriesgado —repuso mi madre, y yo exhalé de alivio.

La poción era famosa por su gran efectividad, tal vez incluso excesiva. Había quien, tras ingerir sejd, se había vuelto tan loco de lujuria que había necesitado varias parejas antes de que se le pasaran los efectos. Se decía incluso que un hombre, de tan afectado que estaba, había recurrido a las ovejas que pastaban por el campo.

Me envolvieron en una bata y me llevaron a un banquito situado entre un tocador y un espejo. Una vez que me hubieron sentado, empezaron a trabajar en mi cabello, deshaciendo con el cepillo los enredos mojados.

Me abrieron la bata sin ceremonias para extenderme loción perfumada en las piernas. Cuando las manos llegaron a mi barriga y mis pechos, la reina las detuvo, alzando una mano en el aire para dar la orden.

—No. No queremos que tenga sabor a perfume.

Se me puso el estómago al revés, pero luché contra la bilis que me trepaba por la garganta.

¿Sabor?

Me ardían las mejillas. ¿Me saborearía? ¿La piel? ¿Los pechos? ¿Con la boca y la lengua? ¿Era eso lo que los maridos hacían a sus esposas?

La reina debió de darse cuenta de lo confundida que estaba, porque me tomó de las manos y me frotó los dedos, que se habían puesto fríos de repente.

—No te asustes. Solo es una posibilidad.

—Sí —intervino la señora Frida—. Lo más probable es que ni siquiera la toque de la cintura para arriba. Hará lo suyo y terminará en un santiamén, como la mayoría de los hombres.

—Si está bebido, no durará más que un par de embestidas —opinó otra mujer chasqueando los dedos para enfatizar sus palabras.

Las damas se echaron a reír. En sus ojos brillaba una alegría que yo era incapaz de sentir. Era terror lo que había en mis entrañas, chapoteando como veneno. Nada de aquello me parecía real. Estaba acostumbrada a soportar lo que me acometía, pero aquello era totalmente distinto, invasivo de una forma del todo nueva. Tendría que aceptar que entrara dentro de mí. Un guerrero de las Tierras Fronterizas. Nos uniríamos. Nos aparearíamos. Nos convertiríamos en uno solo y la única forma de escapar del otro sería la muerte.

No podía respirar.

—¡Mírenla! Se puso pálida. No le ayudan en nada si hablan así de la consumación —las reprendió la reina—. Váyanse todas. ¡Fuera!

Abandonaron mi cámara una a una entre murmullos de disculpa. La reina se sentó a mi lado en el banquito acolchado, me tomó de la mano y me la estrechó.

—Has sido un regalo, Tamsyn. Te convertiste en mi hija en el mismo momento en el que te encontraron en aquella cesta en el patio. —Agachó la cabeza para darme un beso afectuoso en el dorso de la mano.

Parpadeé, intentando ignorar lo mucho que me escocían los ojos. Conocía bien la historia. Mi historia.

La joven y bondadosa reina tenía a su primera hija en el vientre cuando me encontraron. Siempre había sentido debilidad por los niños y quería tener varios propios, pero su sentimentalismo era especialmente pronunciado en aquel momento. Insistió en quedarse conmigo en cuanto me sacó de entre las mantas de la cesta y me cargó en brazos.

Fue mi defensora desde el principio. Me reclamó como suya, a pesar de que hubo a quienes les pareció inadecuado que una huérfana de origen desconocido se criara junto a las futuras hijas del trono penterrano.

Los detractores, liderados por el señor regente, estuvieron a punto de convencer al rey de que ignorara los deseos de su nueva reina y me entregara a una familia de campesinos para que me criaran junto a los de su estirpe, para que fuera un cuerpo más que los asistiera en los campos. Y entonces al rey le dieron la idea de que ejerciera como niña de los azotes real.

Al fin y al cabo, la conversación ya había empezado. La búsqueda estaba en curso, pues era una tradición con gran recorrido entre la realeza. Con un niño en camino —que sin duda no sería el único al que daría bienvenida la joven pareja—, la floreciente familia real necesitaría a un niño de los azotes. Los niños necesitaban disciplina, incluso los que formaban parte de la realeza, y estaba prohibido que nadie levantara un dedo contra los hijos de la divinidad. Implicaría la muerte de cualquiera que se atreviera. Por eso, era costumbre que los niños de la realeza recibieran sus golpes en el cuerpo de alguien delegado para ello, allí y en otros reinos, incluso al otro lado del mar, en Acton. Se pensaba que la práctica llegaba hasta al norte de los Riscos, en Veturlandia, las tierras de nuestros enemigos.

Por supuesto, el misterio de mis orígenes implicó serias dudas, pero la reina declaró que si me había materializado de la nada era cosa del destino. Nadie había visto que me dejaran en mitad del patio, abandonada en una cesta. Mi aparición fue casi… cosa de magia. Una señal. Un regalo de la providencia. Pronto iban a necesitar un niño de los azotes… y llegué yo.

Me acogieron en el seno de su hogar. Por fuera, una princesa vestida de sedas. Por dentro, un soldado que servía a la Corona.

Y ese día sería mi prueba final. Cuando la llevara a cabo, me habría convertido en la señora Dryhten. Mis días como la niña de los azotes habrían terminado.

Me di fuerzas recordándome que todos debíamos soportar una carga, que incluso mis hermanas se desposarían un día con quien les ordenaran. Contemplé con atención a la reina, mi madre. El amor le suavizaba la mirada, que descansaba sobre mí. El amor por mí. Era un consuelo agridulce. La echaría de menos; los echaría de menos a todos. Aquello no consistiría solo en casarme con un desconocido y someterme a él. Supondría cruzar el reino hacia un lugar donde no conocía ni a un alma. Donde estaría sola, donde, a ojos de todos, sería una forastera.

Me puso un mechón húmedo detrás de la oreja.

—Todos tenemos obligaciones que cumplir. La mía fue cruzar el mar y casarme con el joven rey de Penterra, para así fortalecer los vínculos entre nuestros países. —Sus ojos centelleaban con un brillo lejano. Exhaló antes de añadir—: Ahora te toca a ti. Sé que este rey de la frontera no es el hombre que habías imaginado para ti, pero…

—Nunca había imaginado un hombre para mí —la interrumpí, sorprendida por la sola idea.

El curso de mi vida había sido paralelo al de mis hermanas. Una vez que abandonaran el palacio, una vez que emprendieran sus respectivos caminos, el que había imaginado para mí siempre había sido ambiguo. Un sendero plagado de niebla que me conducía a un bosque oscuro y desconocido.

La imagen de Stig afloró en mi mente sin invitación. Stig, tan fuerte y noble. Sus intensos ojos cafés, la presión de su boca sobre la mía. El tacto de su barba recortada bajo las puntas de mis dedos. Cambié de postura, incómoda sobre el banquito. No debería estar pensando en él.

Mamá me miró sorprendida.

—¿No? ¿Ni siquiera… Stig?

Me estremecí. ¿Acaso había hecho o dicho algo que revelara mis pensamientos?

—¿Stig? —repetí. Hasta la noche anterior, jamás lo había considerado más que un querido amigo. Me había besado. Y yo no tenía ni idea de que albergaba tan intensos sentimientos por mí.

Y en ese momento, mientras miraba a la reina, me maravillé porque ella hubiera visto lo que había pasado desapercibido ante mis ojos.

—Sí, Stig —confirmó.

—No. Nunca. —Al menos no antes de la noche anterior, cuando se había presentado en mis aposentos—. Ni siquiera se me había ocurrido que el matrimonio pudiera ser una opción para mí hasta que las princesas se hubieran desposado.

Asintió satisfecha.

—Bueno, mejor así, sin que se te rompa el corazón. No querría que sufrieras por amor.

—No sufriré —declaré, no sin preguntarme si sería cierto. Lo cierto era que, al mirar hacia el futuro, sí que sentía que se había roto algo dentro de mí.

La sonrisa de la reina se llenó de ternura, de ánimos.

—Puede que no sea tan malo. Serás la esposa de un hombre poderoso. Y… es un hombre atractivo —añadió arrugando la nariz—. Si te gustan los de su clase.

Los de su clase. Los de clase dura y amenazadora.

«Si no me mata cuando se entere de que lo han engañado».

—Déjate el tocado puesto y el velo en su lugar —me advirtió como si me hubiera leído el pensamiento. Me apretó la mano de nuevo—. No permitas que te vea la cara hasta que no haya terminado.

—Pero al final descubrirá…

—No hasta después de la consumación.

«La consumación».

—Y entonces… —añadió, mirándome de hito en hito, instándome a que aceptara lo que me estaba diciendo—. Ya será demasiado tarde.

«Será demasiado tarde».

Demasiado tarde para cambiar que estaré casada con la Bestia.

Demasiado tarde para salvarme de mi destino. Para salvarme de él.

—¿Debo preocuparme por cómo pueda reaccionar? ¿Y si…?

—Bah. —Movió la mano con impaciencia—. Entrará en razón. Está aquí como muestra de buena voluntad. Te aceptará como su esposa, ya lo verás.

Esperaba que fuera cierto. Asentí con poco entusiasmo y me refugié en mí misma. Luché por tragar saliva. Por respirar. No era una tarea fácil cuando pensaba en esa parte de la velada, la parte en la que se metería en el lecho conmigo…

De nuevo, me atraganté con el nudo gigantesco de mi garganta y me estremecí al pensar que ocurriera algo tan íntimo entre aquel bruto y yo.

Recordé el momento en el que había chocado con el duro muro de su pecho, cuando me había atrapado saliendo de detrás del cuadro. Recordé sus brazos gruesos, sus manos ásperas y esa voz grave y ronca que se me antojó como un temblor que me atravesaba. «Veo que este palacio está equipado con espías», había gruñido.

Lo recordaba todo con mucha nitidez. La sensación. El aroma que había invadido mi nariz. El viento, la tierra, el caballo. El estremecimiento animal de mi piel y cómo me había sentido cuando estaba atrapada entre sus brazos. Recordaba también cómo se había arqueado mi cuerpo contra él, enorme y palpitante. Recordé que me sacaba una cabeza y que, por primera vez en la vida, me había hecho sentir pequeña. Y eso que solo habían sido unos instantes. El beso de Stig había durado mucho más tiempo, había sido mucho más íntimo, y, aun así, la impresión que había dejado en mí había sido bastante menor.

Solo había pasado un día y recordaba pocos detalles al respecto. En cambio, el recuerdo de la Bestia me atravesaba como un rayo atraviesa el cielo. Supuse que tenía sentido. Estaba nerviosa; sentía miedo de lo desconocido. Mi propia vida me acechaba, me esperaba en un horizonte retorcido y borroso en el que él era la única certeza.

En cuanto estuviéramos casados, tendría que avanzar hacia el lecho nupcial, donde él se uniría a mí. Me humedecí los labios, que se me habían secado de repente. Era inexperta en el arte de las sábanas, pero sabía soportar las molestias físicas. El dolor era algo fugaz. Podía soportarlo. Sobreviviría.

—¿Lo has entendido, Tamsyn? —insistió mamá—. Necesito oírte decir que mantendrás tu rostro cubierto en todo momento.

—Lo entiendo. —Y, ahora que él me había visto y me había tomado por una sirvienta, era más crítico que nunca—. El tocado y el velo se quedan en su lugar hasta después de la consumación. —«Después de la consumación». A partir de ahí, ya no tendría que esconderme. Y… Y daría inicio todo lo demás. Tragué saliva, pensativa.

Una sonrisa curvó los labios de mi madre.

—Buena chica. —Volvía a ser todo eficiencia—. Ahora terminemos de prepararte.

Mandó llamar de nuevo a las damas, que retomaron su trabajo donde lo habían dejado. Me cubrieron de pies a cabeza. Mis brazos y mis antebrazos —apéndices temblorosos por mucho que intentara controlar sus movimientos— eran lo único visible bajo las mangas holgadas del vestido. El tocado me cubría el pelo y revelaba solo la circunferencia de mi rostro, que, para cerciorarse de que no se viera nada, cubrieron con un velo de gasa que revelaba solo el vago contorno de mis rasgos. Me puse frente al espejo y contemplé mi imagen a través de la fina tela, que arrojaba una suerte de miasma dorado sobre mi reflejo. Era inidentificable. Un semblante indistinto tras un velo.

—No te preocupes —me tranquilizó la reina mientras jalaba la tela y comprobaba que la delgada tiara de oro se sostuviera con firmeza encima de mi frente—. Se le explicó que esta es nuestra costumbre. No tendrá expectativas de ver tu rostro.

Asentí, contenta porque ella tampoco pudiera ver mi expresión. Porque nadie pudiera. Si se reflejaba en ella, aunque fuera solo una pizca de mi creciente pánico, la señora Frida habría ido directo a buscar sejd para asegurarse de que me mostrara debidamente conforme con la inminente consumación. «No, gracias». Me enfrentaría a ello sin tónicos ni pociones. Sería yo la que se enfrentara a ese destino, y no una versión confundida y atontada de mí misma, tan fuera de sí que copularía de buen grado con cualquiera.

Salimos de mi alcoba y bajamos los escalones de palacio para luego cruzar el Gran Salón, donde una de las damas de la reina esperaba con una capa.

—No vayan a pescar una fiebre, Majestad. Unos extraños vientos fríos han asolado el país. Yo culpo a la llegada de estos bárbaros. —La mujer se sorbió la nariz mientras colocaba la capa sobre los hombros de la reina. Luego le subió la capucha forrada de pieles.

—Estoy segura de que nada tiene que ver con nuestros invitados. —Me ofrecieron una capa, pero la reina la rechazó con un gesto—. No vayamos a arruinar el trabajo que nos hemos tomado con su aspecto. —Antes de salir, se giró hacia mí—. Tú puedes, hija mía.

Yo asentí.

Me agarró con fuerza de los hombros y añadió:

—El resto del camino deberás andarlo sola.

Recorrería el largo camino hacia la capilla en soledad, a través del cada vez más avanzado día. Lo entendía. Había caminos que en la vida debían recorrerse en soledad, y este sería uno de ellos.

Cuando crucé las puertas, se oyeron unos vítores que absorbí como si de un golpe físico se tratara. El ruido era ensordecedor. La gente lanzaba flores y ondeaba banderines de colores. El patio estaba repleto de invitados que habían acudido a contemplar cómo una princesa de Penterra se dirigía a las puertas de la capilla, donde la esperaba la Bestia de las Tierras Fronterizas.

«Me está esperando».

Entraríamos juntos en la iglesia. El aire del crepúsculo era, en efecto, fresco, opaco; casi anunciaba un invierno prematuro. Conté los pasos para calmar mi ansiedad.

«Sesenta y siete, sesenta y ocho».

Reconocí la figura del señor Dryhten en la distancia, más alto y corpulento que todos los demás, aunque no pudiera distinguir sus facciones con nitidez.

«Noventa y tres, noventa y cuatro».

Debido a mi visión reducida, avancé con cuidado a través de los mirones, cuyas caras se habían convertido en manchas sin rasgos ante el cielo cada vez más oscuro.

«Ciento treinta y nueve. Ciento cuarenta».

Cuando ya casi había llegado a su lado me tambaleé, tropezando con un ramo de flores que habían lanzado. «Por las fauces del infierno». Aquel velo era un peligro. Anhelaba arrancármelo, pero aquello solo me pondría frente a un peligro mucho mayor: el que supondría aquel guerrero si descubría el pérfido engaño que se había orquestado contra él. Quizá incluso me atravesara con su espada.

Dio un paso al frente y me sostuvo, rodeándome con uno de sus brazos de acero.

El terror se apoderó de mi pecho cuando lo miré a través de la fina tela. Estaba tan cerca de mí que notaba la calidez de su aliento.

Así, tan próximo, los rasgos más prominentes de su rostro resaltaban a través de la tela que me rozaba la nariz. Los tajos oscuros que eran sus cejas. Los ojos penetrantes. La nariz, que podría haber sido demasiado grande en cualquier otro rostro pero que encajaba en el suyo a la perfección. Su expresión concreta se me escapaba, pero no me cabía duda de que no sonreía. ¿Acaso sabría sonreír ese hombre?

Su mirada me atravesó, y temí cuánto de mí pudiera ver a pesar del velo. ¿Vería lo suficiente para saber que era la muchacha de la cancillería a la que había descubierto espiando?

Sentí su escrutinio hasta en los huesos, hasta en el tuétano. La intensidad de su mirada llegaba a lo más profundo, tratando de atisbar lo que se ocultaba tras el velo.

«Ya está. Ahora es cuando se da cuenta de que no soy Feena, ni Sybilia, ni Alise. Se dará cuenta de que lo que tiene entre sus brazos es un fraude».

—¿Vamos? —preguntó con esa voz tan profunda, que se me antojó como si el calor me lamiera la piel.

Esperé un instante y asentí.

Apartó el brazo con el que me rodeaba y me tomó de la mano, entrelazando sus dedos cálidos con los míos.

Y entramos juntos en la capilla.

7

FELL

El sumo sacerdote aguardaba en el altar.

Mientras caminábamos hacia él, no miré a los invitados que se habían reunido en la capilla. El rey. La reina. El señor regente. Arkin y un puñado de mis guerreros. Unos cuantos nobles de la corte. No miré a ninguno de ellos. Toda mi atención se hallaba en la mujer que me acompañaba. Un premio para las Tierras Fronterizas.

Mi premio.

No solo iba a casarme con una desconocida, sino que iba a hacerlo sin antes verla. Estaba tapada de pies a cabeza. La única parte visible era la mano que me había dado. La miré con curiosidad, acariciando con las yemas de los dedos la piel suave, que no era del blanco lechoso que me habría esperado de una de las consentidas princesas de Penterra, a las que había espiado en la distancia, sino más bien tocada por el sol, casi… dorada.

Tenía los dedos largos y esbeltos, las uñas cortas, lustradas hasta adoptar un resplandor sano. Unas venas azul pálido se le entrecruzaban por la muñeca y por el dorso de las manos. Las seguí con la mirada y una sensación extraña se apoderó de mí. Mientras estudiaba la telaraña serpenteante y azul, me empezaron a doler los ojos… Un débil torrente de sangre susurraba debajo de su piel. No solo lo oía…, también lo sentía.

Era imposible. Parpadeé y tragué saliva con fuerza. No me sentía yo mismo. No era yo desde que había llegado a ese lugar. No veía la hora de tomar a mi esposa y marcharme, de volver a casa, a un mundo de neblinas frías y colinas vestidas de niebla, a las cosas que conocía…, empezando por mí mismo.

Me detuve ante el sacerdote. Tras él se erigía el altar, una monstruosidad construida por discos iridiscentes de todo un abanico de colores que se superponían entre ellos. Escamas de dragón. La mayoría era de un color ónix con destellos púrpuras, pero había varios discos de color bronce y, de vez en cuando, azules, verdes y gris pálido. Había incluso algunos rojos; sabía que eran los más caros de ver, pues habían pertenecido a dragones que exhalaban fuego.

Hacía un siglo que habían vaciado de escamas los cementerios de dragones del norte. Se vendían por un alto precio, ya que se usaban para construir escudos, armaduras, armas o, en este caso…, altares.

La imagen me produjo una profunda satisfacción. Había sido un dragón quien había matado a mis padres. Los había carbonizado, de modo que ni siquiera habíamos podido celebrar un funeral como es debido. O, al menos, eso pensaba. No se habían hallado los restos en aquella madriguera. Balor el Carnicero me había salvado antes de que me matara a mí también.

Sentí una lúgubre aprobación mientras contemplaba las reliquias de una especie que me lo había arrebatado todo. Cuántos habían perecido en la Trilla… Bien podría haber sido yo uno más, desaparecido sin llegar a ser ni siquiera una nota al pie en los libros de historia.

Era uno de los afortunados. Un superviviente. Mi padre, viudo y sin descendencia, creyó que encontrarme había sido cosa del destino; del suyo y del mío. Creyó que estaba destinado a ser su hijo, su sucesor. Un niño lo bastante fuerte para sobrevivir a un dragón tenía que ser el futuro líder de las Tierras Fronterizas.

El sacerdote empezó a hablar, así que desvié mi atención del ornamentado altar. Mi novia y yo estábamos de pie, hombro con hombro. Intenté concentrarme, pero ella resultó ser toda una distracción: no hacía más que mirarla furtivamente, como si pudiera verla debajo del velo.

Tal vez yo le sacara una cabeza, pero no era baja. Era más alta que la mayoría de los hombres. Deseé haber prestado más atención al observar a las princesas en el Gran Salón el día anterior; así, tal vez habría podido adivinar cuál era la que se escondía bajo el molesto velo. Sabía que todas tenían el cabello claro y rasgos elegantes. Me habían parecido delicadas, como Arkin bien había observado, pero la mano de esa mujer era robusta, fuerte, aunque indudablemente temblaba. No pude evitar acariciarle el dorso para tranquilizarla. Tal vez en el reino me conocieran como la Bestia, pero no tenía intención de devorarla.

En mi vida no habían faltado mujeres. No había nada como la euforia que te bombeaba por las venas tras sobrevivir a una batalla, tras emerger de la sangre y la niebla y ver que no estabas muerto. En mi ejército no eran pocas las doncellas armadas que estaban dispuestas a retozar entre las mantas después de luchar. Por supuesto, una gentil princesa no sabría coger así. Tendría que acercarme a ella con cuidado.

Cierto era que no se trataba de un matrimonio por amor. Ni siquiera por atracción. No era más que un acuerdo, una alianza para fortalecer mi posición contra las crecientes amenazas a Penterra. Cuando llegara la guerra —y llegaría—, quería que mi voz fuera escuchada. Si era el yerno del rey, estaba seguro de que así sería.

Comprendía que ella no era más que un peón en todo aquello, e intentaría honrarla como esposa mía que iba a ser y protegerla de la dura realidad de la vida en las Tierras Fronterizas, pero si resultaba ser tan frágil como Arkin había predicho... Me estremecí. En fin. Las guerras requerían sacrificios; tal era su naturaleza.

El sacerdote, vestido con opulentos ropajes, se giró al aceptar la cuerda de vides que le ofrecía uno de sus acólitos para luego presentarla ante nosotros. La miré, inseguro, y él nos indicó que ambos debíamos tender nuestros brazos ante él.

Mi futura esposa parecía estar familiarizada con la práctica. Me soltó la mano, se remangó hasta el codo la manga holgada del vestido y extendió el brazo. Otra costumbre que yo no conocía y que no hacía sino reforzar lo diferentes que éramos, lo lejos que estaban las Tierras Fronterizas de aquel lugar..., lo lejos que estábamos ambos.

Tendimos los brazos, uno al lado del otro. El suyo era esbelto y más corto; el mío era grueso, recubierto de tendones y pronunciadas venas y salpicado de vello oscuro.

Vi el destello de metal y me alerté, preparado para quitar el brazo, hasta que me di cuenta de que también formaba parte de la ceremonia. El sacerdote había recibido una daga incrustada de piedras preciosas de manos de otro de sus acólitos. La colocó sobre la palma de mi mano y cortó una «x» en el centro. La sangre brotó de inmediato, acumulándose en mi mano.

Se giró para hacerle lo mismo a la princesa, rasgándole la piel tierna. La sangre oscura y viscosa manó de la herida abierta. Apreté los dientes. No me gustó que la hirieran con un arma, por mucho que formara parte del ritual.

Y, sin embargo, ni un solo sonido brotó de sus labios. No se movió ni un ápice. Toda una sorpresa: una princesa mimada que había crecido bajo la protección de aquel palacio no debía de haberse clavado jamás ni una astilla.

Nos obligaron a juntar las manos, a que nuestras palmas cortadas se besaran, ensangrentándose. Allí nació un calor que palpitaba, ardiente, justo donde nos habíamos unido y mezclado. Una energía me ascendió por el brazo y se extendió por el resto de mi cuerpo, como la leña cuando prende.

¿Lo habría sentido ella también? ¿Sentía aquel calor revitalizante?

Un frío penetrante se había apoderado de la capilla. No era frecuente, tan al sur. Yo estaba acostumbrado a sufrirlo en las Tierras Fronterizas, pero allí abajo todo era sol y vientos cálidos.

Los invitados se habían acurrucado en sus capas forradas de armiño; habían protegido sus manos con guantes de piel. Las paredes de piedra mantenían a raya la peor parte del viento gélido, pero no había ninguna chimenea que permitiera encender un fuego en la capilla. Los invitados temblaban, salvo por mis guerreros, que estaban acostumbrados a los amargos vientos norteños. Incluso en nuestros veranos quedaba una sombra de frío. Nuestras chimeneas ardían todo el año, y la humedad perpetua se aferraba, fría y dura, a los huesos. La niebla rodeaba y flotaba en las colinas, sin desvanecerse jamás por completo.

Y aun así, en ese momento, con su mano en la mía, con nuestros brazos alineados y nuestra sangre entremezclándose, lo único que sentía yo era un calor abrasador.

Lo siguiente era la cuerda de vides. Nos la enrolló en el brazo, empezando por el codo y bajando hasta los dedos. El follaje se enroscaba como una serpiente, atrapándonos, uniéndonos. Una cadena endeble que, sin embargo, al pronunciar el sacerdote los últimos votos y casarnos, se me antojó tan sólida como el hierro. Dos desconocidos, unidos para el resto de sus vidas.

La vida nunca me había parecido tan larga.

8

TAMSYN

Me sentía como si todo el reino hubiera entrado en aquella cámara conmigo. Me observaban con un aire de satisfacción, con los ojos vidriosos y pesados tras las copiosas cantidades de vino y la fiesta; los rostros colorados después del gran festín que se había servido al concluir la boda y que habían devorado con glotonería.

Yo no había asistido, por fortuna. Aunque hubiera sido capaz de comer sin vomitar de inmediato, participar de un festín con un velo tapándome la boca habría sido un poco difícil.

Se había proporcionado una razón para mi ausencia. Antes de la ceremonia, el señor regente le había explicado al señor Dryhten que no era costumbre que la novia asistiera al festín nupcial. Otro engaño. Entre todos, sumaban una cantidad nada desdeñable. En cualquier caso, no me arrepentía de haberme saltado el convite. Pensé cómo habría sido sentarme a su lado, preocuparme por cada uno de mis movimientos, cada una de mis palabras, por aquel detalle inesperado que habría revelado, sin quererlo, mi verdadera identidad… Sí, podía prescindir de ello.

Enrosqué los dedos, clavándolos en el colchón que tenía debajo. A mi izquierda y mi derecha, y también detrás, tras el grueso cabezal, colgaban unas gruesas cortinas con impenetrables brocados que me protegían de las miradas. Sin embargo, no las habían corrido a los pies de la cama. Eché un vistazo a través de la enorme abertura. Mi esposo subiría por ahí al lecho. El lecho nupcial. Mi esposo. ¿Cómo era posible que esas palabras se hubieran convertido en una parte normal de mi vocabulario?

Contemplé a los invitados que se habían colocado a lo largo de las paredes para ser testigos de aquel último ritual. El matrimonio no sería oficial hasta que no se hubiera consumado. Aún podía anularse; técnicamente, era consciente de ello. Según la tradición, no se requerían más que tres testigos para legitimar una unión, así que aquel número de espectadores era, indudablemente, un exceso. Pero habían acudido a disfrutar del espectáculo, igual que acuden los lobos al olor de la sangre.

No me costó distinguir al rey y a la reina, radiantes con sus ropajes de gala. También estaban presentes el señor regente, el señor chambelán, el alto sacerdote que nos había casado, los altos nobles del Consejo Real y varios nobles de la corte, incluidas las damas que habían contribuido a mis preparativos para la jornada. No me habría sorprendido ver a algún mozo de los establos en una esquina. Una carcajada amarga me borboteó en la garganta, pero logré contenerla. De las princesas, en cambio, no había ni rastro. Naturalmente: a las doncellas no se les permitía asistir a una ceremonia de consumación, pero, aun si esa norma no hubiera existido, las habrían mantenido fuera de la vista por razones obvias.

La última vez que había visto al señor Dryhten había sido después de nuestros votos, cuando la reina y la señora Frida me habían llevado. Lo flanqueaban el rey y el señor regente, que hablaban con gravedad, inmersos en una conversación que él no parecía seguir, pues me estaba siguiendo a mí. No me perdía de vista.

Aquello había sido hacía horas. Y allí estaba, intentando con todas mis fuerzas no sentirme como un corderito a punto de ser sacrificado.

En una esquina, un juglar tocaba la lira y otro el tambor. Tragué saliva con dificultad, pues tenía la garganta cerrada. Debía de ser toda una fiesta ver cómo la Bestia de las Tierras Fronterizas se apareaba conmigo.

Mi esposo.

Fruncí el ceño bajo el velo. Al menos tenía eso en mi favor, una barrera protectora que ocultaría mi expresión de los ávidos mirones. Y de él.

Una dama soltó una carcajada cuando un caballero le murmuró algo al oído. Le dio una bofetada con su abanico y luego bebió de su cáliz. Su mirada se detuvo sobre mí, en el centro de la cama, y alzó su copa a modo de saludo, con los labios brillantes y rojos, manchados de bebida.

Un sabor amargo se me extendió por la boca. Mi vida, mi sacrificio, era una diversión para otros. Un chiste. Aunque lo hiciera para servir al reino. Aunque fuera igual que cualquier otro guerrero. Eché un vistazo al público. Aquella gente no me veía así. Solo mi familia me apreciaba.

Supuse que esa era la naturaleza del sacrificio. ¿Acaso alguna vez se valoraba en el momento en el que ocurría?

Con aquello, haciendo aquello, ¡aquello!, no me había ganado su respeto. ¿Acaso creí que lo haría?

Exhalé, recordándome que no lo hacía por su aprecio ni su reconocimiento. Una hacía lo correcto solo porque era lo correcto. Si esperaba más aprecio o reconocimiento de los nobles de la corte penterrana, tendría que esperar por toda la eternidad.

La única otra persona que parecía descontenta con la situación era el señor chambelán, y deduje que debía de ser porque se había quedado sin su niña de los azotes. La amargura de la lengua se me desvaneció un poco. Iba a salir algo bueno de todo aquello. Nunca más tendría que soportar el aliento entrecortado de aquel hombre en los oídos cada vez que me azotaba.

«Ahora solo tendrás que soportar a la Bestia».

Me subí el edredón hasta la barbilla y sentí que me encogía contra el colchón solo de pensarlo. El momento se acercaba. Miré a la reina, que me estaba observando con intensidad, como si no hubiera ningún velo que se interpusiera entre nuestras miradas. Oí su voz en mi mente: «No permitas que te vea la cara hasta que haya terminado».

Me envolví en ese recuerdo. Aflojé los dedos hasta que recuperé en ellos la capacidad de sentir y, con una exhalación, bajé el edredón hasta la mitad de mi pecho y me dije que no debía mostrarme tan asustadiza.

Incontables pares de ojos me juzgaban mientras esperaba, clavados en mí, evaluándome. La sed de sangre permeaba el aire. Querían un espectáculo, y no solo el que les proporcionaría la ceremonia de consumación, aunque tampoco les supondría un sacrificio presenciarlo. Lo que ansiaban ver era lo que ocurriría después. Aquella gente conocía la verdad. Sabían quién se escondía —y quién no— tras el velo, y sabían que, cuando la Bestia también se enterara, las consecuencias serían dignas de ver.

Ansiaban el ineludible momento en el que yo sería desenmascarada. Habíamos engañado a la Bestia. Todos. Esperaban furia, violencia, la confirmación visual de cada rumor y leyenda que habían oído sobre él. Lo que no sabían era que serían excluidos de la revelación.

La reina me había prometido que los testigos abandonarían la alcoba inmediatamente después de la consumación. Tenía sentido. El ego del señor Dryhten ya quedaría lo bastante herido; no era necesario empeorar su inevitable humillación haciendo que docenas de testigos presenciaran tan incómoda situación. El rey y el señor regente procederían a desenmascararme y a ofrecerle cuantas explicaciones fueran necesarias.

La reina me había sonreído mientras me tranquilizaba. «Le explicaremos que tú también eres una hija del trono de Penterra. Que eres tan valiosa para nosotros como cualquier otra hija nacida de nuestro linaje».

El objetivo de aquellas palabras era tranquilizarme y yo quería creerle.

En ese momento, se abrió la puerta de la alcoba y entró él con paso firme y atronador. Verlo no me resultó reconfortante.

No estaba solo: lo acompañaban dos de sus guerreros, el hombre mayor y barbudo de la cancillería y una doncella armada que debía de ser de mi misma altura. Tenía afeitados los lados de la cabeza y el pelo negro trenzado y recogido con una única banda. Lucía dibujos de tinta en la parte expuesta del cuero cabelludo, pero no distinguía los detalles a través del velo y desde la distancia. Sentí la necesidad de examinarlos más de cerca.

El señor Dryhten se giró en un pequeño círculo y oteó la sala con pasos lentos y firmes. El aire del crepúsculo se las arregló para entrar por la media docena de arpilleras de las paredes. Hacía más frío que antes, como si aquel norteño lo hubiera traído con él.

—Cuánta gente —observó—. ¿Es necesario? ¿Otra de sus costumbres?

¿Sonaba irritada su voz?

—Los testigos son necesarios —replicó el sacerdote.

—¿Y deben contarse por docenas?

El sacerdote miró fugazmente al rey, porque la respuesta, por supuesto, era no. Mi padre asintió de forma casi imperceptible, y el santo varón rompió filas para acercarse a mi esposo. Hablaron durante unos instantes, pero sus palabras fueron apenas audibles, sobre todo debido al rugido que cada vez crecía más en mis oídos.

«Mi esposo». Las palabras tropezaban con aquella nueva realidad; mi mente aún no lograba comprenderlas en su totalidad.

Estaba casada con él.

Cuando terminó su conversación con el sacerdote, el señor Dryhten me miró con dureza mientras yo aguardaba en el centro del vasto lecho. Jamás me había sentido tan pequeña y vulnerable, ni siquiera cuando me azotaban la espalda desnuda.

En esos momentos siempre hubo testigos. Mis hermanas estaban obligadas a presenciar mis castigos, por supuesto. De eso se trataba: de que los vieran y se arrepintieran de su comportamiento. Pero a menudo había también otros: sirvientes, tutores, algunos niños… Cualquiera, en realidad. Del mismo modo que la vulnerabilidad no era algo nuevo para mí, tampoco lo era ser la protagonista ante el público. Sin embargo, se trataba de una atención diferente.

Dryhten no veía nada de mi cuerpo, enterrado bajo el edredón, y aun así me sentí como si hubiera quitado todas las capas y hubiera visto lo que había bajo ellas, hasta el mismísimo centro de mi ser. El pelo alborotado, el cuerpo desnudo y tembloroso, las mejillas de un rojo delator. No me hacía falta estar frente a mi reflejo para saberlo. Cuando me ardía así la cara, me ponía siempre tan roja como mi pelo.

El sacerdote dijo algo, pero no lo oí, pues lo único en lo que podía concentrarme era en el hombre que me observaba desde los pies de la cama.

Mi esposo le dirigió una mirada penetrante.

—¿Cómo es que tiene que seguir con el velo puesto? ¿Aún?

El sacerdote alzó una mano en un gesto de súplica.

—Es nuestra costumbre, mi señor. Hasta que sus votos hayan sido consumados y sean verdaderamente uno solo, no dispondrá el privilegio de…

Dryhten lo interrumpió con una carcajada que casi se confundía con un gruñido y echó la cabeza atrás para levantar la vista hacia las vigas.

—Otra puta costumbre.

Me estremecí y miré a mi alrededor, frenética, buscando las reacciones de los demás. Nunca había oído a nadie hablar con tanta grosería ante miembros tan elevados e importantes de la sociedad.

Y, sin embargo, el señor de las Tierras Fronterizas también era importante. Simplemente, no lo bastante para casarse con una de mis hermanas.

Mi padre dio un paso al frente, como si pretendiera atrapar el extremo de una cuerda desgastada que amenazara con soltarse de su amarre.

—¡Lástima! Así es nuestra costumbre. El rostro de la novia queda cubierto por el velo durante toda la consumación, como muestra de su humildad para con su nuevo esposo. Es una larga tradición y, como tal, no puede romperse.

Hasta ese instante no me había dado cuenta de que el rey era un hábil mentiroso. Cuando me había dicho que para gobernar un reino la diplomacia era necesaria, no había entendido bien a qué se refería. Pero ahora sí. Hablaba de mentiras. De subterfugios.

La Bestia aguantó unos instantes la mirada de mi padre y luego miró a su alrededor con el ceño fruncido, como si quisiera hallar la confirmación en los rostros de los mirones de que aquello era, en efecto, una verdadera tradición.

Y todo el mundo se limitó a devolverle la mirada con expresión estoica. Nadie se movió. Ni una sola pista que revelara el engaño al que lo estaban sometiendo. Había demasiado en juego.

El rostro malhumorado de Stig me miró desde la multitud y a punto estuvo el corazón de salírseme por la boca. «No, no, no». Debía de haberse colado en la habitación detrás de Dryhten, porque, si hubiera entrado antes, me habría dado cuenta. Con el suyo, eran ya dos los rostros disgustados, junto con el del señor chambelán. Pero el de Stig era el único que me importaba.

Estaba rígido, como un tablón de madera entre los demás cuerpos. Deseé que se fuera. A cualquier otro lugar. No quería que estuviera allí; no quería que presenciara aquello. Al parecer, yo tenía un límite... Y era que Stig estuviera a pocos metros de distancia mientras aquel guerrero se metía conmigo en una cama.

Intenté transmitírselo dirigiéndole una mirada penetrante a través del velo que me cubría el rostro, pidiéndole con ella que se fuera. Pero él no me miró. Estaba fulminando con la mirada a mi esposo y tragué saliva para aceptar esta nueva desgracia, diciéndome que sobreviviría a esta humillación y a esta vergüenza porque sobrevivir era lo que hacía siempre.

La doncella armada dio un paso el frente y le susurró algo a Dryhten al oído. No supe qué era, pero sirvió para que este suavizara un poco la dureza de sus rasgos. Asintió una única vez, lo que me hizo sentir aún más curiosidad por lo que aquella mujer habría dicho para calmar a la Bestia. Tal vez pudiera darme algún consejo.

Él dio un paso hacia la cama, se detuvo a los pies y me miró con una expresión dura unos instantes. Sentí un cosquilleo en la mano vendada y la presioné contra el colchón, como si así pudiera liberarme de esa sensación.

Me pregunté si ya había llegado. Si era ese el momento en el que él diría «ya basta» y exigiría verme, conocer el rostro de la princesa que le habían prometido. La que —seamos claros— no era.

Y entonces ¿qué?

Me rechazaría, por supuesto. Y el matrimonio no tendría validez si no se consumaba. Lo sabía yo y lo sabía él. Lo sabía todo el mundo. ¿Y no sería eso lo mejor?

No podía haber buena voluntad tras una traición como aquella. ¿Acaso no se les había ocurrido eso al rey, la reina y el señor regente? Me dije que debían, forzosamente, haberlo pensado. Pero la reina se había mostrado tan segura de que este era el camino correcto... Y yo no era precisamente una experta en gobernar un reino. Ellos sabían más que yo, estaba claro.

En ese momento, el señor Dryhten apartó la vista y se miró la mano donde le habían cortado. Flexionó en el aire los dedos largos y estrechos, estirándolos y enroscándolos hacia adentro, como si fuera la primera vez que sentía esa parte de sí mismo, como si fueran apéndices extraños, nuevos para él.

La palma de mi mano vibró como respuesta. Y unos pequeños remolinos de percepción surcaron entonces mi cuerpo, rebotando sobre mi piel, corriendo por mi sangre, mis músculos y mis huesos. ¿Estaría siempre ahí esa sensación tan extraña, tan desconcertante? ¿Ese estado de alerta? ¿Perduraría ese vínculo que nos unía aun si nuestro matrimonio no lo hacía?

Comprendí que la consumación tendría lugar. Habíamos emprendido el camino, impulsados por una fuerza mayor que nosotros mismos. Como la atracción entre dos imanes. No había vuelta atrás. Nuestro matrimonio quedaría consumado y legitimado ante los ojos de todos, y él me llevaría al norte con él.

«Pero ¿y si no lo hace? —susurró una voz en mi oído—. ¿Y si se va sin mí?».

¿Regresaría a su lejano hogar dejándome atrás con esa herida abierta? ¿Con el eco de él en la palma de mi mano..., en mi interior?

Contuve el aliento mientras aguardaba su próximo movimiento, mientras esperaba a ver en qué resultaría, si insistiría con el asunto del velo o aceptaría que tenía que encamarse conmigo sin ver mi rostro.

El silencio reinaba en la cámara; lo único audible por encima de mi respiración jadeante eran los suaves acordes de la lira y la percusión rítmica del tambor. Las llamas de los apliques de pared arrojaban sombras parpadeantes y destellos de luz sobre los rostros de los presentes.

Por fin, asintió de forma casi imperceptible.

—Está bien.

«Está bien».

Iba a suceder. Seguiría oculta. Con el velo puesto.

Y entonces él empezó a desnudarse sin atisbo de modestia.

La gente intercambió miradas de sorpresa y sobresalto.

Primero se quitó la armadura de cuero; después, la túnica que llevaba debajo. Le tendió las prendas a su doncella armada. El hombre barbudo que lo acompañaba seguía luciendo una expresión de desagrado, con los brazos cruzados, como si no quisiera saber nada de la situación.

Yo tenía la garganta tan cerrada que me costaba tragar saliva. Contemplé obnubilada la impresionante extensión de la piel bronceada de la Bestia, repleta de líneas duras y tentadores músculos protuberantes. Era enorme. Enorme como un guerrero, y como tal exudaba un poder innegable. Podría haber recorrido aquellos hombros y aquel ancho pecho con las manos durante un largo tiempo y aun así no acariciarlo por completo... Aunque no me atrevería a hacerlo jamás.

Noté que se me encogían las entrañas igual que cuando íbamos a tirarnos en trineo detrás del palacio durante los meses de invierno, cuando el viento y la tierra pasaban como una exhalación por nuestro lado mientras descendíamos las colinas. Sin embargo, en ese momento, no era una sensación fugaz. Mi estómago se encogía, se revolvía y caía en picada una y otra vez mientras me lo comía con los ojos.

Sus botas cayeron al suelo, una detrás de la otra, y di un respingo con cada golpe sordo, exhalando pequeños gritos ahogados que hacían brincar la tela que me cubría el rosto. Hasta ese simple gesto, que le hacía flexionar los músculos con sus ágiles movimientos, me resultaba tentador. Y no era yo la única que lo pensaba.

Varias damas —e incluso algunos hombres— lo miraban con ojos abiertos y anhelantes. Era hermoso. Intrincados dibujos de tinta le descendían por el cuello y le recorrían luego un hombro, el brazo y el pecho. No podía verle la espalda, pero intuía que el dibujo la serpenteaba también.

No había ni una sola cicatriz que mancillara el bronce tintado de su piel. Era inusual, tal vez, para un señor de la guerra tan curtido en la batalla, para alguien que había pasado años defendiendo nuestras fronteras. Su cuerpo entero era un arma afilada. Una maravilla. Y, sin embargo, era su rostro lo que me tenía cautivada. Prisionera. Aquellos ojos incognoscibles y aquella boca, que era demasiado tierna para un hombre forjado en la guerra.

«Y va a ser mío», pensé.

Mi corazón dejó de latir por un instante para luego recuperar un ritmo desbocado. No. «Mío no».

Él no se había entregado a aquello voluntariamente. No a mí. Creía que se estaba entregando a una de mis hermanas.

Tragué saliva con gran tristeza, convencida de que aquello no terminaría bien. Al menos, no para mí. El rey y la reina insistirían en que habían honrado su petición y le habían entregado a una hija real, y él no podría discutírselo. Ya estaría casado conmigo (y el matrimonio, consumado). No habría forma de romperlo. Su ira no tendría destino alguno.

El único destino sería yo.

Llevó las manos a sus calzones y no pude seguir pensando en todo aquello. ¿Se estaba desnudando del todo? ¿Delante de toda aquella gente?

Me atraganté con un grito ahogado.

Pero mi exclamación pasó desapercibida, pues otros gritos cortaron el aire.

—¡Mi señor! —exclamó el sacerdote, ofendido—. ¡No es necesario que se quite toda la ropa!

Él inclinó la cabeza de forma desafiante.

—Los presentes quieren un espectáculo —replicó con desvergonzada candidez—. Y es lo que les voy a dar.

Se bajó los calzones de cuero y se los quitó a una velocidad sorprendente, quedando abundantemente desnudo ante todos.

Nunca había visto a un hombre desnudo, pero en ese momento miré hasta hartarme.

Entre el público se oyeron murmullos de sorpresa. Varios caballeros trataron de taparles los ojos a las damas que tenían cerca, pero ellas esquivaron sus intentos, decididas a comerse con los ojos sin reserva alguna a aquel hombre, tan diferente de todos los de nuestro círculo.

Dejó los calzones en las manos de la doncella armada sin modestia alguna. No había ni una sola prenda que le cubriera la piel, salvo por un collar, un dije de ópalo negro y brillante tan oscuro como la noche, salpicado de verde, rojo y azul. No había visto nunca una joya como esa. Se me secó la boca, pero pronto empecé a salivar. Aquellas piernas musculosas eran aún más impresionantes sin estar embutidas en cuero. Eran como troncos de árbol.

Sentía demasiada curiosidad como para no mirar… ahí. «¿Y por qué no?».

Nadie podía ver dónde miraba. La palabra «pene» parecía flotar en el aire.

Bajé la vista, como si me hubieran dado una orden. Oh. «Oooh».

Los murmullos de excitación cobraron sentido al instante. Era grande en todas partes. Inquietantemente abrumador. Me lamí los labios, nerviosa… y algo más. Se había prendido una llama en mi interior que crecía y crecía en mis entrañas.

Había pasado el tiempo suficiente en los establos con los caballos. Había incluso espiado a un mozo de cuadras y a una de las cocineras una vez, en un establo vacío. No lo hice a propósito; tan solo ocurrió así. Los oí y, sin saber qué era aquel ruido, decidí investigar, asomando entre las grietas de los tablones de la caseta de al lado. Vi el trasero desnudo del muchacho moverse adelante y atrás entre un par de gruesos muslos. Ambos se susurraban palabras calientes que hicieron que me ardieran las mejillas, y me dio la sensación de que la cópula no era algo del todo desagradable, al menos para algunos.

Comprendía cómo funcionaba el fornicar; al menos, la mecánica. El deseo, aquel anhelo físico, era desconocido para mí. No obstante, quizá ya no lo fuera, si debía guiarme por las mariposas que me revoloteaban en el estómago.

Aunque era evidente que él no estaba, en aquel momento, afectado por deseo alguno.

Por bien dotado que estuviera, su estado no era de excitación. Hice una mueca. Como era de esperar, una figura velada y amorfa metida en una cama y una sala llena de mirones no levantaban sus pasiones. Se me cayó el alma a los pies. Él no quería hacerlo, pero lo haría. Cumpliría con su obligación. Me resultó divertido, por retorcido y oscuro que fuera. Un tema recurrente en mi vida. Supuse que eso, al menos, lo tendríamos en común.

Colocó una rodilla sobre la cama y el colchón se hundió ligeramente bajo aquel cuerpo de considerable tamaño. Después puso las manos, apoyando su peso en ellas. Primero una y luego la otra, para ir poco a poco subiendo en la cama.

Noté una fuerte presión en el pecho, demasiado acuciante para mi acelerado corazón. De nuevo sentí aquel jalón en lo más profundo de mi ser, que me arrastraba hacia un destino desconocido. Me aparté a un lado de la cama, evitando todo contacto con él. Una tontería lamentable. Lo supe en cuanto me moví. Sin embargo, el instinto de supervivencia trabajaba por cuenta propia.

Pero no podía esquivarlo a él.

No podía esquivar lo que iba a suceder. Imanes, pensé de nuevo. Estaba un poco mareada.

Él se dio la vuelta para cerrar las cortinas y proporcionarnos cierta intimidad.

—Mi señor —dijo el sacerdote con cierta urgencia en la voz—. Si gusta, deje las cortinas…

—No, no gusto —rugió—. Ya he disfrutado de bastantes de sus costumbres durante el día de hoy. Ahora me toca a mí. Me encamaré con mi esposa sin espectadores. Tal es mi costumbre.

Me removí, nerviosa, aterrorizada porque se acostase conmigo tras la privacidad de las cortinas. ¿Me quitaría el velo entonces, lejos de las miradas indiscretas y de nadie que objetara? Me incorporé un poco, estirando el cuello para buscar a la reina con desesperación, con la esperanza de que, si lograba verla, me diera alguna indicación. Su voz resonó en mi mente: «No permitas que te vea la cara hasta que no haya terminado». Pero ¿y si insistía? ¿Y si me doblegaba a la fuerza?

—Esto es muy irregular, mi señor —intervino el rey mientras colocaba una mano en el brazo de su reina para tranquilizarla—. ¿Cómo estaremos seguros de que se ha consumado la unión? ¿De que no le retirará el velo a nuestra hija?

—Puede estar seguro, Majestad. Cumpliré con mi obligación sin retirar el velo de la princesa. Al fin y al cabo, lo que importa aquí no es su cara, ¿no?

Me estremecí al oír aquella frase, aunque no le faltaba razón, por supuesto. Mi cara no importaba nada. Yo no importaba nada. Lo único que importaba era mi cuerpo.

Una carcajada amarga se me quedó atorada en la garganta. Ojalá recordara aquellas palabras cuando, más adelante, le revelara mi rostro.

El rey pareció quedarse satisfecho con la respuesta del señor Dryhten. Intercambió una mirada con la reina y el señor regente y luego asintió, dándole así su bendición.

Y, sin esperar más comentarios, mi esposo cerró las cortinas, ocultándonos a ambos tras ellas.

9

TAMSYN

Con las cortinas cerradas, mi mundo era más oscuro, pero no carente de visibilidad. No del todo. La abertura sobre la cama impedía que la oscuridad fuera completa.

Me senté y retrocedí hasta que choqué contra el cabezal y no pude apartarme más. Los latidos del corazón me reverberaban en los oídos; tenía el pulso desbocado. Alargué una mano por encima de mí y enrosqué los dedos en la madera suave y gastada, colgándome de ella como si estuviera en mitad de una tempestad, o preparándome para una que se encontrara a punto de llegar.

Él se agazapó a los pies de la cama, observándome, recordándome a la Bestia que se presumía que era; y no solo de nombre, sino de hecho. Un majestuoso animal acechando, a punto de saltar sobre su presa.

Tomé aire, maravillada por el calor que tenía a pesar del inusual frío que hacía en aquella cámara. No nos llegaba ni un solo sonido del otro lado de las cortinas. Estábamos sellados dentro de nuestra pequeña burbuja, apartados del resto del mundo, y me sentía agradecida por ello. El espanto me carcomía las entrañas cada vez que pensaba en toda la gente que había ahí fuera. Reparé en aquel hecho de una forma de la que antes no había sido capaz, no hasta ese momento, y la bilis me trepó súbitamente por la garganta al pensar que aguardaban todos tras las cortinas, escuchándonos, intentando por todos los medios asomar por una rendija para echar un vistazo a lo que sucedía, al pensar que se regodeaban con mi sufrimiento. Porque era eso lo que querían. No querían silencio.

Querían ver. Querían oír. Querían que fuera dramático.

El aire en el interior de la cama protegida por las cortinas era suave y nebuloso. Menos nebuloso para él, por supuesto, pues no tenía el rostro cubierto por un velo.

Mantuvimos la postura varios instantes más, congelados en aquella suerte de enfrentamiento, sin movernos ni hablar, y me pregunté si acaso le habría mentido al rey. Tal vez no tenía ninguna intención de consumar el matrimonio, de hacer realidad nuestra unión.

Mientras yo sopesaba mentalmente esa posibilidad, él habló, por fin:

—Mejor que empecemos, ¿no?

Lo haríamos, pues.

Tragué saliva y asentí. Era lo mejor. No hacerlo acarrearía un sinfín de complicaciones.

Se acercó a mí caminando a cuatro patas.

—¿Es que además de no tener cara no tienes voz, moza? —preguntó; su voz no más alta que un susurro ronco que arañaba el aire. Era evidente que él también prefería que no lo oyeran. Al menos estábamos de acuerdo en eso.

Me ordené a mí misma tranquilizarme y relajé mi postura, acurrucada junto al cabezal.

—Estoy preparada.

«Tan preparada como podré estarlo nunca».

Al parecer, mi asentimiento era lo único que necesitaba oír. Me rodeó un tobillo con una de sus grandes manos y me arrastró hacia él con un ágil movimiento, dejándome boca arriba. Solté un gritito, consciente de que el impulso me había subido los voluminosos pliegues del camisón hasta las rodillas.

Detuvo la mirada en los remilgados lazos de mi cuello.

—No te vistieron para seducir.

Recordé su virilidad dormida y me pregunté si le estaría resultando difícil reunir las agallas para acostarse conmigo.

Puso las manos a ambos lados de mi cabeza y se inclinó sobre mí. Su desnudez irradiaba tanto calor como un horno; la temperatura me ruborizaba y me vi obligada a tomar aire.

—¿Quién hay ahí dentro, eh? —Exhaló aquellas palabras justo sobre mis labios y sentí el ardor a través de la fina tela.

Me eché a temblar, en parte por el efecto que causaba en mí su proximidad, y en parte porque aquella pregunta hizo que me atravesara una punzada de pánico. «No hay nadie a quien él quiera».

No obstante, decidí dejar ese problema para más adelante. Me humedecí los labios y respondí:

—Soy su esposa, mi señor.

Una suave tos al otro lado de las cortinas me recordó que en aquella cámara había montones de personas que escuchaban con atención, que aguardaban, expectantes. Miré hacia las cortinas con hosquedad.

Él siguió mi mirada.

—Ignóralos.

Me estremecí.

—Lo intentaré.

La cálida caída de su aliento onduló el fino velo contra mi mejilla. Qué cerca estaban nuestros rostros. Sus facciones eran vagas, inciertas, pero yo era capaz de distinguirlas nítidamente. Los ojos penetrantes bajo aquellas incisivas cejas, la mandíbula cuadrada…, la boca, grande y carente de una sonrisa.

Sus manos se dirigieron a los lazos del cuello de mi recatado camisón, y hube de meterme las manos bajo las caderas para reprimir el impulso de apartárselas de un manotazo. Desató los lazos enseguida, aflojándolos con dedos hábiles, y me abrió la prenda, dejándome expuesta ante sus ojos.

Se quedó muy quieto.

Y yo, tensa, me obligué a hacer mis reticencias a un lado. Aquella era mi obligación en mi noche de bodas, y yo siempre cumplía con mi obligación. Aunque tampoco es que la apertura en forma de «v» de mi camisón dejara al descubierto todos mis encantos: no era lo bastante ancha y, en cualquier caso, mis «encantos» nunca me habían parecido gran cosa. Mis pechos no eran más grandes que dos duraznos. A duras penas colmarían sus grandes manos.

Y sin embargo, por su forma de mirarme, tan quieto, me sentí completamente expuesta, desnuda hasta los mismísimos huesos, y esos duraznos empezaron a tornarse pesados, a acusar un cosquilleo. Estaba desnuda solo hasta el centro del busto, por lo que solo un atisbo de mis pechos estaba al descubierto, y subía y bajaba con fuerza debido a mi respiración costosa.

—Qué piel… —murmuró, casi pensativo. Puso un dedo sobre mí y deslizó la punta por el valle de carne dejando una estela feroz a su paso—. Es perfecta.

No podía respirar. Quería responderle que él también era perfecto, que su piel suave no tenía ni un solo defecto, imperfección ni cicatriz, ya fuera de batalla o de algún tropiezo infantil.

Un movimiento que se produjo tras él llamó mi atención; se me puso el estómago al revés.

La mancha pálida del rostro boquiabierto de una dama había aparecido en una rendija de las cortinas donde la tela no había podido cerrarse del todo. Me puse rígida al ver que nos contemplaba con los ojos muy abiertos mientras bebía con avidez de su copa de vino. Qué agradable debía de ser disponer de refrigerios para disfrutar del espectáculo. Quise tirarle el vino en la cara. Quise esconderme bajo el edredón. ¿A quién quería engañar? No sería capaz de fingir que no había nadie más en aquella estancia.

—¿Qué pasa? —preguntó él al reparar en mi repentina rigidez. Miró atrás, a esa apertura de un par de centímetros entre las cortinas, y vio a la mujer que nos estaba observando.

—Malditos chacales —gruñó. Dejándome sobre la cama, fue a cerrar las cortinas con un violento jalón, pero no sirvió de nada: no se cerraban del todo.

Contemplé la magnificencia de su musculosa espalda, recorriendo con la mirada los dibujos de tinta que descendían, serpenteantes, por su omóplato. Reseguí su larga y serrada espina dorsal y me pregunté cómo era posible que la espalda de un hombre fuera tan hermosa. Se quedó a los pies de la cama e inhaló profundamente, alzando los hombros con el movimiento. Era evidente que estaba enojado.

Aquellos momentos se alagaron y alargaron, hasta que por fin dio media vuelta hacia mí, ocupando con su cuerpo todo mi campo de visión.

—No mires ahí.

—¿Cómo no voy a hacerlo?

—Mírame a mí. —Se señaló el rostro—. Mírame solo a mí.

Sentí que una extraña emoción reverberaba a través de mi cuerpo con aquella firme orden… y al mirar el blanco resplandeciente de sus ojos, que detectaba incluso a través del velo. Y algo más. De repente, entre nosotros se había fraguado una alianza. Estábamos juntos en ello.

«Hasta que todo termine y descubra la verdad».

Me incliné hacia atrás, estremeciéndome, pero clavé la mirada en él e intenté no pensar en la mujer que nos observaba desde detrás de la cortina.

Noté el peso de su cuerpo firme de guerrero sobre el mío; me hundió más sobre el colchón. Llevé las manos de forma insegura hacia su pecho y descansé las palmas sobre los pectorales llenos de tinta, apreciando los fuertes latidos de su corazón. Aquel ópalo negro y brillante, oscuro como la noche y salpicado de vivos colores, oscilaba entre los dos, rozándome la piel. Siseé, sobresaltada por las sorprendentes chispas que me hizo sentir, por su calor vibrante.

Levanté la vista; parpadeé y agucé la mirada, cuestionándome lo que estaba viendo.

Aquel frío húmedo se había convertido en una especie de niebla que flotaba sobre la cama, como una neblina. Eché un vistazo sobre su hombro para ver qué habría sido de la temible abertura entre las cortinas. La niebla se había filtrado a la cámara entera. Ya no veía el rostro de la mujer a través de la rendija; ya no veía nada ni a nadie, salvo por un vapor de un gris lechoso. La niebla, cada vez más intensa, nos halló en la cama y se enroscó en nuestros brazos y piernas con la suavidad de las puntas de los dedos, envolviéndonos… y protegiéndonos.

Se oyeron varias exclamaciones al otro lado de las cortinas, comentarios sobre la neblina que tan súbitamente se había colado en la cámara a través de las arpilleras. Oí quejas sobre el frío, cada vez más acuciante, protestas por la falta de visibilidad. Oí pasos por el suelo, cambios de postura, y comprendí que algunos de los testigos de la ceremonia habían decidido retirarse.

Una sonrisa de alivio afloró en mis labios y di gracias, al menos en ese caso, por los caprichos imprevistos de la naturaleza.

Él me acarició la cara y se me borró la sonrisa mientras una sensación de alarma se extendía por mi ser. ¿Rompería su promesa? ¿Me arrancaría el velo para mirarme tanto como quisiera?

Me preparé para lo que estaba por venir. Sin embargo, no hizo ademán de quitármelo y, tras varios segundos, exhalé.

Se me paró el corazón al sentir su mano sobre mi rostro. El velo no permitía el contacto de la piel contra la piel, pero sentí su caricia a través de la tela con la intensidad de una marca ardiente. Conseguí no estremecerme ni recular mientras él movía el pulgar de lado a lado, frotándome la tela contra la mejilla. Me mareaba pensar que pudiera importarle lo suficiente, yo, que era su esposa solo desde hacía pocas horas, una esposa cuyo rostro aún no había visto, para acariciarme con tanta ternura.

Agachó la cabeza hacia un lado de mi rostro y, mientras yo temblaba bajo la calidez de su aliento, me susurró al oído:

—¿Confías en mí?

¿Confiar en él? Ni siquiera lo conocía. Lo único que sabía de él eran las habladurías sobre su salvajismo, sobre las muertes que sembraba. Y, sin embargo, pedía mi confianza sin tener por qué hacerlo, cuando no la necesitaba para consumar. Podría haberlo hecho como él hubiera querido.

Me incliné atrás y lo miré a los ojos, que me observaban con franqueza, aunque no pudiera verme. «Sí», comprendí perpleja: sí confiaba en él. En un desconocido. En mi esposo. Y confiaba en él.

Asentí.

Y entonces él me sonrió, de forma lenta y seductora, y sentí que moría un poco por dentro.

Aquel hombre ya era atractivo cuando se mostraba serio y hosco, pero ¿así? Así era furiosamente hermoso.

—¿Te comió la lengua el gato? —preguntó.

—Yo… —Mi voz sonó ronca, así que tragué saliva y lo intenté otra vez—. Confío en ti.

Me obligué a tranquilizarme y me relajé sobre el colchón, aceptándolo.

Y él no perdió más el tiempo.

Me abrió las piernas con su cuerpo, posando su peso justo ahí y apoyando las caderas entre mis muslos abiertos.

Mi pecho subía y bajaba; cada vez se me aceleraba más la respiración, lo que hacía que la tela que me cubría el rostro aleteara ligeramente. Lo agarre de los bíceps, clavando los dedos en los músculos firmes, presa del impulso de aferrarme a algo, de anclarme como fuera. Agarrarme a él me pareció una buena idea. Probablemente, era capaz de soportar hasta las acometidas de una tempestad.

Se movió y, al notar su miembro caliente y palpitante contra mi sexo, ahogué un grito. Lo único que se interponía entre nosotros era la tela de mi camisón, algo a duras penas sustancia.

—Todo irá bien —me aseguró, pero luego frunció el ceño—. Te besaría, pero…

—Pero no puedes —terminé por él, aunque mi estómago cobró vida, llenándose de mariposas al imaginar aquella boca sobre la mía, apareándose con mis labios.

Aquella boca… Ancha, bien formada y con un aspecto demasiado dulce para un hombre tan rudo. No podría resistirme.

Alcé una mano y la acerqué a sus labios para acariciárselos, curiosa e intrigada, preguntándome cómo sería recibir un beso suyo. Tenía muy poca experiencia con los besos. Stig había sido el único.

Se quedó quieto por encima de mí y me preocupé por si había hecho algo mal. Por si no habría debido tocarlo. Tal vez tendría que haberme quedado inmóvil, como un pez inerte bajo él. Al fin y al cabo, ¿qué sabía yo de tales asuntos?

Volteó entonces para depositar en la palma de mi mano un beso ardiente con la boca abierta. Su lengua salió poco a poco para saborear mi piel y me olvidé de lo que debí o no debí haber hecho. Saltaron chispas de mi brazo.

«Por las fauces del infierno —pensé—. ¿Qué me está pasando?».

Tomó mi otra mano y la besó con el mismo fervor por encima de la venda que cubría la herida que el sacerdote me había hecho con la daga, todavía abierta y en carne viva, lo que no impidió que saltaran las mismas chispas también desde debajo de las curaciones. La «x» cortada en la palma de mi mano vibraba y palpitaba con sus caricias.

—Oh… —Un suspiro se convirtió en una exclamación cuando meció las caderas contra mí. Lo sentí entonces… más grande. Más duro. Vivo, por mí. Ya no era indiferente a nuestro encuentro, como cuando se había subido a la cama por primera vez.

Estaba excitado.

Terminó de devorarme la palma de la mano, depositando un último y largo beso en el interior de mi muñeca. Bajó la mano y regresó la boca hacia mi cuello, donde se prodigó en besos ardientes pero suaves que desmentían todo lo que había creído que era: la Bestia. Un hombre terroríficamente grande, tosco y despiadado, lo bastante fuerte para romper a una persona en dos si era lo que se había propuesto.

Arqueé el cuello, ofreciéndole de forma instintiva más de mí mientras respiraba la humedad fresca que nos rodeaba, como si fuera una mañana llena de escarcha. Y, sin embargo, tenía calor. Mucho calor. Un calor abrasador.

Él cedió a mi petición muda, arañando ligeramente con los dientes la piel tirante antes de lamerla, de saborearme con la lengua como si yo fuera un dulce.

Estaba poseída. Mi cuerpo no era mío. Era otra cosa. Hervía, ardía contra él. Éramos como dos fuegos que habían colisionado, que se habían unido en una única e infernal hoguera.

El calor de mi pecho estalló y se expandió, prendiendo fuego a cada poro y cada nervio, restallando y extendiéndose por mi ser. Era como una fiebre compartida. Un incendio salvaje y descontrolado.

Bajé las manos por el vasto valle de su espalda, agarrándolo y atrayéndolo más hacia mí. Levanté las caderas y me froté contra su dureza. El ópalo negro se acomodó entre mis pechos y se quedó allí alojado, como un sello al rojo vivo, marcándome.

Apreté el sexo. La humedad me resbalaba por entre las piernas y me mojaba el camisón donde él se deslizaba contra mí.

—Maldición... —gruñó.

Se produjo una retahíla de movimientos salvajes y descontrolados. Sus manos. Mis manos. Mi camisón, subido a la fuerza, arrugado alrededor de mis caderas. A él lo atravesó un escalofrío que reverberó en mí; sus labios me quemaban el cuello.

Sentí una necesidad que palpitaba en mi interior y que era primigenia, tan vital como la sangre que nadaba en el interior de mis venas, tan gruesa como el aire viscoso que me llenaba los pulmones. Alargué una mano entre los dos en su busca y rodeé su virilidad con mis dedos, para luego acariciar la gruesa cabeza con el pulgar. Él respondió con un gemido.

Envalentonada, lo guie hacia mi entrada, donde se concentraba mi anhelo.

—Por favor —supliqué; y la palabra pintó el aire de desesperación, pronunciada por una voz irreconocible.

No entendía nada salvo una avidez implacable de tenerlo, de poseerlo..., de que me poseyera a mí.

Era salvaje. Febril. Me agarró de las caderas con las manos ásperas, clavándome los dedos, y al principio temí que me estuviera apartando de él, que quisiera alejarme a la fuerza.

Se me escapó un sollozo de angustia.

—No te vayas… No pares…

—Ni aunque tuviera una espada al cuello —rugió, y luego usó los dedos clavados en mí para posicionar mis caderas; me alzó y condujo mis muslos para que lo rodeara con ellos, colocando su erección en mi resbaladiza abertura.

Y entonces me penetró, enterrándose hasta lo más profundo, y la mezcla entre el dolor y el placer me partió en dos. Se adueñó de mí. Me sentí llena, tensa, presa de un ardor electrizante que me hacía suplicar por un descanso, aunque solo fuera un instante.

—¡Ah!

Clavó la mirada en mi rostro escondido, los ojos de un gélido gris muy abiertos, tan impactados como yo.

—Estás muy estrecha —gruñó. Yo, jadeante, me aferré a él con desesperación, tan fuerte que me dolían los dedos—. Pido disculpas. El dolor mejorará —me prometió con una formalidad que se me antojó absurda mientras me penetraba de nuevo, hasta el final, con un gemido—. Diablos, cómo me gusta.

Se quedó quieto entonces. Yo era consciente del largo y la dureza de su virilidad, de la vibración y las palpitaciones de su miembro alojado en mi interior. Él esperó.

Me contraje a su alrededor, intentando adaptarme a aquella sensación de ardiente plenitud, contrayéndome y sucumbiendo a su forma, hasta que empecé a temblar, a resoplar, hasta que comencé a moverme y retorcerme bajo él, inquieta.

—Oh…, oh… —gimoteé, apretando mis músculos internos, experimentando. El deseo de continuar se intensificó.

Más movimiento. Más fricción. Más Bestia.

No podía esperar más. No era capaz. No me gustaba aquella quietud, aquella parálisis. Me sentía demasiado abrumada. Mi cuerpo clamaba acción.

Incliné la cabeza y le mordí el hombro a través del velo, clavé los dientes en la carne caliente y saboreé la piel salada y limpia a través de la delgada tela. No supe cómo había aprendido a hacerlo, pero obtuve el resultado que deseaba.

Él gruñó y me embistió de nuevo con todas sus fuerzas. Una y otra vez. Quitó una mano de mis caderas para agarrar el corpiño abierto de mi camisón y bajármelo de golpe. Se oyó fugazmente la tela al rasgarse al tiempo que mis pechos emergían con libertad. Agarró uno y se lo llevó a la boca sin aminorar el ritmo. Embestía una y otra vez mi sexo palpitante mientras con la boca caliente succionaba un pezón, arrastrándome a las profundidades del placer.

Grité y odié lo salvaje de aquel sonido, consciente de que, fuera de nuestro refugio, todo el mundo nos oía. Y él, como si pudiera leerme el pensamiento, me tapó la boca a través del velo para amortiguar el sonido.

—Olvídate de ellos —me ordenó con la boca pegada a la tela, con la boca pegada a mis labios.

Aquella desconcertante niebla estaba ya por todas partes. Había inundado la cámara, se había colado en el interior del lecho para cubrirnos y se enroscaba alrededor de nuestros cuerpos como un amante, cubriendo mi piel sobrecalentada con una película refrescante.

Sollocé, pues sentía que una gran presión empezaba a acumularse en mi interior. Era salvaje, confuso. No sabía qué hacer con ella. No sabía si luchar contra aquello que aumentaba, que se hinchaba, o si abandonarme a la sensación. Gemí contra su boca, con el velo mojado y pegado a mi rostro, como si fuera otra capa de piel entre los dos.

Me rodeó la cintura con un brazo y me jaló hasta que quedamos sentados, cara a cara y todavía unidos, jadeando pecho contra pecho. Me mecí contra sus caderas que subían y bajaban, montándolo por instinto, desesperada por el roce. Me aferré a sus hombros como si mi vida dependiera de ello mientras aquella tensión crecía y crecía, deliciosa, insoportablemente placentera. Por mucho que la niebla fría nos cubriera como un sudario, el aire entre nosotros crepitaba, siseaba, como la comida sobre el fuego.

Me clavó los dedos en el trasero como si fueran garras, anclándome a merced de sus implacables caderas. Su pene me embestía, clavándoseme en lo más hondo, rápido, salvaje, inclemente.

Perdimos toda sombra de ritmo; nuestras acciones se tornaron precipitadas, frenéticas y torpes. Lo agarré de la nuca con los dedos, aferrándome con fuerza, mientras mi sexo se contraía alrededor de su miembro, apretando, luchando por llegar a un objetivo indefinible.

Y entonces lo hallé. El éxtasis, tan esquivo.

Mi cuerpo estalló en una violenta dicha. Puntos brillantes me nublaban la vista mientras el placer me desgarraba para luego dejarme fláccida, inerte sobre el cuerpo de él, al tiempo que me recorrían diminutos estremecimientos de placer hasta mucho después de haberme quedado quieta.

Él me propinó varias embestidas más para buscar, para reclamar y exprimir su propia satisfacción, que halló con un gemido profundo y vibrante que duró hasta que se sacudió todavía dentro de mí, llenándome de su semilla.

Dejé caer la cabeza en la curva de su cuello, sobrepasada por la vergüenza una vez que todo hubo terminado.

Una vez que ya era «después».

Se retorció en mi interior. Apartó las manos de mi trasero y las subió por mi espalda, acariciándola. Me puse tensa, ya que no estaba acostumbrada a que trataran esa parte de mi cuerpo con tanta ternura. Mi espalda nunca había sido lugar para manos amables.

Lo miré, y a pesar de la barrera de tela percibí su placer, su asombro. Por aquello. Por mí. Su esposa.

Exhalé un suspiro tembloroso, perdiéndome en el mismo placer, en el mismo asombro, y también en una gran tristeza, pues sabía lo poco que iba a durar.

Me sostuvo por la cintura y me quitó de encima de él. La euforia abandonó mi cuerpo cuando nos separamos. Se fue con él, como si me hubieran arrancado un pedazo de mí. Me sentí agotada. Hueca. De repente, dentro de mí hacía tanto frío como fuera.

Aquello que jalaba mi pecho regresó, como una tensión demandante. Me tapé la zona con una mano temblorosa y me froté la piel, deseando que desapareciera, que parara. Ahora que volvía a haber espacio entre nosotros dos, usé la otra mano para mantener cerrado mi camisón abierto, en un intento por recuperar el recato, por inútil que fuera ya.

—Está hecho —anunció sin aliento, con la voz entrecortada.

Alargó una mano y me arrancó el velo de la cara.

10

FELL

Qué estúpido había sido. Aquello quedó dolorosa e inmediatamente claro. Me había seducido con su piel suntuosa y sus suaves gemidos y yo la había embestido entre los muslos como si en esa cama solo hubiéramos estado nosotros dos, como si yo no fuera más que un joven inexperto con su primera mujer, convencido, por increíble que pareciera, de que era la princesa que me habían prometido. La esposa que había venido a buscar.

Y no lo era.

Conocía a esa mujer. Conocía su rostro. Los grandes ojos entre ámbar y dorado. La boca temblorosa. Se me tensaron las entrañas al recordar que había saboreado esa boca a través de un velo empapado de besos y que todo el tiempo había sido aquella pequeña espía audaz a la que había descubierto saliendo del cuadro de la cancillería. La misma sirvienta que el señor regente había echado sin contemplaciones tras amonestarla con severidad. Me había casado y encamado con ella. Habían sido sus labios. Su cuerpo de piel dorada. Habían sido sus piernas las que me habían rodeado, las que habían temblado con mis caricias.

Y no era una princesa de Penterra.

Para acabar de confirmarlo, alargué una mano hacia el tocado que le cubría el cabello y se lo quité con brusquedad para luego tirarlo a un lado. Mi ira se retorció, creció aún más si cabe, como un puño que me atravesara.

Ella soltó un gritito cuando su melena roja como el fuego quedó expuesta, pero no logré que me importara. Agarré la trenza que le caía sobre el hombro, tan gruesa como mi muñeca, con una fuerza animal.

—¿Qué es esto? —rugí, enrollándome la cuerda de su pelo en la mano y jalándola hacia mí. Me hervía la sangre, y mi bestia interior estaba enfurecida. Normalmente, mantenía a raya ese lado de mí y lo dejaba libre solo en mitad de una batalla, e incluso entonces lo ataba en corto, pero aquello se me antojaba una guerra. Se había producido el primer asalto y yo ni siquiera lo había visto venir. La siguiente acometida sería mía.

Ella abrió unos ojos como platos. Debió de reconocer el peligro. Sin embargo, antes de que me diera tiempo de adivinar lo que pretendía, cerró la mano en un puño y me golpeó en la boca.

Eché atrás la cabeza. Su puñetazo me había roto el labio y ya manaba la sangre.

Gruñí. «Carajo». Un ataque por sorpresa. «Otro».

Abrió las cortinas de golpe y saltó de la cama con una velocidad y una agilidad sorprendentes para alguien que vivía cobijada en un palacio.

La seguí respirando con violencia, sin preocuparme ni un ápice por mi desnudez, por exhibir el pene manchado de su sangre virginal ante todo el mundo. Una miríada de rostros se sucedió ante mis ojos. El rey y la reina. El señor regente. El sacerdote. Los nobles de la corte. El rostro furibundo del capitán de la guardia, rebosante de ira. Había menos gente que al principio de aquella farsa, pero no eran pocas las caras estupefactas que veía a través de la niebla, que empezaba a disiparse.

La sala se había quedado tan silenciosa como una tumba; la neblina se evaporaba poco a poco. Los presentes me miraban con semblante grave y receloso. Desconfiaban de mí, de la Bestia que había emergido del lecho nupcial salvaje y enfurecida, con el labio ensangrentado y decidida a cobrarse las represalias.

Y hacían bien.

Escupí sangre en el suelo y me limpié la boca con ferocidad.

—¡Exijo una explicación! —grité.

Ella, con los ojos muy abiertos, miró primero la sangre del suelo y luego a mí. Vibraba, en su cuerpo canturreaba una emoción que no sabía nombrar. No podía ser indignación. Yo era el único que tenía derecho a esa reacción en particular. Ella era quien me había engañado. La mentirosa. El fraude.

Se había quedado fuera de mi alcance, y me miraba con una expresión de rebeldía que me indicaba que saldría corriendo en cualquier momento. No me cabía duda de que, si me atrevía a ir por ella, saldría corriendo… o quizá incluso me pegara otra vez. El guerrero que había en mí ardía en el centro de mi ser, desafiándola a ello, a volverlo a intentar.

El primero en hablar fue el señor regente. Se aclaró la garganta y preguntó:

—¿Cuál es el… problema, mi señor?

Parpadeé. ¿Hablaba en serio ese imbécil?

—¿Que cuál es el problema? —repetí, señalando con dedo acusador a la mujer cuya doncellez acababa de tomar en el lecho que se erigía tras de mí, poniendo así el sello de legitimidad en nuestro matrimonio—. ¡No es una princesa de Penterra! —No era la esposa que me habían prometido. No era la esposa que mi padre siempre había insistido en que merecía.

—Ah, pero sí que lo es, mi señor. Tamsyn ha sido reconocida como miembro de la familia real y es, en efecto, su esposa. —El bastardo petulante bajó la mirada, centrando su atención a propósito en mi verga.

En fin, me parecía el ardid político más sofisticado que había oído nunca.

«Y una absoluta mierda».

Uno de los nobles se animó a intervenir:

—Supongo que no será necesario que colguemos las sábanas de las murallas como prueba de la consumación. Todos vemos la evidencia con nuestros propios ojos.

Unas risitas nerviosas respondieron al comentario malintencionado, y lancé a mi alrededor una mirada asesina. Las risas cesaron y los presentes apartaron su mirada de mí, inquietos.

Negando con la cabeza, me dirigí a «mi esposa» con paso firme. Todos los demás se difuminaron con el fondo. Quería que fuera ella quien me contara la verdad.

Se estremeció, y me pregunté si la causa sería el frío que hacía en la cámara o la amenaza que yo representaba. Tal vez la niebla se hubiera desvanecido, pero el aire gélido seguía allí. Sin embargo, me aguantó la mirada. Cuando empecé a acercarme a ella me embargó su aroma y, carajo, la sangre se me fue al instante a la verga traicionera, pues la reconocía de una forma primitiva. No era solo su olor. Era mi olor en ella, en toda ella. Aquello me satisfizo de una forma que no debería haber tenido lugar. Hacía apenas unos minutos había estado enterrado en ella. Era evidente que aún no me había librado de sus efectos. Incluso ahora estaba preparado para empezar otra vez, aunque aquello fuera lo último que me convenía desear.

—¿Quién eres? —rugí. Ella miró al señor regente, insegura—. Mírame a mí. —Mi voz restalló como un trueno en el aire—. ¡Contesta!

—Soy… Tamsyn.

—¿Una hija de la Corona de Penterra? —insistí, a pesar de que ya sabía la respuesta. Ella empezó de nuevo a apartar la vista, sin duda buscando instrucciones sobre cómo responder. Alcé un dedo para llamar su atención—. No volveré a preguntártelo. Di la verdad.

—Soy Tamsyn —repitió, tragando saliva de forma visible—. La niña de los azotes real.

Arkin maldijo.

Pero yo no miré a mi vasallo. Toda mi atención estaba en la mujer a la que acababa de unirme de por vida.

¿La niña de los azotes?

Miré los rostros de la corte penterrana que había a mi alrededor. El rey y la reina me observaban de una forma que lo decía todo. Todo lo que necesitaba saber. Era cierto, entonces. Era una niña de los azotes, que, según tenía entendido, era alguien que...

—¿Recibes palizas en el lugar de las princesas? —pregunté.

Ella alzó la barbilla.

—Sí.

Como si para ella fuera motivo de orgullo. En sus ojos ámbar centelleaba el más puro fuego. Me estaba desafiando a menospreciar la práctica.

—No es más que su perro, y creyeron adecuado dártela como esposa —soltó Arkin con desprecio, mientras gotas de saliva salían disparadas de sus labios.

La reina habló entonces para desmentir aquello con rotundidad:

—La posición de niña de los azotes es muy estimada en palacio. Es una tradición anterior a los registros escritos. Tamsyn es una hija para nosotros y se le han otorgado todas las cortesías y cuidados propios de una princesa real.

—Salvo porque la flagelan —repliqué, notando cómo se me curvaba el labio de desprecio—. Muy estimada, en efecto.

Se hizo el silencio. Era una verdad que nadie podía negar. La verdad, por fin, de aquella gente.

Recordé entonces la voz de mi padre. Siempre había dicho que no se podía confiar en el rey Hamlin, que la corte penterrana era un nido de víboras. «No son como nosotros. Esperan seguridad y cosas bonitas, pero no sangrarán para obtenerlas. Esperan que nosotros sangremos por ellos».

Por fin, el rey Hamlin se decidió a hablar, clavándome la mirada.

—¿Tiene intención de rechazarla?

—No puede —se jactó el señor regente, ofendido por la pregunta y con el rostro teñido de rojo—. La ceremonia de consumación ya tuvo lugar. Se encamó con la muchacha. ¡Están casados!

«¿Tiene intención de rechazarla?». Era una pregunta de peso, cargada de implicaciones. Lo que estaba preguntando en realidad era: «¿Renuncia a este poder?».

Sostuve la mirada del rey y vi que estaba convencido de que yo no tenía elección. El señor regente y él estaban de acuerdo en eso.

Los contemplé a todos y luego la miré a ella, a Tamsyn, y me detuve ahí. Se agarraba del camisón con tanta fuerza que tenía los nudillos blancos, para sostener precariamente la tela sobre sus pechos. Se lo había roto en un arrebato de deseo inesperado. Hice una mueca. No había nada en todo aquello que no hubiera sido inesperado.

Había imaginado que la consumación me dejaría indiferente. Que no fuera más que una transacción. Pensaba hacerlo con la esperanza de causarle el mínimo posible de dolor y vergüenza; al fin y al cabo, no era ningún sádico. Ese era el plan. Me gustaba fornicar tanto como a cualquiera, pero aquella noche no se trataba de lo que a mí me gustara. El placer no era el objetivo y, no obstante, era placer lo que había encontrado. Con mi esposa. La esposa equivocada. Esa mujer plantada ante mí con la que no había accedido a casarme, pero que me habían engañado para que reclamara como mía.

La sangre me hervía en las venas, plagada de furia.

La miré de arriba abajo con lascivia. ¿La habían elegido sencillamente por su posición como niña de los azotes? ¿O sospechaban que respondería con fuego a sus encantos? Podía aferrarse a su corpiño, intentar cubrirse, pero sabía muy bien lo que había ahí debajo. No podía esconder de mí esa exuberante piel dorada. Lo recordaba todo.

—Consumado o no, este matrimonio no tiene validez —atacó Arkin. Estaba furioso; la piel pálida que asomaba por encima de la barba se había llenado de manchas rojas. Más tarde, oiría un «te lo dije» de sus labios.

—No se puede deshacer —insistió el señor regente.

—Oh, hay una forma de deshacerlo.

Arkin detuvo sus ojos brillantes en la chica y dejó la amenaza suspendida en el aire. A mí, que entendí a la perfección a qué se refería, se me puso la piel de gallina y se me tensaron los músculos. Arkin era un guerrero y estaba acostumbrado a resolver los problemas con la espada.

Lo miré de inmediato y negué con la cabeza una sola vez a modo de advertencia. La situación requería de algo más que fuerza bruta. Ya habían demostrado su naturaleza ladina y taimada. Eran serpientes escondidas entre la hierba y para vencerlas debía ser más astuto que ellas.

Era evidente que no habían entendido la amenaza de Arkin. Cruzaban miradas inexpresivas y se encogían de hombros. Ninguno de los nobles penterranos sería capaz de leer entre líneas. Ellos no se valían de una espada para resolver sus problemas. No, las armas de su elección eran las mentiras, las maquinaciones y las intrigas de la corte.

Sin embargo, me bastó con mirarla una sola vez a ella, a Tamsyn, para darme cuenta de que ella sí que lo había entendido. Tal vez una niña de los azotes estuviera acostumbrada a esperar las agresiones, a buscar a las serpientes entre la hierba... Tal vez fuera consciente de que su vida era prescindible.

Tal vez ella siempre había sabido, una vez que la habían implicado en aquella farsa, que todo terminaría así. ¿O acaso había esperado gentileza por mi parte cuando hubiera descubierto la verdad?

—Quería a una hija del rey, señor Dryhten —prosiguió el señor regente con su petulante voz—. Y ahora la tiene.

Abrí y flexioné la mano a un lado de mi cuerpo, deseoso de quitarle la petulancia a golpes.

—Ella no es lo que pedí y lo saben perfectamente —le espeté.

Una voz atravesó entonces la nube de furia y traición que me envolvía.

—Vale demasiado para alguien como tú.

Busqué la fuente de la voz y la encontré. Era el capitán de la guardia. Nos habían presentado el día anterior, mas no recordaba su nombre. Esperaba que el capitán de la guardia real fuera una presencia más intimidante. Me había parecido demasiado joven, demasiado guapo y demasiado limpio. Apostaría a que esa túnica roja impecable, con sus botones dorados, no había visto jamás un campo de batalla. No me lo imaginaba sobreviviendo ni a una triste refriega en las Tierras Fronterizas.

Cuando mi mirada se detuvo sobre su rostro, me golpeó el veneno que irradiaban sus ojos. «Si las miradas mataran...», pensé. Vibraba con tanta rabia que casi podía saborearla en el aire.

Entonces la miré a ella y lo entendí. «Oh».

Se trataba de ella. Tamsyn. Mi esposa. Mi. Mía. «Mía». La palabra se hinchó en mi interior como si alguien más, algo más, estuviera hablando dentro de mí, como si una bestia rugiera desde las sombras.

El capitán la miró a ella y luego a mí, con la mano preparada sobre la empuñadura del estoque. Tan fuerte lo tenía agarrado que la piel de la mano se encontraba blanca, exangüe. Enarqué una ceja. Estaba peligrosamente cerca de usar su arma, o de intentarlo, en todo caso. Deseé que lo hiciera. Quería herir a alguien.

¿Acaso se creía enamorado de ella? ¿Qué clase de hombre se hacía a un lado y permitía que otro poseyera a su mujer? ¿Dónde estaban sus objeciones hacía una hora? Lo miré de arriba abajo con desdén.

—¿Ah, sí? ¿Soy yo quien no se la merece?

Era a mí a quien habían engañado.

—Exacto. No te la mereces. —El guapo soldado dio un paso al frente con gesto beligerante.

—Stig —lo reprendió el señor regente, irritado—. Retírate.

Parecía un jovencito enfurruñado.

—Padre, te dije que era una mala…

—Silencio. ¡No te olvides de dónde estás!

«Padre». Vaya. Así que era su hijo. Tendría que haberlo adivinado. El tal Stig no era más que un niñito malcriado de la corte al que le habían puesto un uniforme y habían nombrado capitán de la guardia. Dudaba incluso de que supiera usar la espada.

Stig guardó silencio, pero siguió fulminándome con la mirada. Algo oscuro y primario se alzó en mi interior, y de nuevo me descubrí a mí mismo deseando que echara mano a su estoque. ¿Lo amaría ella también a él? ¿Mi «esposa»? ¿A ese muchacho que jugaba a ser hombre?

Crucé la alcoba con una despreocupación aparente que ocultaba mi naturaleza de depredador. Me detuve ante él e incliné la cabeza para observarlo con una insolencia deliberada. Contemplé a ese cobarde que se creía con derecho a anunciar lo que mi esposa merecía, después de no haber movido un dedo para salvarla de convertirse en un sacrificio para la Bestia de las Tierras Fronterizas.

Se puso tenso, preparado para un ataque, preparado para atacar. Deseé fervientemente que lo hiciera. Deseé poder dar rienda suelta a mi violencia contra él.

Una emoción desagradable serpenteó en mi interior. Me incliné hacia adelante y, solo para sus oídos, murmuré:

—¿Te fastidia no haber sido tú?

Y estalló. Se abalanzó sobre mí maldiciendo, tal y como esperaba, justo como quería.

Como necesitaba.

Odiaba que Arkin tuviera razón. Jamás debería haber venido a este lugar. Me había sentido indispuesto desde el instante en que había llegado, febril, incómodo en mi propia piel. Y la consumación me había afectado mucho. ¿Acaso me habían hechizado? ¿Había alguna bruja escondida entre las sombras de palacio jodiéndome la mente?

Aún quería arrastrar a Tamsyn a la cama y hacerla mía otra vez… y otra vez, hasta quedar saciado. El impulso me dejaba perplejo. Yo siempre tenía el control. Jamás me había movido por impulsos, ni había pensado con la verga.

Esquivé el puñetazo y golpeé al joven en las costillas, dando rienda suelta a mi ira, satisfecho al oír el crujido bajo mis nudillos. Él tomó aire y retrocedió tambaleándose. Avancé para seguir infligiéndole un golpe tras otro, pero varios cuerpos se interpusieron entre nosotros. Los guardias de palacio protegían a los suyos.

Se llevaron al rey y la reina a toda prisa; su seguridad era prioritaria.

Arkin rugió, desenvainó la espada y se lanzó al tumulto.

Se oyeron los sonidos de los estoques, los gritos de las mujeres. Los decantadores y las copas se cayeron al suelo, rompiéndose en mil pedazos. El sacerdote empezó a orar a gritos.

Y, de repente, ahí estaba mi esposa, poniéndome una mano en el pecho, impidiéndome que siguiera sembrando la violencia.

—¡Basta! —Y, más suavemente, con ojos suplicantes, añadió—: Por favor.

Una mano sobre mi pecho, una palabra suya, y me detuve. Resistí el impulso de poner mi mano sobre la suya y mantenérsela sobre mi corazón palpitante, para que me imbuyera ese calor hipnótico que recordaba demasiado bien.

¿Cómo era posible que en tan poco tiempo ejerciera ese efecto sobre mí? Jamás, en toda mi vida, había conocido a una mujer más traicionera que aquella. La despreciaba, a ella y a lo que me había hecho, y aun así me tenía comiendo de la palma de su mano.

No lo podía permitir.

Todo el mundo se quedó quieto. Arkin miró hacia todas partes antes de clavar la vista sobre mí.

—¡Fell! —gritó, perplejo, preguntándose sin duda por qué me había detenido en lugar de romper cráneos junto a él.

«Porque ella me pidió que pare».

No me atrevía a admitirlo. Solo pensarlo me hacía sentir débil.

El capitán de la guardia la contemplaba con una expresión herida. Su mirada estaba fija en la mano de ella, en el punto donde me estaba tocando.

—Tamsyn —la llamó con voz ronca, con el rostro alicaído, como si de algún modo ella lo hubiera traicionado. Me entraron ganas de acabar con él solo por haberse atrevido a pronunciar su nombre cuando yo todavía no lo había hecho. Quizá no la quisiera como esposa, pero era mía. Mía, no suya. Quería partirlo en dos.

Ella lo miró un instante, pero enseguida volvió su atención de nuevo a mí.

—Señora Dryhten —lo corrigió con firmeza, mirándome con recelo, como si buscara mi aprobación.

Stig puso unos ojos como platos.

—¿Señora Dryhten? —repitió con la voz entrecortada y negando la cabeza, como si le resultara inconcebible—. Tamsyn, no…

—Sí —insistió ella, asintiendo despacio, sosteniéndome la mirada—. Sí. Soy la señora Dryhten. Si mi señor está de acuerdo.

¿De acuerdo?

¿Ahora quería que estuviera de acuerdo? La fulminé con los ojos. Después de lo ocurrido. Después de su engaño. Después de que rechazarla se hubiera convertido en un imposible si no quería sembrar la discordia.

Porque aquella pequeña refriega no sería más que un aperitivo. Si la rechazaba como esposa, las Tierras Fronterizas acudirían en mi defensa. El reino entero se dividiría. Sería la guerra.

Pero quizá había llegado el momento.

Hamlin había tenido su oportunidad y el país estaba a punto de romperse. Sin el apoyo de las Tierras Fronterizas, Penterra habría caído hacía tiempo. Debería ser derrocado. Despojado de su trono dorado. Aparté la vista de ella, la niña de los azotes, y miré los rostros furiosos que me rodeaban.

No tenía conmigo a los ejércitos de las Tierras Fronterizas.

Tenía a una docena de guerreros. Altamente cualificados, sí, y dispuestos a seguir cada una de mis órdenes, a luchar hasta la muerte. Y, aun así, resistir, rebelarnos en ese lugar y en ese momento, significaría la muerte para nosotros. No podíamos con todos los guardias de palacio. Eran demasiados. Y nosotros, demasiado pocos.

No tenía elección. Debía fingir una sonrisa. Acceder… y maquinar mi venganza. Tomarme mi tiempo, planificar mi próximo paso.

Aquello no iba a quedar así. La traición, la falta de respeto… No lo olvidaría. No lo perdonaría.

—Está bien —contesté despacio, recorriéndola con la mirada con una crudeza que ella no sería capaz de malinterpretar. En ese momento, no podía decir nada más—. Me quedaré contigo.

Y que Dios la ayudara, porque se lo haría pagar.

11

TAMSYN

No estaba muerta.

Pensaba que así era como iba a terminar. Sobre todo en el momento en el que el señor Dryhten me había arrancado el velo. Me estremecí al recordarlo. Cómo me había mirado…

Pegarle había sido una reacción. Lo había hecho sin pensar, de forma automática. Al parecer, después de todo, era capaz de defenderme. Tenía instinto de supervivencia, lo que había sido toda una revelación. No me arrepentía de haberle pegado. No todo en mi vida debía ser contención. Solo porque fuera una niña de los azotes no tenía por qué ser su niña de los azotes.

Regresé a mis aposentos, del todo consciente de que, si el señor Dryhten deseaba que estuviera en otro lugar, me lo haría saber. Era mi esposo y yo debía obedecer sus órdenes. Por suerte para mí, ya había tenido suficiente de mí por un día. Me parecía poco probable que tuviera estómago para mirar a la cara a quien lo había traicionado.

Así que, esa noche, no reclamó mi presencia. Parecía que dispondría de una última noche para mí en el único hogar que había conocido. Al caer la oscuridad, llegó una criada a ayudarme a hacer la maleta para el viaje. Me marchaba. Todavía me marchaba. Él no había decidido lo contrario. Partiría al día siguiente… con él. A su hogar, en el norte. Intenté asimilarlo poco a poco. Retazo a retazo.

La criada me enseñaba objetos y me preguntaba qué deseaba llevarme conmigo. Yo respondía ensimismada, asintiendo o negando con la cabeza o con respuestas monosilábicas.

No podía llevarme gran cosa. No podía cargar maletas ni baúles. Viajaríamos a caballo, sin carruajes, carros ni séquito. Ni siquiera podría llevar conmigo a una doncella. No se me había ofrecido tal cortesía, y no podía evitar preguntarme si tal habría sido el caso de haberse tratado de Alise, Feena o Sybilia. Conjeturas inútiles, pues yo no era ninguna de las princesas. Yo era yo. Y me subirían a lomos de un caballo y esperarían que le siguiera el ritmo a una comitiva de guerreros. Al menos sabía montar, aunque tampoco me lo había preguntado nadie.

La criada me preparó un baño. El segundo en un solo día. Una rareza, pero una necesaria. Me froté la piel con jabón y una esponja hasta dejarla en carne viva, pero no sirvió de nada. Todavía lo sentía en mí. Todavía lo olía. Su aroma me colmaba la nariz y ahora un calor conocido se enroscaba por mi cuerpo, ablandándome y tensándome los músculos al mismo tiempo.

Me moví en la tina; una ligera punzada de dolor entre los muslos servía como recordatorio de la reciente consumación de mi matrimonio. ¿De verdad había pasado hacía tan poco tiempo? Me sentía como si hubiera vivido una vida entera desde entonces. Sin duda, mi vida había cambiado radicalmente... y continuaría haciéndolo.

Tras salir de la tina, me senté ante el fuego y contemplé las llamas parpadeantes mientras dejaba que el pelo lavado y cepillado cayera sobre mis hombros como una cascada para que se secara.

Me sentía hueca y vacía por dentro. La criada seguía yendo de un lado a otro, recogiendo mi vida entera en un morral, pero yo apenas reparaba en ella. Levanté la vista de golpe con la llegada repentina de la reina y las princesas, que entraron en mi alcoba sin anunciarse. Salvo Alise. Ella no estaba.

—¡Qué valiente eres! —Feena me agarró de la cara y me dio un beso en cada mejilla.

Sybilia la apartó para abrazarme con tanta fuerza que me dejó sin aire.

—Te vamos a extrañar tanto…

—¡Mamá! —saltó Feena al oír a su hermana—. ¡No podemos permitir que Tamsyn se vaya con ese miserable del señor Dryhten! Ya se casó con él… y cumplió con su obligación. —Le temblaban las aletas de la nariz, como si pensar en mi sacrificio fuera algo infame para sus sentidos—. Que se quede aquí, donde debe estar.

—Ha de marcharse con su marido —repuso la reina con serenidad—. Ser una esposa es algo más que pasar una noche juntos.

Tragué saliva, desolada. «Ser una esposa es algo más que pasar una noche juntos». Sin embargo, después de cómo me había mirado, dudaba hasta que su sombra volviera a cernirse sobre mi lecho. Su expresión rebosaba odio.

Sybilia puso los ojos en blanco.

—Ahora es la señora Dryhten, Feena. Pues claro que debe irse con él.

La señora Dryhten. Me estremecí. Apenas si me sentía como una esposa, a pesar de la vigorosa consumación.

Feena se acercó y me susurró al oído:

—¿Fue muy terrible? ¿Te dolió?

Dudé que a su madre le hiciera mucha gracia que respondiera a esa pregunta. Las muchachas tendrían sus propias responsabilidades maritales más adelante en su camino y la reina no querría que les llenara la cabeza de ideas alarmantes.

—¿Dónde está Alise? —pregunté en lugar de responder, con la esperanza de verla una última vez antes de mi partida, a la mañana siguiente.

Las tres intercambiaron una mirada con la que se comunicaban algo indescifrable..., al menos para mí.

—No tardará en llegar —respondió la reina tranquilamente.

—Estaba bastante disgustada —intervino Sybilia a la vez que miraba a su madre con recelo—. Culpa a mamá y a papá por...

—Ya basta, Sybilia —la interrumpió la reina, reprendiéndola. Me miró y repitió con firmeza—: No te preocupes por nada. No tardará en llegar.

Pero Alise tardó en llegar. De hecho, no llegó.

La reina y las princesas se despidieron de mí, la sirvienta me dejó sola y, ya con el pelo casi seco, me acomodé en la cama para esperar a Alise. Me llevé una mano al esternón, a la zona que sentía tan tensa, cálida y palpitante desde la llegada de la Bestia, desde que se había unido a mí en aquel lecho. Me froté la zona con suavidad, trazando un círculo con los dedos, para tratar de aliviar las molestias.

Todo mi ser se había convertido en un anhelo gigante y palpitante. Tal vez fuera lo normal. Tal vez así se sentían todas las mujeres tras estar por primera vez con un hombre, y pronto se me pasaría.

Me quedé dormida así. Esperando, aguardando, y con una mano en el pecho.

Soñé con fuego.

Había llamas por todas partes. Y la Bestia estaba allí, abriéndose paso por el calor crepitante, atravesando el fuego para venir por mí. Y entonces me atrapó. Cuando me tocó, saltaron chispas de mi cuerpo. Y, de repente, él estalló en llamas.

Me desperté ahogándome con un grito. Me quedé sentada unos instantes, intentando tomar aire, reprimiendo los sollozos. Miré a mi ventana y vi el débil resplandor púrpura que auguraba la llegada del día.

Respirando de forma temblorosa, aparté las mantas y me vestí. No tardó en llegar una criada con una bandeja. Tomé mi desayuno a toda prisa; un poco de pan, queso y fruta. Me obligué a tragar, pues no sabía cuándo sería la próxima vez que comiera, si es que se molestaban siquiera en alimentarme. Ninguno de los señores de la frontera se mostraría amable conmigo. Quizá, con el tiempo, pudiera ganarme su respeto y su confianza, aunque, por supuesto, eso solo ocurriría si el mismo señor Dryhten me trataba con amabilidad y respeto. Los demás seguirían su ejemplo, lo que no era una perspectiva muy tranquilizadora. Cuando me había quitado el velo y había clavado sus ojos en mí, le ardían de ira...

Me senté delante del espejo del tocador y tamborileé con los pies, nerviosa, mientras la criada me separaba la melena en varias trenzas y luego las recogía alrededor de mi cabeza en forma de pequeña corona. Me levanté del banco en cuanto terminó, a sabiendas de que no me quedaba mucho tiempo.

—¡Mi señora! —me llamó, confirmando mis sospechas—. La esperan abajo enseguida.

—Encárgate de que bajen mi morral. No tardaré.

No podía marcharme sin despedirme de Alise. No sabía cuándo volvería a verla..., si es que volvía a verla algún día. Y mis últimos momentos con ella no serían delante de otros. Tragué saliva con fuerza. Yo estaría en las Tierras Fronterizas y ella en otra parte, casada con algún rey o algún príncipe lejano, quizá incluso del otro lado de un océano. Aquella bien podía ser la última vez que nos viéramos.

—¡Pero insistieron en partir con las primeras luces!

Eché un vistazo al amanecer nebuloso que empezaba a despuntar a través de la ventana de mi alcoba.

—Me daré prisa —le prometí—. Presenta mis excusas.

Me llamó, pero no oí sus palabras exactas. Ya había salido por la puerta y corría pasillo abajo.

Fui directo al dormitorio de Alise. No era muy madrugadora, así que confiaba en encontrarla todavía en la cama.

Pero me equivocaba. Una sirvienta estaba recogiendo su habitación.

—¿Y la princesa Alise? —pregunté—. ¿Adónde fue?

—Creo que a las perreras, mi señora.

Las perreras.

Hice una mueca. Era el lugar que menos me gustaba. Vacilé solo un instante antes de ponerme recta y seguir corriendo por el palacio, que estaba, en su mayoría, vacío. Por Alise, sería capaz de soportarlo.

Solo había algunos sirvientes levantados, encendiendo el fuego en la chimenea del Gran Salón. Salí del edificio, donde me recibió el aire frío. Por Alice, aunaría el coraje necesario para entrar en las perreras.

Recorrí el camino serpenteante, pasé junto a las cocinas exteriores y los establos. Los lobos se alojaban en el edificio más lejano del patio exterior, cerca de la puerta trasera, lejos de los lugares de más tráfico de palacio. Aquellas bestias caprichosas no podían estar cerca de los caballos.

Aquella mañana se encontraban inquietos; los oía revolverse en sus jaulas. Y, a medida que me acercaba, se fueron poniendo aún más nerviosos. Ladraban y ululaban, rascaban y arañaban las paredes. Siempre era igual. Yo no les gustaba a los lobos. Intentaba no tomármelo de forma personal, pues había muchos humanos que no les gustaban. Salvo sus cuidadores, por supuesto, y algún que otro individuo.

Tiempo atrás, los lobos habían sido clave en la Trilla gracias a su habilidad para cazar dragones. En la actualidad, sus presas eran mucho menos amenazantes, pues el tiempo había eliminado aquella amenaza. El rey Hamlin y los nobles criaban lobos por deporte.

Sin embargo, aún se utilizaban lobos en los puestos de avanzada más distantes, para hacer la guerra en las regiones fronterizas del reino. Daba por hecho que los señores de la frontera también tendrían.

Respiré hondo y entré en las perreras, buscando a Alise con la mirada alrededor del oscuro pasillo central. Ella era uno de esos raros individuos: las bestias la adoraban. Su relación con ellas era tan natural como la de cualquiera de los cuidadores que se encargaban de su bienestar.

No atacaban a los humanos, no si no se les ordenaba que lo hicieran. Al menos, eso era lo que los cuidadores me habían asegurado siempre que me había atrevido a acercarme demasiado por allí y los lobos habían empezado a echar espuma por la boca. Solo mi desesperación por ver a Alise podría haberme llevado hasta allí. Eran animales letales, fieros y crueles, y yo nunca había sido capaz de verlos como mascotas, a diferencia de mi hermana.

—¿Alise? —susurré en voz alta.

Y, en cuanto hablé, el aire, ya denso y cargado, estalló. Los lobos se volvieron locos, hasta el último de ellos. Gruñían, ladraban y ululaban, despiertos de repente por el sonido de mi voz.

Querían despedazarme. Aquello no hizo sino confirmar que mi instinto de mantenerme alejada de ellos era el correcto. Y, sin embargo, allí estaba.

Los lobos más cercanos a mí podían verme a través de los barrotes de sus jaulas, y aquello pareció empujarlos definitivamente a la locura. Se abalanzaron contra los barrotes, lanzando todo su peso, que era considerable, contra el hierro, sin preocuparse por si se hacían daño. Eran implacables en su necesidad de llegar hasta mí, de hacerme pedazos.

Oí un crujido atronador. El gigantesco lobo gris a mi derecha se había abalanzado contra la puerta de su jaula. Gimoteó de dolor, pero aquello no lo detuvo. Siguió saltando con la pata delantera colgando de forma antinatural y esos ojos fuera de sí fijos en mí, escupiendo con la boca llena de espuma. Retrocedí de un salto, lo que solo sirvió para acercarme a la jaula de la izquierda. Una loba metió el hocico entre los barrotes e intentó morderme.

—¡Tamsyn! —Alise apareció. Corrió hacia mí por el pasillo—. ¿Qué haces aquí? No te gustan los lobos.

Me contuve para no puntualizar que era yo quien no les gustaba a ellos. La agarré de las manos y la saqué de las perreras. No obstante, aquello no sirvió para calmarlos. Ya ni podían verme, pero aún me oían… y me olían. No necesitaban nada más para rastrear a su presa: el olor. Históricamente, era lo que los había guiado hasta las profundidades de las antiguas cavernas y los túneles serpenteantes de los Riscos, donde cazaban a los dragones para las tropas de guerreros que iban tras ellos.

Alice miró atrás, perpleja.

—¡Se volvieron locos!

Negué con la cabeza. Mi hermana no recordaba que, cuando se trataba de mí, siempre se habían comportado de ese modo. Habían pasado años desde la última vez que me había atrevido a acercarme a las perreras. Precisamente por esta razón.

—No fuiste a despedirte —la acusé débilmente con voz temblorosa.

Se le llenaron los ojos de lágrimas.

—No fui capaz. —Negó con la cabeza—. No podía soportar verte, sabiendo lo que te hemos obligado a hacer.

La abracé.

—No digas eso. Tú no me has obligado a hacer nada.

—Nuestros padres sí. Y el señor regente. Y sé que lo hiciste por nosotras. Por mí y por Feena y Sybilia. Siempre lo has hecho todo por nosotras.

Sus lágrimas calientes me humedecían el cuello. Me aparté para mirarla y escudriñé su rostro.

—Yo no lo siento. Nuestra vida iba a cambiar de todos modos. Iba a pasar tarde o temprano. Esto… está bien. Estaré bien —le juré, apartando un mechón de pelo claro de su mejilla húmeda.

Ella asintió.

—Es solo que él… da tanto miedo… ¿No te asusta irte con él?

Me saltó una imagen fugaz de cómo se había comportado en el interior del lecho rodeado de cortinas, tan amable, tan tierno. «Todo irá bien». Me había prometido eso antes de hacer que me retorciera de placer, un placer de los que hacen estallar, de los que hacen gritar. No tenía necesidad de pronunciar aquellas palabras tranquilizadoras…, ni tampoco de hacerme sentir tan viva, tan bien, tan ávida de él. Pero lo había hecho.

Y ahí estaba. La incómoda verdad. Mi debilidad. No me importaría repetir el día anterior con él, desde el principio, y esta vez sin ningún velo entre nosotros. Esta vez sin nadie más en la habitación.

Pero ahora me odiaba, y con razón. No podía reprochárselo.

Los lobos eran ensordecedores. Oía a los cuidadores junto a ellos; habían llegado con cubetas de comida para calmarlos. Chasqueaban la lengua y arrullaban a las agitadas bestias, claramente perplejos por lo alteradas que estaban.

—¡Ahí estás!

Me di la vuelta al oír la voz atronadora de mi esposo —palabra que aún me resultaba extraña—, que venía hacia mí, furioso, clavando las botas en el suelo de barro.

Mi cuerpo cobró vida al verlo. Me invadió ese calor tan familiar y esa tensión desconcertante jaló de nuevo del centro de mi pecho.

Iba vestido para montar, con la armadura de cuero sobre el ancho pecho. El pelo oscuro que le enmarcaba el rostro no contribuía precisamente a suavizar su expresión. Por detrás de él asomaba la empuñadura de su espada, y no me costó imaginármelo agarrándola con su grueso brazo, desenfundándola con un ágil movimiento y partiéndome en dos.

Alise se encogió detrás de mí y odié que tuviera que verlo así, amenazador y enojado, cuando ya tenía miedo por mí. La preocupación la acompañaría hasta mucho después de mi partida.

—Me estaba despidiendo —le espeté, molesta por la impresión que estaba causando y porque no hiciera nada por calmar la inquietud de mi hermana. Aunque tampoco es que él le debiera nada. Y a mí tampoco.

Alise tomó aire de golpe al oír mi tono de voz.

Él hizo una pausa ante mi réplica, pero enseguida echó a andar de nuevo, con una expresión más furibunda con cada paso que daba.

—¿Acaso no te informaron que partiríamos al alba?

—Estaba de camino.

Apretó los dientes y la tensión se extendió por su mandíbula.

—No nos adaptaremos a tus caprichos. La travesía es larga y agotadora. Tu ociosidad no nos concierne.

Mi hermana me apretó el brazo con la mano. Si albergaba alguna duda de que seguía enojado, se esfumó al instante. No debía esperar de él ninguna ternura.

—Lo daba por hecho —repliqué.

—Bien está. —Me agarró del brazo—. Pues vámonos. Tendríamos que haber salido ya.

Me zafé de él para girarme hacia Alise.

—Te escribiré en cuanto pueda —le aseguré.

Ella asintió con vehemencia.

—Yo también. —Miró al enorme guerrero, nerviosa—. No le haga daño, mi señor —se atrevió a decir alzando la barbilla. Jamás la había visto tan dura y tan desagradable—. O tendrá que vérselas conmigo.

Algo cambió en el rostro de él. Esperé, tensa, a que le dedicara una réplica desagradable, pero se limitó a asentir.

—Entendido.

Aquello pareció satisfacer a Alise, que se abalanzó sobre mí para darme un último abrazo.

Me di la vuelta, lo rodeé y empecé a caminar en dirección a los establos a paso resuelto. Las faldas de montar se mecían alrededor de mis botas. Él me alcanzó enseguida, como una enorme pared a mi lado que irradiara calor.

—Gracias —le dije a regañadientes.

—¿Por qué?

—Por tranquilizarla. Sé que no era sincero.

Me miró de reojo largamente y gruñó. Tampoco es que fuera una negativa, y me dolió. Supuse que lo estaba tanteando, que lo que buscaba con aquel comentario era que insistiera en que lo que le había dicho a mi hermana era cierto. Pero, al parecer, lo único que recibiría de él eran gruñidos.

Pasamos junto a los establos.

—Nos están esperando en el patio —me informó.

En efecto, allí esperaban. Se me quedaron mirando, molestos, en cuanto aparecí. La docena de guerreros ya estaban reunidos y montados en sus caballos de guerra, mucho más grandes que ninguno de los que yo hubiera visto jamás en los establos de palacio. La familia real y el señor regente, junto a varios sirvientes, se hallaban en los escalones del Gran Salón, donde habían venido a despedirnos.

Ignoré al señor Dryhten y a sus guerreros. Su impaciencia se palpaba en el aire matinal, pero la ignoré también y me acerqué a los escalones. Acepté besos en las mejillas del rey y la reina. Esta me tomó de la cara con ambas manos, acariciándome la piel con sus dedos amables.

—Supe que eras especial el mismo día que te trajeron a mis brazos. Que estés bien, hija. Labra tu propio camino.

Se me hizo un nudo en la garganta cuando nombró el día que me encontraron abandonada en el patio de palacio. La reina me había elegido cuando nadie más me quiso. Me había salvado de un destino tan precario como peligroso y me había hecho de una madre, la única madre que conocería jamás. Asentí y contesté:

—Sí, Majestad.

Deslizó la mirada sobre mi hombro y luego volvió a centrarse en mi rostro. Se inclinó hacia mí y susurró:

—Tienes más poder del que crees.

Miré atrás, adonde ella había mirado. Mi esposo esperaba de pie, con las piernas musculosas separadas y una expresión impasible, con los ojos enigmáticos entornados bajo las cejas oscuras y gruesas.

¿Se refería a que tenía poder sobre él? Hice una mueca, recordando cómo me había mirado y cómo me había hablado al encontrarme con Alise. Era muy optimista por su parte.

Entonces se dirigió a mí el señor regente, exasperado, indicándome con un gesto que me fuera.

—Vete, muchacha. Sé una buena esposa. No los hagas esperar. —Miró detrás de mí con aprensión, como si temiera que se fueran sin mí o que volvieran a censurar todo aquel asunto.

Me di la vuelta y empecé a bajar los escalones, pero me detuve al oír mi nombre.

Stig dio un paso al frente desde donde estaba, entre los miembros de rostro estoico de la guardia. Se acercó a mí pisando suavemente con las botas sobre los escalones de piedra, sin apartar la vista de mí en ningún momento.

Su padre lo fulminó con la mirada.

—Stig, vuelve a…

—Iré a buscarte —me dijo, ignorando a su padre, ignorando a todo el mundo. Sus suaves ojos cafés estaban clavados en mí, solo me veía a mí, y no pude evitar sentir un cosquilleo en el pecho al encontrarme frente a frente con su obvia preocupación. Jamás tendría otro amigo como él. De hecho, ni siquiera sabía si tendría otro amigo alguna vez en el lugar adonde iba. Lo extrañaría—. Si me necesitas, escríbeme e iré a buscarte.

Abrí y cerré la boca, sin saber muy bien cómo responder a aquello, y entonces noté súbitamente una presencia detrás de mí. Una mano cayó sobre mi hombro y, además de su peso, sentí el calor que irradiaba, que me llegaba hasta los huesos, como una marca que penetrara en mi ser a través de la ropa.

Una mirada fugaz me reveló que mi esposo, sin embargo, no me estaba mirando a mí. Su abrasadora atención estaba concentrada en Stig.

—Ten muy claro que, si te atreves a poner un solo pie en las Tierras Fronterizas, no te llevarás lo que es mío. Acabaré contigo si lo intentas.

Ahogué un grito, maravillada por la posesividad que reverberaba en su voz. «Por mí». Como si yo fuera una especie de bien y no una esposa que le habían endilgado contra su voluntad con tretas y engaños.

Stig apretó los labios en una fina línea con rebeldía, pero guardó silencio. Miró a la Bestia a los ojos, librando una batalla muda, pero luego me miró a mí. La promesa de sus palabras todavía le brillaba en las pupilas, a pesar de la amenaza de mi esposo y supe que sí, que vendría por mí si lo necesitaba.

La enorme mano que descansaba sobre mi hombro descendió para agarrarme del codo. Me condujo a los caballos.

—Ya nos hemos demorado demasiado.

Me costaba seguir el ritmo de sus grandes zancadas. Yo era alta, pero él lo era aún más. Cada paso suyo eran dos míos.

Se detuvo junto a una yegua dócil que reconocí de los establos de palacio. Exhalé de alivio y alargué una mano para acariciarle con afecto la estrella blanca de la frente. Temía que me obligaran a montar a uno de los descomunales caballos destreros.

—¿Sabes montar? —preguntó secamente.

Y, sin esperar mi respuesta, el señor Dryhten me agarró de la cintura y me alzó en el aire. Grité, agarrándome de sus hombros, pero él me colocó sobre la montura.

Me habían enseñado a montar a caballo junto con las princesas y, aunque había brillado en aquellas lecciones, destacando sobre mis hermanas pequeñas, tenía miedo de que mis enseñanzas hubieran sido rudimentarias. Siempre que había viajado a una distancia considerable, lo había hecho en la comodidad de un carruaje.

—Espero que sí —añadió con la boca atractiva torcida en un gesto sombrío.

—Sí, sé montar —repliqué con una fanfarronería que no se adaptaba a la verdad. Me dije que no debía revelar ninguna de mis dudas a aquellos guerreros de rostro curtido. «No nos adaptaremos a tus caprichos». No me cabía duda de que en ningún momento de aquel viaje se me ofrecería un carruaje. No habría mullidos asientos de terciopelo, ni una manta para mi regazo calentada con ladrillos calientes. Y en ese momento, y en ese lugar, me juré que me convertiría en una experta jinete... Y, si no, no abriría la boca para protestar.

—Sí, ya oímos lo mucho que te gusta montar —me espetó uno de los hombres de Dryhten, que reconocí de la ceremonia de la consumación.

Los guerreros estallaron en carcajadas.

La vergüenza me tiñó las mejillas. El hombre era fornido y corpulento, como la mayoría de los guerreros. Su dura mirada colisionó con la mía y sentí un escalofrío de aprensión al ver la hostilidad en ella. Aparté la vista a toda prisa y me humedecí los labios; la apatía de mi esposo era preferible a eso.

El señor Dryhten lanzó a sus guerreros una mirada de advertencia, y todos callaron. No parecía haberle hecho mucha gracia. Por un largo momento, no se oyó ningún sonido por encima del repiqueteo de los arreos, los pisotones de los caballos y el viento que soplaba a través del patio. Por fin, mi esposo ordenó que partiéramos con una señal de sus dedos. Los jinetes hicieron girar sus caballos y emprendieron el camino hacia las puertas a un trote rápido, ansiosos por empezar el viaje.

Mi esposo se quedó atrás, cerca de mi yegua, y me miró.

—¿Dónde están tus guantes?

Metí la mano en el bolsillo de mis faldas y los saqué obedientemente. Esperó a que me los pusiera, ajustando el cuero dúctil a mis dedos.

Tomó mis riendas y me las tendió. Le dirigí una mirada interrogante mientras las aceptaba. Él miró a sus guerreros, que ya habían salido del patio. Luego miró al rey, la reina y su séquito, y, por fin, de nuevo a mí.

¿Se estaría arrepintiendo? ¿Estaría pensando en dejarme allí finalmente?

Su expresión era inescrutable. Contuve el aliento, sin saber muy bien qué era lo mejor. Decidiera lo que decidiera, no cambiaría el hecho de que estaría atada a él durante el resto de mi vida, ya fuera allí o en las Tierras Fronterizas: era su esposa.

—La travesía no es para los débiles —me advirtió—. Tienes que seguir el ritmo y hacer lo que se te ordene. ¿Lo has entendido?

Estaba decidido, pues.

Asentí y me humedecí los labios otra vez.

—¿Cómo debo llamarte? —¿Cómo tendría que dirigirme a él, desde entonces y para siempre? ¿Mi señor? ¿Señor Dryhten? ¿Eh, tú? Era mi esposo, al fin y al cabo. Si se iba a pasar el día dándome órdenes, quería saber cómo llamarlo.

Me observó pensativo y echó un vistazo a su partida. Habían avanzado; ya estaban cruzando el rastrillo. Luego volvió a mirarme a los ojos.

—Puedes llamarme Fell —contestó, pero en su tono de voz yacía un matiz extraño. Resentimiento, tal vez.

«Fell».

Algo me saltó en el pecho entonces. Una sombra de reacción que no podía descifrar.

Me dejó allí y subió de un salto a su caballo, sin tocar siquiera las riendas o el asidero. Susurré su nombre sin emitir ningún sonido, para probarlo, para notar su sabor en la lengua, y ese punto del pecho se me prendió como las ascuas al cobrar vida.

Sacudí la cabeza, agarré con fuerza las riendas y me preparé para seguirlo. Mi yegua pareció saberlo, pues empezó de inmediato a caminar tras él.

Salimos de palacio formando una fila y nos adentramos en la Ciudad, con cuidado de sortear los cuerpos que se interponían en nuestro camino. La gente se hacía a un lado y se detenía para observarnos con una expresión recelosa. Varias madres protegieron a sus hijos poniéndoselos tras las faldas y bajando las manos de los pequeños que saludaban alegremente, como si aquella simpatía hacia los bárbaros del norte fuera a acarrearles una atención indebida.

Una vez que dejamos atrás las murallas de la Ciudad, el camino se ensanchó y la fila se esparció un poco. Mi yegua seguía al caballo de Fell con obediencia. El señor guerrero se movía como si él y su destrero fueran uno; su cuerpo se mecía con fluidez sobre el de la gigantesca bestia. Supe que lo más probable era que jamás se hubiera subido a un carruaje. Parecía nacido para la montura.

Admiré el impresionante ancho de sus hombros y su espalda, y me ardieron las mejillas al recordar la sensación de tener aquellos músculos bajo las palmas de las manos. Me arranqué esos lujuriosos pensamientos de la mente. Nunca antes había sido víctima de cavilaciones como esas. Era asombroso lo mucho que todo podía cambiar en tan poco tiempo.

El guerrero mayor cabalgó hacia nosotros desde la cabecera del grupo.

—Yo llevaré la retaguardia —se ofreció, manejando su enérgico caballo.

Fell asintió una sola vez.

El canoso guerrero pasó junto a mi esposo y luego dio media vuelta para cabalgar a mi lado. Lo miré insegura y, al final, opté por inclinar ligeramente la cabeza.

—Buen día.

Se acarició la gruesa barba con los dedos pálidos, contemplándome con amargura. A través de la densa mata de pelo no se atisbaba más que una sombra de sus labios. Los curvó en una sonrisita mientras miraba mi balanceo sobre la montura. Mi yegua y yo no parecíamos uno solo, y yo lo sabía. No era algo que pudiera fingir.

—El viaje es largo y peligroso, moza. En la travesía puede pasar cualquier cosa. —Miró a mi esposo, que o bien no era consciente de la conversación que tenía lugar a su espalda o bien le era indiferente. El sol de la mañana había resurgido ya, abriéndose paso entre las nubes, y acariciaba el pelo negro como la brea de mi marido. Al reflejarse, formaba destellos de color púrpura, igual que las alas de un cuervo al recibir la luz del sol—. Hasta el guerrero más veterano es susceptible de perecer. Y tú… —El viejo saboreó sus palabras—. Tú no eres ninguna guerrera. —La proclama me hizo estremecer. Entonces lo supe.

En caso de que ello dependiera de ese hombre, jamás llegaría a las Tierras Fronterizas con vida.

12

STIG

De pie, en las murallas, clavé los dedos en las rocas antiguas, dejando que la mugre se colara bajo mis cortas uñas y que el viento me azotara el rostro. Me dolían las articulaciones de los dedos de tan fuerte como me aferraba a los muros mientras la veía marchar, mientras la roca bajo las palmas de mis manos se desmoronaba.

Agucé la vista para ver la hilera de guerreros a través del aire matutino, como una serpiente que se alejaba, que se desvanecía en la distancia.

No podía ser real.

Nada de aquello me parecía real.

Y, sin embargo, lo era. Era permanente. Aterrador. Demasiado real. Sentía que había perdido el equilibrio. Me sentía enfermo, mareado. Aún peor de cómo me había sentido durante la ceremonia de consumación, que había sido una pesadilla. Había intentado huir, salir de la habitación, pues era incapaz de soportarlo, era incapaz de aguantar aquellos sonidos, la certeza de lo que estaba ocurriendo tras las cortinas…

Pero mi padre me lo había impedido. Me había puesto una mano firme en el pecho y me había prohibido que me marchara con los dientes apretados. Me había dicho que no permitiría que huyera como un cobarde. «Tu obligación como capitán de la guardia es quedarte y mantener el orden. Compórtate como un hombre».

Me había puesto recto y me había quedado, pero no por la razón que mi padre creía.

Estaba de acuerdo con él en una cosa. Era mi obligación mantener el orden y la seguridad en palacio, y eso incluía a Tamsyn. Así pues, me quedé donde estaba, por si acaso. Por ella. Por si me necesitaba. Por si cambiaba de opinión y pedía ayuda. Nada me habría impedido intervenir entonces. Me había quedado y lo había soportado, mordiéndome el interior de la mejilla hasta que se me había llenado la boca de sangre.

Inhalé por la nariz, intentando imbuir de aire unos pulmones que parecían encogerse, mientras trataba con todas mis fuerzas de darle sentido a todo. Hacía un momento, Tamsyn estaba allí, conmigo. Y ahora se había marchado. Y no solo eso... Se había marchado con él. Con la Bestia. Solo de pensar que estaba ahí fuera, con él...

La bilis me trepó por la garganta. No estaba a salvo.

Pero no sería permanente. Yo lo había jurado. Apreté los dedos, aferrándome aún con más fuerza a la muralla. Me incliné hacia adelante como si así pudiera recorrer la distancia que nos separaba y sacarla de allí.

No sería para siempre. Aún no sabía cómo, pero no pensaba abandonarla. Me daba igual lo que dijera mi padre. Me daba igual lo que decretara el rey. Me daba igual que se hubiera casado con otro hombre. Era todo una mentira, algo que le habían obligado a hacer. Aquello no iba a quedar así.

Volvería a verla.

La salvaría.

PARTE 3

LA TRAVESÍA

13

TAMSYN

Pensaban que el viaje acabaría conmigo.

Era su esperanza. La esperanza del señor Arkin, al menos. Tras su no tan velada amenaza, me había aprendido su nombre. Saber todo lo que pudiera sobre mis enemigos me parecía la opción más sabia, y tenía muy claro que Arkin estaba decidido a ser mi enemigo.

Lo que no tenía tan claro, sin embargo, era lo que sería yo para Fell. O él para mí.

Los demás guerreros me lanzaban miradas de desprecio mientras nos dirigíamos al norte. Era una forastera, una mentirosa probada, y no se molestaban en esconder su odio. Para ellos, no era más que un añadido torpe e inepto a su partida. Poco imaginaban que era más dura de lo que creían. La vida me había preparado para aquello. No era de cristal, y no me rompía. Estaba hecha para sobrevivir.

Por arduas que fueran las horas sobre la montura, hice caso omiso de las molestias y mantuve la compostura, sin dejar de estudiar el paisaje cambiante. Nunca había estado tan lejos de casa. Las costas hacia el sur de la Ciudad, donde estaba situada nuestra mansión de vacaciones, eran lisas y planas, recubiertas de hierba alta y delgada que se curvaba como unos dedos bajo la brisa acariciada por el sol.

Estaba a apenas dos horas en carruaje del palacio. Aquella excursión era, sin lugar a dudas, mucho más vigorosa, y no había nada en aquellos parajes que acariciaran los rayos del sol.

Cuanto más al norte avanzábamos, más salvajes se volvían nuestros alrededores. Los árboles eran cada vez más grandes, altos y verdes; los arbustos crecían salvajemente por todas partes en aquella maraña de tierras. El terreno, recubierto de niebla, se curvaba en valles y pequeñas colinas, preparándose para las montañas que estaban por llegar.

Nunca antes había sentido los latidos del mundo en los huesos, el susurro de la hierba en los oídos. No había oído las aves y los animales que se movían y canturreaban en la implacable vastedad del campo. Hasta las rocas tenían un latido. Un fluir. La sangre corría por las venas de la tierra que se extendía bajo mis pies.

Me sentía como si estuviéramos dejando atrás la civilización. No había ciudades y los pueblos eran muy escasos, y aquellos por los que pasamos no eran más que humildes aldeas con unas pocas cabañas decrépitas con techos de paja. Estaba todo lleno de perros con las costillas marcadas que mantenían las distancias con nosotros; niños con las caras sucias que asomaban al aire neblinoso por ventanas sin cristales. Sus ojos hundidos los hacían parecer mucho mayores de lo que eran. Mujeres flacas con los hombros encorvados sacaban agua de los pozos. Hombres no había muchos; debían de estar partiéndose el lomo en las minas o en los campos. Nada tenía que ver todo aquello con la prosperidad de la ciudad.

—No es a lo que estás acostumbrada, ¿eh? —me dijo la doncella armada de pelo negro que montaba a mi lado. Su cuerpo esbelto se movía con naturalidad al compás de su caballo mientras recorríamos el camino serpenteante hacia tierras más altas. Se llamaba Mari y era la única que se dignaba a hablar conmigo, lo que la había convertido en mi persona preferida.

Me aclaré la garganta.

—No, no lo es.

—La necesidad no es bonita de ver.

—¿Cómo…? ¿Por qué…? —empecé a decir, sin palabras ante tanto sufrimiento.

—Penterra gasta todas sus riquezas en mantener contenta a su clase gobernante y a sus aliados extranjeros. No pueden permitirse perder su apoyo —contestó con amargura—. No prestan mucha atención a quienes pasan necesidad en su propio país. —Señaló con la cabeza a Fell, que iba un poco más adelante—. Por eso estaba tan decidido a casarse contigo. Bueno… Con una princesa de Penterra. —Continuó hablando como si no acabara de abofetearme sin mano—. Quería tener voz y voto en la toma de decisiones, que su voz fuera escuchada. Para cambiar las cosas.

Oh. ¡Oh!

Entonces, había fracasado en su misión, porque le había tocado yo.

O, al menos, creía haber fracasado, igual que lo creían los demás. Su frialdad hacia mí tenía incluso más sentido. Tragué saliva, derrotada. Había pensado que Fell quería simplemente casarse con una de mis hermanas, porque ¿qué hombre no querría el gran premio que suponía una princesa? Pensaba que lo había hecho por su ego, su avaricia y sus ansias de escalar en la sociedad, y, teniendo en cuenta todo aquello, no me habían atormentado los remordimientos por haberlo engañado. Sin embargo, ahora que conocía sus motivos, me veía como lo hacían los demás norteños: no solo como una mentirosa, sino como un veneno que había mancillado y desbaratado su gran esperanza.

Un bebé empezó a llorar en una de las cabañas. El débil sonido rebotaba en el aire neblinoso. No era la primera vez que oía llorar a un bebé, pero aquello era distinto. En ese llanto había dolor y carencias. La desesperanza habitaba aquel sonido incorpóreo, que se elevaba en el aire como un espectro. Un niño fantasma atrapado en la miseria.

Un escalofrío me recorrió el cuello y la espina dorsal. Oteé el pueblo moribundo y me sentí enferma. Sabía que todo aquello no era mi culpa, pero no había hecho nada por pararlo. No había evitado que siguiera ocurriendo. No había ayudado a esas personas. Casándome con Fell, evitando que lograra el poder que necesitaba para marcar la diferencia en aquellas vidas, no había hecho sino empeorar las cosas, sino empujar a los inocentes aún más hacia el abismo.

Parpadeé, pues me escocían los ojos, y busqué a Fell con la mirada, pero ya no estaba delante de mí. Había salido de la formación. Se estaba dirigiendo a un pozo donde varias mujeres lo miraban con recelo, agarrándose con fuerza a sus cubetas al verlo. Yo observé sin aliento que metía una mano en la alforja enganchada en su silla de montar y les decía algo. Moviendo los labios, les lanzó varias monedas. Las mujeres las agarraron agradecidas y le dieron las gracias mientras él se daba la vuelta y ponía su destrero al trote. Su mirada se cruzó con la mía, pero no fui capaz de sostenérsela mucho rato. No ahora que sabía que había desbaratado sus planes, planes que eran necesarios, pues mi padre era un gobernante terrible. Se me cerró la garganta. Un gobernante terrible. Y, sin embargo, ¿cómo si no debería llamarse a un rey que deja que su pueblo muera de hambre?

Negué con la cabeza y logré decir:

—Pensaba que las cosas habían mejorado después de la Trilla.

Ese había sido el objetivo principal de la guerra contra los dragones. Era la doctrina que propugnaba el trono, por no hablar de los dogmas que me habían inculcado en el aula. La Trilla se había alargado durante siglos y había costado incontables vidas, pero se suponía que lo había arreglado todo. Había sido necesaria y, a la larga, exitosa. Y… había terminado. Se había acabado. Había quedado atrás. Había visto su final cien años antes, en el Lamento.

Entonces ¿por qué estaba Penterra en esa situación? ¿Por qué seguía habiendo tanta miseria?

Los humanos habían culpado a los dragones de todos sus males: la sequía, la hambruna, la enfermedad… Por no hablar de las destrucciones ocasionales de aldeas o pueblos, presa de la feroz ira de las bestias. Los dragones habían reunido enormes alijos de tesoros y habían prosperado mientras la humanidad se hundía, ganándose la vida a duras penas. La Trilla había sido el método al que habían recurrido los humanos para darle la vuelta a la situación y desbancar a los dragones de la cima del orden jerárquico para siempre. Había resuelto todos nuestros problemas… Al menos, eso era lo que se creía.

Mari se encogió de hombros y murmuró:

—Da qué pensar.

—¿Cómo? —pregunté.

—Que te hace cuestionarte si eran los dragones el verdadero problema —aclaró.

Una bofetada no me habría desconcertado más. Miré a mi alrededor con brusquedad. Hablar así me parecía… casi un sacrilegio. Jamás había oído a nadie decir tal cosa. Era una doncella armada. Vivía en las Tierras Fronterizas, el lugar donde se habían producido las batallas más terribles y sangrientas contra los dragones. Ahora, en cambio, las batallas eran contra los bandidos que habían hecho de los Riscos desiertos su hogar y contra los soldados invasores de Veturlandia que se atrevían a cruzar las fronteras.

No respondí. No podía. Sin embargo, las observaciones de Mari calaron hondo y me acompañaron durante el trayecto, como una pesada piedra sobre mi pecho.

«Te hace cuestionarte si eran los dragones el verdadero problema».

Era cierto que las riquezas que se habían hallado en los tesoros de los dragones se habían gastado ya desde entonces, y, sin embargo, aún quedaba hambruna y enfermedad. Destruir a los dragones no había destruido esas cosas. Así era. Y aquello, junto con la otra gran revelación del día —que Penterra no era tan próspero como me habían hecho creer y que mi padre no era un gran rey—, era algo que me iba a costar asimilar.

Eché un vistazo a la amplia espalda de Fell, que seguía más adelante, y me pregunté si pensaría lo mismo que aquella doncella armada. ¿Pensaría también él que la Trilla no había servido de nada?

No era posible: era el hijo de Balor el Carnicero y el bisnieto del rey de la frontera responsable de la victoria en el Lamento. El señor de las Tierras Fronterizas debía ser, forzosamente, tan sanguinario y firme en sus creencias como sus antecesores.

Dryhten era un asesino sin remordimientos, no alguien que pensaba en el legado de su padre y se preguntaba si había algún error en ello.

No alguien que aceptaría como si nada un matrimonio con la mujer equivocada.

No estaba preparada para ese nuevo mundo.

En la travesía no había lugar para el descanso cómodo. No había una cama caliente ni comidas copiosas. Tampoco ropa recién lavada ni sirvientas que me ayudaran con el aseo. «Ni azotes». Negué con la cabeza con firmeza. Aquello nunca me había importado; era mi obligación. Un honor que se me había concedido. Mi servicio al trono.

Igual que aquella nueva obligación.

Tampoco mi vida anterior había estado exenta de amenazas. Sin embargo, el restallido del látigo contra la piel era una amenaza conocida. Al menos en casa sabía a qué atenerme, mientras que allí todo era impredecible. Me sentía como si estuviera haciendo equilibrio sobre una cuerda: bastaría un solo paso en falso para caer.

Mi hogar. El palacio no era mi hogar. Ya no. Tenía que dejar de pensar en él de ese modo. Yo no tenía hogar. No tenía ninguna chimenea para calentarme los pies rodeada de mis seres queridos. Pero tampoco era capaz de pensar en las Tierras Fronterizas, un lugar en el que nunca había estado, como mi hogar. En aquellas colinas envueltas en niebla de las que hablaba el saber popular. Con él, la Bestia, que no me quería como esposa. Era inconcebible.

La Bestia. «Mi esposo…».

No pude terminar el pensamiento. ¿Cuándo dejaría de resultarme extraño pensar en él como «mi esposo»? ¿Cuándo dejaría de parecerme incierto? ¿Cuándo dejaría de tener como consecuencia esa presión implacable en el pecho?

¿Cuándo dejaría de sentirme como una intrusa entre aquellos guerreros de las fronteras? ¿Al lado de él?

A pesar del estallido de ira de la noche de bodas, Fell era menos transparente que sus guerreros. Ellos me castigaban con sus miradas furibundas, pero él ni siquiera me miraba. Salvo aquel breve encuentro de miradas en la aldea, en el que me había parecido leer acusaciones en la escarcha gris de sus ojos antes de apartar la vista.

Entre nosotros no había conversación. Era estoico, frío e indiferente.

Y aquello era, tal vez, peor. Habría preferido su ira a aquel gélido silencio.

Me negaba su compañía, y me pregunté si las cosas entre nosotros serían siempre así. ¿Acaso jamás superaríamos el difícil comienzo?

¿Viviríamos para siempre como desconocidos? ¿Viviría yo siquiera? Me estremecí. Aquella era la voz de Stig. El recuerdo de sus palabras se abrió paso en mi mente, iracundo y amargo. «Podría matarte y nadie haría nada al respecto».

Tragué saliva, a pesar del nudo que se me había formado en la garganta. No podía evitarlo. Las dudas, los miedos... Me habían calado en lo más hondo. Eran como unas fauces que no querían liberarme.

Siempre que nos deteníamos, Fell desaparecía y Mari se me acercaba. Le correspondía a ella cuidar de mí, y yo le estaba agradecida. Me acompañaba al bosque a hacer mis necesidades y cada noche se acostaba a mi lado. No se montaban tiendas. La comodidad no les preocupaba en lo más mínimo. Se encargaba de que comiera y me enseñaba a preparar el catre por la noche y a recogerlo por la mañana. Yo me tomaba sus gruñidos como una aprobación, como muestra de que lo hacía correctamente.

Se estableció una especie de monotonía. Un ritmo que consistía en despertar, montar a través de un aire que parecía una sopa fría, engullir comida que no me sabía a nada y dormir en el duro suelo. Y vuelta a empezar.

A menudo levantaba la vista y descubría a Arkin dirigiéndome una mirada que calificar de malevolente sería quedarse corta. Sentía que estaba maquinando contra mí y se me ponía el vello de punta.

Siempre que buscaba a Fell para ver si se había dado cuenta de la fijación que sentía ese hombre por mí, encontraba a mi esposo en otra parte, lejos, o con los caballos, o en ningún lugar. Me evitaba. Le había dicho a Stig que era suya, pero yo no parecía importarle en absoluto. Quizá había cambiado de opinión y había decidido que le daba demasiados problemas, que no valía la pena conservarme.

«Podría matarte y nadie haría nada al respecto».

Por mucho que lo intentara, en esos momentos de oscuridad —mientras cabalgaba, mientras avanzaba—, no lograba sacarme las palabras de Stig de la cabeza, donde se habían enterrado profundamente.

Y la indiferencia de Fell me dolía más de lo que me habría gustado admitir. Por ello, empecé a darle vueltas a algo que jamás me habría atrevido a pensar.

Cavilaba sobre ello con cautela en las horas de silencio, que abundaban. Horas en las que nunca hablaba, horas en las que nadie me hablaba.

Jugueteé con la idea, probándola con cuidado, como si fuera un nuevo par de zapatos que todavía no hubiera dado de sí. Entonces, experimenté con la posibilidad de que tal vez, solo tal vez, debiera arriesgarme y escapar.

14

FELL

Mi padre era la única familia que había conocido. No había tenido una madre, ni hermanos ni hermanas. Tampoco tíos ni tías, ni primos a los que querer u odiar, con los que sembrar el caos como fieras en sus visitas periódicas.

Balor el Carnicero había vivido ya una buena mitad de su vida cuando me encontró en la guarida de aquel dragón y me salvó, cuando me sacó de aquella madriguera oscura y me llevó a la luz. A mí y al ópalo negro, los dos premios que ganó ese día, arrancándolos de las garras de un dragón de ónice.

Los dragones de ónice eran los soldados rasos de los dragones. Negros como el carbón, eran los más comunes. Los más grandes, los más feroces, rápidos y fuertes. Enormes cuerpos musculosos que luchaban en la primera línea del frente. Y Balor la había derrotado. Una dragona que se aferraba a la vida ochenta años después del Lamento, un caso atípico que no debería haber seguido con vida, que me tenía prisionero, que me había robado de mi verdadera familia, a la que seguramente había asesinado. Aquello jamás podría saberlo con certeza. Lo único que sabía era que, antes de que mi padre me encontrara, estaba perdido. Era un huérfano cuyo destino eran las fauces y la panza de un monstruo.

La dragona había luchado con valentía. Al fin y al cabo, había sobrevivido durante mucho tiempo tras el fin de su especie. Sin embargo, fue Balor quien acabó venciendo la batalla, tras cortarle la cabeza con su hacha… fabricada con un hueso de la pelvis de un dragón. Aquella misma hacha estaba colgada en el salón de mi fortaleza, oteando cada festín y comida como un ojo vigilante, como un símbolo de la guerra que se había luchado y ganado.

Balor no era un hombre fácil, pero me había acogido en su casa y en su corazón, o en lo que tenía de corazón. No era un hombre sentimental. No albergaba ni un ápice de ternura ni de afecto, y pocas lecciones había recibido de él en las que no terminara con la nariz o el labio ensangrentados. «La sangre es debilidad —le gustaba decirme—. Sé fuerte y no sangrarás».

Viudo y sin hijos propios, había jurado que no volvería a casarse, insistiendo en que era demasiado viejo para consentir a una esposa. Me declaró hijo suyo y heredero de una forma tan audaz y determinada que nadie se atrevió a cuestionar su decisión.

¿Y quién se habría atrevido a cuestionarlo? Era el guerrero que había decapitado al último dragón, un dragón de ónice. Y, por severo que fuera, me había querido tanto como era capaz de querer. Y yo también lo había querido tanto como era capaz de querer, lo que no significaba que lo hubiera querido muy bien, o del todo, o de forma profunda. Tal vez, no tanto como hubiera debido. Hice una mueca. Aquella era una parte de mí con carencias, tan pequeña y marchita como una planta que no se hubiera regado en mucho tiempo.

Respetaba a mi padre. Le debía la vida. Había visto fuerza en mí desde el primer día: había visto a alguien a quien valía la pena salvar, y, por ello, yo honraría siempre su memoria.

Pero ¿qué sabía yo de amor, matrimonio o familia? Nada de eso había formado parte de mis lecciones de espada y combate cuerpo a cuerpo. Mi vida había tratado solo de muerte y guerra, o, mejor dicho, de cómo vencer a la muerte.

Sí, tenía amigos. Camaradas. Amantes. Muchas veces, cuando el sudor de la batalla todavía resbalaba, caliente, por mi piel, cuando todavía me hervía la sangre como un guiso en un caldero, había buscado consuelo y alivio en otro cuerpo. No había nada mejor que una buena cogida para reafirmar tu existencia, para reafirmar que seguías con vida mientras otros no habían corrido la misma suerte.

Pero eso no era más que coger. No significaba nada. No duraba. Era un alivio, un bálsamo. Como el vino dulce cuando tenías la garganta seca. Algo temporal. Cuando terminaba, siempre volvía solo a la cama. Dormía solo; amanecía solo.

Vivía aislado, concentrado en proteger a mi gente para que no terminaran como los demás pueblos que rodeaban mis tierras, pisoteados y saqueados por aquellos que se crecían en la ausencia de ley, en la destrucción, aquellos que aterrorizaban a los débiles y los vulnerables como lobos hambrientos.

Y aun así… En fugaces momentos de calma, como cuando descansaba en mi lecho por la noche y mi respiración se tornaba tan suave y cálida como la lana, miraba fijamente la oscuridad y pensaba en el futuro, en si al final de todo habría una mujer a mi lado, en la cama. Una esposa.

Siempre había dado por hecho que terminaría casándome. Era mi responsabilidad: mi padre me lo había dejado claro. Pero no podía evitar preguntarme si formaría un vínculo con ella. En aquel entonces, era una figura sin nombre, sin rostro ni forma. Alguien blando que se adaptara a mi dureza. Una mano amable que buscar en la oscuridad.

¿Habría entre nosotros esa intimidad que algunos maridos compartían con sus mujeres? Había sido testigo de tales alianzas.

De las miradas cómplices, los labios que se curvaban con bromas privadas, las pequeñas caricias íntimas. Parejas que parecían existir el uno por el otro tanto como existían para ellos mismos. No era frecuente verlas, pero sí lo bastante para saber que eran reales. Que era, quizá, un objetivo que estaba al alcance de mi mano.

Ahora tenía un rostro en el que pensar. Una forma. Un nombre: Tamsyn. Una esposa. Mi esposa.

Quizá, si me quedaba con ella, tendríamos hijos. Sangre de mi sangre, algo que nunca antes había tenido. Había existido sin verme en nadie más. No tenía estirpe. No tenía familia carnal. No tenía a nadie a quien mirar y pensar: «Familia». Cuando estudiaba mi reflejo —esa mirada escarchada, el pelo negro como las plumas de un cuervo—, no podía señalar a otra persona y pensar: «Mira, ahí también». No había sombra mía en ninguna otra persona.

Eso me lo había arrebatado un dragón. Me había robado la capacidad de verme en otra parte, en otra persona. Tamsyn podía cambiar eso si aceptaba la situación. Si la aceptaba a ella. Sí, haría que Hamlin pagara por su engaño. Derrocaría el trono, especialmente a ese señor regente de cara agria. Pero eso no significaba que no pudiera quedarme con ella.

Intenté imaginarlo, sentirlo, visualizarlo en su mirada de otro mundo, en sus ojos, como ámbar encendido por el sol. Intenté ver el futuro que me esperaba si me quedaba con ella. Nuestro futuro. Una familia, tal vez. Aquello me provocaba algunas sensaciones. Me calentaba el pecho, lo hacía crepitar como el fuego en una chimenea. Lo que no me molestaba en absoluto era la idea de concebir con ella esos niños... Al menos, la parte de engendrar no sería precisamente una tarea desagradable. El estira y afloja de nuestros cuerpos unidos había sido tan dulce como dichoso. Solo de recordarlo se me iba toda la sangre a la entrepierna.

Era algo. Un comienzo, aunque fuera una mentirosa.

Era muy peculiar. Un rompecabezas que no lograba resolver. Una no princesa. Me daba igual cómo la llamaran. Ningún miembro de la realeza aceptaba flagelaciones con una sonrisa y lo llamaba deber.

Miré a Tamsyn y la palma de mi mano reaccionó por instinto. La piel marcada brincó, la «x» cortada en mi piel canturreó como si anhelara apretujarse contra ella, como si ansiara el contacto, el retorno a ella.

Montaba en silencio con labios de ceniza, el rostro pálido. El resplandor dorado de su piel que tanto había admirado al conocerla había desaparecido. Era evidente que no estaba acostumbrada a las crueldades de la travesía, pero no había gran cosa que yo pudiera hacer al respecto. Y todavía teníamos que vadear el río. Además, se acercaba el invierno. Debíamos darnos prisa, o nos quedaríamos atrapados en campo abierto en una tormenta de nieve. Las borrascas desorientaban a la gente, y bien podíamos acabar cayendo por un acantilado o congelándonos en una ventisca.

No era el momento adecuado para consentirla. «¿Y por qué debería preocuparme de su comodidad?». Aquella voz testaruda se abrió paso en mis pensamientos, como una herida abierta, en carne viva, que tardara en curar.

Era mi esposa, eso era cierto, pero solo por sus malas artes. Solo porque me habían arrebatado el poder de decisión. No era inocente. Era un engranaje de la rueda que había girado para convertirme en un estúpido. Y ahora tenía que quedarme con ella. Ese principio ignominioso nos acompañaría durante todos los días que nos quedaran juntos, fueran muchos o pocos. Jamás podríamos borrarlo. Sería como vino derramado sobre la tela de nuestra vida, manchada para siempre.

Mientras avanzábamos por el camino serpenteante y lleno de baches, bordeado por ambos lados por un bosque frondoso y enredado, la veía destacar como una bandera al viento, llamando la atención con aquellas ropas elegantes, perfilándose como alguien diferente. No era una de nosotros. Era como si hubiera ido a dar un paseo por el campo, en lugar de atravesar el país.

Aparté la vista, dividido. Una parte de mí quería seguir ignorándola, pero la otra, la parte despiadada e inmisericorde —la Bestia—, quería detenerse, acampar temprano para pasar la noche, montar una tienda y meterme allí con ella para quitarle esa ropa ridícula y castigarla con placer hasta que se deshiciera en sollozos.

Quería que mis manos, mis labios y mi lengua exploraran y mapearan cada centímetro de su cuerpo hasta que dejara de parecerme ese ser incognoscible, ese reino misterioso e inexplorado esperando a que lo descubriera, esperando a que lo hiciera mío de un modo que no había conseguido con aquella consumación plagada de mentiras.

Hasta que ya no hubiera más velos entre nosotros y la hubiera marcado como mía, verdadera y completamente mía.

Arreé a mi caballo destrero para que fuera hasta el principio del destacamento, acelerando el ritmo, y me juré que no pararíamos hasta que cayera la noche.

Y no montaría tienda alguna.

15

TAMSYN

Los bosques estaban vivos. Lo sabía. Lo sentía.

Aquella certeza se apoderó de mí durante los días siguientes. Se me clavó en la piel como afilados dientes, atravesándome la carne, aferrándose a los huesos.

Avanzábamos a un ritmo veloz que estaba lejos de resultarme cómodo, sobre todo en aquel ambiente, cada vez más opaco y neblinoso. La poca visibilidad me ponía nerviosa, pero los demás seguían adelante como si la niebla fuera normal. La vista me alcanzaba a lo que había justo delante de mi caballo, hasta llegar al jinete que me precedía, pero más allá de eso el mundo se convertía en una nube borrosa, como envuelta en lana fina. Formas vagas, sombras... Los enormes árboles se habían convertido en gigantes amorfos. Podía haber cualquier cosa ahí afuera, ante nosotros, junto a nosotros..., acechando.

Yo habría preferido viajar más despacio, ver mejor y tomarnos más descansos para estirar mis músculos destrozados, para desentumecerme la espalda, para descansar, aunque eso significara alargar lo que ya se me antojaba un viaje interminable. Llevábamos más de una semana en marcha y ni siquiera habíamos recorrido la mitad del camino.

Pero mis preferencias no importaban. Me dije que me acostumbraría al ritmo implacable, a cargar mi propio peso, al agotamiento y al dolor en los músculos y los huesos, a mis acompañantes siempre malhumorados.

A todo.

Tarde o temprano, llegaríamos a nuestro destino. Solo tenía que aguantar hasta entonces. Debía soportarlo. Podía hacerlo. Sabía cómo hacerlo.

Pero…

Notaba el peso de las miradas sobre nosotros. Siempre. Nos vigilaban, marcando los progresos de nuestro viaje. Nos observaban incluso de noche, cuando estábamos acostados, y por las mañanas, cuando nos levantábamos y desplegábamos nuestros cuerpos en el frío gris.

Cada sonido me hacía sospechar. El canto de un pájaro, el crujido de una rama al romperse, el susurro del viento o el parloteo de alguna criatura… Pero yo parecía ser la única que estaba nerviosa, la que se recolocaba las riendas mientras avanzábamos, con las manos sudadas dentro de los guantes.

Conciliar el sueño era difícil. Podía culpar de ello a las cada vez más penosas molestias, a mi cuerpo dolorido, al suelo duro o a no estar acostumbrada a dormir a la intemperie. Podía culpar a los desconocidos que me rodeaban, mi esposo incluido. Mi esposo especialmente.

O podría ser la convicción que me reconcomía de que había otros acechando en los bosques impenetrables, observándonos y esperando el mejor momento para atacar. Bastó para cortar de raíz mis pensamientos de huir, sin duda… Al menos por el momento. No quería salir de una situación insostenible para precipitarme en otra, para caer en algo peor…, en lo que se me antojaba como un peligro certero.

Los guerreros de la frontera eran cautelosos, pero no se inmutaban ante nada. Se conocían bien y confiaban en su fuerza, de la que hacían gala sentados a lomos de sus caballos de guerra, moviéndose con fluidez como si las bestias y ellos fueran uno. Eran formidables; hasta yo me daba cuenta. Desvié la mirada hacia la gruesa maraña de árboles. Cualquiera que nos estuviera mirando se daría cuenta también. Y estaban ahí. Lo sentía hasta en los huesos.

Y no me equivocaba.

Olvidé lo que aquel implacable ritmo estaba haciendo con mi cuerpo cuando doblamos una curva y los encontramos allí, impidiéndonos el paso, subidos en sus monturas como si nada, con los brazos y las manos relajados y las riendas flojas entre los dedos. Era evidente que nos estaban esperando.

Al frente de la variopinta banda, justo en el centro, había un apuesto joven con la barba recortada que me recordó un poco a Stig, si bien sus ropas eran más andrajosas. La bufanda que llevaba alrededor del cuello estaba raída y desgastada.

Esbozó una sonrisa de oreja a oreja. Sus modos amables contrastaban con la tensión que había permeado el aire vaporoso. Alzó una mano y la movió ligeramente y sus hombres nos cercaron de inmediato, desplegándose por el camino.

—Nos tienen rodeados —advirtió Mari con un gruñido.

Fell alzó los dedos y trazó un movimiento circular para indicar a sus guerreros que entraran en acción. Estos cerraron nuestro círculo y llevaron la mano a las armas que tenían en el costado y enganchadas a las alforjas. Ejecutaron cada movimiento con una agilidad y una despreocupación que no encajaba con el equilibrio precario en el que nos encontrábamos.

Tal vez yo no hubiera viajado nunca tan lejos de la Ciudad, pero sabía lo suficiente para darme cuenta de que la situación pendía de un hilo. El peligro se respiraba en el aire. Fell y sus guerreros se colocaron en varias filas siguiendo una táctica defensiva, y a mí me situaron detrás de él. Se me pegaron bien a los lados, claramente intentando hacerme menos… menos.

Pero fue como si lo único que consiguieran intentando esconderme fuera que todas las luces me alumbraran a mí. El líder estiró el cuello un poco para ver por encima de los demás cuerpos y detuvo su mirada en mí. Yo sabía que mi aspecto era distinto al de los demás. No tenía el porte y la apariencia de un guerrero de las Tierras Fronterizas y, por si fuera poco, iba vestida como una noble penterrana, con faldas de montar y una capa azul cobalto forrada de borrego de color claro.

—Si quieren pasar, tendrán que pagar el impuesto del camino —anunció uno de los bandidos.

Fell desenvainó su espada; el acero cantó al cortar el viento.

—No pagaré ningún impuesto. —Pronunció aquellas palabras de forma casi aburrida. Quizá no estuviera sorprendido. ¿Los habría sentido vigilarnos a lo largo del camino él también?

—No somos simples viajantes indefensos —intervino Arkin—. Están jodiendo a la gente equivocada. Ahora apártense, perros.

El líder miró bruscamente a Arkin con la nariz arrugada, los agujeros dilatados. Me pregunté si insultarlo habría sido lo más adecuado.

Fell masculló el nombre de Arkin entre dientes, pero no dejó de mirar al jefe de los bandidos.

—Los caminos penterranos son libres para cualquier viajante —añadió sin inmutarse, con una voz tan suave como la mantequilla.

—¿Penterranos? —El líder sonrió enseñando todos los dientes, aunque no había ninguna ligereza ni en sus palabras ni en su mirada, que no se apartaba de nosotros y era tan fría como la noche—. No te han informado bien. Este camino es mío, y todo el que quiera pasar debe pagar un tributo. —Se rascó la mandíbula con los largos dedos. Su forma de hablar y sus modales eran bastante refinados. No era lo que habría esperado de un bandido perdido en mitad de ninguna parte.

—Más les habría convenido elegir otra ruta hacia el norte —sugirió otro de los bandidos con una sonrisa burlona que reveló unos dientes podridos.

—¿Qué otra ruta? ¿A través de los lodazales o cruzando el skog? —La expresión de Arkin indicaba que ambas opciones le parecían intolerables.

Había oído hablar de los lodazales, traicioneros pantanos por los que nadie viajaba y en los que mucho menos vivía. Aquellas tierras cenagosas eran muy inestables. Con un solo mal paso, hombre y bestia podían acabar hundidos en un hoyo del que no lograrían salir jamás. Sin embargo, nunca había oído la palabra «skog», así que me la apunté mentalmente para preguntar después.

El líder asintió y adoptó una expresión pretendidamente pensativa.

—Son opciones válidas.

—Adelante. Prueben suerte en el skog —propuso el de los dientes podridos con tanto deleite que me quedó claro que sería la peor opción de todas.

—Y si no… —dijo el líder con aire magnánimo mientras señalaba el camino—. Pueden pagar el tributo y seguir su camino.

—Hace apenas semanas viajamos hacia el sur por este mismo camino sin que nos molestaran, atajo de chacales —protestó Arkin.

El líder se encogió de hombros.

—Vaya. Debíamos de estar ocupados en alguna otra parte… Pero ahora no. Ahora estamos aquí y tienen que pagar.

—¿Cuánto quieren? —preguntó Arkin de malos modos.

Fell levantó una mano.

—La cantidad es irrelevante. No pagaré. No cedo ante ladrones.

Miré a Fell, molesta. ¿Valía la pena pelear por esto? Tenía dinero para pagar. Podía desprenderse de él y así evitaríamos el problema.

El líder volvió a posar la mirada sobre mí.

—El dinero no es la única moneda de cambio que aceptamos… Podemos negociar también con… otras cosas.

La dirección de su mirada no me pasó desapercibida… Y a Fell tampoco. Con una expresión inescrutable, me miró para luego volver a clavar la mirada en el forajido.

Contuve el aliento y me aferré con fuerza a las riendas. Todavía con una sonrisa, el líder me señaló con la cabeza y añadió:

—Aceptaríamos a esa muchacha como pago.

Nadie se movió.

Esperé mientras me preguntaba si Fell accedería. Al fin y al cabo, no me quería. Si deseaba librarse de mí, se le acababa de presentar la oportunidad de lograrlo sin ser el responsable directo. Podría darle una explicación a mis padres y al señor regente. «Mis disculpas, se la llevaron los bandidos».

El de los dientes podridos me miró con el ceño fruncido, negó con la cabeza y masculló.

—Esa trae mala suerte.

Su líder lo miró molesto.

—¿De qué hablas?

—El pelo. —Negó con la cabeza otra vez—. Es… malvada.

Resistí al impulso de poner los ojos en blanco. No era la primera vez que oía una acusación como esa. El jefe de los bandidos, sin embargo, esbozó de nuevo esa insufrible sonrisa.

—A mí me gustan malvadas. —Se encogió de hombros como si el tema de conversación no fuera algo tan importante como mi vida—. ¿Qué puedo decir? Me gustan las pelirrojas. En estos tiempos son difíciles de ver.

—Y por una buena razón —masculló el otro. Se referían a la guerra contra las brujas, si es que aún se le podía llamar guerra. Las habían exterminado a todas durante las últimas décadas. Habían sido erradicadas…, o se habían escondido lo suficientemente bien para no ser detectadas.

Arkin se inclinó hacia un lado; oí el crujido de su montura de cuero y las palabras que le susurró a Fell, aunque no logré distinguir cuáles eran. Sin embargo, no me costaba imaginarlas. «Que se la queden».

—Ella no es ninguna moneda de cambio —declaró Fell tras unos instantes, ignorando a Arkin.

El líder de los bandidos chasqueó la lengua.

—Vamos, hombre. No es una de los suyos; salta a la vista. Si está a punto de caerse del caballo… Seguro que los está ralentizando.

Me irrité. ¿Tan débil y patética parecía? Eché atrás los hombros, como si de repente pudiera mostrarme más robusta, tan fuerte y fornida como los demás. Ni una sola queja había salido de mis labios en los muchos días que duraba ya aquella travesía infernal. Me mordí la lengua para no replicarle que yo no estaba ralentizando a nadie. Viajaban muy rápido. Al menos, no creía que se hubieran visto obligados a aminorar la marcha por mi culpa… Miré a Fell con recelo. ¿Estarían avanzando más rápido de no ser por mí? Aquello no me gustaba. No quería ser una carga y darle una razón más para que me guardara rencor.

—Ah, claro, me estás haciendo un favor quedándote con ella. ¿Es eso lo que quieres decir? Qué considerado. —Fell se rio con amargura—. ¿En qué quedamos, amigo? —El énfasis que puso en la palabra «amigo» sonó de todo menos amistoso—. ¿Es una carga o lo bastante valiosa para negociar con ella?

Al bandido se le borró la sonrisa de la cara. Saltaba a la vista que no le hacía ninguna gracia que se burlaran de él. Se inclinó hacia adelante en la montura, como si se dispusiera a decir algo importante.

—Dame a la muchacha o dejaré el camino lleno de pedacitos suyos. —Señaló a todo nuestro grupo con un gesto—. De todos ustedes.

De repente, mi piel se erizó y se tensó con fuerza mientras una oleada de calor trepaba por mi interior. Un mal presentimiento se apoderó de mí y una nube de vapor tembloroso me brotó de entre los labios..., de la boca, que de repente me sabía a cobre.

Movida por alguna razón incomprensible para mí, levanté la vista de aquel hombre amenazante y eché un vistazo a las densas paredes de follaje que se erigían a la derecha y a la izquierda del camino. Era imposible ver entre la espesura de los gigantescos árboles, pero observé de todos modos, intentando descubrir qué era lo que me miraba tan intensamente... Lo que nos miraba. No lo veía, pero sí lo sentía. Notaba sus bocanadas cálidas de aliento, la sangre que les corría por las venas, la excitación vibrante que sentían ante la posibilidad de abalanzarse sobre nosotros.

Eran más. Había más bandidos esperando, preparados para decapitarnos como una guadaña sobre la hierba si daban la orden. No se trataba solo del grupo que teníamos delante, que era manejable.

Ahogué un grito, horrorizada, y miré a Fell. Él también estaba observando los árboles. Él también lo sabía. Tal vez lo había sabido desde el principio, desde el instante en que habíamos doblado la curva. Y entonces me miró y se dio cuenta de que yo también lo sabía. Leyó esa certeza en mis rasgos con la facilidad con la que se lee un mapa, y sentí su asombro. Me miró con la misma curiosidad con que lo había hecho en la cancillería, cuando había salido de mi escondite, detrás del cuadro. De la misma forma en que me había mirado en nuestro lecho matrimonial, con los ojos rebosantes de asombro y curiosidad.

En ese momento no podía ver mi rostro a través del velo, pero me había mirado de todos modos, y un destello de sorpresa había revoloteado por su rostro ensombrecido mientras su cuerpo clamaba el mío. Yo había notado su asombro, la perplejidad que había sentido él cuando nos habíamos unido, cuando yo tomé de él tanto como él de mí. Me ardió el rostro al recordarlo.

—Danos a la muchacha.

Aquellas palabras me devolvieron a la realidad. Me había olvidado de todos, perdida en el recuerdo de aquella consumación y del placer que había hallado en ella. Al oír la voz, Fell y yo desviamos la mirada hacia el forajido.

—Es mi esposa —le aclaró Fell. Así, sin más. Afirmó un hecho.

Sin embargo, la admisión no me dejó indiferente. Se me aceleró el pulso. Era la primera vez que lo oía referirse a mí de ese modo. Hizo que nuestro matrimonio pareciera más real, lo que se me antojó emocionante a la par que aterrador. Aquella voz, aquellas palabras… Se me encogió el estómago.

Exhalé, exasperada. Eso es lo que me pasaba por pensar en aquella noche, en la consumación, y la razón por la que tenía sumo cuidado de no pensar en ello. Me confundía demasiado, me…, me estimulaba demasiado. Ya pensaría en ello más tarde para intentar descifrar mis sentimientos. En ese momento debíamos ocuparnos de asuntos más importantes.

—Ah. —El jefe soltó una risita y miró a los demás—. No me había dado esa impresión. Jamás lo habría adivinado. ¿Y ustedes?

Me ardió el rostro de nuevo, pero esta vez por otra razón. Por supuesto que no le había dado esa impresión. Fell ni siquiera montaba a mi lado. No parecía en absoluto un marido enamorado de su esposa.

Se oyeron risitas y murmullos de asentimiento entre los bandidos.

—Pues es mía —afirmó Fell con dureza—. Y pienso quedarme con ella. —La última frase sonó a desafío, que enfatizó cuando alzó su espada y señaló con ella al bandido. Fell contempló la hoja y luego entornó los ojos, como si quisiera ver al hombre con mayor nitidez—. Y ahora déjennos pasar.

Toda expresión despreocupada desapareció del rostro del líder. No tenía intención de moverse. Tragué saliva al ver que no iba a recular. Y Fell tampoco.

El sabor a cobre de mi boca se intensificó. Era espantoso. Solo lo había sentido una vez en mi vida, cuando tenía apenas cinco años y se me habían caído los dientes de leche de forma prematura. Me había tropezado con un juguete mientras corría y había aterrizado de boca contra un bloque de madera en nuestros aposentos, y la boca se me llenó de sangre densa y caliente. Recordé que sangraba sin parar y que me sabía la boca a monedas de cobre.

La nodriza se había llevado las manos a la cabeza al ver tanta sangre y había exclamado que lo más probable era que mis dientes definitivos no crecieran jamás. «Una pena —insistió—. Ya resultas terriblemente poco atractiva con ese pelo tan desagradable y ahora tendrás la boca desdentada». No me sorprendía recordar de forma tan viva sus insultos; no obstante, se había equivocado. Mis dientes definitivos acabaron por hacer acto de presencia, surgiendo de las encías como unos invitados muy esperados.

Y aquella sensación era la misma. La boca llena de monedas de cobre…, solo que, esa vez, no estaba sangrando.

Y entonces lo supe. No sabía cómo, pero lo supe.

La sangre no tardaría en empapar aquellas tierras. La olía como la lluvia inminente.

—O… —dijo Fell, interrumpiendo aquella tensa pausa.

—¿O qué?

—Tengo otra propuesta con la que nadie saldrá herido. Bueno, nadie excepto tú.

El hombre resopló.

—Qué fanfarrón resultaste, ¿eh?

—Lucharé contra ti. Solos tú y yo. Si gano yo, entonces continuaremos con nuestro camino sin más interrupciones. Y con mi esposa.

El líder se rio con ligereza y me preparé para oírlo rechazar la propuesta. ¿Por qué habría de aceptar tales condiciones? Él y su banda nos superaban en número. No necesitaba arriesgarse a resultar herido para salirse con la suya. Para conseguirme a mí.

—Podemos ajustar cuentas tú y yo solos —lo provocó Fell—. Vamos. Veamos qué sabes hacer. Podrás contarle a todo el mundo que venciste a la Bestia de las Tierras Fronterizas. —El brillo en los ojos de Fell dejaba claro que no creía que pudiera derrotarlo.

El líder lo miró de arriba abajo con los ojos muy abiertos.

—¿Ah, sí? ¿Tú eres la Bestia?

—Así es —respondió Fell con una inclinación de cabeza—. Así que, aunque gane yo…, será una buena historia para ti. Admítelo.

Casi pareció tentado de sonreír, de dejarse engatusar. Sin embargo, negó con la cabeza una sola vez y replicó sobriamente:

—No estoy en esto por las historias. Tengo gente a la que alimentar.

Fell me señaló con la cabeza.

—¿Y ella te va a servir para alimentarlos?

El líder volvió a sonreír.

—Hay más de un apetito que satisfacer.

Tomé aire con fuerza.

Los ojos de escarcha de Fell se helaron todavía más. Apretó la empuñadura de la espada con tanta fuerza que se le pusieron los nudillos blancos. El mal sabor de boca se convirtió en algo insoportable para mí; me decía todo lo que necesitaba saber: que no. No podía dejar que aquello siguiera adelante. Nos costaría vidas. Y, si yo sobrevivía, tal vez fuera solo para convertirme en la prisionera de aquellos bandidos. Si Fell era demasiado testarudo para verlo, que así fuera…, pero no era mi caso. Yo no lo era, y no permitiría que ocurriera. Debía detener a aquellos idiotas antes de que se mataran el uno al otro.

Ya era suficiente.

Decidida, apreté los muslos doloridos de tanto montar y arreé a mi montura con los talones para acercarme a ellos. Mi yegua, en una reacción más rápida de lo que esperaba, avanzó haciendo tintinear las bridas.

Mari, al percatarse de lo que pretendía, intentó agarrar mis riendas, pero llegó demasiado tarde. Soltó un ruidito entre dientes al ver que pasaba junto a Fell y al resto de sus guerreros, que parecieron quedarse paralizados. Me miraban perplejos. Era evidente que nadie esperaba que yo hiciera nada. Lo que se esperaba de mí era que me quedara quieta como un bulto inerte, que dejara que la vida me pasara por encima sin emitir ni una sola protesta.

Tal vez me sorprendí incluso a mí misma. Estaba acostumbrada a aguantar los abusos, a no presentar jamás resistencia. A no pelear.

No era una de ellos. No era una guerrera; al menos, no del mismo modo que lo eran. En realidad, por lo que a ellos respectaba, no era ni siquiera una princesa de verdad. No era nada.

Sobre mi caballo, entre los dos grupos, sentí todas las miradas sobre mí.

—Tamsyn. —Fell por fin encontró su voz—. Vuelve a ponerte detrás de mí.

—No.

Parpadeó anonadado. No esperaba una respuesta como aquella. Su destrero debió de percibir la tensión repentina, porque pataleó sin moverse del lugar y movió la cabeza atrás para relinchar, agitado.

El líder de los bandidos se echó a reír. Estaba disfrutando de mi pequeño espectáculo de rebeldía.

—Vaya… Me gusta.

Ignorándolo, me limité a alzar los brazos para desabrochar el collar que llevaba puesto, un regalo de mi último cumpleaños. Mejor dicho, del día que celebrábamos mi cumpleaños, porque nadie sabía qué día había nacido, no a ciencia cierta. Debía de tener uno o dos días cuando me habían hallado en el patio del castillo.

Poseía varias joyas, todas ellas regalos de mi familia. Nada demasiado extravagante; tenían valor sentimental, sobre todo ahora que me había visto obligada a alejarme de ellos.

Pero se lo daría. Si así salvaba vidas, no sería sino un pequeño sacrificio.

Logré desabrochar el cierre y me lo quité del cuello. Volví a abrocharlo para que los cuatro dijes no se cayeran de la cadena.

—Toma. —Alargué el brazo. La cadena me colgaba de los dedos—. Acéptalo. Yo pagaré el tributo.

Me había pasado la vida pagando tributos. ¿Qué más daba hacerlo otra vez?

—Tamsyn —gruñó Fell a modo de advertencia.

Lo miré con dureza y declaré:

—No habrá ningún enfrentamiento. —Miré de nuevo al forajido—. Toma. Es bastante valioso, te lo aseguro. Acéptalo.

Me estudió pensativo antes de desviar la atención al collar que colgaba de mi mano. Acercó su montura, cruzando el poco espacio que todavía nos separaba. Cuando alargó la mano para tomarlo, se permitió acariciar mi mano enguantada con los dedos.

Fell se puso a mi lado; golpeando mi yegua con su caballo de guerra, que le enseñó los dientes antes de mordisquearla. Fell parecía también a punto de enseñarme él mismo los dientes y darle un bocado a algo. A mí, presumiblemente.

El forajido sopesó el collar con la palma de la mano mientras evaluaba la cadena de oro. Examinó los cuatro corazones, cada uno de ellos con una piedra preciosa distinta. Cada uno representaba a una de las cuatro princesas de Penterra. Sí, había incluso uno por mí.

Se me había henchido el corazón el día que había abierto la caja decorada con un bonito lazo que contenía el collar. Me había conmovido profundamente sentirme tan incluida, tan vista. Aquel regalo, para mí, había sido una afirmación, la prueba del compromiso que la familia real tenía conmigo, una forma de recibirme en la familia con los brazos abiertos.

Sufrí una punzada de dolor al perderlo, al verlo en las manos de aquel ladrón, sabiendo que jamás volvería a tenerlo o a ponérmelo. Igual que todo lo que había dejado atrás. Dejaría atrás también aquel collar. Otra cosa más que perdía, de la que me despojaba, una cosa más que se perdía en el viento como si fuera polvo.

Parpadeé; de repente me pesaban los ojos. «Solo es un collar». Algo material. No significaba nada.

Las vidas eran más importantes. ¿Qué importaba un sacrificio más? Aquel apenas me parecía tan importante como mi cuerpo, mi vida, mi libertad…, todo lo que ya le había entregado a Fell.

Valía la pena. Lo sabía bien. Y por eso no comprendía el fuego que destellaba en la mirada de Fell, clavada en mí. Un fuego tan ardiente que podría haberme reducido a cenizas. Me moví a lomos de mi yegua, incómoda.

Tenía la boca seca, pero al menos el sabor a cobre se había desvanecido. Apenas oí al bandido cuando dijo que estaba satisfecho con el intercambio.

—Con esto nos despedimos. Buen viaje.

No me molesté en mirarlo, ni a él ni a su banda, cuando se dieron la vuelta y continuaron su camino. No podía apartar la vista de Fell, no cuando me estaba mirando con tanta furia y traición en los ojos... Igual que cuando me había quitado el velo para verme el rostro.

Había hecho algo bueno, pero, a juzgar por la expresión de su rostro, nadie lo diría.

Estaba a escasos centímetros de mí. Los demás guerreros se quedaron donde estaban, a varios metros de distancia.

—¿En qué estabas pensando? —preguntó.

—Estaba pensando en que lo mejor era pagar el impuesto y seguir con nuestro camino. —Era sencillo. Lógico.

Inhaló con fuerza y se pasó una mano por la cara, como si hubiera dicho algo de lo más ridículo. Luego se apartó la mano del rostro y me fulminó con su gélida mirada.

—No nos rendimos ante las exigencias de un enemigo.

—¿Nunca?

Asintió una sola vez.

—No es algo que yo haga.

Me presioné las sienes con los dedos; empezaba a dolerme la cabeza.

—¿Prefieres dar pie a una escaramuza y poner las vidas de tus guerreros en peligro? ¿Perderlos, incluso?

Miró a su alrededor con brusquedad, evaluando las ávidas miradas de esos mismos guerreros.

—No vamos a hablar de esto aquí.

Desmontó del caballo, se acercó a mí y me tendió la mano. Al aceptarla, me asaltó de inmediato la percepción de la «x» cortada en el centro de la palma de su mano. De la «x» cortada en el centro de la mía. Después de tantos días, a pesar de que ya se había curado, todavía notaba la marca palpitante donde nos habíamos unido en sangre, pues cobraba vida y centelleaba al entrar en contacto con él. Esa sensación se extendió por todo mi brazo, a través del resto de mi cuerpo. Él miró adonde se unían nuestras manos, y no me quedó más remedio que pensar que él también lo notaba.

Desmonté, consiguiendo que no me fallaran las piernas, aunque a duras penas. Me jaló sin soltarme la mano, que todavía ardía sobre la mía como un hierro de marcar. Me alejó de la carretera a grandes zancadas y se adentró entre los árboles. Yo lo seguía dando traspiés, intentando mantener el ritmo con unas piernas tan firmes como la mantequilla.

—Que te quede clara una cosa —me dijo mirando atrás—. Soy el señor de las Tierras Fronterizas. —Me guio a través de los gruesos árboles; la hierba frondosa se aplastaba con el peso de nuestros pies. No había nadie más a la vista. Supuse que se habían ido con el resto de los bandidos—. Soy yo quien mantiene la paz en las Tierras Fronterizas. Sé que a alguien que ha crecido entre los benditos y cómodos muros de un palacio no debe de parecerle gran cosa, pero las Tierras Fronterizas son mi hogar. Mi responsabilidad. —Se detuvo entonces. Me soltó la mano y volteó a verme—. Para cuidar de mi hogar, para mantenerlo a salvo, preciso de respeto y, cuando sea menester…, de miedo. —Se acercó a mí para dar énfasis a aquella última palabra, como si necesitara de un golpe de fuerza de más para que yo lo comprendiera—. ¿Es que no lo ves? En cuanto dejen de temerme, perderé el control…, y las Tierras Fronterizas también estarán perdidas.

Con los ojos brillantes, la mandíbula tensa y apretada, me parecía fascinante, magnético, a pesar de toda la furia que emanaba de él. No era la reacción adecuada por mi parte, lo sabía. Los hombres como aquel debían repelerme, y no atraerme…

—Sé muy bien lo que es la responsabilidad —intenté discutir—. Por eso…

—¿Qué pasa si permito que unos bandidos de poca monta se apropien de algo mío? ¿Qué pasa con mi reputación? ¿Qué impresión da que mi propia mujer se quite un collar del cuello y se lo dé a unos forajidos solo para que podamos usar un camino que todo ciudadano de este país tiene derecho a usar?

Parpadeé, intentando no quedarme obcecada con cómo las palabras «mi propia mujer» se habían quedado suspendidas en el aire.

Igual que intenté no hacer caso de la buena razón que había esgrimido.

Pero él respondió a su propia pregunta:

—Parecería débil. Parecería un hombre incapaz de proteger o defender sus tierras. Estaría ofreciendo una invitación a invadirme. A que cada bandido de Penterra y cada enemigo de Veturlandia intenten arrebatarme lo que tengo.

No había pensado en eso.

—Ah. —Una única palabra. Una exhalación con sonido, tan pequeña e insignificante como los pétalos de un diente de león flotando en el aire.

—Ah —repitió, asintiendo con firmeza.

En ese momento, recuperé un poco las ganas de luchar. ¿Debería haber dejado que se enfrentaran por unas míseras monedas? No tenía ningún sentido para mí.

—Dudo que con esta ocasión haya bastado para arruinar tu reputación.

Negó con la cabeza y gruñó, disgustado.

—No tienes ni idea de cómo es el mundo aquí afuera. Cada día es una batalla. Es imprescindible que me escuches y que hagas lo que yo te diga, porque esta no será la única situación de este tipo que se nos presente. Ya te advertí de que la travesía era peligrosa.

—Lo entiendo. —Todo era peligroso. No hacía más que repetírmelo. Lo entendía, y aun así no era capaz de disimular la mordacidad de mi voz.

Se pasó una mano por los largos mechones de pelo.

—Incluso cuando lleguemos a casa… El Borg no estará exento de peligros.

A casa. Aquello no me sonaba bien. ¿Cómo podía considerar mi casa un lugar desconocido para mí y lleno de todo tipo de peligros?

—Lo entiendo —repetí mientras me echaba atrás la melena en un gesto pretendidamente desafiante que contradecía mis palabras.

—Lo entiendes, pero ¿estás de acuerdo? —Me miró expectante.

Me costó contestar, como si las palabras me dejaran un mal sabor de boca.

—Se trata de tu mundo, así que acataré tus normas.

—Es mi mundo, pero ahora también es el tuyo. Harás bien en aprender cómo vivir en él.

—Aprenderé —prometí.

Se apoyó en los talones, en apariencia más tranquilo. Miró hacia el camino, donde esperaba el resto de nuestra partida.

—Continuemos, pues.

Me agarró del codo y me llevó de vuelta junto a mi yegua. Dejé que me ayudara a montar con el rostro imperturbable, disimulando el dolor que sentí cuando mis partes más maltrechas entraron de nuevo en contacto con la silla de montar. Qué no habría dado por un mullido almohadón.

Los demás guerreros nos observaban con impaciencia. En todos los rostros relucían las miradas de reproche, incluso en el de

Mari. Mi persona favorita, que con tanta decepción me miraba, ya no lo parecía tanto. Era como si entregarle mi collar a aquel bandido hubiera sido una especie de fracaso por mi parte.

Nunca me había sentido tan sola. Sentía el cuello desnudo; el peso reconfortante de mi collar, tan cálido y susurrante sobre mi piel, se había esfumado. La expresión de Mari, el sermón de Fell, aquel mundo hostil en el que no parecía capaz de encajar... Sentía el peso de todo aquello sobre los hombros.

No era una de ellos, ni de cerca. Era como si todos supieran algo fundamental que les habían dado al nacer y que yo jamás hubiera recibido. Le había asegurado a Fell que aprendería a vivir en aquel mundo, pero ¿y si no podía?

¿Y si jamás encontraba mi lugar?

16

TAMSYN

Por imposible que pareciera, después del enfrentamiento con los bandidos aceleraron la marcha aún más. Fell marcó un ritmo extenuante, conduciéndonos como un viento implacable. Bueno, conduciéndome a mí, pues los otros no parecían superar límite alguno. Era yo la única que se sentía como un árbol joven azotado por una tormenta, a punto de partirse en dos. Solo yo. Era diferente. Solitaria. Sola. Todavía no me había acostumbrado a los envites de aquella nueva vida.

Se me antojaba como un castigo por mis actos, por haberme mostrado tan descarada con los bandidos. Cuando me miraban, lo que los guerreros de la frontera veían era estupidez. Debilidad. Era como si yo fuera una niña caprichosa incapaz de razonar. Apreté los dientes. Se equivocaban, y pensaba demostrárselo. No sabía cómo, pero les demostraría que no era ninguna inútil.

Aquellas tierras tenían dientes. Colmillos pequeños y afilados dispuestos a clavársete en la carne y desangrarte. Me aferré a las riendas de la yegua y me incliné hacia adelante, dejando que el animal me cargara fielmente. El aire se hacía menos denso a medida que ascendíamos las colinas, y me veía obligada a respirar más profundo, con más fuerza, a luchar para llenarme los pulmones.

Aquel nuevo y acelerado ritmo estaba acabando con mis últimas fuerzas. No creía que mis hermanas hubieran sido capaces de aguantarlo. Yo siempre había sido la más dura, la más preparada para soportar las dificultades de la vida. Evidentemente. Sin embargo, no pude evitar preguntarme qué habría pasado si hubieran tenido que hacerlo. ¿Habría dispuesto Fell algo distinto para ellas? ¿Habría mimado a Alise? ¿Habría protegido a Feena o consentido a Sybilia? ¿Habría cobijado a la princesa, a la esposa que buscaba, en un carruaje con el que habría viajado a un ritmo más pausado? Fulminé la espalda de Fell con la mirada y lo odié.

Los odiaba a todos, a ellos y a su capacidad de superar aquella travesía con una facilidad tan pasmosa.

Fell seguía enojado. La ira irradiaba de él, resurgía en oleadas. Quería llegar a casa de una vez. Quería meterme entre sus paredes de piedra y olvidarse de mí, olvidarse de que era su esposa. No albergaba duda alguna.

Me dije que la situación no podía empeorar más. A no ser que obligara a los caballos a galopar —y no explotaría a las pobres bestias de ese modo—, no podía ir peor.

Y entonces el cielo se partió por la mitad.

Llovió durante dos días.

Caía una lluvia intermitente que era como agujas sobre la piel. Y, aun así, no nos detuvimos. Era como si nada afectara a aquellos guerreros. Eran inhumanos. No daba tiempo a que se secara la ropa entre aguacero y aguacero, así que no había tregua alguna para mis malestares. Los ropajes se me pegaban como una mano húmeda, mojada y pesada. No tenía ni una sola parte seca.

—¿Pararemos en algún momento? —le pregunté a Mari en uno de los breves ratos sin lluvias, en los que por fin podíamos oír la voz de los otros. Era una pregunta, no una queja. No tenía intención alguna de quejarme.

Mari negó con la cabeza con el semblante preocupado.

—Tenemos que llegar al río antes de que el agua suba en exceso. Puede que ya haya crecido demasiado para vadearlo.

—¿Qué haremos entonces? ¿Si no podemos cruzar?

—Iremos hacia el oeste. —No parecía muy contenta—. Lo que sumará días a nuestro viaje. Además, tendremos que acercarnos más al skog. —Aquella perspectiva la hacía parecer aún menos contenta, y eso me indicó que aquella potencial amenaza era aún peor.

—¿Qué tiene de malo el skog? —pregunté, recordando las provocaciones de los bandidos.

—Ah… —Hizo una mueca—. Es mejor no cruzar el skog si puedes evitarlo.

—¿Por qué?

Abrió la boca y la cerró antes de decir:

—Digamos que no todos los viajantes que se adentran en el skog salen para contarlo. —Aquello sonaba espeluznante—. ¿Sabes qué es una huldra?

—¿Una ninfa del bosque? ¿Una seductora? He oído las habladurías de los bardos, pero daba por hecho que no eran más que un mito.

Hizo una mueca.

—Es lo que dirán en el futuro de los dragones y las brujas, probablemente… En tiempos lejanos, cuando el mundo sea un lugar que no podemos siquiera imaginar.

Empezó de nuevo a llover. Hablar era una empresa inútil bajo el golpeteo del agua. Me incliné hacia adelante, agachándome sobre el cuello de la yegua. Pareció aliviarme, pues quitaba parte de la presión y del roce en mis partes bajas. Además, así reducía el riesgo de caerme hacia un lado.

Varias horas después, llegamos al río Vinda. Era el río más ancho de Penterra: recorría el continente de norte a sur y desembocaba en el Canal Oscuro.

Estaba vivo, como una serpiente que se retorciera, hinchada, salvaje y plagada de muerte.

Nos quedamos en la orilla contemplando las aguas revueltas. Recordé entonces algo que había oído de boca de uno de los bardos que había visitado el palacio, que bajo las aguas del Vinda se batían las espadas de la muerte, preparadas para recibir a quienquiera que cayera en ellas, forraje para las estocadas de sus hojas inmortales.

De repente, volví a notar el sabor de la sangre, las monedas de cobre instaladas en mi lengua. Tragué saliva, intentando liberarme del dolor, mientras contemplaba la espuma blanca y burbujeante, consciente de que debía de haber algo de cierto en todas esas historias. Quienes cayeran en aquellas corrientes salvajes jamás volverían a salir a la superficie. La muerte fluía en las aguas de aquel río.

Fell reaccionó por fin. Moviéndose antes que nadie, maniobró con su caballo y con un gesto sombrío de los labios, como si él también supiera que la muerte acechaba en aquellas aguas, declaró:

—Vamos al oeste.

Se extendió sobre el grupo una oleada de descontento, una ventolera de aire frío.

El caballo de Fell echó a trotar por la cuesta fangosa que nacía en la orilla, con los músculos ondulantes moviéndose bajo su brillante pelaje. Todos lo seguimos, yo aferrada al asidero de la silla de montar. Con el duro vaivén del animal, la montura se me clavaba en el cuerpo dolorido y un sollozo húmedo me trepó por la garganta. Me mordí el labio para no dejarlo salir, decidida a no revelar mi agonía.

Fell nunca se había molestado en preguntar por mi estado. Quizá, si lo hubiera hecho, se lo habría contado. Le habría dicho que no estaba bien, que mi estado no era… bueno.

Pero le había prometido que aprendería a vivir en esa nueva vida, y aprender significaba… soportar.

Miré a mi alrededor, donde mis compañeros de viaje mostraban rostros impertérritos, poco afectados. Nadie más parecía mínimamente incómodo o dolorido por culpa de aquel ritmo implacable, así que yo pensaba fingir lo mismo.

Moriría antes de pronunciar una sola queja.

Me estaba muriendo.

Apreté los dientes para no gritar cuando mi yegua se topó con un bache en el camino que me hizo saltar sobre la silla. Me escocían los ojos. Era peor que ninguna flagelación que hubiera sufrido a manos del señor chambelán. Aquellas agresiones siempre eran fugaces, fáciles de echarme a la espalda, pero aquello no tenía fin. No cesaba. Era un tormento ardiente e implacable, dolor que se acumulaba sobre más dolor, ya acumulado sobre más dolor, de forma que no había jamás suerte alguna de alivio, que mi piel no tenía tiempo suficiente de curarse. Por suerte, había dejado de llover y por fin estaba seca. Una desgracia menos para atormentarme.

Por las noches, me quedaba dormida en cuanto me dejaba caer en el petate. Apenas me molestaba ya en comer. Daba unos cuantos bocados para contentar a Mari y luego caía sobre las mantas como una muñeca de trapo sin hueso alguno. La necesidad de descanso superaba con creces la de alimento.

Por desgracia, sentía que me despertaban en cuanto cerraba los ojos. Las partes afectadas gritaban de dolor con mis movimientos rígidos, pero me subía obedientemente a lomos de mi yegua todas las mañanas.

Tres días después de dejar atrás el río, nos detuvimos cerca de un arroyo para almorzar algo y permitir que los caballos bebieran un poco de agua. Cuando desmontamos y me deslicé hacia el suelo, las piernas me traicionaron por fin, desmoronándose como la débil hojarasca.

Me caí, convertida en un bulto indigno, incapaz de moverme. Miré parpadeando las nubes blancas como de algodón, a la deriva en el cielo azul brillante, y acepté con gesto sombrío que ese era el lugar donde me encontraría con la muerte. No estaba tan mal. Ya no aguantaba más, y tampoco me importaba. No era capaz de seguir fingiendo.

De repente, una enorme sombra me tapó las vistas del cielo. Era Fell, que me miraba desde las alturas.

—¿Estás herida? —me preguntó con voz grave.

Resoplé.

—Estoy herida en todas partes.

Llegados a aquel punto, quejarme me parecía justo. Al fin y al cabo, estaba muerta… o a punto de estarlo. Sin duda, era incapaz de mantenerme en pie, y bajo ningún concepto podría volver a subirme a esa yegua. Lo mejor sería que Fell y los demás supieran la verdad de la situación.

Fell me agarró de los brazos y me puso de pie con un único movimiento, como si yo no pesara nada en absoluto. El movimiento repentino hizo que se me escapara un grito, pero enseguida lo contuve, cubriéndolo con un quejido. La cabeza me caía inerte sobre los hombros y el dolor me atravesó con tanta crueldad que se me nubló la vista.

Me apretó los brazos con las manos y me zarandeó suavemente para que lo mirara.

—¿Qué te duele?

—Mi…, este… Mis cuartos traseros no están muy acostumbrados a esto. —No supe cómo responder con más delicadeza.

—¿No me habías dicho que sabías montar? —me acusó.

—Y sé montar. He ido de excursión por aquí y por allá. Una hora, como mucho. —Los trayectos más largos siempre los hice en carruaje.

Parpadeó despacio, con una expresión contenida.

—Mierda. —Abrió los ojos y su mirada gris me recorrió de arriba abajo—. ¿Puedes caminar?

—Pues claro. —Di un paso tembloroso, como si pudiera demostrarlo, pero me fallaron las piernas. Estaba a punto de dar contra el suelo cuando me sostuvo. Me puso un brazo bajo las rodillas y el otro alrededor de la espalda—. ¡Ah! —Llevé las manos a sus hombros de golpe, y la palma con la «x» soltó chispas y cosquilleó al entrar en contacto con él. Era una contradicción extraña, notar aquel calor que me daba la vida mientras el resto de mi cuerpo palpitaba de dolor, como una única herida—. ¿Qué haces...?

—Acampen —ordenó a sus guerreros contrariado, ignorándome.

Fue entonces cuando me di cuenta de que habíamos reunido a una cantidad de público considerable, que, dubitativo, intercambiaba algunas miradas.

Arkin dio un paso al frente, moviéndose de forma beligerante.

—Nos queda la mitad del día por delante.

—Ya me oyeron. Acampen. —Fell hizo un gesto con la cabeza a los dos guerreros que tenía más cerca—. Vidar, Magnus, monten una tienda.

Ambos se fueron a toda prisa a hacer lo que se les había ordenado.

Arkin me fulminó con la mirada.

—Por ella —dijo con desdén. Me estremecí—. Nos detenemos por ella. Es débil y nos está retrasando. Más nos habría valido dejar que se la llevaran los bandidos, con todos los problemas que...

Fell alzó un único dedo.

—No quiero oírte decir ni una palabra más sobre ella. —La voz le retumbaba desde el pecho y vibraba conta mí.

Arkin retrocedió como si lo hubieran golpeado y apretó la boca en una fina línea. Era evidente que no esperaba que mi esposo saliera en mi defensa. A decir verdad, tampoco me lo esperaba yo.

—Y tampoco quiero oírlo en boca de nadie más —continuó Fell fulminando con la mirada a los demás guerreros—. ¿Ha quedado claro? Ella es problema mío.

Varios de ellos asintieron a modo de respuesta, y se oyeron también varios síes.

«Ella es problema mío». No parecía sacado precisamente de un sueño romántico.

Arkin apretó los labios, cediendo en silencio, pero no lucía una mirada muy conforme.

—Cuando vuelva, quiero que haya una tienda esperándome —añadió antes de irse conmigo en brazos, avanzando a largas zancadas.

—¿Adónde vamos? —pregunté.

—Al arroyo. —Hizo una pausa y se giró de repente, como si se le acabara de ocurrir algo—. Mari —llamó a la doncella armada. Ella apareció al instante—. Por favor, encárgate de que haya comida preparada para nosotros cuando volvamos. —Me evaluó con la mirada—. Algo caliente y nutritivo.

Ella clavó en mí los ojos oscuros antes de mirarlo a él…, pero no lo bastante rápido para que no pudiera leerle el pensamiento. Sentía pena por mí. Era humillante. Me veía débil, rota. Habría preferido que me condenara, como los demás.

—Por supuesto, Fell.

La pizca de intimidad que percibí en la voz de ella me hizo preguntarme si serían algo el uno para el otro. Ella era hermosa. ¿Era para él algo más que una doncella armada? ¿Era él algo más que su señor? La idea no me sentó bien, aunque no podía hacer nada al respecto, salvo conformarme con aquella incómoda sensación de estar fuera de lugar, de ser una intrusa en su vida, una esposa que le habían endilgado con engaños y mentiras. No tenía ningún derecho sobre él y no podía esperar que me tratara como a una verdadera compañera, merecedora de su lealtad.

Mientras me llevaba a través de los árboles, contemplé las copas de hojas susurrantes. La luz del sol penetraba entre ellas, como lazos finos. Yo no era una mujer menuda, pero no parecía pesar nada para él. Abrí la boca para protestar, para decirle que podía andar, pero no habría sido cierto, así que opté por guardar silencio, por presionar la palma palpitante sobre su hombro como si así pudiera abrirme paso entre la ropa, llegar hasta su carne.

Oí el arroyo antes de que llegáramos hasta él. El gorjeo del agua sobre las rocas alisadas por el paso del río durante siglos llegó hasta mis oídos. Los árboles, cada vez más escasos, acabaron dando paso a una orilla rocosa. Eligió un cascote cubierto de musgo que asomaba por el riachuelo y me depositó en la superficie verdosa y blanda.

—Déjame ver —ordenó, alargando una mano hacia el dobladillo de mis faldas.

Se la aparté de un manotazo.

—¡No te atreverás!

Su mirada sobre mí, ahí, sería la vergüenza definitiva. Acabaría conmigo.

—Vamos, no te avergüences. —Insistió en agarrarme el borde de la falda—. No será la primera vez que vea lo que tienes debajo de las faldas.

Noté que el calor se adueñaba de mi rostro, hasta las puntas de las orejas.

—No es lo mismo.

—No, no lo es —aceptó escuetamente—. Ahora estamos solos. Y estoy tratando de ayudarte. No es de la clase de cosas que puedes hacer tú sola. —Se le ensombreció el rostro—. Si me hubieras avisado antes, podría haberte ofrecido algún tipo de alivio.

Le di otro manotazo.

—¿Ah, sí? No es que te hayas mostrado muy accesible —le espeté—. Y me dejaste claro que no se toleraría la debilidad y que debía aprender esta forma de vida. ¿Por qué tendría que haberte dicho nada?

Nos miramos a los ojos, ambos respirando con dificultad. La palma de la mano ya no era lo único que vibraba, ahora que nos estábamos mirando a los ojos. Mi pecho ronroneaba y canturreaba, notaba una presión tirante que hacía que anhelara apretar la mano contra él.

Al final, él asintió y dijo:

—Déjame ayudarte, Tamsyn, por favor.

Parpadeé despacio al ver cómo había suavizado la voz. Ya no era una orden, sino una educada petición. Mi determinación se agrietó ante aquel cambio, ante aquel rostro hermoso. Era mi esposo; aquello era un hecho indiscutible. Y yo estaba sufriendo, aquello era igualmente irrefutable. Si estaba en su mano ayudarme, debía permitírselo.

Solté el borde de mis faldas de montar y me subí la tela por las piernas, soltando aire poco a poco, dilatando los agujeros de la nariz. Me incliné atrás, rígida, exponiendo mis piernas centímetro a centímetro ante la luz del día…, ante su aguda mirada.

Ya habíamos viajado lo bastante al norte para sentir el frío del inminente invierno, y aun así me sentí acalorada, el ardor de mi pecho bajó en espiral hacia el resto de mi cuerpo, calentándome la sangre. Me ardía el rostro, pero seguí subiéndome las faldas hasta más allá de las caderas.

Él bajó la vista y agarró el borde del viso, la última barrera que protegía mi modestia. Me rozó la cara interna de las rodillas con las puntas de los dedos y me estremecí. Posó allí las manos, cubriendo el hueso redondo con las palmas, y gemí al notar las palpitaciones de la palma de su mano, del punto donde su sangre se había unido con la mía. No era un producto de mi imaginación. Aquella «x» ardiente palpitaba contra mi piel.

Y él también lo notaba.

Frunció el ceño y apartó la mano un instante. La movió y la sacudió un poco, meneando los dedos en el aire, como si así pudiera librarse de aquella sensación. Sacudió la cabeza y volvió a colocar la mano en mis rodillas para luego abrirme los muslos. Se me escapó otro gemido de dolor cuando me movió así los músculos tirantes, cuando sentí el aire en mis muslos magullados y mi sexo vulnerable. Contuve otro gimoteo, pero entonces ya estaba hecho.

Ahora podía verme, despatarrada, abierta como ni siquiera yo me había visto. Como nadie me había visto. Era un acto carente de pasión. No había ninguna intención amorosa en todo aquello, por supuesto que no. Estaba segura de que nada en aquella imagen podía provocar su lujuria. Solo su compasión, quizá, incluso su asco. Clavé los dedos en la roca cubierta de musgo, luchando por mi dignidad en aquella posición tan indigna.

Agachó la cabeza oscura entre mis rodillas, para luego sisear y mascullar un juramento, una maldición transformada en una nube de aliento cálido sobre mi piel vulnerable.

—Pero ¿qué te has hecho? —¿Que qué me había hecho yo?—. ¿Por qué no habías dicho nada?

—Ya te expliqué que no te estabas mostrando muy accesible.

Gruñó y me miró a los ojos.

—Ven aquí —rugió. Antes de que comprendiera lo que se disponía a hacer volvía a estar entre sus brazos. Me metió en el agua, manteniendo aún mis faldas alrededor de la cintura—. Va a estar muy fría —me advirtió sin darme tiempo a prepararme. Grité cuando me sumergió en el gélido arroyo—. Ayudará con la hinchazón y el enrojecimiento —me explicó mientras me sujetaba, con cuidado de que no se me mojaran las faldas de montar.

Me aferré a sus brazos, jadeando en protesta por el frío, pero poco a poco me fui dando cuenta de que estaba en lo cierto. El agua fría calmó mi piel inflamada. El impacto fue menguando poco a poco y suspiré de alivio al notar el flujo helado sobre mi maltrecha carne.

—Hoy descansaremos y retomaremos el viaje mañana —dijo, todavía sujetándome, abrazándome, más bien. Intenté no pensar en la perplejidad con la que mi pecho tiraba y se constreñía en su centro. El corazón me latía más rápido, casi como si anhelara liberarse—. De ahora en adelante, si estás herida o enferma, dilo.

—De acuerdo —contesté, con cierta esperanza de que a partir de entonces diera muestras de saber de mi existencia y no me dejara con Mari todo el tiempo. Quizá podíamos superar el mal comienzo y forjar algo juntos. ¿Cuál era la alternativa si no? ¿Ser dos desconocidos para siempre? ¿Dos enemigos?

El crujido de los guijarros nos alertó de que ya no estábamos solos.

Fell se puso rígido, pero no me soltó. Se las arregló para darse la vuelta sin dejarme caer al agua. No tardé en encontrar al intruso en la orilla.

La intrusa. Una mujer nos observaba desde el otro lado del río. No sabía a quién esperaba encontrar, si a Mari o a otro de los guerreros, o más forajidos, tal vez. Pero, sin duda, no esperaba aquella figura encapuchada.

La capa la cubría por completo, salvo por el óvalo de su hermoso rostro. Se levantó un viento fuerte que azotó sus ropajes, marcando su figura. La brisa hizo crujir las ramas y las hojas, y una niebla fina emergió de sus pliegues y, enrollándose sobre el suelo, se acercó hacia nosotros en una ráfaga que no hacía sino crecer. Ella nos miró con una expresión ligeramente curiosa; debíamos de ofrecer una imagen extraña.

—Hola —saludó con serenidad. Sus ojos, mucho más ancianos y sabios de lo que sugería la suave piel morena de su rostro, oscilaban entre uno y otro.

La voz de Fell retumbó contra mí, aunque en ella no había ni rastro de calor, ni un matiz de bienvenida.

—Hola.

—¿Está enferma? —preguntó la mujer señalándome con la cabeza. Yo me estremecí, no supe si por sus ojos oscuros o por la niebla fría que me envolvió de repente.

—Tiene rozaduras de montar a caballo —contestó él como si nada, aunque la tensión que había en su voz no se me pasó por alto. Contemplaba la orilla neblinosa y los árboles, buscando a quien tal vez la acompañara.

Ella inclinó la cabeza ligeramente para rebuscar en un bolso que llevaba en un lado, debajo de la capa. El gesto hizo que la capucha se le deslizara hacia la espalda, revelando por completo una gloriosa melena roja. Sin embargo, no era un rojo fuego, salpicado de tonos rojos y dorados como el mío, sino un escarlata oscuro, de un único color, y casi antinatura. Llevaba la cortina carmín recogida, recta, con un par de sencillas peinetas.

—Tengo algo que la ayudará.

Sacó un frasquito con tapón de corcho y, sin esperar una invitación, cruzó el arroyo, indiferente al agua fría que le mojaba las faldas. Cuando llegó hasta nosotros, me hizo un gesto para que me acercara a la roca musgosa donde me había apoyado antes. Fell se puso tenso.

—Ven —me dijo ella—. No muerdo. Siéntate y deja que te atienda.

Eché un vistazo a Fell, pero no se movió. Toda su atención estaba en ella, y de repente sentí la convicción de que, si así lo deseaba mi esposo, si la consideraba una amenaza, nos esfumaríamos de repente, desapareciendo en la neblina creciente.

Ella suspiró y se apoyó una mano en la cadera, consciente de sus reticencias.

—Vamos. No le voy a hacer daño. —Me miró a mí y meneó el frasquito—. Me da la sensación de que apreciarías esto.

La miré unos instantes y entonces apreté el hombro de Fell con un gesto alentador.

—Sí, lo apreciaría —contesté, y luego le pedí a Fell—. No pasa nada. Suéltame.

Tras unos instantes, asintió secamente y me llevó de nuevo hacia el pedrusco. Una vez que me hubo colocado encima, me hizo un gesto para que me levantara las faldas. Obedecí, aún maravillándome por permitir que dos desconocidos me revisaran de una forma tan íntima en un mismo día. O por haberlo permitido, sin más.

Fell se quedó cerca; era evidente que recelaba de las intenciones de la mujer. Ella, después de examinarme, chasqueó la lengua y dirigió a Fell una mirada reprobadora.

—Deberías cuidar mejor de tu mujer.

Me ardió el rostro al oír aquellas palabras. Ella no tenía forma de saber que lo habían obligado a quedarse conmigo, y yo tampoco me atrevía a explicarle nuestra inusual situación. Con una fuente de vergüenza me bastaba.

Descorchó el frasquito y el agradable aroma a enebro, romero y otras hierbas aromáticas me acarició la nariz.

—Este bálsamo te hará sentir mejor y ayudará a acelerar el proceso de curación —explicó con amabilidad. Tomé aire e intenté no apartarme cuando aplicó el ungüento sobre una zona particularmente irritada—. Mis disculpas —murmuró—. Hay algunas rozaduras muy profundas… —Lanzó otra mirada acusadora en dirección a Fell, que parecía un poco avergonzado.

Una vez que terminó, me bajó las faldas. Yo me moví para ver cómo me sentía y exhalé.

—Es… increíble. Ya me siento mucho mejor.

—Por supuesto. —Su hermoso rostro se iluminó con una sonrisa—. Toma. —Me ofreció el frasco.

—Oh, no, no puedo aceptarlo…

—Sí que puedes —intervino Fell, ofreciéndole a la mujer una moneda que se había sacado de algún lugar—. Tómala —le dijo.

A ella se le borró la sonrisa.

—No necesito tu dinero, señor de la frontera —pronunció el cargo como si le diera asco.

¿Sabía que era un señor de la frontera? Debía reconocer que tenía un aspecto particular, un cierto aire de autoridad y de respeto, y que iba vestido como un norteño. De ningún modo podrían haberlo confundido con uno de los soldados de la Ciudad.

La expresión de él se endureció. Ella me miró, me guiñó un ojo y me acarició la mano, igual que acariciaría a una mascota.

—Entre nosotras, tenemos que apoyarnos. —¿Nosotras? Me contuve para no preguntarle a qué se refería. Supuse que se refería a las mujeres como colectivo. ¿De qué otro modo nos íbamos a parecer?—. Me llamo Thora.

—Y yo, Tamsyn.

—La señora Dryhten —intervino Fell—. Mi esposa.

—Me atrevo a adivinar que el título y el puesto son nuevos para ella. —Se sorbió la nariz como si hubiera olido algo apestoso y se puso de pie, mirándolo de arriba abajo con el juicio escrito en los suaves y poco marcados rasgos—. Si me permites la sugerencia, mi señor, si quieres que tu esposa esté en la forma adecuada para montar, asístela con mayor cuidado. —Lo miró con picardía y sospeché que no se refería precisamente a montar a caballo. Al menos, no solo a eso.

Me resultó bastante desconcertante… y humillante.

Quise proclamar que no era su esposa, no en realidad. En cualquier caso, no porque él me hubiera elegido a mí. Habían pasado casi dos semanas y no me había puesto ni un solo dedo encima. No me miraba. Solo me había hablado cuando lo había llevado al límite y había querido dar rienda suelta a su ira. Era evidente que no estaba interesado en forjar una intimidad conmigo.

Él siguió imperturbable. Asintió con gravedad.

—La cuidaré más.

Thora me tendió una mano y me ayudó a ponerme de pie. De repente, estando tan cerca, se inclinó hacia mí y me susurró algo al oído. Escuché las palabras…, mas no logré comprenderlas. ¿Qué había querido decir?

Sin embargo, no hubo tiempo para que me las aclarara. Se apartó tan bruscamente como había pronunciado aquella frase.

Mientras cruzaba el arroyo, Thora volteó y dijo:

—Les deseo una travesía segura, señor y señora Dryhten.

La contemplamos desaparecer entre la niebla turbia, por entre los árboles. Al cabo de un instante, bajé la vista hacia el frasquito que tenía en las manos. De no ser por su sólido peso, me habría preguntado si aquel encuentro había sido real, y no una rareza producto de mi imaginación.

—Vaya. Qué suerte —murmuré.

—¿Crees que fue suerte? —preguntó de forma ambigua, mientras miraba pensativo al lugar por donde Thora había desaparecido.

Volteé a verlo y lo miré con curiosidad.

—¿Cómo haberla conocido podría ser algo más que una casualidad?

—Exacto. ¿Cómo?

Volvimos al campamento, donde nos esperaba una enorme tienda. Alguien había preparado un guiso que comimos en silencio. Engullí mi cuenco humeante a una velocidad vergonzosa. Cuando terminé, Fell me lo quitó de las manos y señaló la cama, ordenándome que me fuera a dormir con una rudeza que parecía contraria a sus cuidados anteriores.

Aquella cama de pieles era lo más lujoso que había sentido alguna vez bajo mi cuerpo, lo que era mucho decir. Mis aposentos en palacio siempre habían sido lo bastante cómodos. Me acurruqué con un suspiro, maravillándome porque me hubieran proporcionado tal comodidad, porque, de hecho, hubiera estado disponible durante todo ese tiempo. Intenté que aquel descubrimiento no me molestara y me recordé que disponía del resto de aquel día y aquella noche para descansar y recuperarme. Sería el paraíso. Tal vez al día siguiente, cuando volviera a montar en la yegua, no sintiera deseos de morir.

Cerré los pesados párpados. Mientras caía en un profundo sueño, la voz baja de Thora se abrió paso en mi mente como si aún estuviera delante de mí. Sus palabras me acariciaron suavemente el oído. «Ten cuidado. Él no tolerará a alguien de tu calaña. Preferiría verte muerta».

17

TAMSYN

Me desperté varias horas después con Mari al lado, insistiéndome para que comiera y bebiera. No había ni rastro de Fell, lo que me decepcionó un poco. Tal vez me estuviera evitando. Cuando salí de la tienda para hacer mis necesidades en el bosque, me saludó la suave luz del crepúsculo. El descanso me había hecho bien. Ya me movía con más facilidad, con los brazos y las piernas menos rígidos. La niebla de antes se había dispersado, así que no temí perderme por entre los árboles. Todo el mundo empezaba a prepararse para pasar la noche, y nadie pareció reparar en mí cuando volví a entrar en la tienda.

Me metí en la cama y me desperecé lánguidamente entre las pieles, maravillándome por lo mucho mejor que me sentía. No quedaba más que una débil sombra del dolor que había sentido; aquel bálsamo era un verdadero milagro. O tal vez era cosa de la larga siesta, que me había proporcionado el tiempo necesario para empezar a curarme.

—¿Cómo te sientes?

Me incorporé con un respingo al oír la grave voz.

Fell entró en la tienda con una lámpara en la mano. La llama parpadeante arrojaba sombras retorcidas sobre sus rasgos. De pie, a mi lado, se quitó la espada envainada de la espalda, alzándola sobre su cabeza. El lazo de cuero se le enredó en los mechones oscuros como la tinta, así que sacudió suavemente la cabeza para liberarse. Después se quitó el brazal. Lo observé con avidez mientras se desvestía de forma mecánica, lo que evidenciaba que era así como lo hacía cada noche. Ser testigo de aquella rutina se me antojó íntimo, una prueba que reforzaba el hecho de que ahora yo formaba parte de su mundo tanto como él del mío.

Se sentó en el borde de mi cama de pieles para sacarse las botas, y luego sus manos pasaron a la armadura de cuero. Después de desprenderse de ella, siguió con la túnica que vestía debajo. Cada pieza caía al suelo con un golpe sordo.

Volvió su atención hacia mí y solo entonces me di cuenta de que todavía no había dado respuesta a su pregunta.

—Mucho mejor —contesté sacudiendo un poco la cabeza.

Gruñó a modo de respuesta, lo que me tomé como una aprobación.

Se desnudó de cintura para arriba. El corazón me dio un vuelco al preguntarme si se quedaría a pasar la noche en la tienda, conmigo. Miré a mi alrededor y comprobé que no se había dispuesto otro lecho.

—Es increíble, la verdad —añadí, buscando el modo de llenar con palabras el aire que crepitaba entre los dos—. Pero me parece que el bálsamo está haciendo efecto.

—No es tan increíble —replicó secamente y sin mirarme.

—¿Qué quieres decir?

—Las brujas de sangre tienen bastantes conocimientos sobre el arte de la curación.

—¿Las brujas de sangre? —Clavé la mirada en su espalda—. ¿Quieres decir que esa mujer…, Thora…, es una bruja? —¿Una bruja auténtica, o solo una mujer de quien se sospechaba injustamente por ser pelirroja?

Miró por encima de su hombro, dirigiéndome una mirada mordaz.

—Es muy probable.

Negué con la cabeza.

—No se ha visto una bruja de sangre en años. En décadas. No desde que…

—¿Desde que decidieron vivir en aislamiento? Al menos, aquellas a las que no cazaron y condenaron a la hoguera. —Señaló a nuestro alrededor—. Estamos en mitad de la nada. A kilómetros del pueblo más cercano, y mucho más cerca de lo que me gustaría del skog que tanto evitamos. Es el lugar perfecto para alguien que quiere vivir sin ser descubierto.

Cerré la boca de golpe y me quedé en silencio, reflexionando sobre lo que acababa de decir, sobre las brujas que corrieron hasta los confines del reino para salvar sus vidas cuando los hombres habían empezado a cazarlas después de la Trilla, ansiosos por recibir las recompensas que se ofrecían por ellas. Sí. Lo que Fell decía tenía sentido. Era posible que Thora fuera una bruja de sangre, una bruja perteneciente a un linaje moribundo, que había preferido vivir en soledad que acabar en una pira.

En uno de mis primeros recuerdos, miraba a las montañas desde palacio y veía las hogueras en la distancia, una hilera de cinco piras fuera de la Ciudad. Le había preguntado a la nodriza de qué se trataba y me había dado una respuesta inmediata y sin inflexión en la voz: «Es la paz, que por fin ha llegado a nuestras tierras», había dicho, con los ojos brillantes de un placer salvaje.

Y yo le había creído. Hasta más adelante no comprendí que su versión de la paz implicaba la muerte para otros.

A diferencia de los dragones, las brujas eran más difíciles de identificar. Al fin y al cabo, su aspecto era humano. Me pregunté a cuántas habrían dado muerte sin que fueran brujas en realidad.

A veces se cometían errores; siempre había ocasiones en las que la obsesión ganaba a la razón. El señor chambelán era la prueba de ello. Si se hubiera salido con la suya, yo misma habría ardido en una pira por culpa de mi pelo rojo y de mi capacidad para curar mis heridas… Y también estaba el misterio de mis orígenes. Él siempre había insistido en que aquello era una marca en mi contra.

Las palabras que Thora me había susurrado al oído resonaron en mi mente. «No tolerará a alguien de tu calaña». ¿Qué había querido decir? ¿Acaso había reconocido algo en mí? ¿Lo mismo que habitaba en su interior?

Un escalofrío me recorrió la espalda, como la caricia de unos dedos helados.

En ese momento, un recuerdo resurgió sin invitación. El sabor de la sangre en la boca. Las monedas de cobre sobre mi lengua y mis dientes. La certeza de que estaba a punto de derramarse sangre. No obstante, tal vez había sido una corazonada razonable, teniendo en cuenta las peligrosas circunstancias en las que nos encontrábamos al habernos encarado con unos forajidos. Inhalé de forma temblorosa y sacudí la cabeza. Sabría algo así sobre mí misma, ¿no? No, aquello no era posible. La magia no fluía a través de mí.

—En cualquier caso —continuó él—, me alegro de que funcione. Debemos continuar por la mañana.

—Estaré preparada.

Contemplé la vasta superficie de su espalda, aquella gran expansión de carne plagada de tinta. Noté un cosquilleo en los dedos al recordar la textura de su piel, tan suave, firme y cálida. La «x» vibró en el centro de la palma de mi mano y de ella emanaron oleadas de calor y energía. La luz de la lámpara teñía su cuerpo de reflejos rojos y naranjas que danzaban, que imbuían de vida sus tatuajes, retorciendo los extraños símbolos que, tal y como ahora podía detectar, tenían la forma de un dragón que gritaba.

Volteó a verme y, casi a regañadientes, claramente resentido por tener que preocuparse por mi bienestar, preguntó:

—¿Tienes frío?

Entonces me percaté de que me había subido las pieles hasta la barbilla.

—No, estoy bien.

Me miró largo rato y empecé a moverme incómoda, leyendo en su mirada fría el desagrado que le provocaba.

¿Qué vería él en la mía?

El silencio entre nosotros se alargó. Estábamos a solas. No nos encontrábamos en una estancia llena de ojos y de oídos que nos prestaran atención, ni estábamos flanqueados por un contingente de guerreros. El crepúsculo palpitaba a nuestro alrededor como un corazón lleno de vida, y existíamos solos dentro de aquel refugio improvisado para pasar la noche, un santuario en las duras tierras que nos rodeaban.

—¿Qué voy a hacer contigo? —murmuró de un modo que me hizo pensar que estaba realmente confundido y abierto a sugerencias.

Me humedecí los labios.

—Ya sé que no soy lo que querías.

—No. No lo eres.

Ni siquiera me dolió. No después de nuestros ignominiosos principios. Era la verdad. Lo sabía igual que lo sabía él.

Asintió como si hubiera tomado una decisión, agarró el borde de las pieles y las bajó por mi cuerpo. Con voz grave, añadió:

—Pero podemos intentar llevarnos bien.

Exhalé un suspiro de alivio tembloroso, con la esperanza de que fuera cierto, contenta por lo que aquello podía significar para los dos.

«Podemos intentar llevarnos bien».

Quizá podíamos construir un buen matrimonio a pesar del mal comienzo. Quizá.

—Y ahora... —dijo con voz ronca, deslizándose hasta el borde de la cama por el largo de mi cuerpo—. Déjame ver si el ungüento de la bruja es tan milagroso como dices.

—Oh —contesté sin aliento—. No hace falta que...

—No te pongas nerviosa. Ya hemos pasado por esto.

Una carcajada irracional brotó en mi interior, pero la reprimí. «Ya hemos pasado por esto».

Pero ¿era así? ¿De verdad habíamos pasado por eso? Hacía un rato había sido distinto. Yo estaba fuera de mí al lado de ese arroyo, dolorida, desesperada por que me ayudara. Me habría levantado las faldas y me habría dejado examinar por cualquiera que me hubiera prometido aliviar mi dolor. Pensé en Thora y me estremecí. Ahí estaba la prueba.

Y, en cambio, en ese momento, cuando me estiré sobre las pieles del lecho, lo último que sentí fue dolor. Tomé aire mientras dirigió las manos al borde de mis faldas para levantarlas. A pesar de mi falta de convicción al respecto, me dije que era lo mismo que antes: una inspección desapasionada. Y debería ser menos vergonzoso la segunda vez.

Eso me dije, pero aun así sentí que me ardía el rostro cuando me abrió las rodillas. Cuando el aire acarició mi cuerpo expuesto. Siseé al exhalar aire por la boca, y me di cuenta demasiado tarde de que aquello no tenía nada que ver con lo anterior. Sentía demasiadas cosas y ninguna de ellas era dolor.

Me acarició sobre las rodillas, rozando el principio de mis muslos, y yo me mordí el labio, esforzándome por mantenerme en silencio a pesar de notar el peso de sus grandes manos, el calor de sus palmas, la «x» abrasadora donde mi sangre se había unido con la suya. Esa marca trazó un camino de fuego por mi muslo.

Estiré los brazos por encima de la cabeza y apreté los puños para contenerme, para no acariciar la anchura interminable de aquellos hombros que se erigían ante mí. Un gesto como ese convertiría aquello en algo más que un examen impersonal, y necesitaba que aquel asunto fuera lo más impersonal posible.

«Solo está comprobando si estoy capacitada para montar», me dije.

—Tu piel… —Me acarició el interior de un muslo con los dedos y temblé de pies a cabeza, presa de un estremecimiento.

Lo miré.

—¿Estoy… mejor?

—Perfecta —contestó mirándome, y se me tensó el pecho al ver la chispa caliente y furiosa de sus ojos…, al oír la aspereza ronca de su voz. ¿Por qué parecía tan enojado? ¿Tan… acusador?

Aguardé, segura de que ahora que había visto lo que tenía que ver, volvería a bajarme la falda.

Pero aquello no ocurrió.

No había terminado.

Siguió rozándome con los dedos, subiendo, y subiendo…

—Ya no está enrojecido… Y las ampollas también han desaparecido —dijo, maravillado, con la mirada fija entre mis piernas.

Murmuré algo ininteligible que se transformó en un grito ahogado cuando noté una lenta caricia por mi sexo.

Me miró a los ojos.

—¿Te duele?

—N… no. Solo me sobresaltó.

Su respiración me llegó a los oídos; tenía un ritmo duro y errático.

—Tu pobre vulvita… Con lo maltrecha que estaba. Roja, en carne viva. Ahora es de un rosa muy bonito.

Eché la cabeza atrás y me tapé los ojos con un brazo; sentí aquellas palabras como algo visceral, tan potente como sus caricias.

Me moví, rotando las caderas de una forma vergonzosa, buscando de nuevo las caricias de sus dedos, que ahora tanto deseaba mi anhelante vértice.

Me apoyó la palma de la mano en el muslo para abrirme más de piernas y yo obedecí, ofreciéndome a sus indagadoras caricias. Ahogué un grito cuando acarició el largo de mi hendidura y me penetró con un dedo.

—¿Te duele? —preguntó, y de repente su voz me sonó extraña. Más profunda, más grave. Casi como si fuera él quien sentía dolor.

—No —respondí entre jadeos.

Negué con la cabeza y gemí mientras él seguía bombeando mi sexo, moviendo el dedo con lentitud pero firme, introduciéndolo hasta el fondo, si bien no con excesiva brusquedad. Era evidente que temía ser demasiado rudo, y, sin embargo, el ritmo era agonizante y no hacía sino intensificar mi tormento, sino alimentar mi deseo. Quería más y más duro. Abrí las manos para agarrarme de las pieles y aferrarme a ellas mientras sus manos seguían haciendo su trabajo entre mis piernas.

Añadió otro dedo y lo curvó hacia adentro, frotando un grupo de nervios cuya existencia desconocía. Empecé a temblar. Las lágrimas caían por las comisuras de mis ojos.

—¿Te resulta… cómodo? —preguntó mientras se giraba para besarme la cara interna del muslo.

¿Cómodo? ¿Estaba bromeando?

—¡Ah! —grité con la voz rota; mi pecho subía y bajaba—. Está bien. —Mi cuerpo se movía contra su mano, salvaje, necesitado, dispuesto y ávido, desesperado por más presión, por más fricción—. Muy… bien…

Colocó el pulgar en un punto en la parte superior de mi sexo, un botoncito escondido cuya existencia yo desconocía hasta entonces. Lo encontró y presionó, frotando y rodeando la carne hinchada.

—¿Te gusta? —rugió.

Arqueé la espalda sobre la cama como respuesta, estallando, rompiéndome en mil pedazos. Una humedad brotó de mi interior, mojando los dedos alojados en mi sexo.

—Tamsyn… —dijo, respirando contra mi piel. Abrió la boca y me mordió con suavidad, meciendo la lengua sobre mi piel erizada—. Mi mentirosa mujercita…

Me dejé caer, abrumada, mareada. Me faltaba el aire; me daba igual que acabara de llamarme mentirosa. Era cierto. Quizá le había mentido porque no tenía elección; o quizá sí que la había tenido. Ya no lo sabía. En cualquier caso, lo había hecho. Me había casado con él. Me había encamado con él. Lo había engañado. Y ahora estaba allí, sufriendo las consecuencias…, fueran cuales fueren. Él las decidiría.

Me bajó las faldas hasta los tobillos y subió para luego caer a mi lado con un gruñido.

Suspiré, todavía sacudida por unas oleadas de placer que le daban a mi cuerpo la consistencia de un flan. Puso su brazo desnudo contra el mío; irradiaba calor.

No habíamos tenido aquello la última vez. La cercanía, el quedarnos en la cama. Aquellos momentos habían desaparecido en cuanto me había arrancado el velo y los habían sustituido la traición y la furia. Me estremecí al recordarlo.

—¿Tienes frío? —preguntó. Se puso de lado y me rodeó la cintura con el brazo para atraerme hacia sí, para envolverme con su cuerpo.

Al contrario. Acurrucada entre sus brazos, me sentía reconfortada y calientita.

Y sentía también el collar del ópalo negro entre nosotros, como una corriente vibrante que nos conectaba de una forma indebida para un objeto sin vida, que se clavaba más allá de la piel, los músculos y los huesos.

Descansé suavemente la mano sobre su antebrazo y él acurrucó el rostro en la curva de mi cuello. Tragué saliva; me costaba acompasar mi respiración acelerada, calmar el corazón, que me latía con violencia. Intenté recuperar la compostura y no dejarme llevar, pensando que tal vez yo empezara a importarle. Lo noté, duro como una piedra contra mí, y supe que al menos me deseaba.

—¿Estás…? —No sabía cómo plantearle lo que tenía en mente. Cómo preguntarle si me deseaba. Si estaba interesado en encontrar su propio éxtasis.

—Duerme —me ordenó con voz ronca.

—¿Y tú? —¿Acaso me equivocaba? Quizá no me deseara…

—Yo también dormiré.

—No me refería a eso y lo sabes. —Me dije que si insistía era por mi sentido del deber como esposa, pero no era cierto. Eso no era más que una mentira que me contaba. La verdad era la presión palpitante que sentía entre las piernas, tal vez lo más honesto que había sentido nunca. Por mucho que me hubiera satisfecho con sus caricias, quería más.

Quería volver a tenerlo dentro.

—Ya has sufrido suficiente. Sé que me llaman la Bestia, pero no soy tan animal como para abalanzarme sobre ti en ese estado. Descansa.

Entonces ¿se estaba conteniendo porque estaba preocupado por mí? Me parecía más probable que fuera porque no se sentía capaz de acostarse conmigo. La primera vez lo había hecho obligado; era lo que se requería de él. Esta vez, nadie lo forzaba a ello.

—Ya dormí —protesté. Quise añadir que ya no tenía rozaduras, que la siesta anterior y el remedio milagroso de Thora habían bastado.

—Cállate y vuelve a dormirte —insistió con firmeza. Su tono me recordó que aquel hombre era un señor guerrero. Tal vez me estuviera abrazando, pero eso no significaba que fuera dado a la amabilidad. Y yo era la mentirosa de su mujer, lo que él jamás olvidaría. Jamás olvidaría la fealdad que había marcado nuestro comienzo. Hacía frío y el suelo estaba duro, así que compartíamos lecho. Era una cuestión de pragmatismo, nada más. No se trataba de una romántica luna de miel, ni él era un tierno amante. A él le gustaba dar órdenes y que las obedecieran.

Suspiré, pensando que jamás conciliaría el sueño envuelta entre sus brazos, con los latidos de su corazón a través de la «x» tallada en la palma de su mano y el canturreo y los chispazos del ópalo entre nosotros..., ni con la combinación entre mi deseo y su cercanía; su calor, mientras mi pecho se expandía y se comprimía como hacía siempre que él estaba cerca.

Y aquello fue lo último en lo que pensé antes de cerrar los ojos.

18

FELL

Me desperté enredado en ella.

No me moví. Tenía una mano apoyada sobre mi brazo, totalmente confiada ahora que se había abandonado al sueño. El único movimiento provenía de aquella «x» palpitante sobre mi piel. Miré sus dedos esbeltos por encima de su hombro, relajados y fláccidos, con las uñas a ras de los dedos, desiguales y dentadas, como si se las hubiera cortado con los dientes y no con unas tijeras. Aquella niña de los azotes no era dada a las florituras ni a los aires de grandeza. Era fuerte y silenciosa y de mirada rápida y vigilante, como un ciervo en la espesura. Tenía los ojos ámbar como el fuego, igual que el cabello.

Y era mía.

Me gustara o no.

Aquella mujer no era la princesa que había reclamado…, era otra cosa que todavía no había logrado descifrar.

Había sufrido flagelaciones toda su vida. Por su propia voluntad, como si no hubiera nada de malo en ello. No me cabía en la cabeza. Me rebelaba contra la sola idea de que alguien le pusiera una mano encima. Quería volver a palacio y azotar con el látigo a todos aquellos bastardos que se hubieran atrevido a alzarlo contra ella. Y al rey y a la reina por permitirlo, por estar de acuerdo con ello, por condenar a una niña a recibir palizas por las infracciones de sus hijas.

Me sentía como un salvaje. Un rugido surgió en el fondo de mi garganta. A mí me habían criado para luchar, para proteger a mi pueblo y a mis tierras, para hacer cuanto fuera necesario por sobrevivir, por ganar. El impulso de protegerla ardía en mi interior.

Contemplé su mano. Era la que nos había unido en sangre. La «x» tallada en su piel todavía era palpable, era un latido sobre mi brazo. La carne me vibraba y canturreaba, se alzaba para encontrarse con aquella marca igual que una planta se alza hacia la luz.

Era un guerrero. Sabía lo que era una herida. Aquello, sin embargo…, no lo entendía. No sabía qué era.

El pecho le subía con las respiraciones lentas y suaves. Así dormida, no había ni rastro del recelo que solía nadar en su mirada. Su cuerpo blando estaba hundido en las pieles, apoyado en el mío, y el cabello de fuego se le había salido de la trenza y me acariciaba los labios mientras respiraba. Sentí el impulso de hundir los dedos entre los mechones, de agarrarlo y enrollármelo en la mano. El impulso de ponerla boca arriba, subirme encima de ella y penetrarla…

Inhalé aire, tembloroso. Ya tendría tiempo para eso, cuando estuviera curada del todo y recuperada del viaje. Más adelante, cuando estuviera cómodamente instalada entre los muros de mi fortaleza.

Hice una mueca. Mientras yo la había evitado, dejándola a cargo de Mari, ella había estado a punto de destrozarse. De no haber sido por aquella bruja y su ungüento mágico, no habría podido seguir cabalgando.

Le había advertido que la travesía no era para los débiles y que debía seguirnos el ritmo, pero eso no había impedido que me sintiera como un bastardo cuando había visto su bonita piel en carne viva. No había abierto la boca. Ni una sola queja en días. Y ahora comprendía que eso era lo que hacía una niña de los azotes: sacrificarse. Sacrificar sus deseos y necesidades. Su cuerpo. Su collar ante un atajo de bandidos. Contuve una maldición. Un collar. Era algo trivial, pero jamás debió haber sucedido.

Algo me decía que no sería la última vez que se pusiera en peligro. Descifrar la verdad tras aquellos ojos, tras aquellos labios mudos, requeriría de gran atención por mi parte. Tal vez ya no la cubriera un velo, pero todavía me ocultaba su verdadera personalidad.

Aquel maldito velo. Exhalé, enojado. Era como si todavía estuviera entre nosotros.

Todavía estaba furioso. Todavía me hervía la sangre cuando pensaba en lo que no podía deshacerse. Sería mía para siempre, pero rechazaba la idea. Me aferraba a la furia que había sentido la noche de la consumación, utilizaba la sensación de la traición como una armadura impenetrable. Y, sin embargo, mirarla, estar con ella, me la quitaba de golpe, dispersaba esa furia como motas de polvo en el aire.

Estaba bien jodido.

Recorrí su cuerpo con la mirada. Ya la había aceptado de una forma muy significativa. Aquello no me costaba trabajo en absoluto. Tenía sus… encantos. ¿Por qué no disfrutar de ellos? Debía sacar algo bueno de aquel desastre. Porque era un desastre; la guerra siempre lo era. Y nada que no fuera una guerra recibirían aquellos bastardos que me habían tomado por tonto.

Pero aceptarla a ella no implicaba aceptar lo que me habían hecho. Ajustaríamos cuentas cuando llegara el momento.

Salí de la cama con cuidado de no perturbar su descanso. Me vestí en silencio sin quitar la vista de su rostro, tan suave, tan en paz en sueños. Algo se removió en mi pecho. Me puse la espada envainada a la espalda y la contemplé en la quietud.

Sacudí la cabeza y salí de la tienda. El cielo estaba de color púrpura; el amanecer aún no había hecho acto de presencia. Me dirigí hacia los caballos sin que nadie más se levantara.

Lo sentí antes de oírlo. Estaba familiarizado con sus andares pesados.

—¿Dormiste bien? —preguntó Arkin.

No me molesté en mirarlo.

—Bastante.

Las bridas repiqueteaban en la quietud previa al amanecer. Agarré mi caballo y la yegua de Tamsyn para llevarlos al arroyo.

—Te has ablandado con ella.

Lo último que hacía con ella era ablandarme, pero no pensaba admitirlo ante Arkin.

No reaccioné de inmediato. Pensé en mi respuesta.

Eché un vistazo al campamento, aún dormido, y a la forma oscura de la tienda, que contrastaba sobre la luz del alba, que ya empezaba a despuntar.

—Es mi mujer.

—No es una de nosotros.

—Ya sabíamos que iba a casarme con una forastera.

—Sí, pero no es una hija de la Corona. Está por debajo de ti y debilita tu posición.

—Tiene un propósito.

—¿Y qué propósito es ese? ¿Humedecerte la verga? Tu padre estará retorciéndose en su tumba. ¿Qué te ha hecho esa tipa, muchacho? ¿Castrarte? —Arkin me miró con desdén—. Hace dos semanas querías unos derechos sobre la Corona que nadie pudiera disputarte. ¿Y ahora aceptas esto? Te insultaron. Nos insultaron a todos. Luchamos sus batallas, sangramos por ellos y se ríen de nosotros. Se creen que somos sus perros.

Negué con la cabeza y le di la espalda para seguir guiando a los caballos.

—No temas. El último en reír seré yo.

Arkin exclamó alborozado.

—¡Tienes un plan! —Oí que me seguía a toda prisa para alcanzarme; las hojas crujían bajo sus pasos.

Por supuesto que tenía un plan. Consistía en reunir a mi ejército y asediar la Ciudad en primavera, cuando se hubieran derretido las nieves. Pensaba demostrarle al rey Hamlin y al señor regente que a mí no me jodía nadie.

—No pienso olvidar este insulto —afirmé con calma—. Me las pagarán. —Además de lo inmensamente satisfactorio que me resultaría, arrebatarle el poder a aquel atajo de incompetentes sería bueno para todo hombre, mujer y criatura de Penterra.

—¡Eso es! —exclamó Arkin alborozado—. Deberíamos dejarla aquí. Eso les enseñará lo que pensamos sobre su «princesa real». Si los animales no acaban con ella, lo harán los bandidos, o quizá la encuentre alguna huldra y haga una sopa con ella. Al fin y al cabo, estamos muy cerca del skog. —Aquella última frase la pronunció con cierto tono acusador; una puñalada de censura. No le parecía bien que hubiéramos parado y acampado. Pensaba que tendríamos que haber seguido.

Solté las riendas, me di la vuelta y lo tiré al suelo de un empujón.

—Me estoy cansando de tanta insolencia. Me sirves a mí, Arkin, y ya te advertí que lo dejaras estar. Ella es problema mío.

Me fulminó con la mirada.

—¿La proteges a ella? ¿Qué pensaría tu padre?

—Mi padre está muerto. Y lleva muerto bastante tiempo. El señor de las Tierras Fronterizas soy yo, y ella… —Me callé. Me encogí de hombros. No le debía ninguna explicación. No se la debía a nadie, ni siquiera al rey. Por lo que a mí respectaba, había perdido mi lealtad al mentirme y atraparme en un matrimonio con la mujer equivocada.

Tamsyn era un peón. No merecía el destino que Arkin quería que sufriera. Y yo no sabía qué merecía, ni qué seríamos el uno para el otro —si es que llegábamos a ser algo—, pero no pensaba hacerle ningún daño.

—¿Así son las cosas, entonces? Serví a tu padre. Te sirvo a ti. Y me tratas como… —Se calló y negó con la cabeza, disgustado, aferrándose a lo que más le había ofendido—. Y la eliges a ella.

Tomé las riendas de nuevo y asentí con sequedad.

—Me entendiste perfectamente.

Me di la vuelta y lo dejé tirado en el barro.

19

TAMSYN

Cuando desperté había algo distinto en el aire, una cualidad que antes no estaba. Una frescura nueva. Pero me equivocaba. Ese mundo, ese país salvaje rebosante de vida y de magia, llevaba allí desde mucho antes de que yo naciera, desde mucho antes que mis padres —fueran quienes fueren— respiraran por vez primera. No había nada nuevo en el aire. Era antiguo, primigenio; todavía canturreaba en él el eco de las alas de los dragones, de los hechizos lanzados en el éter.

Era yo quien era nueva. Una extraña que entraba en la mañana fresca y neblinosa con los ojos parpadeantes como los de un niño ante un mundo desconocido.

Me encontraba sola entre las pieles, con el cuerpo caliente y los músculos relajados, como un peso blando y hundido. Había dormido como un tronco, muy profundamente, y sin soñar. Fell ya no estaba, pero había pasado casi toda la noche conmigo. Lo sabía a pesar de no conservar recuerdos de la misma, pues su olor seguía entre las pieles, sobre mí. Todavía sentía su enorme cuerpo enroscado alrededor del mío, su calor, el eco de su ópalo negro, como un sello que me revitalizara la piel.

Levanté la vista hacia el techo de la tienda y contemplé las sombras cambiantes. Los ligeros movimientos del mundo exterior me estaban alertando de que yo no era la única que me encontraba despierta y de que debía volver al mundo de los vivos, es decir, junto al grupo de guerreros que me creían débil y necesitada de zalamerías, los que me miraban como si no fuera más que un fantasma entre ellos, alguien que ya no estaba. No esperaban que soportara la travesía.

Negué con la cabeza y me puse en marcha. Me apliqué de nuevo el ungüento sobre la piel, aunque apenas creía ya necesitarlo. Sin embargo, Thora me había indicado que así lo hiciera y sentía que debía obedecerla. Ya vestida y con el cabello de nuevo trenzado, salí de la tienda, revitalizada y dispuesta a enfrentarme al nuevo día.

Aún no había amanecido, pero los guerreros ya estaban recogiendo. Empezaron a desmontar la tienda en cuanto puse un pie en el exterior. Mari también apareció. Me indicó que me acercara a uno de los fuegos que aún estaban encendidos con su eficiencia habitual.

—Ven. Come.

Señalé hacia los árboles.

—Antes necesito un momento.

Ella asintió.

—Pero no te alejes mucho.

Se dio la vuelta para seguir ocupándose del fuego y el té que hervía sobre él. Miré de nuevo a mi alrededor, pero no encontré a Fell. Debía de estar con los caballos, abrevándolos para prepararlos para la jornada.

Sentí las miradas sobre mí, petulantes y cómplices, y me alegré de escapar de ellas cobijándome entre los árboles del bosque. Me sentía avergonzada. Mientras todos ellos habían dormido a la intemperie, en un petate sobre el suelo duro, nosotros habíamos disfrutado de la comodidad y la privacidad que nos había ofrecido la tienda.

Me adentré en la espesura de los enormes árboles. Miré arriba, buscando el punto en el que terminaban. Las ramas se entrelazaban en el cielo, enredándose en una copa en lo alto que tapaba el sol naciente. Solo suaves rayos de un tenue gris llegaban al sotobosque.

Las únicas veces en las que había salido de palacio había sido en compañía de un séquito completo, y solo para viajar a lugares civilizados, a través de los caminos más transitables y concurridos. Aquel era un lugar extraño y misterioso para mí. Eterno. La magia canturreaba y palpitaba en sus huesos. Hacía mucho tiempo que no había dragones, pero aquellas tierras no los habían olvidado.

Sentí agudamente mi soledad mientras me abría paso a través de la hierba y los helechos, que me llegaban hasta las rodillas. Acaricié la corteza rugosa de un árbol cinco veces más ancho que yo. Recordé que Mari me había advertido que no me alejara demasiado, pero no pude evitar que mis piernas me guiaran a través de aquella mañana exuberante, a través del aire húmedo, que palpitaba y me envolvía como una segunda piel.

Me había perdido todo aquello recluida entre unos muros de piedra sin vida. Había vivido oteando una ciudad abarrotada, a kilómetros de distancia de esas tierras salvajes y libres en las que la magia se escondía de aquellos que se habían propuesto destruirla.

Me sentía viva.

Alcé el rostro hacia la niebla, mi compañera más fiel durante los últimos tiempos, e inhalé su limpia dulzura, saboreando en ella el nuevo día. Oí el trino de los pájaros y eché un vistazo a las ramas más altas, donde descubrí uno de plumaje blanco que contrastaba entre tanto verde. Me pregunté cómo se las arreglaría para sobrevivir, llamando tanto la atención en sus alrededores.

Ladeó la cabeza, volviendo un ojo azul pálido hacia mí. Me observó sin parpadear durante largo rato. Me pregunté qué vería en mí. Cuando por fin se dio la vuelta me fijé en las abundantes plumas de la cola. Allí, entre ellas, vibraba un aguijón puntiagudo; una advertencia. Parpadeé al ver el peligro envuelto en tanta belleza.

La criatura salvaje alzó el vuelo y admiré la anchura de sus alas al deslizarse sobre el viento... Envidié su libertad mientras desaparecía de mi vista. Aquella exhibición no hacía sino demostrar lo poco que conocía de ese mundo, más allá de la esquinita ordenada y segura de Penterra que había dejado atrás.

Un gorjeo espeluznante resonó en la lejanía. Era algo distinto y desconocido..., vagamente humano. Me giré en dirección al sonido. ¿Quién sabía qué clase de criaturas acechaban en aquellos bosques? Pensé en las huldras y me detuve en seco, prestando atención de nuevo. Era consciente de que debía volver al campamento, pero, al ver que ese sonido no volvía a aflorar, seguí caminando entre los enormes árboles mientras la mañana gris se teñía de un suave rosa. Destellos de luz tenue se filtraban entre las hojas, salpicándome la piel, a medida que me adentraba en el bosque.

Largas cortinas de musgo colgaban de las ramas que se extendían en las alturas. Era magnífico; de otro mundo. Pasé dentro y fuera de los cortinajes verdes, sonriendo para mí, imaginando que, en efecto, era tan libre como el pájaro blanco.

Agarré una maraña de musgo de un intenso verde para apartarme y abrirme paso..., solo para revelar que había un hombre esperándome.

—¡Oh! Me asustaste. —Di un paso atrás y me puse la mano sobre el corazón, que de repente me latía desbocado. Le pedí que se acompasara, que se tranquilizara.

No era ningún bandido. Ningún enemigo. Arkin era uno de los hombres en los que mi esposo más confiaba. No obstante, no lograba sentirme tranquila ante él, pues de los ojos de aquel guerrero emanaba una gran frialdad. Un gran odio.

—Oh —repitió con tono burlón.

—Estaba volviendo al campamento. —Señalé de forma poco precisa tras de mí.

—Pues vas en dirección contraria.

Asentí, nerviosa, y di media vuelta. De repente, anhelé la protección de Fell, Mari y los demás guerreros. El hombre volvió a aparecer delante de mí, cortándome el paso. Inclinó la cabeza bruscamente.

—Te lo advertí. La travesía no es para los débiles. —Miró a nuestro alrededor, a la espesura verde y densa que nos cercaba—. No deberías haberte alejado tanto.

Clavé la mirada en aquellos ojos pequeños y malvados y alcé la barbilla.

—Yo no soy débil.

—Vaya, qué valiente —musitó, rascándose la piel pálida por encima de la barba con movimientos largos y envolventes—. Pero yo sé lo que eres en realidad.

—¿Y qué soy?

—No hay nada valiente en ti. —Me miró de arriba abajo con odio—. Una niña de los azotes siempre será una niña de los azotes. No eres digna de ser la señora de las Tierras Fronterizas.

Le aguanté la mirada, pero el estómago me dio un vuelco. Un nervio delator palpitaba en mis sienes, y luché contra el impulso de frotármelas para que parara. Sabía cuándo se acercaba un golpe; el señor chambelán me había entrenado bien. Era mi don… y mi maldición. Sabía distinguir el hambre de violencia en la expresión de un hombre.

Abrí mucho los ojos, tanto que me dolían. Tan expectante estaba que no parpadeaba.

—¿Crees que al señor Dryhten le parecerá bien que me hagas daño? —Me la estaba jugando. Todavía no conocía bien a mi esposo. Era frío y estoico; sin embargo, me sentía segura con él. No creía que estuviera de acuerdo con esto. No creía que fuera capaz de hacerlo.

—¿Y quién dice que se vaya a enterar? —Sonrió entonces, una sonrisa espeluznante y sin sombra de alegría que se extendió por su barba hirsuta y me llenó el alma de terror—. Estos bosques albergan muchos peligros…

Opté por la fanfarronería. No tenía nada más.

—No creo que Fell sea un hombre fácil de engañar.

—Oh, no sabría decirte. A ti no parece haberte costado mucho engañarlo.

Negué con la cabeza e insistí:

—Lo sabrá. Y te lo hará pagar. —Quería creer que era cierto, pero era aún más importante, más necesario, que él lo creyera.

—Es lo mejor. Para él y para todos nosotros. Veamos… —Dio una brusca palmada y su sonrisa se esfumó—. Te daré un poco de ventaja. —Tragué saliva. El pánico se estaba adueñando de mí, crecía en mi garganta, amenazando con asfixiarme—. Vamos —me apremió—. Corre.

Aquella mirada… Lo supe. Supe cuáles eran sus terribles intenciones.

Si Arkin me había seguido hasta el bosque no era solo para hacerme daño. Quería asegurarse de que no volviera a salir jamás de él.

—Soy un hombre justo —continuó—. Contaré hasta tres. Uno…

Exhalé rápidamente, me di la vuelta y eché a correr sorteando los árboles. La sangre me fluía a toda velocidad por los brazos y las piernas; clavaba los dedos en las sábanas de musgo para arrancarlos a mi paso.

Él me perseguía; oía sus jadeos en el aire, tras de mí. Y no eran por el esfuerzo, sino por la excitación que le producía cazarme. Me doblaba la edad, pero era fuerte; su cuerpo de guerrero estaba acostumbrado a esa clase de deporte, estaba hecho para él.

Era un depredador, y yo, su presa.

El terror se había apoderado de mí, pero no dejé de correr, de adentrarme cada vez más en el bosque. Hacía demasiado ruido; jadeaba y me abría paso entre la espesura como un animal salvaje. Estaba desesperada. No tenía esperanzas de despistarlo; lo sabía. Sabía muy bien cómo terminaría aquel juego.

Noté una presión en el pecho; la tensión se acumulaba, crecía y se enroscaba, causándome dolor. Ahogué un grito al notarlo, pero no había tiempo para el dolor. Miré a un lado y a otro con violencia, intentando decidir adónde ir. Qué hacer.

El fuego fluía por mis venas; se me tensó la piel ardiente. Noté que la fiebre me trepaba por el rostro, que alcanzaba las puntas de mis orejas, que las lágrimas me nublaban la vista. No tenía ni idea de qué camino tomar, de en qué dirección estaba el campamento. Estaba perdida.

«Fell».

Ardía entera cuando pensaba en él. Le rogué mentalmente que apareciera, que me ayudara. Quizá Arkin tuviera razón. Quizá Fell se alegrara de librarse de la mujer que le habían obligado a aceptar con malas artes y mentiras. Pero, en cuanto ese pensamiento se abrió paso en mi mente, lo rechacé con un sollozo. «No». Si Fell deseaba librarse de mí, no sería así. No sería mediante mi ejecución. No habría mandado a uno de sus hombres por mí.

Pero no importaba. No iba a venir. Nadie vendría.

La única persona que podía ayudarme… era yo.

Arkin me embistió y caí boca arriba, gritando. Me inmovilizó bajo su peso asfixiante y me fulminó con la mirada, en la que brillaba el triunfo. Mi pecho se expandía y se contraía. Luché contra el dolor que sentía y abofeteé, golpeé y arañé el rostro odioso que se cernía sobre mí. Luché como nunca antes lo había hecho, como la niña de los azotes jamás habría sido capaz…, y no fue suficiente. No logré liberarme. No logré escapar de él.

Aplastó todos mis esfuerzos. Me puso los brazos a los lados del cuerpo y los inmovilizó con sus rodillas. Luego me agarró del cuello con las manos y, tras rodearlo con los duros dedos, lo apretó con todas sus fuerzas. Mi garganta dolorida intentaba tomar aire por todos los medios mientras él la atenazaba sin piedad; unos sonidos espantosos y húmedos escapaban de mis labios. Se me nubló la vista; las manchas distorsionaban su terrible rostro.

«No, no, no, no». No estaba preparada para morir. No todavía. No así.

Aquel calor continuaba atravesándome. Me palpitaba la cabeza; un zumbido retumbaba en mis oídos. Una profunda vibración se desencadenó en mi pecho. Se me llenaron los ojos de lágrimas que luego cayeron libremente por mi rostro ardiente, silbando al entrar en contacto con mis mejillas, que chisporroteaban. Un vapor caliente emanaba de mí… y no lo entendía. No sabía cómo, pero estaba echando humo.

La visión borrosa se me aclaró de repente. Todo estaba nítido. Vi como nunca antes había visto. Los colores eran más vivos, más intensos; los matices habían mejorado y se habían refinado. Podía contar los poros de su piel, los finos vellos de su nariz bulbosa, las migajas minúsculas del desayuno que se habían quedado atrapadas en su densa barba.

Mi interior ronroneó, hirvió y estalló en una oleada de fuego salvaje e imposible de contener.

Arkin maldijo, apartó las manos y se observó perplejo las palmas quemadas, llenas de ampollas.

—¿Qué me has hecho, zorra? —Se apartó de mí y se puso de pie tambaleándose, mirando con furia sus manos y luego a mí.

Negué con la cabeza, perpleja, mientras un vapor hirviente me trepaba por la garganta…, mientras los huesos se me tensaban, los músculos se me estiraban y un cosquilleo se me extendía por la espalda.

Y mientras tanto seguía ardiendo y echando humo.

Arkin desenvainó su espada.

—¿Qué demonios eres?

Alcé una mano como para detenerlo y ahogué un grito al ver el aspecto que había adoptado mi piel. La piel de mi mano ondeaba y parpadeaba con destellos rojos y dorados.

El guerrero abrió unos ojos como platos y blandió la espada, soltando un grito de guerra.

—¡No! —grité, pero ya no era mi voz. La palabra sonó gruesa y ronca, envuelta en el humo y la ceniza de mi boca. Negué con la cabeza y contemplé horrorizada cómo se abalanzaba contra mí mientras la hoja de su espada centelleaba bajo la luz.

Y entonces me estalló el cuerpo. Las ropas se rasgaron con un destello de luz cegador.

Bajó la espada con el impacto reflejado en el rostro, con la intención de asestarme un golpe mortal.

Y yo inhalé profundamente con pulmones que se contraían y exhalé un río de llamas.

Arkin tenía razón. Aquellos bosques albergaban muchos peligros…

Pero nunca imaginé que yo pudiera ser uno de ellos.

20

FELL

Hacía mucho rato que Tamsyn se había ido. Demasiado. No me gustaba que estuviera fuera de mi vista. Me dije que era por mi necesidad de tener el control, por seguridad, porque quería saber dónde estaban todos en todo momento, mis guerreros y ahora… también ella. No era una guerrera. Obviamente, debía estar vigilada por su seguridad.

Aunque, por supuesto, era más que eso. Más de lo que estaba dispuesto a admitirme a mí mismo. Era una sensación diferente y desconocida, como la de blandir una nueva espada, la de acostumbrarse a una nueva empuñadura.

Cuando regresé de abrevar a los caballos, Mari señaló la dirección en la que se había ido Tamsyn y hacia allí fui, siguiendo sus pasos dispersos, que eran bastante fáciles de rastrear gracias a la humedad que conservaba la tierra tras las recientes lluvias. Negué con la cabeza al ver que cada vez se adentraban más y más en el denso bosque. No debería haberse alejado tanto. La frustración que sentía contra ella se atemperó debido a mi propio sentido de la responsabilidad, por no haberla vigilado más de cerca.

Me agaché para evaluar las huellas. Toqué el suelo recién pisado justo donde otras pisadas se añadían a las suyas. Pertenecían a un hombre. Se me subió la sangre a la cabeza al instante. Desenvainé la espada, me incorporé y miré a mi alrededor de un modo salvaje. Con el corazón latiéndome desbocado, aceleré. Troté suave y sigilosamente a pesar de llevar las botas, rodeando y siguiendo las huellas, que de repente se habían convertido en un rastro abundante y descontrolado. ¿Acaso estaban corriendo?

Resistí el impulso de gritar su nombre. No sabía quién más se encontraba con ella, pero no debía alertarlo de que iba tras ellos.

Sin embargo, olvidé aquel propósito al oírla gritar.

Los pájaros emprendieron el vuelo desde sus ramas, graznando sin parar.

Eché a correr en dirección al sonido, atento a los gritos que oía en la distancia. Los gritos de alguien que sufría. Golpes, gruñidos. Carne contra carne.

Una saliva amarga me cubrió la lengua y me llenó la boca. Hice una pausa, miré a un lado y otro con la espada en el aire y rugí su nombre.

No respondió. Se oyó el bramido de un hombre seguido de una erupción de luz por los árboles de mi derecha. Una explosión. Corrí hacia allí cortando el musgo y el follaje con la espada, envuelto en el olor del humo. No tardé en ver un cuerpo calcinado e inmóvil, en el suelo.

Me sobrevino una arcada al notar el hedor abrumador de la carne quemada. Estaba acostumbrado a la batalla en todas sus formas y, por lo tanto, no me resultaba un olor desconocido, pero no por ello era menos desagradable. Me acerqué al cuerpo para examinarlo y exhalé un suspiro de alivio. No era ella. No era Tamsyn. Las palabras reverberaron en mi interior como un mantra reconfortante.

Examiné más de cerca el cadáver humeante. El grueso de los daños le había impactado en la cara y la parte superior del cuerpo; ya no quedaba ni pelo ni piel, solo fragmentos de tejidos blancos y ennegrecidos, pero no me cabía duda de que era un hombre. Bajé la vista al resto del cuerpo.

Las piernas y las botas aún eran identificables. Reconocibles. Sabía de quién eran aquellas botas. Desvié la vista hacia la espada que descansaba a su lado. También la conocía.

«Arkin».

Se me cayó el alma a los pies. ¿Qué hacía aquí? ¿Por qué estaba muerto? ¿La había acechado? ¿Qué le había ocurrido? ¿Y dónde estaba ella? ¿Acaso los bandidos nos habían seguido y habían decidido arrebatármela de todos modos? ¿O era otra cosa lo que había provocado todos aquellos acontecimientos?

Rodeé la escena con los sentidos aguzados, los músculos tensos, preparado para saltar en cualquier momento mientras la buscaba, a ella o al atacante que hubiera hecho aquello… Y el corazón me dio un vuelco cuando vi los retazos de su ropa desperdigados por el suelo. La tela de sus faldas de montar. Los jirones azules de su capa.

—¡Tamsyn! —bramé, con un pánico amargo que me reconcomía la garganta.

Una rama gimió y crujió en las alturas. Oí el sonido de las hojas; varias de ellas cayeron sobre mí.

Levanté la vista hacia el árbol y me encontré con un par de ojos. Me quedé paralizado ante la ardiente mirada. Ante aquellas pupilas oscuras y verticales que parpadeaban y se movían como las de una serpiente, siguiendo mis movimientos con recelo. Agarré mi arco y saqué una flecha de la aljaba.

La bestia se movió y la rama se partió bajo su peso. Entonces emergió del árbol, con esa piel del color de las llamas, y descendió, quedando suspendida en el aire con sus seis metros de envergadura. Había desplegado sus enormes alas temblorosas con un chasquido y las había extendido a los lados de su esbelta figura, creando una corriente de aire que me azotó la melena sobre los hombros.

Un dragón.

La palabra colmó mi mente. Y, mientras contemplaba la terrible belleza de la criatura, se convirtió en una dura realidad.

Me fijé en sus dedos como garras, donde tenía enredados los jirones de la capa de Tamsyn, y me dio un vuelco el estómago. La bilis me subió por la garganta y a punto estuve de vomitar.

Su rostro, que resplandecía como la luz del fuego, me observaba con una intensidad que, a mi parecer, no podía ser sino hambre. Me preparé para el torrente de llamaradas, pero la tormenta de fuego nunca llegó.

Temblando de furia, coloqué la flecha y apunté, dispuesto a disparar a aquel monstruo, a aquel asesino despiadado que había incinerado a Arkin y se había llevado a Tamsyn, dejando solo varios pedazos de su ropa.

Aquellos ojos dorados parpadearon una única vez y luego se esfumó, elevándose hacia el cielo.

Le disparé de todos modos, aunque no acerté. Tampoco habría servido de mucho. Mi flecha no era más que una flecha. Había pasado mucho tiempo desde la última vez que habíamos necesitado flechas con puntas de escamas.

La criatura se había marchado.

La observé jadeando y con las piernas abiertas; se había convertido en un punto en el cielo y no tardó en desaparecer por completo.

La furia, el asombro y un sinfín de emociones me reptaban por la piel.

El dragón había vuelto. O, mejor dicho, nunca se había marchado.

Primero, mis padres. Luego Arkin. Y ahora Tamsyn.

Mi esposa.

Me sentí como si me hubieran arrancado un brazo o una pierna. El pesar que sentía por ella, por haberla perdido, hacía que me fallaran las piernas. Era una emoción asombrosa por su fiereza. Apenas acababa de encontrar a la muchacha, apenas había empezado a considerar la posibilidad de que fuera alguien a quien quisiera conservar…, que tal vez no fuera la princesa que pretendía, pero que fuera más, mejor que nada que hubiera imaginado… Aquella mano amable a la que poder aferrarme en la oscuridad.

Con la mirada fija en el punto del cielo en el que el dragón se había elevado, juré venganza.

Daría con él. Lo cazaría, aunque tuviera que llegar a los confines de la tierra. Aquella criatura no hallaría la paz en ningún sitio. No habría lugar en el que estuviera a salvo de mí.

Le daría muerte.

EL DRAGÓN

PARTE 4

21

YRSA

Los Riscos
Hace veintiún años…

Se morían. No ese día, ni al siguiente, pero…, tarde o temprano, morirían.

«Tarde o temprano».

Aquello hacía que el final pareciera tan distante y esquivo como la niebla que se cernía sobre ellos. Y, sin embargo, la muerte no tardaría en llegar para algunos de ellos. «Para la mayoría».

Muchos de ellos ya habían desaparecido…, demasiados.

Si era sincera consigo misma…, su manada tenía los días contados. Pero ser sincera consigo misma no era lo que mejor se le daba a Yrsa. Ya no. Hacía mucho tiempo que no. Desde que había empezado la Trilla, tantos años atrás.

Prefería albergar esperanzas, soñar con un futuro. Un futuro en el que pudiera hacer algo más que aferrarse a su existencia, como la última hoja de otoño en una rama de un árbol. Un futuro lleno de vida, en el que ella prosperara. Todavía albergaba la esperanza de volver a los tiempos retratados en los muros de sus madrigueras y descritos en sus crónicas e historias, unos tiempos en los que su especie estaba en la flor de su vida, cuando surcaban los cielos como banderas al viento, cuando sus tesoros estaban rebosantes de piedras preciosas.

Cuando comenzó la Trilla, ella no era más que una joven dragona. Casi una cría. Y, no siendo más que una cría de dragón, su vida se había visto nublada por la guerra, por la sangre y el fuego, por el humo y la muerte. Los dragones caían del cielo como lluvia. Manadas enteras eran aniquiladas en un solo día.

Tenía más de quinientos años. Había pasado siglos comprometida con la lucha, dedicándose en cuerpo y alma a sobrevivir a la Trilla, siempre en movimiento, escondiéndose, deslizándose a través de la hierba como una serpiente. Se esforzaba al máximo para explotar sus talentos y proteger a los miembros de su manada de aquellos que pretendían cazarlos. Era un trabajo agotador. Un esfuerzo sin fin. Sin embargo, era lo único que podía hacer. Era luchar o morir. Morir o luchar.

No había tiempo para nada más.

Y, pese a todo, entre todo aquello, había encontrado a un compañero, y no un compañero cualquiera, sino Asger, el heredero natural de la manada, el hijo del alfa. Cuando su padre había caído en el Lamento, Asger había ocupado su puesto.

En aquel entonces ya se habían emparejado. Ella no buscaba aquello, ni siquiera lo deseaba, y, aun así, lo había encontrado... Y, cuando el amor encontraba a un dragón, este no podía negarse. El vínculo estaba establecido antes de que ella se diera cuenta de ello, y no había forma alguna de romperlo. Para ella no habría otro, viviera cuanto viviere. Eran un dúo, un par, un equipo; dos piezas que encajaban a la perfección.

Aunque en aquellos tiempos tampoco abundaban las opciones para encontrar un compañero.

La población de dragones había disminuido drásticamente. Desde el Lamento no quedaban más que sesenta, setenta tal vez.

Ella tampoco conocía todas las manadas que seguían con vida. Esperaba que hubiera otras, más manadas, más dragones… Pero era posible que la suya fuera la única. La última manada. Los últimos dragones. Era una perspectiva lúgubre, sobre todo si pensaba en que antaño sus vivos colores y el aleteo vibrante de sus alas habían colmado los cielos. Pero ya no.

Ahora, los cielos guardaban silencio.

Igual que los túneles laberínticos y las cavernas a las que llamaban hogar. En aquellos espacios sacros y silenciosos como cementerios, no se atrevían más que a susurrar, por miedo a delatar su ubicación a aquellos que aún intentaban cazarlos.

Su supervivencia dependía de lo bien que supieran esconderse. Solo salían de noche, y cuando era estrictamente necesario. Si el mundo los creía desaparecidos, estarían a salvo. Si los creían muertos, extintos. Antaño habían dominado el mundo, pero ahora se habían reducido a aquello, a escabullirse como ratas en un naufragio. El Carnicero de las Tierras Fronterizas estaba decidido a encontrar hasta al último de ellos. Casi todos los humanos estaban convencidos de que ya estaban todos muertos, pero el Carnicero seguía siendo tan cauteloso como siempre, a pesar de los muchos años que habían pasado. Tenía los ojos puestos en los cielos, catapultas gigantes preparadas que eran capaces de lanzar flechas enormes de hueso de dragón y con puntas de escamas. Era irónico que lo único que pudiera penetrar la piel de un dragón fuera… dragón.

Y por eso aquel día era tan importante. Una cría, en esos tiempos, era una rareza. Un regalo. Una bendición para una especie cada vez más exigua, para una manada moribunda. Un don, cuando tantos de los suyos habían sido asesinados, derribados de los cielos, despedazados por los lobos y malditos por las brujas.

Con sus números en declive, cada nacimiento era motivo de celebración. Yrsa había deseado una cría durante años, desde que había establecido su vínculo con Asger. La deseaba a pesar de habitar un mundo destruido por la guerra.

Un dragón no solía tener más que una o tal vez dos crías a lo largo de su vida, pero en mitad del caos de la Trilla los nacimientos eran aún más escasos. Ni de cerca suficientes para reemplazar los dragones perdidos. Estaban camino de su extinción, tal y como la humanidad se había propuesto.

Yrsa seguía adelante. Luchaba codo con codo con Asger, utilizando su talento como ocultadora para enturbiar las mentes de no pocos cazadores que descubrían a los dragones en las profundidades de las cavernas de los Riscos. Sus esfuerzos, combinados con las habilidades de otros dragones de su manada, los habían salvado en más de una ocasión.

Tan ocupada estaba sobreviviendo que casi no se había dado cuenta de que estaba engendrando, hasta que Eyfura le había echado un vistazo y lo había proclamado. Era una dragona verda, y una de las dragonas más viejas de la manada, así que lo sabía bien. Una verda sabía todo lo necesario sobre la curación, las hierbas… y la cría.

Era un milagro. Yrsa traería una nueva vida a la manada.

Asger la cuidó durante meses, sin despegarse de ella. Le proporcionaba comida, la cubría con pieles y evitaba que saliera de su madriguera cubierta de musgo, insistiendo en que lo más seguro era que los demás cumplieran con sus obligaciones. Patrullaba por los túneles y cazaba en el exterior, cuando caía la oscuridad. Para ser justos, Asger no era el único que la sobreprotegía. La visitaban constantemente: todo el mundo quería saber cómo estaba, le daban comida y pasaban un rato con ella. Pero a Yrsa no le molestaba; no habían podido disfrutar de mucha felicidad. Una nube oscura había ensombrecido sus días y sus noches durante mucho tiempo. Necesitaban aquella alegría, y ella estaba más que dispuesta a compartir su dicha.

El humor no se le estropeó ni siquiera cuando se puso de parto. A pesar del dolor que le atravesaba el abdomen distendido, no sentía más que expectación. Asger paseaba su enorme figura por la madriguera mientras ella jadeaba. La presión crecía, irradiaba a través de ella.

—¿Es normal? —le preguntó a Eyfura al cabo de varias horas—. Está tardando mucho… —dijo entre dientes mientras le sobrevenía otra oleada de dolor.

Yrsa no era débil. La Trilla había acabado con todos los que lo eran. La guerra le había enseñado que el dolor existía con todo tipo de nombres y de formas, y aquel era un dolor de los buenos, un dolor que no debía importarle porque traería una recompensa con él. Se dijo eso mismo, recordándose que cuando todo terminara tendría su propia cría.

Aquella tensión insoportable acabó de golpe, con un chasquido, y sintió que la anegaba el alivio. Se dejó caer atrás, relajando los músculos de inmediato.

Se oyó un grito ahogado —de Eyfura— seguido de un largo silencio.

El cuerpo musculoso de Asger estaba agachado al lado de la anciana. Sus ojos de fuego dorado brillaban ansiosos.

—¿Y bien? —Yrsa intentó echar un vistazo. Era la falta de respuesta lo que le preocupaba. No había exclamaciones de júbilo, ni felicitaciones ni comentarios tranquilizadores. Es más, Eyfura parecía… preocupada; una expresión que nadie quería ver en un momento así.

Y entonces…

Se oyó un llanto agudo. Un llanto que no sonaba en absoluto a dragón. Jamás un sonido semejante había resonado en las hondas cavernas de los Riscos. Las crías de dragón no gritaban así.

Aquello parecía…

No. No se atrevía siquiera a pensarlo. Y todo el que esperara fuera de su cueva lo habría oído también. Incluso desde más lejos. Sería como una llamada para cualquier humano que estuviera cerca, lo que debería haberla alarmado. Y, sin embargo, no logró asustarse por ello. No podía más que mirar anonadada a…

A aquello.

—Es imposible —musitó Eyfura mientras cargaba a la criatura en brazos y la dejaba sobre el lecho. Yrsa se inclinó para mirar lo que había en la cesta que con tanto amor y tanto mimo había preparado para aquel momento.

—Por todo lo que arde, ¿qué es eso? —preguntó Asger, enseñando los dientes con una mueca de furia.

—Un… bebé —respondió Eyfura, con los grandes ojos verdes muy abiertos y sin parpadear—. Un bebé humano.

La mueca de Asger se transformó en un rugido.

—Es un monstruo.

Aquella proclama, para ella, fue como un golpe. «Un monstruo». Negó con la cabeza.

—¡No!

Asger no la oyó. O, al menos, hizo como si no la oyera. Su piel brillante parpadeaba como la luz del fuego a través de una vidriera, el color ámbar tocado por el sol.

—Hay que destruir a esa cosa. —Alzó su enorme garra hacia el bebé. Las uñas resplandecieron, preparadas para despedazar su cuerpecito.

—¡No! —Yrsa reaccionó sin pensar. Por instinto. Se lanzó ante el cesto forrado de pieles que albergaba al bebé desnudo, que meneaba sus piernecitas regordetas.

Las estrechas pupilas de Asger vibraban en el interior de sus ojos entre rojos y dorados. Ella sabía lo que eso significaba. Él solo lucía aquella mirada antes de una batalla.

—Yrsa —le dijo con firmeza—. Ya sé que ahora tienes ciertos sentimientos, pero esto no está bien. Es un niño humano.

Un humano. El enemigo. El responsable de la ruina de su especie.

—Salió de mí. ¡De nosotros!

Él negó con la cabeza. Su piel de fuego reflejaba la luz de una antorcha, lo que le confería un aspecto fiero y peligroso.

—No es natural. Debe de ser una maldición…

Eyfura asintió.

—Así es. Es cosa de una bruja, sin duda.

—No podemos quedarnos esto. No podemos permitir que exista. —Asger miró a la entrada de la cueva con recelo y bajó la voz hasta convertirla en un susurro—. Tampoco debemos dejar que los demás lo vean. No ayudará a levantar los ánimos. —Se estremeció, como si la vergüenza lo aterrorizara.

Ella apartó la vista para contemplar al recién nacido de piel rosada, confirmando así lo que sospechaba. Había tenido desde el principio la sensación de llevar a una hija en el vientre. Lo había sentido en lo más profundo de su ser; había estado tan segura como de que el sol saldría por la mañana. Lo sabía. Entonces ¿cómo había podido no saber aquello?

¿Por qué no había sabido que no tendría una cría? ¿Por qué no había sabido que daría a luz a una humana?

—Deja de llamarla «esto». Es nuestra. Es nuestra hija. —Yrsa no sabía dónde nacía aquella feroz determinación, pero palpitaba en su interior como los latidos de un corazón que no tuviera intención de rendirse. Aunque le costara la muerte, nadie evitaría que salvara a aquella niña.

Asger gruñó.

—No digas eso. —Movió la zarpa a un lado y abrió las garras, que reflejaron la luz en el aire, como el sol reflejado en el acero—. Ahora apártate, Yrsa.

Un rugido nació y creció en su pecho. Era instintivo. Una necesidad imperiosa de defenderla, de proteger lo que era suyo. Fuera dragón o fuera humano, aquel bebé era suyo. Para ella era tan necesario como el respirar, como los huesos en un cuerpo. No podía entregar a aquella niña y condenarla a muerte. Matar a su bebé sería lo mismo que matarla a ella.

—Será rápido —añadió él, como si eso pudiera consolarla.

Yrsa amaba a Asger. Se pertenecían el uno al otro. Jamás había habido entre ellos un solo conflicto. Habían trabajado juntos para construir una vida para ellos, para sobrevivir, para proteger a su manada, cada vez más exigua. Tener una cría había sido su sueño, su esperanza de futuro.

Y seguía siendo el sueño de ella, aunque ya no fuera el de él.

Yrsa tragó saliva y moduló su voz con cuidado para disimular la desesperación que temblaba en su interior, para esconder el magma que burbujeaba bajo la superficie.

—Lo haré yo. —Le puso una mano sobre el brazo nervudo; la piel brillante y escamada de él se tensó con el tacto de ella. Él clavó en ella su mirada de fuego, pero permitió que su compañera le bajara el brazo.

Luego la miró dubitativo.

—¿Estás segura?

—Salió de mí. —Yrsa hizo una pausa al ver las arrugas que se le formaban a él al fruncir el ceño—. Seré yo quien acabe con ella —insistió—. Debo ser yo.

Él asintió.

—Muy bien.

Se dio la vuelta y agarró el cesto.

—¿Adónde te llevas…?

—Lo haré yo —lo interrumpió—. A mi manera.

La piel encendida por el fuego del rostro de Asger resplandeció; las fuertes líneas de sus pómulos parecían más pronunciadas, lo bastante afiladas para cortar la piedra y tan implacables como las montañas que los cobijaban.

O bien estaba preocupado por ella… O no confiaba.

—Yrsa…

—No derramaré sangre en nuestra madriguera. —Tenía que convencerlo. Debía lograr que la dejara irse.

Él asintió de nuevo.

—Muy bien. Entonces, te acompaño…

—No. Lo haré sola. Me encargaré yo misma de este… asunto.

Eyfura guardó silencio, pero la miró de un modo que le hizo dudar de si le creía. Tal vez fuera intuición femenina. Eyfura era madre. Sabía muy bien lo que era engendrar una cría, traer vida a este mundo y amarla, cuidarla con tanto mimo como se cuidaría un jardín, alimentarla, atenderla y vigilarla con ojos ansiosos, siempre oteando el horizonte, temerosos de las tormentas. Pues eran muchas las tormentas que se cernían sobre ellos en esa vida, listas para estallar y arrebatarles todo lo que amaban. Eyfura lo sabía de primera mano. Había perdido a su hijo en el Lamento.

Yrsa salió de la madriguera acunando a su bebé y Asger no la detuvo. Confiaba en ella. Durante generaciones, habían sido siempre el uno con el otro.

Hasta entonces.

Recorrió las cavernas evitando las miradas de sus camaradas, escondiendo el cesto de sus ojos. Se deslizó por túneles llenos de agua hasta llegar a la superficie, donde emergió de las montañas igual que un géiser de la tierra.

Se elevó, dejando atrás los Riscos, que eran como un gran gigante durmiente en la noche. Surcó el cielo oscuro con su hija en brazos y viró hacia el sur.

Voló a través de la noche. Cuando llegó la mañana, se adentró más en las nubes para esconderse; el grueso vapor era parecido al gris plateado de su piel. Se aferró el cesto contra el pecho y usó el calor de su cuerpo para mantener caliente y seco al bebé mientras surcaba los densos aires.

Ya estaba cerca cuando volvió a caer la noche. Lo que a un caballo y un jinete les costaría semanas, ella era capaz de recorrerlo en dos días, volando rápido y en línea recta, como un dardo a través del aire.

Sabía adónde iba. Se dirigía al lugar más seguro para un ser humano, donde nadie miraría a su hija y vería un monstruo. Un lugar donde su hija sería aceptada y amada: la guarida del enemigo.

Era tarde y el palacio dormía. Las alas la mantenían suspendida en el aire sin esfuerzo, sin que tuviera que pensar en cómo hacerlo. Mientras sobrevolaba la ciudad, se despegó el cesto del pecho para mirar a su hija por última vez y memorizar su rostro, la dulce curva de sus mejillas, los ojos grandes, la melena roja que apenas empezaba a nacer. «Cuídate, pequeña».

Yrsa aterrizó en los terrenos de palacio y dejó su preciosa carga sobre los adoquines. Miró a su alrededor para confirmar que no había nadie por las inmediaciones. El bebé sacudió los puñitos en el aire con rabia, como si quisiera anunciarse al mundo. Yrsa sabía que debía marcharse, pero no pudo evitar contemplar a la niña, a su niña, con el corazón a punto de estallarle.

La bebé abrió la boquita rosada y soltó un aullido.

Silenciosa y veloz como un fantasma, Yrsa alzó el vuelo y se perdió en el cielo oscuro.

22

TAMSYN

Era el caos. Un monstruo. La clase de monstruos que asustan a los niños en sus pesadillas. De los que hablan a los niños pequeños para aterrorizarlos y así obligarlos a obedecer. Tenía la boca llena de ceniza y carbón. Únicamente notaba ese sabor mientras surcaba el cielo húmedo, retorciéndome y girando en el vendaval para intentar librarme de ese cuerpo, para quitármelo de encima como me desharía de la red de un pescador.

No funcionaba. Nada funcionaba. El cuerpo se quedó conmigo.

Un cuerpo que no era mío. El majestuoso movimiento de las alas en el aire combinaba con el martilleo de mi corazón. «Alas». ¡Poseía alas! O bien ellas me poseían a mí… Aquellos apéndices funcionaban sin deliberación ni voluntad, por puro instinto. ¿Por qué? ¿Por qué tenía ese instinto y nunca había sabido…, nunca había sospechado…?

Un rugido atronador llegó hasta mí a través del silbido del aire. Un rugido que provenía de mí. El ruido trepó por mi garganta ardiente, salió de entre los colmillos de mi boca. Un grito sin fin.

Yo era el monstruo.

Y aquello no era ningún sueño.

No sabía cuánto tiempo llevaba volando. ¡Volando! Estaba volando. «Soy un dragón». Aquella plaga legendaria que había asolado la civilización desde el principio de los tiempos hasta que la humanidad se había erigido en un clamor único, convertida en un maremoto decidido a acabar con todos ellos, hartos de ser las víctimas de aquellos demonios alados.

«Y ahora eres uno de ellos. Un demonio alado».

La Trilla había arrasado el mundo durante casi quinientos años; había asolado la tierra como un incendio salvaje, destruyéndolo todo a su paso. Habían luchado ejércitos, habían caído soldados, se habían reducido pueblos enteros a escombros…, y todo para que los dragones cesaran de existir.

Y, durante un centenar de años, los cielos habían quedado libres de ellos. No se había visto ni uno solo, salvo aquella ocasión única en la que Balor el Carnicero había encontrado a la dragona que se había llevado a Fell. Habían saqueado los riscos. Los bandidos habían desvalijado túneles y cuevas, buscando los tesoros y los alijos escondidos de las criaturas. En todo ese tiempo, no se había visto ni a una sola bestia. Nada. Ni un rugido. Ni un susurro.

La humanidad había triunfado. Al menos, eso se creía. Era lo que se había aceptado como cierto: los dragones ya no existían. Habían quedado reducidos a un capítulo de la historia. Tarde o temprano, pasarían a ser solo una página…, y luego, una nota al pie. Algún día, ni siquiera eso. Ese era el destino de todo aquello mágico que había dejado de existir. Se había desvanecido de hecho a rumor, de rumor a mito.

Entonces ¿por qué estaba yo aquí? ¿Así? ¿Cómo?

«¿Cómo, cómo, cómo, cómo, cómo?».

La respuesta fue tomando forma, transformándose en algo tan sólido como una roca. Creció, adoptando palabras que se endurecieron en una única e irrefutable verdad: la historia se había equivocado.

Todo lo que sabíamos, todo lo que nos habían enseñado... Todo era un error.

Yo misma era un error, atrapada en ese cuerpo, en una jaula de la que no podía escapar, que no podía dejar atrás.

Vibré; la voluntad de negación borboteaba en mi interior, empujaba los barrotes. Yo no podía ser esa cosa perteneciente a la tradición y a las pesadillas, a las historias de fantasmas que contaban a los niños para que se portaran bien y volvieran a casa antes de que oscureciera.

Un dragón. El horror que sentía se incrementó; la palabra era como un veneno que se extendía, que se apoderaba de todo.

Un dragón. Yo. «Una asesina». Era todo eso a la vez.

Era una asesina. Había puesto fin a una vida. Cierto, Arkin estaba a punto de poner fin a la mía, pero había sido yo quien había terminado por matarlo a él... y con una facilidad tan terrorífica como brutal. Lo había aniquilado como si hubiera apagado una vela de un soplido.

No sé cuánto tiempo pasé trazando espirales en el aire acompañada de aquellos agónicos pensamientos.

Mis manos no eran manos. Eran armas: unos dedos de color ámbar coronados por afiladas garras que atravesaban el viento como si buscaran algo. ¡Garras! Y no era esa mi única máquina de matar. Levanté la lengua para palparme la boca, llena de humo, para comprobar cómo era el paladar, el interior de las mejillas. Acaricié los incisivos, tan afilados que podían clavárseme en la lengua. Más dones letales a mi disposición.

En los pulmones me palpitaban y crepitaban ascuas. Miré arriba y abajo, como si allí pudiera hallar la respuesta, como si mi salvación se encontrara entre las nubes. Atravesé el vapor errante, atisbando destellos de las cimas de las montañas en la distancia; solo las puntas, que se erigían como pirámides serradas de mármol blanco y negro. «Los Riscos». Eran más asombrosos y aterradores de lo que los bardos habían sabido transmitir. Eran tan grandes —solo las cumbres ya lo parecían— que se veían a kilómetros y kilómetros de distancia. Mi corazón reaccionó al verlos; dio un brinco, me golpeteó contra las costillas como un cachorrito sobreexcitado, entusiasmado ante su persona preferida.

Y aquello me supuso un terror en sí mismo. Los Riscos no deberían significar nada para mí. No debería sentir nada al verlos.

Aparté la vista a regañadientes y la bajé más allá de las nubes, decidida a no volver a mirarlos.

Observé el suelo, que estaba muy por debajo de mí. Los árboles eran como puntos; los lagos, como espejos. El caudaloso río Vinda no era más que un lazo serpenteante, y sus arroyos, como venas azules en la tierra. El verdor era intenso. Sentí una nueva oleada de pánico. ¿Cómo estaba haciendo eso? ¿Cómo era posible que no me precipitara hacia el suelo, que no cayera y me estrellara contra la tierra, rompiéndome en mil pedazos?

«Fell». Él había estado allí. Había visto lo que le había hecho a ese hombre. Había mirado atrás y lo había visto ante el cuerpo de Arkin, buscándome con aquellos ojos de escarcha que disparaban hielo. Me había visto. O, mejor dicho, había visto al dragón. Él no tenía forma de saber que era yo. No llegaría a esa conclusión. Tal vez me diera por muerta, tal vez pensara que la criatura me había matado. Fuera como fuere, se había librado de mí.

Un sollozo se abrió paso en mis pulmones, que no hacían más que contraerse y expandirse. Me ardían. Hervían en el interior de mi pecho. Y, sin embargo, el ardor no me causaba dolor. El fuego no me hacía daño.

Mi don. Mi maldición.

Surqué los aires sin gracia, dirección ni propósito. Volaba presa del miedo, víctima del impulso de seguir, de correr… No: de volar.

Era una respuesta inmediata, refleja, pero no tenía adónde ir. No había un lugar al que huir, no había un solo refugio seguro para alguien como yo en aquel planeta. Y no podía seguir en el aire para siempre. Miré a mi alrededor desesperada, buscando un lugar donde aterrizar.

Y, de algún modo, descendí. Me lo ordené y mi cuerpo obedeció; los músculos reaccionaron y funcionaron. Algo era algo. Era capaz de dirigir mis propios movimientos. Quizá aún había esperanza de que pudiera ordenarle a mi cuerpo que volviera a ser humano.

Al bajar, alcé las patas y las acerqué a mi cuerpo. Las alas se movían y convertían el aire en un vendaval, generando fuertes remolinos. El cuerpo se me enganchaba con las hojas, chocaba y partía ramas gruesas como si no fueran más que palitos. Aterricé con torpeza; las plantas de mis pies entraron en contacto con el suelo un breve segundo antes de que mis rodillas flexionadas se estamparan contra la superficie. Aplasté la hierba y las hojas bajo mi peso y me hice un ovillo sobre mí misma, curvando la cola alrededor de mi cuerpo como si quisiera cobijarme.

Noté un escozor familiar en los ojos, la única sensación que reconocía en todo aquello. De nuevo, un sollozo intentó abrirse paso en mi pecho, pero los únicos sonidos que escapaban de mi boca eran resoplidos chirriantes. Nada inteligible. Ninguna palabra. Nada humano.

Me incliné sobre las rodillas, flexionadas, y estiré los brazos ante mí mientras soltaba esos sonidos salvajes, desesperados y estrangulados. Clavé las garras en el suelo; el barro y la mugre se me deslizaron entre las zarpas. Me miré los brazos, la piel... Esa piel escamosa que parpadeaba como el fuego. La prueba de lo que era.

Arrastré los dedos temblorosos por las mejillas y me arañé la piel con las uñas —las garras—, como si así pudiera arrancarme la carne de los huesos y encontrarme a mí misma enterrada debajo, igual que una persona encerrada en un capullo.

Y, con la presión que ejercí, debería haberlo conseguido. Debería haberme hecho sangre, pero aquella piel era tan dura como una armadura. Tendría que ir más profundo si quería causarme algún daño. Si quería encontrarme.

«Transfórmate. Vuelve».

Me concentré en aquel deseo, intentando hacerlo realidad, intentando cambiar. Pero nada. No hubo transformación. Seguía siendo aquella criatura con el sabor del fuego de los infiernos en la boca y con la nariz llena de humo.

Levanté la vista y me maravillé al contemplar el mundo que me rodeaba. Todo estaba más vivo. Los verdes eran más verdes, los cafés eran ricos y resplandecientes de una forma que jamás habría creído posible. Había colores que nunca había visto, que no sabía que existían, y que ahora cautivaban mis sentidos.

Se me alzaron las orejas al oír el burbujeo del agua sobre una roca plana. Empecé a arrastrarme hacia la masa de agua agarrando puñados de tierra; la olía tanto como la oía. Seguí el rastro de olor que flotaba en mi nariz, a almizcle, magma y azufre.

La hierba se fue haciendo cada vez menos densa, dando paso a rocas y guijarros que no me hacían daño a pesar de que me arrastrara con todo mi peso sobre su dura superficie. Mis largos dedos teñidos de ámbar trabajaban de forma sinuosa, jalándome hacia la orilla. Al primer lametón frío se me contrajo la piel, y saboreé la humedad con avaricia.

Hundí las manos en las aguas poco profundas, clavándolas en el lodo y el esquisto. Me incliné sobre el agua tan suave como la hierba y miré abajo, contemplando por primera vez mi reflejo. La nariz ancha y protuberante, los dientes, grandes y mortales, como dagas en el interior de mi boca. Mis ojos también eran distintos, más felinos…, de pupilas oscuras y hendiduras alargadas a los lados de mi cara.

No era mi cara. Era la cara de un dragón.

Salí y pegué un zarpazo al agua, enojada, salpicando a mi alrededor y borrando mi reflejo. Deseé que fuera igual de fácil borrar todo aquello… en lo que me había convertido, en aquella imposibilidad que no podía ser. Retrocedí, apartándome del agua, y las olas se serenaron hasta convertirse de nuevo en un espejo. Me dejé caer de lado y me enrosqué en una bolita que jadeaba de forma entrecortada y animal. El fuego me calentaba el pecho. Me rodeé las rodillas con los brazos, intentando empequeñecerme, intentando volver a ser yo.

Me di la vuelta y restregué la cara contra el suelo para saborear el barro en los labios. Cerré los ojos e intenté formar palabras, dar voz a mis pensamientos. Sin embargo, solo podía transmitir mi dolor y mi miedo al universo de forma muda, o con sonidos ininteligibles que salían de mi boca en forma de resoplidos.

«Esto no es real. No puede estar pasando. Es una pesadilla. Despierta. Despierta. Despierta».

Por un momento, mi mente se tiñó de gris. Los pensamientos se desenredaron, se desenrollaron hasta desaparecer. Lo olvidé todo. Olvidé dónde estaba. Olvidé lo que era, lo que fue todo un alivio. Una gran bocanada de aire abandonó mi cuerpo. Si pudiera, jamás volvería a recordar. Me quedaría allí, en mitad de tanto gris.

Volvía a estar en casa, en la Ciudad, en palacio, en la comodidad de mi cama, acurrucada entre mullidos cojines y con las gruesas mantas hasta la barbilla. Suaves sonidos vibraban en el aire, a mi alrededor. El trino de los pájaros en la ventana. Voces, pasos. La canción distante de una criada mientras recorría el pasillo. Todo me resultaba tan familiar como un camino andado un millar de veces.

Segura. Cómoda. Volvía a ser la niña de los azotes real, a salvo en mi papel, satisfecha en mi lugar... Cualquier anhelo secreto de ser algo más, de ser otra cosa, no era más que un débil susurro en mi corazón, en lugar de algo que me escocía bajo la piel.

El gris era paz. Luz sobre la hierba. Una brisa matutina sobre las suaves plumas de un pájaro. La limpieza de la lluvia en un jardín. Si respiraba lo bastante lento y profundo, casi podía creer que estaba allí. Casi podía creer que era real.

Pero duró apenas un segundo. Entonces lo recordé.

Volvía a estar en el presente, en las cenagosas fauces del bosque.

Y lo recordé todo.

Quería esconderme y plegarme como los pétalos de las flores que se cierran al terminar el día, para prepararse para la noche. Quería quedarme acurrucada en la oscuridad, escondida del mundo; lo prefería antes que seguir siendo aquella criatura. Antes que seguir viviendo con esa forma monstruosa, capaz de tanto daño y tanta destrucción. Una criatura que solo era temida, nunca amada. Que estaba sola.

Reflexioné sobre cómo hacerlo.

¿Cómo podía poner fin a aquella existencia miserable?

Según los bardos, los dragones vivían mucho tiempo. No eran exactamente inmortales, pero no andaban muy lejos. Vivían durante siglos. Me resultaba difícil comprenderlo. ¡Siglos! Para un mortal, aquello se acercaba bastante a la inmortalidad, y yo seguía pensando como un mortal. Como un humano. Débil. Quebradizo como una ramita en invierno. Alguien que había esperado —deseado— celebrar aniversarios hasta bien entrada en los dos dígitos..., pero nunca los tres.

Pocas cosas podían matarlos. ¿Matarlos? ¿Matarnos? «Matarme».

Aquello jamás me parecería normal, jamás me parecería correcto. Jamás se deslizaría por mi mente o mi lengua con facilidad.

Un dragón no se podía destruir con armas al uso. Con fuego no, como era obvio. Al menos, a mí no me haría daño. Ese elemento en concreto estaba en el mismísimo centro de mi ser. Burbujeaba por mis venas como la brea que corría bajo la piel de la tierra.

Mi angustia era puntiaguda, afilada; se me clavaba en lo más profundo. Agaché la cabeza y jadeé; lloré sin lágrimas por la mujer que había sido, por la chica perdida. Como tratar de sacar agua de una esponja seca: no cayó ni una sola lágrima. Los dragones no lloraban. Un hecho que jamás había esperado conocer. Ahora sí. Ahora lo sabía.

—Oh. Hola.

Levanté la cabeza de golpe al oír la voz. Aquel no era un lugar en el que debiera oírse voz alguna. Agucé la mirada al ver a la mujer que esperaba a varios metros de distancia. «Thora».

Parpadeó despacio; no parecía en absoluto sorprendida ni asustada, ni ninguna de las reacciones que una persona pudiera tener al encontrarse frente a frente con un dragón.

Ladeó la cabeza.

—No pareces haber tenido un buen día.

Hablaba como si nada, despreocupada, como si verme fuera para ella algo tan cotidiano como acariciarse el dorso de la mano.

Abrí la boca, pero de ella no emergió su nombre. El habla, el habla humana, todavía estaba fuera de mi alcance. No lo conseguía. Las palabras se quedaban atoradas en mi garganta como enormes cascotes imposibles de mover, como rocas que no lograba sacar de mi boca.

Agaché la cabeza y la enterré en mis extrañas manos, unas zarpas que parecían pertenecer a otro cuerpo. A otra cosa.

¿Por qué Thora no huía? ¿Por qué no tenía miedo?

Fell me había dicho que era una bruja. Tal vez por eso no tenía miedo de los dragones. ¿Había sabido lo que era yo cuando me había visto por primera vez? ¿Era ese el significado que entrañaban sus desconcertantes palabras?

Brujas y dragones. Criaturas mágicas ambas. Existían en el mismo plano. Existíamos. Existíamos en el mismo plano, el plano mágico.

Thora dio un paso al frente. No tenía miedo. Luego, por increíble que parezca, se agachó para dejar el rostro cerca del mío.

—Eres tú, ¿verdad? Estás ahí dentro —susurró sobre mi piel, palabras tan reconfortantes como un bálsamo. Me miró y me vio. Yo era incapaz de comprender cómo, pero me vio. Asentí—. Eso pensaba. —Me miró de arriba abajo—. ¿Sabes cómo transformarte?

¿Transformarme? ¿Podía? ¿Era eso una posibilidad?

Quise preguntárselo, pero no pude, por supuesto. Para hacerlo, para pronunciar la pregunta, tendría que transformarme, y eso no iba a pasar. Una carcajada retorcida y amarga se me alojó en el pecho junto con las demás palabras atrapadas.

—Bueno. —Se incorporó y se sacudió las manos en las faldas—. Vamos, pues. No te puedes quedar para siempre enterrada en el lodo. Vamos a ver qué hacemos contigo.

«A ver qué hacemos contigo».

No sabía si se podía hacer algo conmigo. Me parecía una tarea imposible. Sin embargo, como tenía tan pocas opciones, la habría seguido a cualquier parte.

23

FELL

La había perdido.

«Perdida».

«Perdida».

«Perdida, perdida, perdida, perdida, perdida, perdida, perdida».

Le había fallado. Había dado por hecho, en mi arrogancia, que Tamsyn estaría siempre allí, igual que el tiempo, igual que los días y las horas, los momentos que se transformaban en un siempre. Que sería algo tan sólido y perdurable como un viejo roble y duraría años, hasta bien entrada en la vejez. Que siempre estaría a mi lado, ella, la esposa equivocada, la esposa que no había querido para mí.

Debería haber nutrido la semilla que sentía crecer entre nosotros, debería haber fortalecido las raíces. Pero, en lugar de eso, la había dejado sola, vulnerable, la presa fácil para un monstruo que se suponía que no debía existir. Y para Arkin..., otro monstruo.

No era ciego. No ignoraba el hecho de que mi vasallo había estado con ella. Estaba solo en el bosque con Tamsyn cuando no debería haberlo estado, y después de manifestar aquel repugnante deseo de deshacerse de ella. No debería haber confiado en él. Era evidente que había ignorado mis órdenes y se había tomado la justicia por su mano. Cabrón testarudo... Teniendo todo eso en cuenta, no sentía gran pena por su pérdida. El mundo tenía su modo de arreglar las cosas, de equilibrar el peso, la balanza. Arkin había intentado hacer daño a Tamsyn y había recibido su merecido.

Pero yo le debía a mi esposa su protección. Su seguridad. Era lo más básico que podía hacer por ella, tal vez lo único que se me creería capaz de proporcionarle adecuadamente, teniendo en cuenta quién era yo. Nadie pensaba que hubiera nada tierno o dulce en mi interior. Era la Bestia de las Tierras Fronterizas, un asesino experto, un guerrero implacable. Era temido, reverenciado e irrompible, un señor al que todos sus vasallos podían recurrir para que los protegiera…, especialmente su esposa.

Era mía y no la había retenido a mi lado con la fuerza suficiente. No la había mantenido lo bastante cerca de mí. No lo bastante.

Su pérdida me carcomía, me hundía los dientes en la carne hasta clavarlos en el hueso. La culpa y la tristeza vibraban en mi interior, clavándose, enterrándose, alimentando mi odio. Mi desesperada sed de venganza.

«Un dragón».

Estaba ahí afuera. Seguía arrebatándome cosas. Seguían robándome aquello que formaba parte de mi vida. Mis padres. Tamsyn. Su existencia había abierto las puertas de ese antiguo odio que creía enterrado desde hacía mucho tiempo, que creía enterrado junto a los dragones, que era donde debían estar. Polvo que alimentara la tierra.

—Fell. —Mari pronunció mi nombre con tanto énfasis que supuse que llevaba rato repitiéndolo. Parpadeé y me concentré en su rostro—. Tenemos que parar para que descansen los caballos—. Miró atrás; los demás se afanaban por mantener el ritmo.

Cabalgábamos desde el día anterior. No habíamos parado, ni a descansar ni a dormir. El frío se nos clavaba en los huesos como un cuchillo. Nuestra respiración formaba pequeñas nubes ante nuestros labios y, aun así, los caballos estaban cubiertos de sudor. Les temblaban los músculos bajo los pelajes brillantes mientras nos abríamos paso en el skog.

Solo éramos cuatro. Mis tres mejores guerreros: Mari, Magnus y Vidar. Al resto le había encomendado la tarea de dar con el mejor halconero para mandar un mensaje tanto al norte como al sur. Al norte, dirigido al Borg. Debía alertar a mi pueblo. Debían prepararse para lo peor. Y al sur, a la Ciudad, a Hamlin. Él también merecía saberlo o, al menos, lo merecía su gente. Había ciudadanos a los que proteger.

Teníamos que dar voces de alarma. Una advertencia. Una sola palabra, pero con el peso suficiente para sembrar el terror en el corazón de todo hombre, mujer y niño. «Dragón».

Solo hacía falta una palabra, pero había incluido más. Había mandado información adicional. Había indicado a mis guerreros que en el mensaje para el sur añadieran que no encontrábamos a Tamsyn. Que la habíamos perdido. Que se la habían llevado. Eran su familia, aunque fueran un atajo de miserables y la hubieran usado como niña de los azotes. Ella los quería y ellos también parecían sentir afecto por ella. Aquello no había sido fingido. Se les suavizaban los rostros al mirarla; se habían enternecido al despedirse de ella.

Y luego estaba el capitán de la guardia. Aquel bastardo quería quedársela. Lo había visto en la forma que tenía de seguirla con la mirada, en cómo se le dilataban las pupilas, en cómo entreabría los labios como si se estuviera preparando para dar un bocado a una fruta jugosa.

Aún apretaba los puños dentro de los guantes hasta dejarlos exangües cuando me acordaba. Cuando recordaba cómo la miraba pensando que era suya aun después de habernos casado, cuando ya era mía.

Mierda. No era el momento de sentir celos, una emoción que estaba seguro de no haber sentido ni una sola vez en la vida. No era propio de mí. En ese momento, ella estaba sola, sin pertenecerle a nadie, y necesitaba la ayuda más desesperada, si no de mí, de otro. De cualquiera. Incluso de quienes no me gustaban. Si su familia de mierda podía ayudarla a volver y mantenerla a salvo, no era tan orgulloso como para no pedírselo.

De repente, me acordé de los jirones de ropa. Harapos de tela azul desperdigados por el suelo, atrapados en unas garras gruesas como huesos. Me froté los ojos con los nudillos como si así pudiera borrar el recuerdo, que era como un remolino viscoso que no había dejado de girar en el interior de mi mente, implacable, desde el día anterior.

No quería creer lo peor. No era capaz de aceptar que estuviera muerta, que aquella bestia la hubiera devorado antes de mi llegada. Todavía no. No. Al fin y al cabo, un dragón me había llevado a mí y había sobrevivido. Y Tamsyn era mucho más fuerte que un niño. Y más lista. Por mucho que la hubiera regañado por ello, había resuelto nuestro encuentro con los bandidos de forma eficiente, quitándose su propio collar del cuello para pagarles.

Quizá siguiera con vida en algún lugar, en la guarida del dragón, igual que yo cuando era niño. Solo debía encontrarla.

Eran pensamientos desesperados. Producto de la esperanza, de la súplica, de aferrarme a cualquier cosa…, mas no imposibles. No lograba convencerme de que estuviera muerta. Aunque todo apuntaba a que así era, no podía. No conseguía imaginarlo.

Todo había ocurrido en un abrir y cerrar de ojos. Mi atención estaba en el peligro, en su ropa hecha jirones, en el cadáver humeante de Arkin y el hedor a carne chamuscada. En el dragón de seis metros que no debería existir suspendido en el aire, levantando vendavales con el movimiento de sus alas.

Sin embargo, eso no significaba que Tamsyn no estuviera allí también, en mitad de la refriega, escondida tras una de las patas del dragón, donde yo no pudiera verla.

«Pensamientos desesperados. Producto de la esperanza, de la súplica, de aferrarme a cualquier cosa…, mas no imposibles».

Si estaba viva y algo me ocurría a mí, si fracasaba en mis empeños de encontrarla y el dragón al que intentaba cazar acababa conmigo, necesitaba saber que alguien cuidaría de ella. Que alguien más la salvaría.

«Iré a buscarte».

En ese momento había deseado partirlo en dos por atreverse a dirigirle aquellas palabras a mi esposa, con la que acababa de casarme (y encamarme), pero era lo que le había dicho el capitán de la guardia. Stig, lo había llamado ella. Y habían sido palabras sinceras.

Por el bien de Tamsyn, necesitaba asegurarme de que los suyos supieran lo que le había ocurrido. «Los suyos». Aquel pensamiento me bajó por la garganta y dejó un sabor amargo en ella. Se suponía que yo era de los suyos. Yo. Por mucho que me hubiera resistido a ello.

Odiaba la posibilidad de necesitarlos, de necesitar a otros. De que tal vez yo no fuera suficiente para salvarla. Y, aun así, desterré ese pensamiento de mi mente porque lo único que importaba era Tamsyn.

Que Tamsyn no estuviera muerta.

Tamsyn, viva e ilesa.

Mari me miraba con el ceño, normalmente liso, fruncido de frustración, y me di cuenta de que estaba esperando mi respuesta.

—No podemos seguir a este ritmo —insistió.

Tragué saliva y la derrota me ardió en la garganta. Teníamos que continuar. Un dragón volaba más rápido de lo que nunca podríamos cabalgar. No podíamos detenernos.

Y, dado que lo que perseguíamos se desplazaba por el aire, no había huellas que rastrear. No era a lo que estaba acostumbrado. Solo seguía la dirección en la que la criatura había salido volando, pero en realidad podía estar en cualquier parte, podría haber girado en cualquier dirección. Era imposible saberlo. Y, aun así, tenía una sensación que me guiaba, un conocimiento en el que confiaba. No podía explicarlo, así que no lo intenté.

Pero mis guerreros no confiaban tanto. Hacía varias horas que los oía murmurar a mi espalda. Era la primera vez que ocurría. Me habían guardado lealtad y obediencia toda la vida, y siempre me habían seguido sin cuestionarme jamás. Sin embargo, habían empezado a dudar de mí.

—Fell… Si no descansamos, los caballos se desplomarán.

—Si se desploman, nos levantaremos y seguiremos adelante —gruñí.

Mari puso unos ojos como platos. Antes, jamás me habría atrevido a decir tal cosa. Y, sin embargo, acababa de hacerlo. Seguí adelante con testarudez. Debía encontrar a Tamsyn y dar muerte a aquel dragón, como a cualquier otra criatura salvaje y devoradora de hombres.

El estrecho sendero por el que transitábamos se dividía ante nosotros en dos senderos aún más estrechos, apenas caminos de caza, en los que solo se veían las huellas de animales más pequeños.

«Porque nadie pasaba de allí».

Mari se colocó a mi lado; las finas arrugas que le enmarcaban los labios más profundas que nunca.

—¿Y ahora qué?

Clavé los talones en mi montura y avancé antes de detenerme de golpe en la bifurcación, como si me hubiera dado contra una pared y no pudiera continuar. Mi destrero relinchó y se alzó sobre las patas traseras. No pensaba seguir; él también lo sentía. Ni siquiera estaba dispuesto a intentarlo. Era como si una mano invisible le hubiera cortado el paso.

Que así fuera. Nuestras monturas no cabían por ningún camino. Tendríamos que dejarlos atrás.

Mari soltó una exhalación, como si fuera demasiado grande para mantenerla dentro.

—¿Lo ves? No podemos seguir.

Le hice un gesto con la mano para silenciarla... Y busqué, palpé en mi interior en busca de aquella voz que no era una voz, de aquella sensación que tenía más de humo y de sombras que de sustancia. Un instinto. Una certeza persistente.

Y ahí estaba. Vino a mí; me acarició la mente como una pluma. Como sabía que haría. Había sido así desde que ese dragón había emprendido el vuelo. Desde que había empezado a perseguirlo, a cazarlo en busca de Tamsyn.

Era como el gesto de unas manos suaves, como un hilo delgado y frágil que me jalara hacia adelante. Curvé los dedos y reseguí la «x» que tenía tallada en la palma y que palpitaba como una herida sangrante. El pulso me guiaba: disminuía si iba por un lado, el lado erróneo, y se intensificaba si iba por el otro, el camino correcto. El camino hacia ella. Me resultaba inconcebible, pero era así como sabía que seguía con vida, como sabía por dónde tenía que ir.

—Es por aquí. —Señalé al oeste, al espeso bosque, que era como una pared viva y palpitante de verdor. Por encima de las copas de los árboles se erigían empinadas colinas, y más allá de sus faldas, más allá de las Tierras Fronterizas, se atisbaban unas montañas en el horizonte: los Riscos. La niebla rodeaba sus cumbres como anillos de humo.

El dragón se la había llevado hacia allí. Ni siquiera traté de explicarle a Mari el porqué de mi convicción. No podía. Ni siquiera yo lo entendía.

La guerrera negó con la cabeza y sus trenzas oscuras chocaron contra la gruesa armadura de cuero que le cubría los hombros.

—No podemos saberlo. Un dragón vuela como un cuervo... y tan rápido como el viento. No es posible saber por dónde ha ido una vez que se le pierde de vista. Ahora mismo, bien podría estar ya al otro lado del mar.

No lo creía. No, a no ser que hubiera abandonado a Tamsyn en algún lugar, y lo dudaba. Mi experiencia reverberaba en mi interior; había oído la historia tantas veces que el recuerdo parecía mío, como una huella que fuera más allá de la memoria, otro tatuaje grabado en mi piel hasta que estuviera muerto y pudriéndome bajo tierra. Imaginé que el demonio alado se había refugiado con ella en su madriguera, en algún lugar.

Fuera como fuere, a ella la sentía con tanta fuerza como mi propio corazón.

Era un conocimiento alojado en mis entrañas. Una percepción clavada en mis huesos. Sentía por dónde debía ir, me sentía compelido a seguir adelante, como si estuviéramos conectados. No era capaz de explicarlo, pero confiaba en ello.

—Vamos por aquí —ordené.

Me detuve y bajé al suelo. Di unas palmadas en el lomo de mi agotado caballo, até las riendas en un arbusto cercano y me adentré en la espesura del bosque.

24

STIG

Añoraba a Tamsyn. Había pasado ya dos semanas sin ella, y con cada día que transcurría el dolor de mi pecho no hacía sino intensificarse.

No podía dejar de preguntarme cómo podría haberla salvado. ¿Qué podría haber dicho en sus aposentos para haberla convencido de huir conmigo? ¿Qué podría haberle dicho a mi padre para hacerle cambiar de opinión? ¿Qué podría haber hecho para que Dryhten no se casara con ella, para que no se encamara con ella?

¿Qué? ¿Qué? ¿Qué?

Aquellas preguntas me quitaban el sueño. Me reconcomía la culpa y notaba su peso sobre los omóplatos, como una presión eterna.

Había fallado. A Tamsyn. A mí mismo.

El día de su partida se reproducía una y otra vez en mi mente. Todo él, cada momento terrible, se había convertido en un recuerdo lento que ansiaba olvidar, pero no era capaz, porque se me había grabado en el corazón como una profunda cicatriz. Se había marchado con él. Estaba ahí fuera, sola con esos bárbaros, sufriendo indignidades inconcebibles para mí.

Oí unos pasos en el exterior de mi cámara. Unos gritos altos y discordantes, tanto lejanos como cercanos, me alertaron de que algo había ocurrido.

Alguien aporreó mi puerta. El palacio estaba revolucionado.

Me vestí a toda prisa, agarré mi estoque y me lo coloqué en la cintura. Recorrí el pasillo dando grandes zancadas tras el tumulto, repiqueteando sobre los suelos con las botas.

Cuando entré en la cancillería del rey, lo hice con gesto estoico. Me sentía muerto por dentro y sabía que era ese precisamente el aspecto que lucía. Me mostraba tal y como me sentía desde hacía semanas. Ya nada me causaba felicidad. Nada me daba un propósito. Cumplía con mis obligaciones y mi entrenamiento porque no había nada más que hacer. Seguía adelante porque existía la remota posibilidad, una débil llama de esperanza, de que volviera a saber de ella, de que me mandara llamar.

La cámara estaba llena de vida y ajetreo. Había gente por todas partes; se había desencadenado el caos. Fuertes voces se interrumpían las unas a las otras. La reina estaba pálida y una de sus damas la estaba ayudando a sentarse para luego abanicarla a toda prisa. Mi padre parlamentaba con el rey y otros miembros del consejo, inusualmente nervioso.

Noté un cosquilleo en la nuca mientras me dirigía al frente de la cámara. Me detuve al lado de mi padre, que me miró. Sus ojos castaños eran muy parecidos a los míos, solo que ahora lucían un brillo febril.

—¡Stig! —Chasqueó los dedos varias veces y un guardia de palacio trajo un pergamino—. Un halconero acaba de traer esto.

Agarré el mensaje y leí las palabras que contenía. Aquellas palabras increíbles. Aquellas palabras que de ningún modo podían ser ciertas.

Mi cuerpo se rebeló físicamente contra ellas. Se me puso el estómago al revés y temí devolver mi última comida.

—No es cierto —anuncié con voz dura, conteniendo la tormenta de emociones que se había desencadenado en mi interior—.

Miente. Ese bastardo miente. —Arrugué el pergamino en la mano y lo tiré al suelo, sin importarme si alguien más querría leerlo.

Mi padre asintió con gesto sombrío, con la mirada fija en mí. Detrás de él, el rey se sentó junto a su reina, deshecha en lágrimas, y la estrechó entre sus brazos para reconfortarla.

Sobre la multitud flotaba una única palabra, que retumbaba en la cámara una y otra vez, en boca de todos.

«Dragón».

No me lo creía. Era mentira. Un truco.

Mi padre se acercó a mí.

—¿Qué piensas de esto?

—La mató. No hay ningún dragón. Fue él y se inventó esta historia ridícula para tener una coartada.

Mi padre asintió de nuevo con gesto grave.

—Creo que tienes razón. Un dragón… —añadió con desdén—. Debe de tomarnos por idiotas. En fin. No podemos permitirlo.

—No —coincidí. Había perdido a Tamsyn. Perdida. Y yo también estaba perdido.

Pero no, no lo permitiría. Pensaba vengarla.

25

TAMSYN

Me desperté poco a poco y nadé hacia la superficie, emergiendo de una niebla profunda y lechosa, tan parecida a la niebla que parecía envolverme, perenne, aquellos días.

Me moví y la paja se me clavó en el costado. Con una mueca, me recoloqué e intenté escapar de las punzadas del heno. Me pregunté dónde estaba. Por mucho que la paja me pinchara y me rasguñara, olía dulce, con ligeras notas a hierbas. Era un aroma, también, ligeramente ácido. No apestaba a moho ni, lo que habría sido aún peor, a estiércol. Al menos tenía eso. Por lo que a camas respectaba, podría haber sido peor. Mucho peor.

Y entonces me acordé de que era, en efecto, muchísimo peor.

Mientras el mundo a mi alrededor se hacía nítido, alcé una mano y la sostuve ante mí, conteniendo el aliento, preparándome. Necesitaba ver con mis propios ojos el horror que me aguardaba aquel día; necesitaba saber, lo temía y lo esperaba…

Pero ahí estaban los dedos que tan bien conocía, las uñas igual de cortas y mordidas de siempre. Sin embargo, los miré como si fueran una novedad, una maravilla, aquellos dedos esbeltos que se flexionaban ante mi rostro. Los moví con gestos experimentales y temblorosos, como un potro que se sostiene sobre sus cuatro patas por primera vez.

«Vuelvo a ser yo».

Mi brazo. Mi mano. Mis dedos. Nada de apéndices en forma de zarpa. Nada de garras. Nada de carne con escamas.

No había ningún dragón.

Mis manos se lanzaron a explorar mi cuerpo, a evaluarlo para cerciorarme. Volvía a ser yo en el más cierto de los sentidos. Estaba desnuda en la cama de paja con una manta de lana enrollada a mi alrededor, exponiendo mucha más piel de la que protegía del aire fresco y matutino.

Exhalé un suspiro de alivio que se convirtió en vapor en cuanto chocó contra el frío.

—Sí. Vuelves a ser tú.

Al parecer, lo había dicho en voz alta. Había proclamado aquel pensamiento al mundo entero, había permitido que se materializara y tomara forma como algo real, algo que podía tocar y sostener con las manos.

Miré a Thora.

—Eres tú. —Resultó que no la había soñado.

Los acontecimientos del día anterior afloraron en mi mente. El fuego como saliva en la boca. Fell. Su bramido de furia inundando mis oídos, persiguiéndome por el cielo como humo. Mi vuelo salvaje y sin rumbo antes de aterrizar, antes de que Thora me recogiera cuando más rota estaba, cuando más necesitaba que me repararan. Me había traído a su casa como si nada, como si encontrarse con dragones fuera cosa de todos los días.

Al ver que no cabía por la puerta de su casa, me había llevado al granero y me había preparado una cama junto al resto del ganado: dos vacas lecheras, un caballo y una mula. Todos me habían mirado con comprensible desconfianza, un recelo que aún se reflejaba en sus miradas ahora, bajo la suave luz de la mañana, aunque la mula ya no tenía los ojos tan abiertos y mascullaba su comida en una cubeta.

Thora ladeó la cabeza y me contempló acostada sobre el montón de paja con gesto pensativo.

—Aunque tal vez debería decir que eres tu otro tú. Porque el dragón también eres tú —añadió tajantemente, con tanta naturalidad que el pánico volvió a despuntar en mi interior. Un pánico no muy distinto al que había sentido mientras viraba sin rumbo a miles de kilómetros sobre el suelo.

No, no, no, no, no, no, no.

—No soy ningún dragón. —El miedo me afilaba la lengua—. ¡Lo sabría! —Ella se limitó a mirarme compasiva—. No soy un dragón… —Mi miedo se convirtió en algo más blando, más tierno. En un ruego desesperado. Era humana; no podía ser otra cosa. A pesar de que todas las pruebas afirmaban lo contrario. Me lo repetí, como si solo con aquella convicción pudiera hacerlo cierto—. No soy un dragón.

Me miró de nuevo, esta vez casi divertida.

—Creo que sabes muy bien lo que eres.

Negué con la cabeza.

—No puedo serlo. Los dragones ya no existen.

Asintió, pero había tanta indulgencia en el gesto que casi me pareció insultante, como si estuviera intentando calmar a un niño pequeño a punto de estallar en un berrinche.

—Bueno, parece que no han desaparecido todos. Ya sabes lo que dicen…

¿Lo que dicen? ¿Quién?

Negué con la cabeza, deseando que se callara. No quería que tuviera razón, que sus palabras tuvieran sentido. No quería que me convenciera, que dijera algo que me hiciera creer lo increíble. Quería una razón para no creer.

—Que la magia no puede destruirse —continuó—. Puede esconderse, pero siempre está ahí. Nunca desaparece. Vive en los huesos, en el alma de este mundo. Lo que eres… Esto… —Me señaló—. Siempre estuvo en ti, arraigado en lo más profundo de tu ser.

«Siempre estuvo en ti». Como un diente esperando a salir, aguardando con paciencia que llegue su turno, que llegue el día en que pueda surgir.

Negué con la cabeza, que de repente me dolía. ¿Ese dragón había estado siempre escondido en mí? ¿Había guardado ese secreto toda mi vida, incluso de mí misma? Nada de aquello estaba bien. Me presioné las sienes con los dedos; mi instinto de negación era acuciante, mi confusión tan profunda y salvaje como los zarzales del bosque que nos rodeaba.

Siempre había pensado que lo que me diferenciaba de los demás era ser la niña de los azotes. Pero quizá había algo más.

Quizá era esto.

—La magia no puede destruirse —repitió.

Y aquello pareció contradecir todo lo que sabía. El objetivo de la Trilla había sido destruir a los dragones. La humanidad lo había creído posible. Los reyes y las reinas habían mandado a sus ejércitos a que se encargaran de ello.

Y lo habían hecho.

Nos habían contado que la magia —o las criaturas mágicas— eran las responsables de todos los males, de todos los problemas. Cada plaga o injusticia sufrida era atribuible a los dragones.

Entonces, si yo era uno de ellos, ¿significaba eso que era malvada? ¿Que debía borrarse mi existencia? Yo no era una mala…

Me sobresalté y me detuve. Me estremecí al pensar en la frase que tenía en la punta de la lengua.

Yo no era una mala persona. Pero ¿era una persona, acaso?

—Ven. —Thora me tendió una mano—. Entra en casa a calentarte. Tengo ropa para ti y te traeré algo de comer. Te sentirás mejor cuando hayas comido.

Ojalá tuviera razón. Ojalá con un plato de comida caliente se arreglara todo.

—No puedes quedarte aquí.

Thora me dio la noticia tras ponerme un tazón de leche y avena con canela dulce delante, como si fuera una niña y quisiera tentarme con algo sabroso en lo que hubiera escondido una amarga medicina.

No por ello sus palabras fueron más fáciles de asimilar. Aunque estuviera sentada a su mesa, con un vestido prestado de lana cálida atado por delante y el fuego crepitando en la chimenea cercana, fueron como una cubeta de agua fría, como una roca que cayera entre nosotras con un golpe sordo.

Las repitió…, ya sea por énfasis o porque mi continuo silencio le pidió que reiterara su mensaje.

—No puedes quedarte aquí.

No la miré a los ojos. Moví la cuchara con más fuerza, removiendo la avena, expandiendo un poco de mi energía inquieta.

«No puedes quedarte aquí».

Me humedecí los labios. Quise preguntarle por qué. ¿Para qué me había traído hasta aquí? ¿Para echarme? Y aun así no me sentí capaz de pronunciar la pregunta, demasiado reacia a revelar lo vulnerable que me sentía.

Allí, sentada a su mesa, rodeando el tazón con un brazo para acercármelo, por si me lo arrebataban igual que me lo habían arrebatado todo, me sentí diminuta. Al borde de las lágrimas. Aunque esta vez el llanto sí se materializaría. Esta vez, las lágrimas caerían como lluvia de mis ojos.

—No lo sé todo sobre los de tu especie. Pensaba que se habían extinguido. Sé que esperas que te ofrezca respuestas, pero hay mucho que no sé. —Respiró hondo, un profundo suspiro que se me antojó como un viento frío contra unas contraventanas, luchando por entrar… o salir—. Tú…, aquí… No puedo evitar pensar que tiene algo que ver con Vala.

—¿Vala? —¿Dónde había oído antes ese nombre?

Le brillaron los ojos.

—Sí, Vala. La hermana de mi abuela. Siempre tuvo más magia en su interior de lo que le convenía. Nació con demasiado poder, pero sin la astucia o la cautela suficientes. Era una chica estúpida y vanidosa. Se creía enamorada del rey Alrek. Y lo que es peor… Creía que él también la amaba a ella.

—¿El rey Alrek? —Levanté la vista. Alrek había sido el abuelo de Hamlin. Lo sabía bien: me habían enseñado el linaje real al detalle—. Eso fue hace mucho tiempo.

Thora soltó una carcajada y negó con la cabeza antes de seguir contando su historia.

—Sí. Era joven y guapo y, bueno…, un rey. La idiota de mi tía abuela creyó que la convertiría en su reina. Esto fue antes de que él se casara, por supuesto. Le pidió a Vala que lanzara un hechizo por él, el último clavo en el ataúd de los dragones.

La escuchaba fascinada; me sentía como una niña sentada a los pies de uno de los bardos que visitaban palacio. Estaba segura de que era allí donde había oído hablar de la tal Vala, en una de esas historias que habían flotado en forma de cautivadora melodía en el Gran Salón.

Thora suspiró con tristeza y volvió a negar con la cabeza.

—Mi abuela le dijo que no lo hiciera. Que no lanzara un hechizo como ese. Arrojar al mundo algo de esas características… acaba volviéndose en tu contra. —La voz de Thora se apagó. Se estremeció; de repente, su hermoso rostro aparecía sombrío y asomaban pistas de su edad por las arrugas y los recovecos, por la sabiduría cansada de sus ojos, lo que me recordó que, por mucho que pareciera una muchacha, aquella mujer era mayor que yo, que me doblaba la edad, por lo menos… Que era al menos tan vieja como el rey y la reina, tal vez incluso más. ¿Quién sabía con exactitud cuántos años llevaba caminando sobre la faz de la Tierra? ¿Acaso eran las brujas como los dragones y disfrutaban de una vida antinaturalmente larga?—. Estaba pidiendo problemas a gritos.

—¿Qué pasó? —Empezaba a recordar algunos detalles. Tras el Lamento, a Vala le habían pedido que lanzara un hechizo. Si los pocos dragones que quedaban no podían reproducirse y multiplicarse…, en fin. El problema de los dragones se resolvería por sí mismo. El tiempo daría buena cuenta de ellos.

Entonces ¿cómo era posible que yo estuviera aquí? ¿Cómo se me explicaba a mí?

¿Cómo podía yo existir?

—No pudo hacer exactamente lo que le pidió, que era matar a todos los dragones, pero hizo lo que estuvo en su mano. Lo único que se le ocurrió. Lanzó una maldición que acabó con todas las crías. Los dragones perdieron la capacidad de engendrar otros dragones. Una vez que los pocos que quedaban murieran o fueran asesinados… En fin. El deseo del rey Alrek se hizo realidad. —Se encogió de hombros—. ¿Y qué recibió Vala a cambio de sus esfuerzos? ¿De su lealtad? El rey decretó que era una traidora y la sacrificó en la pira. Hace cien años de eso. Tuvo el dudoso honor de ser la primera bruja en convertirse en pasto de las llamas. Desde entonces, todas huimos y nos escondemos. —Thora alzó su taza de té a modo de saludo e hizo un gesto de amargura con los labios—. Ahí lo tienes. El enorgullecedor legado de mi familia, para ti.

No pude más que mirarla horrorizada. ¿El rey Alrek había hecho eso? ¿Había seducido y enamorado a la tal Vala? ¿La había convencido e instigado a lanzar un hechizo para él y luego la había dejado arder? No, no es que la hubiera dejado arder… Había sido él quien había dado la orden. Lo había decretado con todo su poder imperial. Era una parte de la historia que no conocía. No la habían incluido en mis lecciones de historia.

¿Qué más no sabía? ¿Qué más habían omitido?

Fijé la mirada en el engrudo en el que se estaba convirtiendo la avena, como si la respuesta estuviera ahí escondida, y reflexioné sobre las cosas que sí sabía. Hice a un lado mi tierno afecto por el rey y la reina, mis padres, y abrí los fuertes cerrojos de las puertas de mi interior para dejar entrar unos pensamientos que siempre había reprimido.

¿Acaso unos padres afectuosos recogerían una bebé para llenarla de amor, criarla con ternura y llamarla hija para luego entregarla para que la azotaran por los errores de otros? Y, más adelante, ¿la obligarían a intercambiar votos con un hombre que consideraran indigno de sus verdaderas hijas?

¿Acaso no encajaba aquello con su historia, con el cruel legado del rey Alrek?

Se me puso el estómago al revés. Tenía ganas de vomitar. Me asaltó el recuerdo de la mano cálida de mi padre sobre mi hombro. Sus afables elogios cuando hacía algo bien. Sus carcajadas cuando representaba una pequeña sátira con mis hermanas. Ahora todo me parecía una mentira.

¿Era posible que estuviera equivocada con él? ¿Equivocada en todo? ¿Con mi vida, mi madre, mis hermanas? Aquella idea daba mucho que pensar, algo que nunca me había permitido.

Thora se pasó una mano por la cara.

—No sé qué es más traicionero, si los humanos o el amor. Al final, los dos te fallan. —Thora miró su acogedora cabaña—. Yo me quedo con la soledad. —Se le nubló la mirada y yo estudié su rostro con atención. Así, de perfil, era la viva imagen de la tristeza. Tan sola, tan solitaria… Tal vez yo pudiera ser una amiga para ella. Una compañera que rompiera con los largos días solitarios en aquellos bosques implacables.

Mas no era lo que ella quería. No me quería allí. Yo era un problema. No le acarrearía más que complicaciones, y ya había sufrido bastantes, ya estaba bastante perseguida solo por ser quien era. La vida que se había labrado allí, esculpida en ese bosque maldito, era un refugio.

Y entonces comprendí que aquella era la maldición de las brujas. Podían vivir. Podían reprimir su naturaleza y mezclarse entre los demás cuando las obligaran a ello… O podían aceptar lo que eran con los brazos abiertos y hallar refugio en la reclusión…, pero nunca un consuelo. Nunca la libertad, no en realidad. Era una sentencia. Un castigo que las obligaba a vivir sus días en una jaula de aislamiento. Demasiadas de ellas en un mismo grupo llamarían la atención y atraerían a los cazadores de brujas y a quienes querían quemarlas vivas. Así que esto era lo que tenía Thora: a sí misma, solo a sí misma. Una pobre vida.

Vi mi futuro en ella. La vida en una jaula de aislamiento… o la muerte. Una existencia muy distinta de aquella que solo un día antes creí que podría tener junto a Fell. Mi desalentador futuro me esperaba ante mí. Los días caerían uno tras otro como postes de una valla, iguales y tediosos.

Una nube de vapor se elevaba de su taza y por un momento volví a estar entre los árboles, bajo las motas de luz matutina, observando el humo que emanaba de los restos carbonizados de Arkin, como la niebla que se enrosca sobre un cuerpo de agua oscura. Solo que allí nada apestaba a muerte, ni a carne chamuscada… No había ningún villano con el que acabar. Solo un aroma dulce a hierbas, a té de menta y enebro.

Thora alzó la taza para dar otro trago y su movimiento interrumpió mis ensoñaciones.

—Estos bosques también tienen sus sombras —murmuró—. Lugares donde no llega la luz. Debes tener cuidado con eso. Vigila.

¿Se podía ser más ambigua?

—¿Qué quieres decir?

—La magia es complicada. A veces es… oscura.

A mí toda la magia me parecía oscura. Hasta el momento, no había visto salir nada bueno de ella.

—Tú y yo no somos las únicas que habitamos este bosque —continuó, mordiéndose el labio pensativa, como si no estuviera segura de si debía revelarme más—. No sé cómo te desenvolverías contra ella.

«Ella».

—¿Ella?

Thora asintió.

—La huldra. Estos bosques también son suyos. A mí nunca me ha molestado, ni yo a ella. Nos limitamos a nuestro territorio. Nos damos espacio. Pero tú… No lo sé. —Negó con la cabeza—. No sé cómo reaccionará frente a un dragón. —Me estremecí. ¿Ahora me llamaría así? ¿Sin vacilar? ¿Sin discutirlo?—. ¿Sigues pensando que no eres un dragón? —preguntó, observando mi reacción con los ojos entornados.

—Es complicado, como bien has dicho.

No sabía cómo me había convertido en un dragón. No sabía si volvería a ocurrir. Ni siquiera sabía cómo me había vuelto a convertir en un ser humano. Acababa de irme a dormir en un granero en forma de dragón y de despertarme convertida en mi antiguo yo. Lo que sí sabía era que no tenía ningún control al respecto. No era un arma que pudiera blandir. «Complicado» se me antojaba un eufemismo demasiado amable.

Ella se rio suavemente.

—Sí que lo es. Y reconocerlo ya te hace más lista que muchas de las brujas que conocí.

«Que conocí». ¿Era eso porque habían desaparecido? ¿O porque ella había decidido desaparecer?

Tuve la extraña sensación de que me estaba viendo en un espejo, de que me veía a mí misma en aquella mujer tan desdichada, que vivía en miserable soledad y relataba historias de gente que hacía mucho que no formaba parte de su vida.

—Pero yo no soy una bruja —repliqué.

—No —musitó—. Tú eres otra cosa. —Se sorbió la nariz y negó con la cabeza—. Y ellas tampoco son brujas. Ya no. Están muertas, lo que las convierte en… nada. —Lo dijo con naturalidad, como si llevara un largo tiempo acostumbrada a que todas sus amigas y su familia hubieran muerto.

Yo era «otra cosa». Sí. Eso era cierto.

El modo en que el calor nadaba bajo mi piel todavía… Incluso en forma humana, era como una serpiente bajo el agua que se deslizaba, que buscaba el momento adecuado para emerger. Todavía era aquello. No me había liberado de él; no había desaparecido. El dragón seguía allí, en lo más profundo, como las raíces de un árbol. Era una enfermedad que se había extendido por mis huesos y mi sangre hasta llegar a mi carne. Y, ahora que se había manifestado, lo reconocía. Lo sentía palpitar en mi interior como el ritmo de la música.

—Ahí afuera debes proceder con cautela. Ve hacia el este. Es el camino más rápido para salir del skog.

Pero yo no quería ir al este. Quería ir al norte, directo al norte, a los Riscos. Aquel lugar misterioso y formidable me llamaba. Me aterrorizaba y me emocionaba a la vez. Todavía recordaba las cumbres que asomaban entre las nubes.

Las respuestas estaban al norte…, donde antaño vivían los dragones. Sin duda, no las encontraría en la Ciudad. Ahora comprendía que en aquel lugar se trataba con muchas cosas, salvo con la verdad. Y tampoco hallaría respuestas aquí, con Thora, que no me deseaba junto a ella. Y mucho menos con Fell o su pueblo. Si alguna vez me mostraba ante ellos, me matarían sin pensárselo dos veces. No se detendrían a hacer preguntas, aunque tampoco podría contestarlas en mi forma de dragón. No podía esperar clemencia de un pueblo con una historia construida en el asesinato de dragones.

Thora se encogió de hombros, como si supiera que tenía planes que contradecían su consejo.

—Pero haz lo que tengas que hacer.

Asentí. Sí. Eso haría.

Mi destino estaba en el norte.

La palma de mi mano canturreó. Aquella llama de una vida anterior, de Fell…, de lo que había dejado atrás, mas no del todo, no mientras sintiera aquella conexión, ese eco suyo.

Cerré la mano en un puño e intenté aplastarla, desterrar aquella sensación, igual que él había sido desterrado de mí. Esposo o no, casados o no, jamás podríamos retomar nuestra historia donde la habíamos dejado. Jamás podríamos vivir como marido y mujer. Tendría que olvidarme de él. Aquella puerta se había cerrado de golpe en cuanto había saboreado el fuego por vez primera. En cuanto había sentido el viento azotándome el rostro.

Miré a Thora. Ella lo había logrado. Se había olvidado de todos. El mundo entero había dejado de existir para ella. Era fuerte. Se había labrado una vida para ella. Sola.

Si eso era lo que tenía que hacer, yo también podía hacerlo.

—Ven —me dijo mientras se levantaba de la mesa—. Tampoco te vas a marchar con las manos vacías. Prepararemos algunas cosas para tu viaje. Tengo una brújula que puedes llevarte; te vendrá bien. El bosque puede llegar a ser muy oscuro y a veces es difícil saber dónde está el norte y dónde el sur. Y necesitarás ropa abrigada. Ah… —Me miró de repente, como si se acabara de acordar de algo—. Y, cuando estés ahí afuera, es posible que necesites esto. —Se acercó a una estantería y agarró algo. Cuando me lo ofreció, vi que eran varias tiras de cuero.

Les di vueltas con la mano, incapaz de imaginar qué uso darles.

—¿Para qué necesito…?

—Tengo el presentimiento de que te harán falta. Son fuertes.

Un «presentimiento». Con aquello me bastaba. Supuse que, cuando una bruja de sangre decía que tenía un «presentimiento», era mejor hacerle caso. Hasta el momento, no me había llevado por el mal camino.

—Las guardaré bien —le prometí. Esperaba saber qué hacer con ellas si se presentaba la ocasión.

—Hazlo —me recomendó—. Y Tamsyn… Eres más fuerte de lo que crees. Saca partido de eso. No tengas miedo de tu poder.

«No tengas miedo de tu poder».

Pero lo tenía. Tenía miedo de mi poder. Miedo de mí.

26

FELL

La sentía... Sentía el hilo que nos conectaba; se estiraba en el aire, tan tenso como un alambre a punto de romperse pero que, de algún modo, conseguía mantenernos atados.

El bosque se había vuelto casi intransitable. Caminábamos en fila, uno detrás de otro, como una hilera de prisioneros dirigiéndose inexorablemente hacia su destino. Era el final de la tarde y el día no se había desvanecido del todo. Pequeños hilos de luz se filtraban entre las hojas, permitiendo solo una iluminación tenue. Parecía el ocaso, solemne y gris, aunque todavía faltaban horas para eso.

—Fell —susurró Mari con voz ronca, como si tuviera sed, aunque llevaba un odre con agua colgado de un lado. Era producto del esfuerzo al abrirse paso en la espesura interminable—. Nos hemos alejado demasiado.

«Demasiado».

Una imagen de Tamsyn afloró en mi mente. Los restos chamuscados de Arkin. El dragón.

Ya hacía tiempo que nos habíamos alejado demasiado.

La ignoré y seguí abriéndome paso a través del denso sotobosque. No podía explicárselo. Mari no lo entendería. Ni yo mismo lo entendía. Ella y los demás pensarían que había perdido la razón, e intentar que me comprendieran sería desperdiciar un tiempo muy valioso, un tiempo que debía dedicar a buscar y encontrar a Tamsyn.

El terreno era cada vez más complicado. Una maraña salvaje de árboles, follaje y arbustos con enormes cortinajes de musgo casi impenetrables. El bosque crepitaba, respiraba y palpitaba, nos seguía con ojos vigilantes. El aire que me llenaba los pulmones despedía un fuerte hedor a árboles antiguos y a descomposición, almizcle y azufre.

—Esto es una mala idea, ¿no les parece? —mascculló Magnus entre jadeo y jadeo. Era más una afirmación que una pregunta.

No le faltaba razón. Nos encontrábamos en el corazón del skog, en las profundidades de un pantano en el que nunca antes nos habíamos aventurado. Era un lugar que siempre habíamos evitado, pero ahí estaba yo, con la palma viva que zumbaba como una abeja, guiándome y jalándome.

Había viajado mucho por Penterra, pero nunca antes me había adentrado en el skog. Me había atrevido a recorrer su perímetro, a rozar sus bordes, pero nunca a entrar. Jamás me había aventurado en la panza de la bestia.

Proteger las Tierras Fronterizas siempre entrañaba un riesgo. No había forma de evitarlo. Allí, cada día se presentaba algún tipo de desafío: invasores del norte, bandidos del norte y el sur, bandidos del este y el oeste. El final de la Trilla no había marcado el final de los conflictos. Y, sin embargo, aquello… Aventurarme en el interior del skog no era un riesgo que hubiera corrido nunca. No había nada necesario en aquellos bosques oscuros y asfixiantes, nada que necesitara proteger. Nada mío.

Hasta ahora.

Era uno de los pocos lugares vírgenes del país. Estaba igual que hacía cien años. Que hacía mil. Un bosque de noche perpetua, mágico y letal, repleto de sonidos que siseaban y escupían, que atormentaban y engañaban. Una criatura viva, un monstruo con garras y colmillos que apresaban a cualquiera que osara acercarse. Aquellos lo bastante estúpidos, lo bastante desgraciados para entrar, jamás volvían a ser vistos. Al menos, eso se rumoreaba. ¿Y acaso no había en todo rumor una parte de verdad?

Pero ella era mía. Era mi esposa y mi responsabilidad.

Todavía sentía los latidos de su corazón en la palma de mi mano. En mí. Bajé la vista, como si pudiera ver la marca vibrante a través de mis guantes de cuero. Era como si ella hubiera entrado en mí a través de aquella herida que nos habían hecho en la capilla. Una parte de ella vivía en mí.

Y, mientras estuviera viva, conservaría la esperanza.

Y, mientras conservara la esperanza, me negaría a abandonarla.

Miré a mis fieles compañeros. Ellos no tenían por qué morir. Todavía podían dar media vuelta y salir de aquellos terribles bosques.

Me detuve y me giré hacia ellos.

—Pueden irse. —Debían irse.

Mari frunció el ceño.

Magnus, que iba tras ella, exhaló con fuerza.

—Carajo, menos mal. —Empezó a darse la vuelta—. Vámonos.

—No me han entendido. Yo me quedo. Váyanse sin mí. —Era lo justo. Lo correcto. Se trataba de mi esposa y mi guerra.

Mari negó con la cabeza con unos ojos como platos.

—¿Que te dejemos?

Magnus volteó a verme de nuevo con los dientes apretados en un gesto decidido.

—Lo sentimos. Eso no es posible.

Vidar, que estaba tras Magnus, fue el siguiente en hablar, con la voz convertida en un susurro, como si temiera que alguien lo oyera.

—No tengo ni idea de contra qué estamos luchando, pero no te pienso dejar aquí, mi señor. No pienso dejarte solo. —Acarició el borde de su espada—. No podemos abandonarte. Este bosque no es un buen lugar.

Magnus lo miró molesto.

—¿Tú crees?

Este no entendió el sarcasmo. Era un luchador letal y el único guerrero más alto que yo, pero no contaba con la más despierta de las mentes.

—Estamos en el skog, somos una presa para cualquier huldra que viva por aquí. —Se estremeció de forma teatral—. He oído que les gusta coleccionar vergas para hacerse aretes con ellas.

—Cállate —saltó Mari—. ¿Y tú qué sabes? Eso no son más que cuentos.

—Nadie que se haya adentrado tanto en el skog ha vivido para contarlo —insistió Vidar mirando el bosque que lo rodeaba, que parecía crecer y espesarse a cada segundo que pasaba.

—Entonces ¿qué va a saber nadie sobre las huldras? —Mari gruñó contrariada y puso los ojos en blanco—. Para eso, alguien habría tenido que ver una.

Fruncí el ceño; no pensaba discutir con ellos.

—Váyanse. Ahora mismo.

—Nos quedamos contigo. —Mari lanzó a los otros dos sendas miradas, retándolos a contradecirla.

Ellos se pusieron rectos y asintieron, resueltos. No eran ningunos cobardes. Era cierto, aquel lugar les había afectado, se les había colado por debajo de la piel de una forma que jamás lo había hecho ningún ejército de soldados experimentados, pero seguían siendo guerreros entrenados de las Tierras Fronterizas. Por lo que a mí respectaba, eso significaba que eran mejores que nadie.

Magnus ladeó la cabeza.

—¿Oyeron eso?

—Yo no oigo nada —le espetó Mari.

—Exacto —contestó Magnus muy satisfecho.

Mari se quedó en silencio y prestó atención.

Y yo también. Magnus no se equivocaba. Era demasiado silencioso. Ni me acordaba de la última vez que había oído el canto de una urraca o los sonidos de un animal que persiguiera a otro por el sotobosque. Hasta el viento era silencioso; no producía silbido alguno al pasar por entre los árboles. No se movía ni una hoja. La quietud era completa, absoluta, como si nos halláramos en un espacio muerto en el que las cosas estuvieran quietas, aguardando, como depredadores en la hierba.

Seguí adelante, valiéndome de mi espada para abrirme paso a través del cada vez más espeso y acuciante follaje, y llenando así el silencio. Era un trabajo arduo. En cuanto forjaba un camino, cortando la maleza, crecía más en su lugar.

Los tres guerreros me seguían. Lo habían hecho con total confianza, en cada refriega, en cada abismo. ¿Por qué habría de ser aquello distinto?

Me pregunté cuánto habrían confiado en mí si hubieran sabido que lo que me guiaba era un conocimiento inexplicable, una sensación. Que la «x» ardiente grabada en mi carne era lo que me jalaba, lo que marcaba mi camino.

El hombre que había dejado atrás la Ciudad no era el mismo que había llegado a sus puertas. Desde que me había casado con Tamsyn, me sentía distinto. Desde que me había plantado en aquel altar y había apretado su palma ensangrentada contra la mía, era otro. Y ella era otra pieza, otra forma serrada que encajaba en su lugar, junto al mío. Tamsyn.

Así era como sabía que estaba viva. Y como pensaba encontrarla.

Estaba acostumbrado a la niebla de las Tierras Fronterizas. Era parte del territorio, algo natural y necesario, tan esencial como el aire mismo. Estaba la piel, la sangre, los huesos… y la niebla.

Pero aquella niebla… no era normal.

Era distinta.

El bosque estaba bañado en un miasma rojo, como si hubiera pasado una mano sobre la tierra y la hubiera lavado con sangre.

—¿Qué demonios es esto? —preguntó Vidar desde atrás, jadeante. Era el que cerraba la marcha—. ¿Está ardiendo el bosque o qué?

El aire estaba pintado con un vapor rojo, inoloro y suave como la seda sobre la piel. Seguimos abriéndonos paso a través de la maraña de árboles; el rojo arrojaba un resplandor infernal sobre nuestros rostros.

—No es fuego. —Corté una enorme rama con la espada.

Aquel mundo verde parecía casi negro bajo aquel resplandor, como si la sangre lo estuviera cubriendo todo, deslizándose por cada grieta y hendidura.

Los árboles empezaron a dispersarse. Ya no se tocaban, ya no se acumulaban. Empezaban a crecer separados los unos de los otros o como centinelas vigilantes, guardando tanto dentro como lo que dejaban salir.

Bajé la espada, pues ya no la necesitaba; había menos que cortar. Aunque ya podíamos caminar el uno al lado del otro, yo seguí encabezando la partida. Entré en un pequeño prado.

Fui el primero en verla.

El primero al que le habló con aquella voz que se derretía, como una caricia sobre la piel que me rodeaba la garganta y se deslizaba más y más… Hasta agarrarme de la verga y jalarme.

—Vaya, vaya, hola… Pensaba que no llegarías nunca.

Era como un sueño febril. Como un ocaso empapado en vino. Una ilusión borrosa e imbuida de rojo.

Me sentía mareado y envuelto en algodón… y era muy placentero. Mis pensamientos estaban embotados, como si hubiera bebido demasiadas jarras de cerveza, lo que era… distinto.

La bebida nunca me había afectado. Podía beber todo el día y toda la noche sin sentirme jamás mínimamente embriagado. Era inusual. Incluso lo había intentado poner a prueba y había tratado de emborracharme en alguna de esas noches en las que el dolor fluía profundo, las pérdidas habían sido cercanas y habíamos sufrido la muerte de demasiados compañeros, esas noches en las que las ansias de olvido clamaban fuerte en mi interior.

Había visto cómo otros se intoxicaban hasta la estupidez, hasta no ser capaces de mantenerse firmes sobre sus pies; los había visto gritar y reír y dejar de parecer ellos mismos cuando lograban, entonces sí, entumecer su dolor. Pero yo no. Yo nunca.

Hasta ese momento.

Mari, Magnus y Vidar tropezaban a mi alrededor como niños atolondrados; sus risas y sus voces sonaban melódicas y distantes.

Y una figura emergió entre tanto rojo. Una mujer que se materializó como humo…, que apareció de la nada moviéndose despacio, lánguida y seductora, contoneándose como un lazo a través de los árboles… Salvo cuando no. Salvo cuando se movía rápido, como un rayo, una flecha, y volaba de un punto a otro convertida en un borrón fugaz, en una pincelada certera que cortaba el aire teñido de carmesí.

Era todo curvas y atractivo, con pechos grandes y jugosos, turgentes como melones y visibles bajo la tela fina. Los pezones eran puntas oscuras que se frotaban de forma hipnótica con la ropa.

La sangre se me fue al miembro.

—Te estaba esperando, mi amor…

Y, por tentadora que fuera a la vista…, fue su voz la que me deshizo del todo, pues fluía como el vino dulce, goteaba en el aire, densa y azucarada. El sonido descendió por mi garganta y se extendió por mis entrañas, cálido y viscoso, para luego serpentear hasta aún más abajo.

Su rostro era tan borroso como la atmósfera que nos rodeaba, como una acuarela inacabada, un cuadro que ofrecía una promesa de belleza y euforia…, cambiaba, centelleaba y se emborronaba bajo aquel velo rojo que lo cubría todo.

Siguió hablando con aquella voz cautivadora, y sus palabras engañosas me rodearon. «Mi amor…, cariño…, ven conmigo…, abrázame».

Di un paso hacia ella, obediente, y entonces conseguí ver bien su rostro… y me dejó sin respiración.

¡Tamsyn!

Tamsyn como nunca antes la había visto. Con el pelo salvaje suelto, convertido en una nube de llamaradas alrededor de la cabeza que caía en cascada por sus hombros; los ojos más grandes y brillantes, los labios más mullidos y gruesos… Y el cuerpo maduro, la piel brillante y opalescente bajo el resplandor rubí, rogando las atenciones de mis manos, mis labios y mi lengua.

Me hizo un gesto con sus manos esbeltas y me acerqué a ella, dispuesto, preparado. La estreché entre mis brazos y enterré el rostro en su pelo con un gemido.

—Mi amor… —ronroneó, metiéndome los dedos deliciosos en el pelo y arañándome el cuello con uñas delicadas, y luego el pecho, la espalda, y en todas partes a la vez. La sentía contra mí en todas partes; era imposible, pero no me detuve a considerar imposibilidades. Tampoco cuestioné su aparición repentina, y así, acompañada de un aire carmesí que se extendía sobre nosotros como la ola de un océano, que me engullía y me arrastraba a sus profundidades infinitas.

Solo existía aquello. El ahora. Lo que veía, lo que sentía y lo que necesitaba.

No había nada imposible. Solo Tamsyn.

Me aparté y empecé a saborearla. Sus labios de caramelo estaban sobre los míos; su lengua de miel, en mi boca. Gimió dentro de mí; sus palabras se restregaban, me rodeaban. Estaban lejos, cerca, en todas partes. El sonido de su voz reverberaba a mi alrededor. «Mi amor…, te necesito… Me necesitas… Tú me necesitas».

Sus palabras entraban en mis oídos y se vertían en mi sangre, para luego acumularse en mis huesos, en mi médula, en mi alma.

Estaba borracho. Borracho de ella.

«Me necesitas me necesitas…».

Y era cierto. La necesitaba.

Estaba jadeando. Alargué los brazos hacia ella, desesperado por acercarla, por meterla dentro de mí.

Ella se apartó, pero sin romper el contacto. Me acarició la mejilla con los dedos y me dedicó la sonrisa solo a mí, a pesar de hacer lugar para los otros y de recibir con los brazos abiertos a Mari, Magnus y Vidar, que se abalanzaron sobre ella como lobos hambrientos, con los ojos vidriosos, cargados, intoxicados por ella.

Se acercaron hacia ella desesperados y muertos de hambre; la tomaron con las manos y las bocas y ella los devoró en respuesta.

Dejó una mano sobre mi rostro; sus dedos eran un salvavidas, una atadura. La observé, demasiado aturdido para hacer nada que no fuera arquearme con sus caricias, empaparme de ellas, absorber todo lo que pudiera de ella mientras besaba a Mari y luego a Magnus…, para después animar a Vidar a arrodillarse y asirla de las caderas, restregando su enorme cara contra su vientre.

Había algo oscuro y hostil que se agitaba bajo aquella placentera niebla, bajo mi lujuria que vibraba y zumbaba, algo que interrumpía el chisporroteo de mi sangre. Un rugido que surgía de mi pecho.

Los ojos brillantes de Tamsyn se clavaron en los míos y pensé, aturdido, que algo raro había en sus iris. Que el ámbar no era el tono exacto y tenía un tono negro y brillante bajo su fogoso resplandor habitual. Un tono negro y oscuro como la brea, algo que te atrapaba para no soltarte jamás.

Entonces le parpadeó el rostro, se apagó y se encendió como la llama de una vela luchando por tener aire suficiente, y en ese breve instante… vi una sombra de otra cosa, de otra persona que resplandecía bajo sus rasgos. Pero no tardó en recuperar su aspecto.

Me froté un ojo con una mano intentando aclararme la vista. Cuando volví a mirarla, era Tamsyn.

Tamsyn, dolorosamente hermosa.

No sé qué había visto en ese instante fugaz, pero ahora volvía a ser ella la que acariciaba mi rostro con ternura y besaba a mis guerreros, la que permitía que la tocaran por todas partes por mucho que alargara los brazos hacia mí para acercarme a ella. Su mano abandonó mi rostro y se deslizó por mi pecho; sus palabras dulces me daban euforia y calma a la vez. «Soy tuya. Eres mío».

Magnus le agarró un pecho y algo revivió dentro de mí. Lo aparté gruñendo y enseñando los dientes. Los aparté a todos. Me puse ante ella, con el pecho subiéndome y bajándome con violencia, y los fulminé con la mirada. Alcé la espada con el corazón lleno de ansias de matar.

Ella chasqueó la lengua y me puso las manos sobre los hombros.

—Vamos, mi amor, no hagas eso. Hay suficiente de mí para todos. —El ronroneo seductor de su voz me envolvió en sus pliegues como una manta. Ablandó y apaciguó mi ira y me doblegó a su voluntad.

Paralizado, no pude más que contemplarla cuando se puso de rodillas ante mí y llevó las manos a mi cinturón. Sus palabras eran como hielo sobre mi carne febril. «Soy tuya. Eres mío».

27

TAMSYN

Fui hacia el norte. El consejo de Thora no me disuadió. Además… ¿Adónde iba a ir si no? ¿Dónde si no encontraría mi lugar?

Recordé aquellas cumbres rodeadas de niebla como si las hubiese visto en un sueño. Sentía como si aquel vuelo aterrorizado a través del cielo hubiera pasado en otra vida… Y suponía que así había sido. Le había sucedido a otra persona. A otra criatura, distinta de la muchacha que era en ese momento. Y aun así recordaba la perfecta calma que se había apoderado de mí cuando había oteado aquellas montañas. La paz, la sensación de seguridad, de refugio. Si tenía en cuenta que ya no me sentía así con nada ni con nadie…

Iba rumbo a los Riscos.

Tenía en la mano la brújula que me había dado Thora y marchaba decidida siguiendo la dirección a la que apuntaba la flechita temblorosa. Allí, en el skog, no llegaba el sol. Solo había una copa eterna de ramas enredadas y hojas que tapaban la luz. Sin aquella brújula, no habría tenido forma de saber dónde estaba el norte. Una razón más para sentirme agradecida con Thora. De no ser por ella, estaría totalmente perdida.

Pero aquella brújula no era lo único que colmaba la palma de mi mano. Bajo el guante, la piel resplandecía y vibraba con aquella sensación, aquella percepción.

Había palpitado de ese modo desde que me había despertado en el granero, e incluso antes... Desde que mi sangre se había mezclado con la de Fell. No obstante, mi cuerpo se había convertido en una gran amalgama de sensaciones, emociones y sentimientos; resplandecía, ardiente, como una gran fuerza palpitante, aun mientras seguía avanzando. Era imposible concentrarse en la mano cuando sentía que me bombardeaban desde todas partes, cuando había tantas distracciones, cuando estaban ocurriendo tantas cosas y tanto se revolvía en mi interior.

El aire estaba cambiando; era cada vez más grueso. De agua a jarabe. De una opacidad nebulosa, típica de un bosque tan espeso a..., al rojo.

Una película roja lo cubría todo.

Otro misterio en aquel mundo cada vez más desconcertante.

Otro suceso inexplicable en una larga cronología, en una ristra de sucesos incomprensibles.

Sabía que el skog no era un bosque normal. Era un lugar donde habitaban brujas y huldras, un lugar que los humanos evitaban... y que evitaba a los humanos.

Un mundo donde yo no era yo, al menos, no la muchacha que creía ser. No era una hija. No era una hermana. No era una princesa de mentira ni tampoco una niña de los azotes. No era ni siquiera una muchacha. Tampoco era la esposa de la Bestia de las Tierras Fronterizas. Ya no era nada de todo aquello.

Ya no era nada, salvo... alguien que estaba solo. Estaba sola. Era un alma errante, sin raíces. Nunca había sentido una soledad tan asfixiante.

La vida en palacio era ruidosa y caótica. Solo me encontraba con la soledad en sueños, en mis aposentos, e incluso entonces mis hermanas invadían mi cama a menudo.

Pero ahora la soledad me envolvía como un grueso manto; se asía a mí, convertida en un peso que cargaba mientras me desplazaba por la quietud del skog. Cada uno de mis pasos dejaba una huella en la tierra húmeda; el único recordatorio de mi existencia. Había demasiado silencio. Demasiada calma. Aquello era una tumba para los muertos. Y, sin embargo, estaba vivo. Estaba vivo y vigilante, igual que una serpiente acuática se queda quieta y asoma sobre la superficie, esperando sin parpadear. Acechando.

Yo no era como Thora, que estaba satisfecha con su soledad y formaba parte de ese mundo tanto como la hierba susurrante, los árboles que escuchaban, el suelo en el que chapoteaban mis pies.

Pero me dije que era capaz de aquello.

Me recordé que, desde el día de mi nacimiento, me habían criado para soportar. Había aguantado las palizas. Me había mantenido firme bajo los azotes y las flagelaciones. Podría soportar también la soledad.

Caminé a paso firme y fuerte hasta que choqué contra una pared de denso follaje. Colarme entre los gruesos árboles, los arbustos y las ramas que descendían se convirtió entonces en un juego de agilidad y de destreza, para el que tuve que agacharme bajo los cortinajes de musgo.

Y, de repente, todo se desvaneció. Se derritió como la mantequilla sobre el pan caliente, recién salido del horno. Los árboles se hicieron escasos, los arbustos también, y las ramas que parecían garras se encogieron atrás, como un atardecer que termina. Solo quedó el aire.

El aire creció. Se hinchó, se expandió como una esponja colmada de agua, pesado y húmedo, goteando rojo. Lo sentía denso, como aceite sobre la piel.

Era eso.

A eso se refería Thora. Los peligros del skog. Los dientes, las garras. El aliento siseante.

Había entrado en la red sedosa de la huldra.

Y no era la única.

Mi visión todavía era nítida y aguda; los colores seguían siendo muy brillantes a pesar de aquella bruma rojiza. Mis sentidos estaban vivos y vibraban, tanto como cuando había brotado de mi propia piel para incinerar a Arkin.

De todos modos, tardé unos instantes en comprender la imagen que tenía delante. Porque era absolutamente incomprensible.

Fell estaba allí.

Mi primer instinto fue dar media vuelta y salir corriendo, huir, escapar de mi esposo, porque…, en fin, por muchas razones. No podíamos estar juntos. El señor Bestia conmigo, con esta cosa en la que me había convertido…

Negué con la cabeza. No. La mataría. Me mataría. Si descubría la verdad, me destruiría.

Sin embargo, lo que tenía ante mis ojos borró todas aquellas preocupaciones de mi mente. Eran Fell, Mari y otros dos guerreros, Magnus y Vidar. Estaban enredados, juntos. A primera vista, resultaba difícil distinguir qué brazos y qué piernas pertenecían a cada cual. Y había un cuerpo más en aquella maraña. Una desconocida. Una mujer.

Fruncí el ceño y la estudié…; una tarea que no debería haberme resultado tan difícil, salvo por el hecho de que su rostro parecía cambiar. Igual que un charco que reflejara la luz del sol, la superficie era cerosa y efervescente, tan variable y temperamental como el viento.

Me acerqué más para verla mejor y las hojas secas crujieron bajo mis botas. La mujer volteó a verme de golpe, con un movimiento animal, tan propio de un depredador que lo supe de inmediato: no era humana.

Ahogué un grito.

Era una combinación de rostros. Una mezcla de tres o cuatro personas… Sus rostros se emborronaban en el lugar donde solo debería haber habido uno; se encendían y se apagaban, superponiéndose sobre los demás.

Allí había tres mujeres. Tres mujeres que no conocía. Todas eran jóvenes y encantadoras, pero tan diferentes entre sí como la noche y el día. Una tenía el pelo corto y tan pálido como un rayo de luna; la otra, una melena castaño oscuro y rojizo, y la tercera, unas trenzas negras como la brea... Y luego había una más. Un cuarto rostro. El mío.

Era yo, pero no era yo. Porque yo estaba de pie ante ella.

Y, sin embargo, era mi cara. ¡Mi cara! Pero a la vez no. Me estaba mirando a mí misma, pero no era yo. No era yo como alguna vez me hubiera visto. No era yo, tal y como existía. Aquello era un truco.

El truco de una huldra.

Esbozó una ancha sonrisa con todos aquellos labios, todas aquellas bocas, que se estiraron para mostrarme infinidad de dientes. El efecto mareaba; estaba mirando un cuerpo, una entidad, pero veía muchas caras que se entremezclaban... Sin embargo, debajo de todas ellas había una sola.

Una cara. Su verdadera cara.

La cara de la huldra.

La vi. La vi tal y como era.

Una vieja malvada.

Tenía la piel fina como un papel y del color de la ceniza, y cuatro pelos escasos y ralos que brotaban sin orden alguno de su cuero cabelludo, dejando calvas por todas partes. Su boca era un agujero negro lleno de dientes separados y podridos, y los ojos, unas orbes lechosas que se movían de un lado a otro casi sin ver..., solo que se clavaron en mí con una claridad indiscutible.

—Oh, hola, mi amor —me saludó con una voz tan hermosa que dolía. No había nada en aquel sonido tan armonioso que diera pistas del vejestorio que se escondía bajo el velo de caras. Sus palabras eran jóvenes y melódicas, cautivadoras, hipnóticas. Sentí su atracción, pero sacudí con fuerza la cabeza, resistiendo no supe cómo.

Se acercó a mí, seguida de cerca por Fell y sus guerreros, que la perseguían como niños pequeños desesperados por la atención de su madre. Era evidente que habían caído presa de su poder. No obstante, no había nada maternal en la atención que deseaban de ella... La manoseaban allá donde podían.

Cuando se acercó a mí, comprobé que, en efecto, una de esas caras falsas que se entremezclaban entre ellas me pertenecía. Era mía.

Resultaba espeluznante verte a ti misma pero sin ser tú. Estaba segura de que yo jamás había tenido ese aspecto..., el de una mujer lasciva con ojos enormes y ávida de sexo. Era desconcertante verlos a los cuatro manoseando un cuerpo que imitaba el mío. Mari y Magnus jalaban y acariciaban mis pezones, que no eran míos, y la mano gigantesca de Vidar palmeaba mi trasero, que tampoco era mío. Y luego estaba Fell... Había deslizado una mano dentro de la tela de gasa del vestido de la huldra, haciéndola desaparecer entre mis piernas que no eran mías.

No era yo. ¡No era yo! No era mi cuerpo.

«¿Cómo se atreve a robar mi aspecto?». La furia se me removió en el pecho y la nariz se me llenó de vapor. Él no le pertenecía. Quise agarrar a Fell y apartarlo de aquella criatura, para luego hacerle sentir a ella la fuerza de mi ira.

La virulencia de mi reacción me asombraba. Yo nunca estallaba. Nunca contraatacaba. Bueno... Hasta entonces.

La última imagen que había visto de Arkin afloró en mi mente. Un recordatorio grabado en fuego, literalmente, de que yo no era lo que antaño había sido. Ahora sentía ciertas cosas. Ahora luchaba.

Aquella criatura me había robado el rostro y lo estaba utilizando para manipular y cautivar a Fell. Aunque no a sus guerreros.

Los rostros de las otras mujeres debían de pertenecer a las personas que Mari, Magnus y Vidar deseaban o amaban.

Pero mi rostro era para Fell. No supe si sentirme halagada u ofendida. Lo único que sabía era que tenía que salvarlo. Tenía que salvarlos a todos de aquella malvada criatura.

Cuando se detuvo ante mí, me pinté una sonrisa en la cara y me esforcé por no revelar lo que sabía sobre ella. Que sabía lo que era, quién era en realidad. Que era capaz de verme en toda su grotesca gloria.

—Amor mío… —Alargó una mano hacia mí, invitándome, e hice todo lo posible para no estremecerme cuando me acarició el brazo, todo lo posible para disimular que veía su forma esquelética, la piel gris como pergamino arrugado y las uñas amarillas y agrietadas tan duras y gruesas como cáscaras de nuez.

Continuó recitando una letanía de palabras tiernas, de halagos y términos afectuosos con el objetivo de acabar con mi resistencia. Después, por increíble, por remarcable que fuera, su rostro tembló, parpadeó y cambió de nuevo. Sobre sus grotescos rasgos se colocó una cara nueva… Un velo nuevo, distinto de los otros. Un rostro amado. Un rostro que creí que nunca volvería a ver. Un rostro que añoraba muchísimo, a pesar de no haberme dado cuenta.

El corazón me dio un vuelco y contuve un sollozo. Un sinfín de emociones traicioneras se acumularon en mi interior al ver a mi amigo: Stig, un eco de él, una película delgada y transparente estirada sobre la piel anciana y los ojos lechosos de la huldra. El rostro nuevo apartó a todos los demás y me sonrió.

Stig, solo que no era Stig.

En la huldra, de algún modo, estaba amplificado. Brillaba y resplandecía… Esos ojos café cálido suyos eran aún más intensos, más negros, resplandecientes como una piedra bien pulida.

—Mi dulce niña..., mi corazón..., mi amor. Cuánto tiempo te he esperado, anhelándote, necesitándote... Y sé que tú también me necesitabas a mí.

La huldra era una auténtica maestra, una experta en decir las palabras adecuadas con una voz deliciosa. Una maestra en su arte del engaño. Supe que debía ir con cuidado. No revelarle nada. Debía fingir que era como los demás, que estaba cautivada, hipnotizada por sus intrigas.

—Stig —susurré con una voz que parecía realmente fascinada.

Sin embargo, el sonido de mi voz tuvo otro efecto. Fell se estremeció. Parpadeó. Frunció el ceño, ladeó la cabeza y me miró con los ojos entornados. Me vio a mí y, luego, a la huldra. Estaba saliendo de su ensoñación. Volvía en sí. Me vio con claridad por primera vez desde que me había acercado a ellos.

Debía actuar rápido. Por suerte, la mirada de la huldra seguía sobre mí. No se dio cuenta de que él se le escapaba, como el agua por un colador.

Antes de que él hablara o hiciera nada para llamar la atención de la criatura sobre el hecho de que se había liberado de su hechizo, yo la agarré de la mano.

—Sí —susurré, todavía fingiendo embeleso. La atraje hacia mí como aire hacia mis pulmones, hacia mí y lejos de ellos. Lejos de Fell.

La huldra me complació y puso sobre mí sus cadavéricas manos.

Me llevé una mano a un lado y la metí en mi morral. Rebusqué con ahínco mientras me resignaba a lo que se me venía encima, mientras me preparaba al ver su cuerpo retorcido inclinándose hacia mí, más huesos que carne. Y acepté la presión fría de su boca rancia de labios marchitos y dientes podridos sobre la mía.

Me besó.

Ahora tenía su rostro sobre el mío. No podía no verla. Las caras de los otros se habían convertido en sombras borrosas.

Me forcé a devolverle el beso y solté un grito de alivio cuando mis dedos por fin tocaron lo que estaba buscando. Por fortuna, se tomó aquel grito por una muestra de pasión, y no se dio cuenta de lo que pretendía hasta que no fue demasiado tarde.

Agarré la tela y actué con rapidez. Mi única esperanza era sorprenderla. Atacarla con lo inesperado.

Lancé todo mi peso contra ella, tirándonos a las dos al suelo. Ella gritó, sorprendida, pero se quedó inmóvil durante diez segundos, tiempo suficiente para aprovechar mi ventaja.

Me coloqué a horcajadas sobre ella y trabajé velozmente con la tira de cuero. La amordacé para silenciar aquella voz tan dulce que había hecho de los demás sus prisioneros. Una vez logrado aquello, agarré las otras cintas de cuero y me puse manos a la obra, atando sus muñecas y sus tobillos huesudos. Conseguí someterla, a pesar de que no tardó en recobrar el sentido y se resistió con todas sus fuerzas.

—¡Tamsyn! —gritó Fell, parpadeando para librarse de los últimos resquicios de niebla.

Los demás tardaron un poco más en despertar de la influencia de la huldra. Se quedaron presos de un confuso estupor, mirándola, todavía con ojos vidriosos.

Contemplé a la huldra, antes tan aterradora. Ya no era más que una criatura patética. Unos gruñidos inhumanos escapaban de la mordaza. Se retorcía y luchaba como un ser salvaje, como una bestia del bosque, y supuse que era exactamente eso. La miré luchar de forma incansable, tan frenética como las alas batientes y salvajes de un pájaro desesperado por escapar de su jaula, y supe que tendría que dejarla así. Si escapaba, haría todo lo que estuviera en su mano para matarme.

De repente, detuvo sus movimientos frenéticos. Dejó de retorcerse con violencia. Sus miembros flacos se quedaron quietos y silenciosos como tumbas cuando se dio cuenta de que la estaba observando, y clavó su mirada lechosa sobre mí. Me vio por vez primera. Aquellos ojos antiguos se entornaron cuando lo comprendió. Lo supo. Me reconoció igual que un monstruo reconoce a otro.

Tragué saliva. Sentí el impulso repentino de salir corriendo, de huir de aquella cosa que me había puesto frente al espejo sin contemplaciones.

Fell se acercó a mí a grandes zancadas, me agarró de los brazos y me levantó, dejándome de puntitas. Sentí el sello de su tacto de inmediato a través de la ropa, las líneas de la «x» marcadas sobre mi brazo. Era doloroso y placentero. Caliente y frío. Duro y suave como una pluma…

Pronunció de nuevo mi nombre, una bendición en susurros.

—Tamsyn…, sabía que estabas viva. —Sus ojos de escarcha gris se deslizaron por mi rostro, dejando un rastro de fuego a su paso.

Abrí la boca, buscando unas palabras que no expresaran mi desolación por haberlo encontrado a él cuando se suponía que debía dirigirme al norte. Sola. Y, sin embargo, aquello no era del todo cierto… No en realidad. Sí, era desolación lo que sentía, pero sentía también una emoción vibrante en mi interior.

Él era como las bayas venenosas del bosque, tan bonitas, coloridas y dulces cuando las pruebas, pero malas para ti. Tóxicas.

Mi cuerpo vibraba como la cuerda de un arpa. Y era un error. La sangre corría bajo mi piel con más fuerza donde él me estaba tocando; el fuego se acumulaba en mi pecho de la forma más preocupante posible, y eso fue recordatorio suficiente. Era la clave de todo. La razón por la que no podía estar con él, por la que debía irme lejos, muy lejos.

—Tú… Qué hermosa, y qué lista. ¿Cómo supiste lo que era? ¿Cómo supiste qué hacer? —Echó un vistazo a la huldra atada y amordazada en el suelo.

Negué con la cabeza y me encogí de hombros, impotente. ¿Cómo podía explicárselo? Simplemente, su magia no había funcionado conmigo. No había funcionado porque… En fin. Porque yo era lo mismo que ella. De alguna forma. Una magia no podía superar a otra.

Me estrechó entre sus brazos, apretujándome contra su calor, abrazándome con fuerza…, tanta fuerza que notaba los latidos de su corazón contra el mío; y era emocionante, y bueno, y se me antojaba correcto, cuando tantas cosas me habían parecido equivocadas en los últimos tiempos. Pero aquello… Él, nosotros…

Estar entre sus brazos era como llegar a casa. Aunque fuera falso, una trampa, otro más de los trucos del día, otro velo que tarde o temprano habría que arrancar. Porque sí, tarde o temprano…, me lo arrebatarían.

Pero, por el momento me rendí a ello, me permití dejarme llevar y me desplomé contra él, rendida, débil, deleitándome de volver a estar con él. Tan cerca de la llama.

Ya me preocuparía más tarde.

Más tarde, ya encontraría el modo de apartarme sin arder de forma permanente, inexorable.

Su voz retumbó en mi pelo, y la vibración llegó a lo más íntimo de mí.

—¿Qué te pasó? ¿Escapaste del dragón?

«¿Escapaste del dragón?».

En cierto modo, sí. Supuse que esa era la verdad. Al menos, por el momento.

—Sí —respondí al fin, porque, en realidad…, ¿qué más podía decir?

PARTE 5

EL BORG

28

TAMSYN

Si la Ciudad era el día, el Borg era la noche.

Estaba lleno de vida y rebosante de gente y actividad, pero carecía de la luz de mi hogar. La luz del sol no penetraba la gruesa capa de niebla. Aunque llegamos a pleno día, una penumbra perpetua se cernía sobre aquella caótica red de cabañas y edificios enclavados en las colinas y los valles que se deslizaban hacia una cuenca en la falda de los Riscos, donde se encontraba la fortaleza, como un enorme gato ovillado y dormido. El Borg. La calma antes de la tormenta. El glaciar antes del deshielo.

El cielo era imposible de ver, un desconocido a ojos de los hombres. Las nubes no se distinguían de la niebla. Venían juntos, como dos cuerpos de agua convergentes cuyos límites se hubieran perdido para siempre, borrados, desvanecidos.

Ladeé la cabeza y alcé la vista, buscando un atisbo de lo que sabía que estaba allí. Caían gruesos copos blancos y se me adherían al rostro como telarañas, enredándose en mis pestañas, pero no veía nada más allá de aquellas nubes. No veía las cumbres cubiertas de nieve que sabía que estaban allí. Los Riscos, expectantes, vigilantes.

Nuestros caballos sabían que se encontraban en casa. Aceleraron el paso con un repentino envite de energía y se dirigieron a toda velocidad hacia la enorme fortaleza. No era del todo un castillo, y, sin duda, tampoco un palacio. No era a lo que estaba acostumbrada. Había más madera que roca. Había un foso de aguas oscuras y una serie de pesadas puertas de acero, que ejercían de medidas defensivas en aquel lugar, el centinela de las Tierras Fronterizas.

La gente, cuando nos vio, vitoreó alegre por nuestro regreso. Sus voces eran como un trueno en los aires, pero me las arreglé para distinguir pequeños fragmentos de las conversaciones…, palabras. Una palabra.

«Dragón».

La noticia había llegado hasta allí. Los guerreros de Fell habían propagado la información. Me sentí mareada al pensarlo, pero, por supuesto, era de esperar que quisieran advertir a la gente del peligro.

Pensaban que nos habían perdido, que nos habíamos convertido en víctimas de ese dragón. Pero en ese momento, mientras recorríamos las calles a caballo como héroes conquistadores, creyeron que habíamos sobrevivido. Éramos un milagro hecho carne.

Hacia mí dirigían miradas tan penetrantes como los dedos con los que me señalaban, y no sabía si era por ser la nueva señora de las Tierras Fronterizas o por haber sobrevivido al dragón. Supuse que cualquiera de las dos justificaba la atención.

Fell me miró y dijo:

—Ya estás en casa, Tamsyn.

Me costó sonreír, pero lo hice, y luego volví a mirar al frente y contemplé la gigantesca fortaleza. Y, tras ella, se elevaba la fachada rocosa de la cordillera, que parecía engañosamente cercana, como si me bastara con alargar una mano para tocarla.

—Esta noche dormirás en una cama caliente con sábanas limpias y tantos cojines que no podrás ni contarlos —me prometió.

Se había comportado así desde nuestro reencuentro en el skog, amable y solícito, como si estuviera intentando enmendar sus actos anteriores. Lo cierto era que todos ellos habían sido especialmente atentos y cordiales, tanto Fell como Mari, Magnus y Vidar, una cortesía, estaba segura, por haberlos salvado de la huldra.

—Suena maravilloso —respondí. Y era sincera: estaba segura de que lo disfrutaría.

Había pasado mucho tiempo desde la última vez que había dormido bajo techo. Había transcurrido una vida entera desde que había estado en una cama, en el interior, al lado de una chimenea donde crepitara el fuego. Tras salir del skog, habíamos tardado otra semana en llegar al Borg.

El puente levadizo descendió acompañado del repiqueteo de las cadenas y se colocó en su lugar con un sonido metálico que no me pareció que augurara nada bueno. Mientras lo cruzábamos, no pude evitar levantar la vista de nuevo hacia las puntiagudas montañas que se erigían sobre nosotros. A pesar de que sus cimas estuvieran ocultas tras las nubes y la niebla, eran descomunales. Zonas irregulares de roca negra se abrían paso entre la vasta capa de nieve blanca con destellos plateados.

La fortaleza, que era inmensa y de gran extensión, parecía pequeña a la sombra de los Riscos. Me pregunté qué habría arriba, quién estaría observándonos desde allí, tal vez en ese mismo momento.

Las testarudas cimas se empeñaban en seguir fuera de mi vista, a miles y miles de kilómetros de distancia, escondidas entre las nubes, pero yo las había visto en aquel vuelo dominado por el pánico. Se habían grabado en mí y podía verlas incluso con los ojos cerrados, tatuadas como estaban en mi memoria.

Mientras, acompañados del golpeteo de los cascos de los caballos, entrábamos en la panza de la bestia, en la guarida del león, en el hogar de mi enemigo, la montaña que me miraba no me parecía tan intimidante. Ya no era una empalizada dura, fría y castigadora, ni una cadena desalentadora que repeliera a los más débiles y exánimes y llamara solo a los más aventureros, los más desesperados para trepar por sus cuestas y sus picos en busca de gloria y riquezas.

Para mí, ya no era una imagen desoladora ni terrorífica.

Me invitaba, como un paraíso que me esperara con los brazos abiertos, y se me antojaba extrañamente familiar.

Se me antojaba un hogar.

Hacía varias semanas que no veía mi reflejo.

Nunca había sido de las que prestan mucha atención a su aspecto. No era como Feena, una criatura vanidosa que necesitaba contemplarse en el espejo constantemente. Además, siempre me habían dicho lo poco agraciada que era, sobre todo por culpa de mi desagradable melena.

No obstante, en ese momento, sentada en el tocador, no pude sino observarme con atención, evaluando con cuidado mi rostro, buscando. Como si fuera a encontrar la verdad allí grabada, como palabras escritas en un papel… o como la erosión del viento en una montaña.

Me giré poco a poco hacia un lado y luego hacia el otro para contemplar mi efigie desde todos los ángulos posibles, buscando las pruebas de lo que, como ya había entendido, constituía mi nueva y terrible realidad. Me sentí agradecida por poder efectuar aquel examen en la más estricta intimidad.

Tras entrar en la fortaleza, me habían escoltado hasta aquella cámara, que era mucho más grande y majestuosa que la que me había pertenecido en palacio. La fortaleza en sí misma tal vez no fuera tan lujosa como el palacio, pero resultaba más que evidente que el dormitorio que se me había proporcionado allí era muy superior.

Poco después de nuestra llegada, Fell se había excusado y se había marchado. Como es obvio, tras una ausencia tan larga, había muchas cuestiones que exigían su atención. Habían pasado horas desde entonces. Supuse que no lo vería hasta el día siguiente, si es que entonces lo veía. Ahora que estábamos allí, Fell no perdería el tiempo consintiéndome. Tendría cosas mejores que hacer.

Cené sola en la cámara. Disfruté de un delicioso festín de faisán asado, verduras y pan calientito y crujiente que unté generosamente con mantequilla fresca. Me abalancé sobre la comida como si fuera lo único que había ingerido en las largas semanas que habían transcurrido desde mi salida de la ciudad. Y, aunque no era así, fue sin duda lo mejor que había probado desde entonces.

El dormitorio tenía su propio vestidor, con estanterías y armarios, y una sala con un tocador sobre el que colgaba un espejo bañado en oro. La mesa estaba repleta de todo tipo de peines, cepillos y frasquitos con lociones y aceites aromáticos.

Sin embargo, lo que llamó mi atención fue el espejo o, mejor dicho, mi reflejo. Allí sentada, busqué los cambios, las diferencias grandes o pequeñas, los matices que apuntaran a la cosa en la que me había convertido.

Pero parecía yo. Tenía el mismo pelo rojo, los mismos fogosos ojos ámbar que, en todo caso, habían adquirido un matiz un poco más brillante, un poco más salvaje. Mi expresión me miraba casi desafiante, preparada para un reto, para una batalla. ¿Sería el dragón que habitaba en mi interior, o simplemente una consecuencia de las recientes semanas, en las que me habían puesto a prueba de mil modos distintos? ¿Me había acostumbrado al conflicto? ¿Lo deseaba, incluso?

Quería creer que lo que había sucedido con Arkin había sido un hecho aislado, que jamás volvería a transformarme. Que podría vivir el resto de mi vida allí, en relativa paz, como una persona, una mujer. Como una persona que nunca le había hecho daño a otra, que no poseía ni la voluntad ni la habilidad de hacerlo. Tan serena y dócil como una brisa veraniega.

Hice una mueca. Aquello sonaba maravillosamente normal. Normal... Pero bien sabía que justo eso era lo único que no era. Tal vez nunca lo hubiera sido.

Agarré una de las botellitas de aceite aromático y rodeé el vidrio con los dedos.

Era triste e injusto. Por un breve instante, había pensado que podría tenerla. Una vida normal. Un esposo que me hiciera sentir cosas, cosas buenas. Cosas emocionantes.

Había pensado que podría tener la clase de vida que Stig me había mostrado el día que me había llevado a la galería de retratos, el día que me había presentado a los anteriores niños y niñas de los azotes y me había explicado que todos habían disfrutado de vidas plenas y colmadas de sentido.

Me había atrevido a desear, a creer que tal vez pudiera tener una familia. Una familia de verdad. La mía. Una familia a la que nadie pudiera acusar de no ser verdaderamente mía. Y aquellos deseos vivían en mí desde la noche que Fell y yo nos habíamos casado, acariciándome como una suave pluma, desde que habíamos abandonado la Ciudad y habíamos emprendido la marcha hacia el norte. Desde que había pronunciado las palabras: «Podemos intentar llevarnos bien».

Pero no. Aquel nunca había sido mi destino. Me habían arrancado aquella pluma provocadora de la piel y, en su lugar, la dura realidad de mi existencia me había abofeteado en la cara.

El frasquito reventó en mis manos y ahogué un grito.

Se había roto en mil pedazos.

Yo lo había roto en mil pedazos.

Abrí la mano, que no dejaba de temblar, y consternada contemplé la palma. Me agarré la muñeca con la otra mano para ver si dejaba de temblar con tanta violencia. No me había percatado de que tenía el frasco agarrado con tanta fuerza.

Examiné la palma de mi mano mientras el aroma a rosas aplastadas se elevaba por los aires. Entre los pedazos rotos de cristal, un líquido púrpura brillante me humedecía los dedos y la palma. No me había dado cuenta de que el aceite fuera tintado.

Fruncí el ceño y sacudí la mano para que los trozos de vidrio cayeran sobre el tocador. Agarré un pañuelo para secar aquella humedad púrpura y resplandeciente y limpiarme la mano…, y fue entonces cuando vi los cortes. Varias heridas abiertas me manchaban la piel como motas de barro.

Había uno en particular más profundo que los otros. De él manaba un líquido púrpura y brillante, como si fuera sangre.

Me limpié otra vez. No, no como si fuera sangre. Era sangre.

Aquel líquido púrpura era mi sangre. Manaba de mí. Salía de mí. Y no era sangre humana.

«No es humana. No es humana. No es humana».

Me repetí las palabras como un terrible mantra; eran como una vid envenenada que crecía y crecía, torciéndose y retorciéndose mientras labraba un camino devastador a través de mí.

No era la primera vez que sangraba. Cierto, no lo había hecho a menudo, ni tampoco durante mucho tiempo, pues siempre había poseído la extraña habilidad de curarme a gran velocidad. Aunque, pensándolo bien, quizá no fuera tan extraña.

Sin embargo, había sangrado. Y, cuando lo había hecho, mi sangre era roja. Supuse que ya no lo era. Ahora que me había convertido, mi sangre revelaba la verdad.

Miré a mi alrededor a toda prisa, como si temiera que alguien más viera las pruebas de lo que no era… y de lo que sí era. Por suerte, seguía estando sola en el vestidor. Nadie más había entrado.

Mientras estudiaba el líquido púrpura que se iba acumulando en la palma de mi mano como tinta, en el que parpadeaba un resplandor iridiscente, busqué en mi memoria, intentando recordar si alguna vez había oído que los dragones tuvieran una sangre diferente. Los bardos nunca habían dicho nada al respecto, pero eso no significaba nada. No quedaba nadie con vida que hubiera luchado en la Trilla y que, por lo tanto, pudiera contar de primera mano cómo había sido enfrentarse a los dragones. Nadie que pudiera hablar sobre su sangre.

De repente, recordé la pintura del Lamento que colgaba en la cancillería de mi padre, aquel lienzo lleno de detalles que retrataba la violencia de aquel día pasado. Lo había estudiado a menudo a lo largo de los años, así que lo tenía memorizado a la perfección. Recordé que en él había varios dragones al borde de la muerte, retorcidos en lo alto del cielo, de cuyos cuerpos descomunales brotaban ríos púrpura. En su momento no le había dado muchas vueltas; había dado por hecho que se trataba de una licencia artística. Pero ahora sí lo sabía. Ahora lo entendía. El artista había elegido el púrpura por una razón.

Porque la sangre de dragón era de color púrpura.

Apreté el pañuelo contra la palma de mi mano con fuerza para aplicar presión, desesperada por cortar la hemorragia…, desesperada por cambiar la sangre. Desesperada por cambiar.

Desesperada. Desesperada. Desesperada.

La mano me palpitaba y, por una vez, no era por la «x» grabada en la piel. Era por el montón de cortes y heriditas producto del cristal roto. La piel desgarrada me picaba y me dolía, pues los nervios trabajaban para curarla, para coser los bordes rotos.

Jadeé y contuve un sollozo. Si necesitaba alguna prueba, algo que me demostrara que no iba a volver a lo de antes, que el dragón seguía dentro de mí, vivo, y que era real…, ahí la tenía.

Era la marejada tras la tormenta. No podía retroceder. No podía deshacer lo que se había hecho.

Yo era el dragón y el dragón era yo.

Llegar a esa conclusión me serenó, apaciguó parte de mi pánico. Tomé aire varias veces para tranquilizarme y, tras unos instantes, mi respiración se acompasó y me atreví a quitar el pañuelo para inspeccionar los daños. Lo único que encontré fue otra prueba de que ya no era una muchacha corriente.

Los cortes habían desaparecido. Las heridas se habían curado. Lo que tenía delante era la piel impecable de la palma de mi mano. Suspiré aliviada y me limpié los restos de sangre púrpura de la mano. Al terminar, me levanté del banco mullido con el pañuelo sucio hecho una bola en mi puño cerrado, como si así pudiera aplastarlo hasta hacerlo desaparecer.

Salí del vestidor y me dirigí decidida a mi dormitorio, directo hacia la chimenea, para deshacerme de las pruebas de mi…

¿Cómo podía llamarlo? ¿Aberración? ¿Defecto?

Temblaba al tirar el pañuelo en el fuego; mi cuerpo se sacudía de pies a cabeza mientras contemplaba cómo se marchitaba entre las llamas. Ya estaba. Ahora nadie lo encontraría y…

—¿Te estás adaptando bien?

Me di la vuelta de golpe, llevándome la mano al cuello para ahogar un grito. Era Fell, que me miraba con un hombro apoyado en el marco de la puerta y aquella casi sonrisa de nuevo en los labios.

—Fell —susurré, mientras el alivio y el miedo se enfrentaban en mi corazón—. No esperaba verte esta noche.

—Yo también tengo ganas de descansar cómodamente. —Señaló la cama con la cabeza oscura.

—¿Vas a dormir aquí? —pregunté con voz ronca.

¿En el mismo dormitorio? ¿En la misma cama? ¿Conmigo? ¿No era eso una terrible idea?

Se apartó de la puerta y entró en la habitación mientras empezaba a quitarse la armadura de cuero.

—Llevo soñando con mi cama desde que salí de casa.

Me ardía la cara. Y, cuando soñaba con su cama, ¿estaba yo en ella? ¿Estábamos en ella juntos? ¿Haciendo… cosas íntimas?

Porque lo único que podía ser era un sueño.

Se movía con una gracia fluida, como humo propagándose por la alcoba. Tuve que obligarme a no mirar mientras terminaba de desnudarse de cintura para arriba, revelando aquella piel esculpida y dibujada en tinta. Una sensación cálida zumbaba en mis manos; tenía un cosquilleo en las palmas, que anhelaban explorar la superficie lisa de su cuerpo de guerrero, que ansiaban reencontrarse con la textura de su carne.

Tragué saliva y encontré mi voz.

—No había entendido que esta sería nuestra habitación.

Se quedó quieto y me miró a los ojos, cuyo gris cristalino era tan penetrante como una espada que me atravesara.

—¿Es un problema?

¿Era un problema compartir dormitorio con mi esposo? ¿Cómo iba a admitir tal cosa?

—No, claro que no —mentí.

Porque era un problema enorme. Compartir mis aposentos de forma tan íntima con él era aterrador, desastroso; la cámara ¡y la cama! con un hombre por el que me sentía enormemente atraída cuando no sabía nada sobre el cuerpo que habitaba, ni tenía idea de qué peligroso cambio podría producirse en él.

Él asintió, satisfecho con mi respuesta, y nos preparamos para irnos a la cama en silencio.

Me deslicé bajo las gruesas mantas y me aferré a mi lado de la cama como si fuera un bote en medio del mar. Me dije que ojalá no hubiera elegido el lado en el que dormía él, aunque tampoco pensaba preguntárselo. No confiaba en que no se me rompiera o me temblara la voz.

Cuando él se metió en la cama, hundiendo el colchón con su peso, yo tenía los ojos cerrados y fingía estar dormida, en lo que esperaba que fuera un trabajo de interpretación admirable. No veía nada tras la cortina negra de mis párpados, pero lo oía todo, cada chasquido y crepitar del fuego, cada movimiento de su enorme cuerpo a escasos centímetros del mío, la cadencia rítmica y lenta de su respiración… Incluso imaginaba que oía los firmes latidos de su corazón bajo su piel.

Era un tormento.

Esperé. Mi pecho se contraía y martilleaba.

Me ardía el cuerpo. Era como si fuera una pira enorme y descontrolada.

No había músculo ni arista de mí que no estuviera en tensión, tan tirante como un alambre al rojo vivo. Anhelaba sus caricias, que el peso de su mano se posara en algún lugar, en cualquier parte de mi cuerpo, y el terror y el deseo ardían a la par en mi cuerpo.

No podía hacerlo. No podíamos.

Oh, era consciente de que estaría receptiva. No albergaba ninguna duda. El fuego que ardía en mi interior era por él, y estaba segura de que aquel acto me gustaría…, igual que me gustaría él. Pero no tenía ni idea de cómo podía reaccionar mi cuerpo, de lo que pudiera revelar sobre mí misma. En mi interior, justo debajo de la superficie de la piel, había un caldero que hervía, y me aterraba lo que pudiera pasar si su contenido se desbordaba.

Me preocupaba que, si las emociones se apoderaban de mí, el fuego encontrara el modo de salir, igual que el agua caliente encontraba siempre hasta las grietas más diminutas en una presa. Con Arkin, lo había provocado el miedo y la furia, un miedo y una furia más intensos de lo que jamás había sentido. No sabía a qué atenerme con la lujuria y la pasión. También eran emociones nuevas para mí.

Solo estar a solas con Fell y tan cerca de él me hacía sentir todo tipo de cosas salvajes y peligrosas, como si me estuviera precipitando desde gran altura sin tener ni idea de si el aterrizaje fracturaría cada uno de los huesos de mi cuerpo. La imagen del lecho incendiado se había adueñado de mi mente. Incendiado, literalmente, con Fell atrapado en su interior, alimentando las llamas. Por mi culpa. La bilis me trepó por la garganta y sentí unas terribles ganas de vomitar al imaginar que le hacía a Fell lo mismo que le había hecho a Arkin. ¡No! «Jamás».

Cerré los ojos con fuerza hasta que vi puntos blancos que danzaban en la oscuridad. De ningún modo sería capaz de quedarme dormida así, tan dominada por el deseo, el anhelo y el miedo.

Pero aquel fue mi último pensamiento antes de que el sueño me llevara.

Cuando desperté, el aire era de un gris amoratado.

Parpadeé varias veces, preguntándome qué me habría despertado. Una… sensación. Un sonido. Un movimiento en la estancia. Aún era temprano. Sentía muchas ganas de dormir hasta tarde, sin tener que subirme en un caballo en cuanto el sol asomara por el horizonte.

Poco a poco, me fui dando cuenta de que ya no estaba aferrada al borde de la cama. En algún momento durante la noche me había movido y había rodado hasta el centro del lecho, acercándome a aquel cuerpo que irradiaba calor, a aquella chimenea que me llamaba.

Fell me había colocado un brazo alrededor de la cintura y me apretujaba contra él. Teníamos las piernas enredadas, cómodamente entrelazadas, como una cuerda trenzada. Mi boca descansaba sobre su hombro y expelía aliento cálido contra su piel, lo que debía de ser la razón por la que era muy consciente de que mi respiración había cambiado y ahora estaba acelerada, ruidosa, tanto que llenaba de humedad su carne desnuda.

Y la suya tampoco era lenta ni acompasada. Era un jadeo directo en mi oído, abriéndose paso entre los mechones.

—Tamsyn. —El sonido de mi nombre fue como un rugido áspero en el aire. Lo sentí como una caricia, como el roce de sus dedos callosos sobre mi cuerpo, aunque sus manos estaban firmemente plantadas en otra parte: una era como una huella ardiente en mi espalda y la otra estaba bajo su propio cuerpo, sobre la cama—. ¿Dormiste bien?

—Como un tronco —contesté, rozándole la piel con los labios al hablar. Y no pude contenerme, no pude evitar hacer el más natural de los gestos. Entreabrí los labios y lo besé allí con la boca abierta, saboreando la curva de su hombro y dejando que mi lengua saliera para lamer aquella piel salada y limpia.

Él se quedó sin respiración y yo solté un suave gruñido de satisfacción. Levanté los labios de su hombro y me encontré con su rostro mucho más cerca del mío que antes. La estancia estaba oscura, pero no lo bastante para esconder la escarcha de sus ojos clavados en mí, ni cómo se le dilataron los agujeros de la nariz mientras inhalaba mi aroma. Tampoco ocultó del todo que entreabrió los labios como si estuviera a punto de decir algo, o de hacer algo, algo como…

Besarme con pasión.

Aquel instante, su cercanía, su olor, su sabor… Era cálido y limpio, con todos los olores del exterior, del viento y de la nieve y del cuero de las sillas de montar. La tentación era irresistible. Abrí la boca y gemí al encontrarme con las calientes embestidas de su lengua.

Lo dejé entrar y él me besó y tomó y se entregó. Y yo lo acepté todo. Lo devoré, igual que él a mí.

Mis manos viajaron a todas partes. A sus hombros, a su cuello, a su cara; mis dedos se enterraron en su pelo y, en un abrir y cerrar de ojos, nuestro abrazo se convirtió en algo frenético, salvaje y feroz. Pasó demasiado rápido. El calor se me acumuló en el pecho y empezó a ascender en espiral, abriéndose paso por mi tráquea.

Sus manos también se dedicaban a explorar, desde mis hombros hasta la curva de mi espalda —en la que sentía un cosquilleo y una presión que desencadenó todas las campanas de alarma en mi mente—, para luego estrujarme el trasero. Clavó los dedos en mi carne blanda, atrayéndome hacia él cada vez con más fuerza, hasta que nuestras caderas se encontraron, hasta que sentí la dureza de su miembro contra mi entrepierna anhelante, que no hacía más que contraerse. Y supe lo que quería porque también lo quería yo.

Ahogué un grito en su boca al mismo tiempo que sentí que una ráfaga de vapor me salía por la nariz.

Él también la sintió. Se apartó de golpe, tan perplejo y asustado como cualquiera que hubiera acercado la piel a unos fogones calientes.

Se llevó una mano a la cara.

Yo me bajé de la cama al instante, tapándome la boca con la mano, horrorizada. Sentía el calor delator allí, y la temperatura del vapor que se desvanecía todavía en los dedos húmedos.

Se frotó la cara.

—¿Qué fue eso?

Me estaba mirando y ya había empezado a pensar, ya había empezado a entender… Buscaba la explicación más lógica. Por suerte. Porque que yo fuera un dragón no respondía a ninguna lógica.

—¿Me…, me mordiste? —En su mente, estaba reasignando ese dolor repentino a otra cosa. Algo que tuviera más sentido.

—Yo… lo siento —dije como pude—. Me dejé llevar.

Sacudí la cabeza. No pensaba confesar que acababa de chamuscarlo. Por suerte había sido breve y no muy grave… No tanto para dejarle una marca, una quemadura que pudiera señalarse como tal.

Qué pesadilla. Mis miedos se habían hecho realidad: perdería el control. De algún modo, el dragón se manifestaría si estaba cerca de él. Podría haberle hecho daño, tal vez incluso matarlo. La imagen del cadáver de Arkin afloró en mi mente.

Retrocedí varios pasos, tambaleándome.

—Yo…, lo siento —balbuceé por entre los dedos—. Lo siento mucho.

Fell me tendió la mano, como si quisiera atraer a un animalito asustado.

—No pasa nada, Tamsyn. No me importa. Vuelve a la cama.

Negué con la cabeza con vehemencia.

—No. No puedo… No puedo hacer esto contigo.

Él bajó el brazo. Una ruda quietud se apoderó de él, mancillando su hermoso rostro con un ceño fruncido.

—¿No puedes?

Nos señalé.

—Esto. No puedo estar contigo así.

Ya estaba. Ya se lo había dicho. No podía explicarle por qué, pero ya se lo había dicho.

A pesar de que la oscuridad era casi completa, percibí que se le endurecían las facciones, que una cortina de hielo caía ante sus ojos grises.

—Ya veo. Eres mi esposa, pero no quieres… hacer de esposa conmigo.

Lo miré, muda y frustrada. Estaba sacando sus propias conclusiones. Unas conclusiones que nada tenían que ver con la verdad.

Pero, por supuesto, no podía corregirlo, pues la verdad era mucho más compleja. Más peligrosa. No era tan tonta como para confesarle a ese hombre, a la Bestia de las Tierras Fronterizas, lo que me estaba ocurriendo. No podía contarle que compartía lecho con un monstruo. Apenas podía formar las palabras en mi mente. Decírselas en voz alta era un imposible.

—Sí —respondí—. Eso es lo que siento.

Asintió secamente.

—Entendido. No volveré a ofenderte con mis intentos.

Quise echarme a llorar, sollozar por lo injusto que era todo. Vi en su expresión que se cerraba una puerta, que la escarcha de sus ojos se tornaba aún más fría. Lo había perdido. Acababa de matar toda ternura, todo deseo que sintiera por mí. Había acabado con su calor como una hoguera cuando se apaga.

La semana siguiente, poco hice además de dormir. Me despertaba para comer y para mis necesidades más básicas, pero volver luego a la cama —nuestra cama— a matar el tiempo durmiendo siestas era la forma de existencia más segura.

Me dije que era porque mi cuerpo se estaba recuperando del largo viaje. Que no se trataba de la desolación, que no era la pena. Tampoco que estuviera evitando enfrentarme a lo ocurrido. No era por la pérdida de mi matrimonio antes incluso de que hubiera tenido la oportunidad de empezar. No era su muerte, ni su funeral —el de nosotros y el de lo que podríamos haber sido—, bajo el barro y las rocas, como cualquier cadáver. No era para evadirme de aquel mundo nuevo, de aquella vida nueva en la que de repente debía habitar. Aquella cosa nueva que había resultado ser yo.

Todo eso es lo que me dije.

Y era una mentirosa.

Fell venía conmigo cada noche. No se había trasladado a una habitación propia, lo que di por hecho que era para mantener las apariencias. Era el señor de las Tierras Fronterizas. Allí era la autoridad y tenía una reputación que proteger. No podía dar la impresión de que despreciaba a su esposa y descuidaba sus obligaciones maritales. Así que dormíamos juntos pero sin mirarnos, sin tocarnos ni hablar una vez que apagábamos la luz.

Y cada noche me afligía el mismo tormento.

El cuerpo me ardía por dentro, se me constreñía el pecho, la piel me tiraba y me cosquilleaba y me vibraba y me canturreaba una canción que solo oía yo..., excitada sin medida por un marido al que jamás podría tener.

29

FELL

Jamás me habría esperado que el rechazo de mi esposa me doliera. Cuando me había aventurado hacia el sur, jamás creí que sentiría nada por la esposa que pensaba reclamar. Sin embargo, aquel dolor era tan penetrante y ubicuo como la niebla que llenaba mi vida. Era una punzada constante en mi costado; me pellizcaba, se me clavaba y no me soltaba jamás. Estaba casado con una mujer a la que deseaba. Desesperada e inesperadamente, sí, pero así era. La deseaba.

Y ella no me deseaba a mí.

Me había dejado claro que no seríamos marido y mujer en el sentido más cierto de la palabra. Y, sin embargo, no me había trasladado a otra cámara. Seguía compartiendo un lecho con ella, como un idiota, como un estúpido.

El abismo que se había abierto entre los dos no se cerró ni un ápice durante los días siguientes. No menguó la semana siguiente, ni la que vino después.

En todo caso, aquella sima se hacía más ancha y profunda con cada nuevo día.

Yo ansiaba ese castigo. No había otra explicación. Dormía en nuestra cama, aunque no lograba conciliar mucho el sueño con la verga palpitante y la palma de la mano presa de los mismos latidos implacables. Estar tan cerca de ella y no tocarla, negarme el contacto con ella, no poder eliminar la distancia que nos separaba, era un tormento. Había sido más fácil de aguantar cuando estábamos separados. No era del todo mejor, pero al menos no me había causado tanto dolor. Tanta agonía.

Cuando nos habían separado kilómetros, las palpitaciones de mi mano, si bien eran persistentes, no dolían. Ahora eran dolorosas, irradiaban por mi brazo y por todo mi cuerpo como una herida abierta gigantesca.

Aquello no podía ser normal. ¿Acaso cada pareja que hubiera mezclado su sangre lo experimentaba? Deberían haberme advertido, porque jamás lo habría hecho. Jamás habría permitido que unieran nuestras palmas ensangrentadas.

Mi objetivo era distraerme, y había mucho con lo que hacerlo, al menos durante las horas de luz. Me dediqué en cuerpo y alma a todas las cosas que estaban pendientes después de haber pasado casi dos meses fuera, que eran muchas.

El entrenamiento debía reanudarse, sobre todo porque todavía tenía la intención de llevar un ejército a las puertas de la Ciudad la primavera siguiente. A ese respecto, no había cambiado de opinión. La amenaza del dragón solo añadía una sensación de urgencia: derrocar a Hamlin me parecía más importante que nunca, y debíamos empezar a prepararnos. Además, las reparaciones de la fortaleza se habían dejado de lado durante mi ausencia. Tenía que reunirme con los granjeros para hablar de las próximas cosechas y había muchos vasallos que querían audiencia para discutir sus preocupaciones.

Ofrecí una compensación a la familia de Arkin. Su esposa no supo de su traición. Nadie lo supo. Solo yo. Y Tamsyn. No tenía sentido anunciar aquella vergüenza, sobre todo porque su familia no tenía ninguna culpa. Envié un pequeño destacamento a sus tierras a visitar a su esposa y a sus hijas, que, además de la pena, debían de temer por su posición en las Tierras Fronterizas. Debía tranquilizarlas. Tendría que nombrar un nuevo señor vasallo, pero eso no significaba que la viuda y la descendencia de Arkin no fueran a recibir apoyo alguno.

Y, claro, también había que ocuparse de la amenaza del dragón. No se me había olvidado.

Por mucho que me distrajeran mi esposa y mi sufrimiento, no había olvidado que la maldición de los cielos había regresado. O, para ser exactos, que jamás había desaparecido por completo.

Como la noticia ya se había extendido por los campos y más allá de ellos, lo único que quedaba por hacer era preparar nuestras defensas para asegurarnos de estar preparados si ese dragón regresaba. Quitamos el polvo a las catapultas, así como a las gigantescas flechas de hueso de dragón con puntas de escama. Tras comprobar su exactitud y demostrarse que aún funcionaban, las colocamos en sus antiguos lugares, por las murallas exteriores e interiores. Sacamos las flechas, espadas y escudos de huesos de dragón de las entrañas de la fortaleza y los restauramos para que todos los guerreros pudieran disponer de ellos, y el entrenamiento comenzó de inmediato. Debía preparar a una nueva generación de guerreros para un enemigo al que nunca se habían enfrentado.

Las armas para defendernos del dragón no fueron lo único que desenterré. Mi padre se había quedado gran parte de los tesoros que se habían encontrado en los Riscos y los había escondido. Por supuesto, había entregado al reino una parte considerable de ellos, pero Balor el Carnicero no había sido un hombre confiado. Y no era la avaricia lo que lo había llevado a esconder un alijo personal, sino la sabiduría. Me había advertido muchas veces que no confiara en nadie que ostentara una posición de poder, pues sus motivos serían siempre sospechosos, y me había dicho que tal vez llegara el día en que aquellos tesoros fueran una herramienta útil y valiosa, necesaria para garantizar nuestra supervivencia, para sobornar y formar alianzas con otros reinos. Podía significar la diferencia entre la vida y la muerte, no solo para mí, sino también para mi pueblo.

Había sido la sabiduría lo que había llevado a mi padre a guardar tesoros en múltiples ocasiones. Los había dividido y escondido en lugares distintos por toda la fortaleza. Había un enorme baúl bajo los tablones de madera del suelo de la biblioteca. Precisamente en esa sala me encontraba, quitando los listones con cuidado, para luego abrir el cofre y rebuscar entre el surtido de gemas y piezas de oro hasta encontrar la joya perfecta. Me la metí en el bolsillo, cerré el baúl y recoloqué los tablones en su lugar. Luego fui en busca de mi esposa.

La encontré en nuestros aposentos.

Tamsyn no se había alejado mucho de la habitación desde nuestra llegada, casi como si tuviera miedo del mundo que la esperaba tras las puertas. Y, sin embargo, «miedo» no era una palabra que hubiera asociado jamás a ella. No a aquella muchacha... Aquella mujer que se había tomado las flagelaciones como una obligación, que se había enfrentado a bandidos y a una huldra con la calma de un gato tumbado al sol. Había atacado a esa criatura y la había dejado atada como un cochino para asar. Como habría dicho mi padre..., tenía temple.

Si la travesía hacia el norte la había asustado, no había permitido que el miedo la afectara. Nunca lo había dejado asomar a su rostro. No se había comportado como una cobarde, sino como una guerrera.

Aun así, odiaba la idea de que no se sintiera cómoda allí.

Se oían susurros. Había oído los murmullos en la fortaleza e incluso fuera de ella, por las tiendas y los pueblos del Borg. Consideraban que se creía demasiado preciada para salir de sus aposentos. Decían que era una malcriada, una engreída. La zorra de los azotes. Decían que pensaba que estaba por encima de todo el mundo.

Se equivocaban, por supuesto, pero nada de lo que yo dijera les haría cambiar de opinión. Alterar la forma en que la gente la veía dependía solo de ella… si decidía hacerlo. Si le importaba.

El tiempo le revelaría a la gente cómo era. Mari lo sabía, y también Magnus y Vidar. Le contaban su hazaña con la huldra a cualquiera que quisiera escucharlos. Los demás tampoco tardarían en enterarse.

Estaba leyendo un libro, recostada sobre un sillón cerca de la ventana. Llevaba un vestido amarillo pálido que les sentaba de maravilla a su piel dorada y a su pelo rojo. Se había trenzado los mechones del color de las llamas y se los había peinado en una pequeña corona alrededor de la cabeza. Me cosquilleaban los dedos de ganas de deshacérsela, de soltarle los mechones y contemplar cómo su melena de fuego caía como una cascada sobre sus hombros y su espalda.

Era como un rayo de sol. Allí, en mitad del halo de luz mortecina que se colaba desde el exterior, resplandecía. El día estaba cubierto de nieve y de niebla, y ella era un punto brillante entre aquel clima tan plomizo, blanco y gris… Su aspecto era casi de otro mundo, radiante, como si no perteneciera a la misma tierra que el resto de los mortales. Aparté de mi mente aquellos pensamientos fantasiosos.

Cuando entré en la habitación, levantó la vista y se pintó aquella sonrisa tan estudiada que no se le reflejaba en la mirada. Se la colocaba en los labios en cuanto me veía. Empezaba a acostumbrarme a ella. La odiaba por su falsedad, por su incerteza, pero la conocía bien.

Dejó el libro sobre su regazo.

—Hola —me saludó.

—Hola. ¿Disfrutando del día? —Aunque no había salido del dormitorio para disfrutarlo.

Señalé con la cabeza la ventana que daba al Borg. Las vistas eran fantásticas: un cúmulo de colinas escarpadas que subían y bajaban y viraban y se retorcían hasta unirse con las montañas, que se elevaban luego en una capa interminable de roca cubierta de nieve.

—Lo disfrutaría más si me permitieras salir a montar. —Señaló las colinas que se erigían tras el Borg—. Me gustaría ver las montañas. —Me miró esperanzada.

—¿Quieres ir a caballo a las montañas? —Fruncí el ceño y ella asintió. Señalé la ventana—. No encontrarás vistas mejores que estas.

Ella suspiró.

—No puedes tenerme encerrada aquí para siempre, ¿sabes?

Me mordí la lengua para no contestarle que en realidad sí que podía.

Ya me conocía la conversación. Casi inmediatamente después de llegar a casa, había querido cabalgar hasta más allá de las puertas de la fortaleza, salir del asentamiento del Borg y recorrer los campos, aquellas colinas que llevaban a las montañas. Pero estaba muy equivocada si creía que la iba a dejar montar hasta los Riscos cuando había un dragón suelto. Ya había sobrevivido a un encuentro con él. No pensaba volver a ponerla en riesgo.

—Eres consciente de que sigue habiendo un dragón suelto, ¿no?

Se mantuvo inflexible; sus rasgos se convirtieron en una máscara de piedra.

Por supuesto que lo sabía. Lo más probable era que todavía se estuviera recuperando de tan traumática experiencia. Un dragón había quemado vivo a un hombre delante de ella y luego se la había llevado y había surcado los cielos con ella. No me extrañaba que quisiera un poco de tiempo para ella misma, que no tuviera ganas de charlar con un montón de desconocidos.

—Creo que lo más inteligente es que te quedes aquí —le dije con más amabilidad.

Ella alzó la barbilla. Los ojos le brillaban como ascuas, preparados para la batalla, y mi mano dio un brinco como respuesta.

—¿Cuánto tiempo? ¿Para siempre?

Negué con la cabeza.

—No te lo sé decir. Pero no, para siempre no. —Al menos, no lo creía. Lo que quise decirle era: «Al menos hasta que hayamos atrapado a ese dragón». Pero no me gustaba hacer promesas cuando todavía había tantas incógnitas. Por lo que sabía, ese dragón podía perseguirnos durante años y años…

O tal vez hubiera otros de su especie sueltos por el mundo, una manada entera a punto de hacer que los fuegos del infierno llovieran de nuevo sobre la humanidad, de llevarnos a los días anteriores a la Trilla.

El silencio entre ambos se hizo denso y pesado, y cambié de postura, incómodo, sin dejar de mirarla.

—En fin —dijo ella al cabo de un rato—. ¿Hay algo más que pueda hacer por ti?

Ni siquiera soportaba tenerme cerca.

—Sí. —Me metí la mano en el bolsillo y cerré los dedos en torno a la cadena. Luego saqué el collar—. Te traje esto. Pensé que quizá necesitarías algo para reemplazar el collar que les diste a los bandidos.

Una sonrisa asomó a sus labios.

—No les di nada a los bandidos. Fue un intercambio. Una negociación.

Ladeé la cabeza.

—Ah. ¿Es así como vamos a recordarlo?

—Es la verdad.

En lugar de discutir, le tendí el collar.

—¿Puedo?

Al ver que se incorporaba y asentía, me acerqué a ella. Le deslicé la cadena alrededor del cuello y le abroché el cierre a la altura de la nuca. El peso de las piedras se asentó sobre sus pechos; la hilera de gemas era como una vid con uvas perfectas y redondas. Las joyas de color rojo frambuesa resplandecían con una energía propia. No era necesaria luz para hacerlas brillar. Es más, parecían brillar todavía más sobre su piel.

Acarició el collar con las puntas de los dedos y luego deslizó los dedos más abajo, sobre sus pechos henchidos y redondos.

Se me secó la boca.

—Gracias —murmuró—. Eres muy amable.

«Amable». Un adjetivo que nadie nunca me había atribuido.

No me sentía muy amable. Los pensamientos que me asaltaban en ese momento, mirándola, no tenían nada de amable. No, de hecho, podrían haberse clasificado como lo contrario. Eran demasiado sucios. Demasiado perversos. Estaban envueltos en deseo, en necesidad por una esposa que no quería tener nada que ver conmigo.

Y no pude detenerme. No pude evitar alargar una mano y acariciarle el rostro, rozando la tierna curva de su mejilla con el pulgar.

—No soy un hombre amable.

Tragó saliva. El collar se le elevó junto a los pechos al respirar, y devolví mi atención a ellos. Llevaba un escote modesto, pero la redondez de los senos seguía siendo lo más atractivo que había visto nunca. Mi boca anhelaba esa piel. Ansiaba presionar los labios contra esa carne sonrosada, saborearla, amarla así, adorarla.

Cerró una mano sobre la mía y apretó con fuerza un largo rato, antes de apartarse con lo que me pareció reticencia… Y eso me dio esperanzas.

—Fell… —empezó a decir.

El sonido de mi nombre en aquellos labios, en aquella voz temblorosa, y con aquellos ojos dorados como el fuego clavados en mí, se me hundió en la carne con tanta facilidad como un cuchillo en la mantequilla.

Había sido ella quien había puesto las condiciones. Ella había definido lo que seríamos y lo que no. Era yo el que albergaba esperanzas de que fuera a más. Unas esperanzas estúpidas, fútiles, de que cambiara de opinión. Era yo el que se sentía incapaz de apartarse de ella, incapaz de alejarme de esa hoguera que crepitaba, ese calor que irradiaba de ella y que me llamaba.

Alzó la mano y la descansó sobre mi pecho, desplegando los dedos sobre mi corazón. La «x» me encontró y el corazón me dio un vuelco, intentando atravesar hueso, sangre y carne para encontrarse con ella, para alcanzarla. Nuestros cuerpos, desesperados por unirse y fusionarse como las piezas de un rompecabezas.

Puso unos ojos como platos y supe que ella también lo sentía.

—Soy un hombre, Tamsyn. Un guerrero. Se me da mejor la espada que las palabras y los modales. No soy amable. —Exhalé un suspiro.

Ella abrió la boca y la cerró. Flexionó los dedos sobre mi pecho, pero no apartó la mano, y eso era algo. No era un no. No era un portazo en las narices.

—Yo… —empezó a decir con una expresión más dulce—. Me gusta lo que eres, Fell.

Me incliné hacia ella, dubitativo, receloso.

Y ella hizo lo mismo. Se encontró conmigo a medio camino y alzó la cara.

Ya casi había llegado. Casi había llegado a su boca.

Y entonces el fuerte bramido de un cuerno atravesó el día. Los gritos llenaron el aire con la fuerza de un cañonazo.

Pasé junto a ella para mirar por la ventana.

—¿Qué ocurre? —preguntó justo cuando el cuerno volvía a sonar, indicando a la gente que se pusiera a cubierto.

En ese instante, vi que varios guerreros cruzaban el patio y corrían por la empalizada, y que los civiles cruzaban la barbacana gritando para refugiarse en el interior de la fortaleza. Miré las nubes, buscando las alas, o el fuego. El cuerno sonó de nuevo.

Los gritos continuaron; se propagaban por el aire como el humo. Y por fin pude distinguir las palabras.

«¡Ya vienen!».

30

TAMSYN

—Espera aquí.

Las palabras de Fell resonaron en el aire, antes de que se desvanecieran junto con el sonido de sus pasos al salir corriendo de la cámara. ¿Alguna vez funcionaba eso? Tal vez hubiera quien se quedara atrás cuando se lo decían, pero yo no. Necesitaba saber qué pasaba. Tenía que verlo con mis propios ojos, y mirar por la ventana de mi torre no era lo que tenía en mente.

¿Y si era otro dragón?

Con el corazón latiéndome desbocado, salí corriendo de nuestros aposentos en dirección al salón principal. No había ni rastro de Fell. Era el caos; todo estaba lleno de gente y de animales que buscaban refugiarse de lo que fuera que se acercaba.

Me abrí paso a través de la gente que se arracimaba en la dirección contraria, desesperada por refugiarse en el interior de los muros de la fortaleza. Entre los gritos y los sollozos, oí una voz embargada de pánico en el aire una y otra vez, como una ola repetitiva e interminable. «Dragón. Dragón. Dragón».

¿Era posible?

Irrumpí en el patio, bajo el día helado, y miré al cielo de inmediato. Nubes y niebla. Niebla y nubes. Lo de siempre. Ningún camarada alado a la vista.

Varios cuerpos que huían me embistieron y a punto estuvieron de tirarme. Cuando recuperé el equilibrio me giré rápidamente, esquivé a una cabra y vi que varios guerreros se estaban preparando en las almenas. Me di cuenta de que algunos de ellos señalaban algo en la distancia, algo desconocido, fuera de mi campo de visión.

Decidida a verlo con mis propios ojos, eché a correr hacia la torre más cercana, abriéndome paso entre la multitud. Cuando casi había llegado, me encontré frente a frente con un lobo. O un perro, supuse, pero saltaba a la vista que por las venas le corría algo de sangre lobuna. La bestia se abalanzó sobre mí gruñendo y dando dentelladas en el aire, con espuma en la boca; verme la había convertido en una fiera. Caí al suelo y me apresuré a apartarme y quitarme de en medio. Grité cuando la gente que corría me pisoteó las manos, crujiéndome los huesos y aplastándome los nudillos.

El dueño del perro lobo le envolvió el cuello peludo con un brazo y lo jaló desesperado. Mientras contenía a la bestia, me miró con los ojos muy abiertos en un gesto de perplejidad. Era evidente que tanta violencia no era lo habitual en aquel animal.

«Claro que nunca me había visto a mí».

Negué con la cabeza, me puse de pie y, acunando mis manos heridas cerca de mi pecho, me dije lo que sabía que era una certeza: se curarían.

Subí por la escalera de caracol que llevaba a la cima de la torre. Sobre las murallas había tanta gente como en el patio. Los guerreros estaban por todas partes adoptando sus posiciones y los arqueros preparaban sus flechas. Nadie me prestó atención. Era un fantasma, libre de mirar y moverme por donde quisiera. Nadie reparaba en mí.

Atisbé a Fell más adelante, en la muralla, justo encima de las puertas, en el centro, oteando el Borg con mirada penetrante. Tenía las piernas abiertas, como si estuviera en la proa de un navío. Apoyó las manos en el borde de la muralla y miró más allá del asentamiento, el horizonte cubierto de nieve en la distancia, como si solo él tuviera el poder de ver lo que otros no veían. Como si solo él supiera lo que se avecinaba.

Fruncí el ceño y seguí la dirección de su mirada. Y no vi nada.

Nada que no fueran las colinas envueltas en niebla y las no tan distantes montañas. Esperé. Todos esperamos, con la mirada fija en el aire opaco.

El Borg enmudeció. Sobre nosotros se hizo un silencio espeluznante. Era como si el mundo entero contuviera el aliento. El único sonido era el silbido del viento y la niebla que se asentaba.

Y entonces lo oí. Otro sonido. Un ritmo acompasado. Unos golpes fuertes y rítmicos, invariables y en perfecta sincronía. Como los latidos de un corazón.

Los oímos mucho antes de verlos. Mucho antes de que coronaran la cima de la colina, de que la plata de sus armaduras resplandeciera como un espejo. Eran soldados. Un gran contingente de caballería. Cientos y cientos de jinetes.

Un ejército se dirigía al Borg.

No creía que el silencio pudiera ser mayor, pero hasta el viento se calló al ver a aquel ejército.

La niebla enmudeció y se quedó quieta. Se limitó a espesarse, extenderse y hacerse más densa, casi como si fuera un ente vivo decidido a conquistar las tierras, a cubrirlo todo, devorarlo todo.

El aire se hizo tan denso que engulló a los recién llegados, borrándolos de nuestra vista. Y, presumiblemente, borrándonos a nosotros de la suya. Pero seguían allí. Sentía la fuerza de aquellos soldados, como una bestia en busca de su próximo almuerzo. Simplemente, ya no podíamos verlos. Igual que ellos no podían vernos a nosotros.

Los segundos fueron pasando. Se convirtieron en minutos, y luego vinieron más y más minutos.

Los guerreros de Fell empezaron a moverse inquietos en las almenas.

Aún los oíamos marchar, oíamos la cadencia rítmica de los cascos de los caballos, invisibles en la niebla impenetrable. Prestamos atención, tensos, al límite. El ejército ya estaba cerca, se desplazaba por la hierba como una serpiente, fuera de nuestra vista pero cada vez más cerca del Borg, hasta que por fin se detuvo a nuestras puertas.

Emergieron de la niebla ante nosotros, por fin lo bastante cerca como para ver. Las caras de los soldados estaban ocultas bajo los visores de sus cascos. Solo sus ojos quedaban a la vista.

Y entonces me di cuenta. Sabía quiénes eran. Identificaba las armaduras, los penachos rojos y azules, el blasón real y los grabados de sus escudos.

Busqué entre ellos hasta encontrarlo a él. No tardé en reconocerlo: montaba delante del todo, en el centro. Ya se había subido el visor y el corazón me dio un brinco al ver aquellos ojos castaños en la distancia. Yo lo veía, pero él no me había visto a mí. Sus ojos estaban clavados en otra persona: en la Bestia de las Tierras Fronterizas.

Stig blandió su espada en el aire y gritó, desafiante:

—¡Dryhten! ¡Vengo por tu cabeza!

Desvié la vista por la muralla hasta encontrar a Fell, que se agarró al borde de la muralla con más fuerza… y sonrió. Una sonrisa genuina, que enseñaba todos los dientes. Casi como una mueca. Comprendí entonces que todo aquello le encantaba. La lucha, la batalla… Estaba a sus anchas. Era lo que sabía hacer. Lo que se le daba bien.

Se inclinó hacia adelante y su voz resonó a través del aire:

—¡Pues has venido al lugar adecuado!

Stig lo señaló con su espada.

—¡Recibimos tu mensaje!

—Ya veo que no les gustó mucho… —replicó Fell con sarcasmo—. A mí tampoco, pero no imaginé que te presentarías aquí y exigirías mi cabeza.

—¡Eres un mentiroso y lo pagarás, Dryhten! Estoy aquí para encargarme de ello.

Contemplé incrédula el ejército desplegado ante mí. ¿Stig había liderado hasta allí a todos aquellos soldados? Debían de haber marchado sin descanso durante tres semanas.

—Tú y el ejército que trajiste contigo, ¿no? —replicó Fell. Sus guerreros se echaron a reír.

Stig señaló tras él.

—Este ejército ha venido para encargarse de que se produzca un traspaso de poder pacífico cuando te haya destripado, haya clavado tu cabeza en una pica y me haya hecho con el control de las Tierras Fronterizas.

Aquella proclama fue recibida con abucheos por parte de la muralla. Fell levantó ambos brazos y movió las manos arriba y abajo para silenciar a sus guerreros. Tardaron varios instantes en hacerlo.

—No creo que mis guerreros estén de acuerdo con eso, capitán. —Fell se encogió de hombros con fingido arrepentimiento.

—¿Pensabas que te creeríamos? —continuó Stig—. Un dragón… Sí, claro —resopló—. La asesinaste y estoy aquí para asegurarme de que mueras por ello.

Hice una mueca. «¿La asesinaste?».

¿Que me había asesinado?

¿Se refería a mí?

Era evidente que, tras leer el mensaje de Fell en el que informaba de que un dragón me había matado o secuestrado, había llegado a sus propias conclusiones. ¿Era eso lo que pensaba mi familia? ¿Mis padres? ¿Mis hermanas? ¿Me creían muerta?

—¡Stig! —grité moviendo un brazo—. ¿Qué haces?

Stig volteó a verme y puso unos ojos como platos.

—¡Tamsyn!

—¿Qué haces? —repetí, negando con la cabeza contrariada. Señalé al ejército apostado tras él—. ¿Trajiste un ejército?

No me quitaba la vista de encima. Se limitó a repetir mi nombre, como si le costara comprender lo que estaba viendo.

—¡Tamsyn!

Suspiré.

—Sí, soy yo. Eso ha quedado claro. Ahora contesta: ¿qué haces aquí?

Entornó los ojos y se puso recto.

—Vine por ti. Para vengarte.

Negué con la cabeza.

—Bueno. Pues, como ves, no estoy muerta.

Stig miró a Fell.

—¿Decía la verdad, entonces? —lo preguntó como si fuera lo más increíble, lo más imposible del mundo.

Seguí con la mirada a Stig y luego a Fell. Mi marido se encogió de hombros y asintió.

—Como ves, has hecho este viaje tan largo por nada. Ahora, ¿por qué no das media vuelta y vuelves a casa?

Exhalé, exasperada. ¡Hombres!

—Fell —lo reprendí fulminándolo con la mirada. Luego miré a Stig y a su ejército, que aguardaba—. ¡Abran las puertas!

No había fuerza humana que fuera capaz de mantenerme alejada de los brazos de Stig.

Sí, acababa de traer un ejército a las puertas del Borg con la intención de clavar la cabeza de mi esposo en una pica, pero lo había hecho por mí. Y era mi mejor amigo. Mi familia. Era como volver a tener un pedacito de mi hogar, un pedacito de mi vieja normalidad. Y no podía evitar anhelar la reconfortante familiaridad de aquellos tiempos, pues ahora mi vida era cualquier cosa menos normal.

Los tres nos reunimos en la biblioteca personal de Fell.

Noté la mirada de mi esposo sobre mí mientras Stig me estrechaba entre sus brazos, mientras su aliento cálido me acariciaba el pelo. Al final, di un paso atrás y miré a Fell con recelo.

Su rostro se mostraba impasible. Me miraba con unos ojos tan imperturbables como la roca y, sin embargo, sentí el inexplicable impulso de disculparme. ¿Por qué? ¿Por abrazar a un amigo? Alcé un poco la barbilla, intentando mostrarme confiada, serena. Despreocupada.

Ambos hombres se miraron con dureza sin decir nada, sin moverse. Eran dos figuras congeladas en el espacio.

Me aclaré la garganta. Era obvio que tendría que ser yo quien cruzara aquella línea invisible… Tendría que ser yo quien hablara en primer lugar e hiciera que aquellos dos hombres llegaran a un entendimiento.

—Bueno. Es evidente que ha habido un malentendido.

—Sí, es evidente —coincidió Fell secamente.

—Recibimos tu mensaje… —empezó Stig.

—Y decidiste marchar hacia el norte con un ejército armado hasta los dientes —interrumpió Fell.

Stig se encogió de hombros como si aquello fuera una nimiedad y en absoluto una causa de ofensa.

—¿Se suponía que debía tomarme aquel mensaje en serio?

Fell dio un paso hacia él con aire amenazante.

—Escúchame bien —le dijo en voz baja y grave—. Hay un dragón. Al menos uno. Está vivo y está ahí afuera, y es una amenaza para todos nosotros. —Me señaló a mí y contuve un escalofrío—. Se llevó a Tamsyn. Pregúntale a ella.

Stig me miró buscando una confirmación de aquellos hechos, como si el tenerme ante él —sin estar muerta— no fuera prueba suficiente.

—Sí. —Asentí. Tenía tal nudo en la garganta que la palabra no fue más que un quejido—. Es cierto. Hay un… dragón.

—Bueno. —Stig se puso recto y suspiró—. Esto cambia las cosas.

La escarcha llameó en los ojos gris pálido de Fell.

—¿Ah, sí? Ya no quieres clavar mi cabeza en una pica, ¿no? —Me miró a mí—. Casi pareces decepcionado…, como si prefirieras que estuviera muerta. —Y entonces mi marido le dedicó a Stig una sonrisita.

El rostro de mi amigo se encendió de ira. Inhaló con fuerza, hinchando el pecho.

—Jamás podrías entender la profundidad de lo que siento por ella, bastardo sin corazón.

—Ya. Intentaré acordarme la próxima vez que me meta en su cama.

Stig soltó un sonido entrecortado y se abalanzó contra él.

Y Fell respondió haciendo lo mismo.

Me interpuse entre los dos antes de que acabaran matándose.

—¡Basta! ¡Se están comportando como niños! —Puse una mano en cada uno de los pechos jadeantes y los fulminé con la mirada a los dos—. ¡Estamos en el mismo bando!

Y, justo después de pronunciar aquellas palabras, sentí que me hundía en la desdicha. Lo supieran o no, los que estaban en el mismo bando eran ellos dos.

Yo estaba en el bando de otra cosa.

31

STIG

Estaba viva. Tamsyn estaba viva.

Ahora, al verla con Dryhten, con su «esposo», sensaciones horribles y complicadas danzaban y batallaban en mi interior. Alivio, el alivio era evidente. Y también felicidad, una felicidad abrumadora. Porque estaba viva.

Pero también…

Tenía unas ganas locas de matar a Dryhten.

Sentí que me embargaba una oleada de decepción cuando me di cuenta de que no podía. Ya no tenía razones para hacerlo. Al menos, no una razón que contara con la aprobación de mi padre.

Pero entonces…

Me di cuenta de que podía hacerlo igualmente. ¿Por qué no?

Yo era un guerrero. Él era un guerrero. Era lo que hacían los guerreros, luchar los unos contra los otros. Así se resolvían las cosas. Matarlo sería hacerle un favor al mundo, al fin y al cabo, y no necesitaba el permiso de mi padre para ello.

Sin embargo, tendría que pensar muy bien cómo llevarlo a cabo. Debía seleccionar el momento adecuado para desafiarlo de forma justificada. No sería muy difícil. Siempre me provocaba. Era de los que provocan.

Mataría a Dryhten y entonces Tamsyn estaría a salvo. Y luego… Si ella me deseaba tanto como la deseaba yo, podríamos estar juntos.

Sería libre. Ya no sería su esposa, ni tampoco una niña de los azotes.

Sería libre de elegir.

32

TAMSYN

Por fin me salí con la mía.

El día siguiente a la llegada de Stig, me invitó a salir con él a montar. No era ninguna ingenua. Sabía que quería sacarme de la fortaleza, estar conmigo a solas y lejos de ojos y oídos curiosos, para poder hablar conmigo. Para poder comprobar de primera mano que de verdad estaba a salvo, que nadie me estaba haciendo daño allí. Y con «nadie» se refería a mi esposo.

Stig creía que Fell era de la clase de hombres que me haría daño. Creía que la Bestia de las Tierras Fronterizas era un hombre cruel, un bárbaro. Todas las cosas que yo misma había dado por hecho una vez. Para ser justos, era lo que creía todo el mundo.

En la mente de Stig, la única posibilidad era que Fell me estuviera maltratando. Mi amigo jamás sospecharía que cada noche que pasaba en la cama con mi esposo sentía que mi determinación se debilitaba, que cada vez me perdía más y más en sentimientos tan desconcertantes como complicados, que anhelaba a un hombre que no confiaba en poder tener.

Fuera cual fuere el caso, fuera cual fuere la razón, por fin estaba fuera de las murallas de la fortaleza, por fin estaba cabalgando sobre las colinas que constituían el preludio de los Riscos, y me alegraba por ello.

La noche anterior, Fell y Stig se habían reunido con sus guerreros de más confianza para diseñar una estrategia y discutir asuntos importantes. No hacía falta que nadie me dijera qué asuntos eran esos. Sabía que el tema de debate más importante había sido yo.

Bueno. No yo, yo.

Yo, el dragón.

No pensaban olvidarlo. Iban a organizar partidas de caza. Buscarían al dragón hasta en el último rincón de cada bosque. Su determinación era como un nudo alrededor de mi cuello que me apretaba más con cada segundo que pasaba, cada vez más.

Tal vez pasara mis noches durmiendo calientita y a salvo en un lecho, con la presencia reconfortante y tentadora de Fell..., pero me sentía como un volcán a punto de entrar en erupción.

Allí no estaba a salvo. No estaba segura. Sentía como si tuviera el cuerpo envenenado, como si la ponzoña tóxica se estuviera extendiendo en mi interior, haciendo su trabajo, retorciéndose e hirviendo hacia mi lenta e inevitable muerte.

No se me había pasado por alto la ironía. Fell pensaba que no era seguro que saliera de la fortaleza, preocupado por la amenaza del dragón. Pero, claro, yo sabía que no había ninguna amenaza. Solo estaba yo.

Y el lugar más peligroso de todos era la cama, junto a él, quien sería mi asesino.

Alcé la cara hacia la niebla que se enroscaba y exhalé. Stig y yo seguimos adelante.

Tarde o temprano, Fell se enteraría de que Stig me había sacado de la fortaleza. No estaría muy complacido..., pero ya me encargaría de eso después.

En ese momento no existía sino la satisfacción de montar con mi amigo por el campo cubierto de niebla, con la sombra reconfortante de los Riscos a nuestro lado. Las montañas cantaban una canción silenciosa en mi mente; me llamaban, jalándome con un hilo muy suave…

—Deberíamos dar media vuelta, supongo. Nos estamos acercando demasiado a… —La voz de Stig se apagó cuando miró el rostro afilado y cubierto de nieve de la montaña más cercana.

Quería dar media vuelta por razones obvias. Podría haber señalado que el último avistamiento del dragón se había producido a miles de kilómetros de allí, pero la velocidad a la que volaban los dragones lo convertía en un dato irrelevante. Los dragones podían estar en cualquier rincón de Penterra, o en cualquier otra parte. Daba igual dónde estuviéramos. Pero prefería no seguir alimentando el frenesí sobre los dragones. Quería, en todo caso, quitarle importancia al asunto.

—¿Damos un paseo? —sugerí.

Stig solo dudó unos instantes antes de asentir, y desmontamos a la vez. Tomamos las riendas con las manos enguantadas y paseamos tranquilamente.

Respiré hondo y me lancé:

—No quiero que sigas preocupándote por el dragón.

Pronuncié mi petición con solemnidad, casi como un rezo, y así era como la sentía. Era una oración desesperada. Una esperanza vana que lanzaba al viento, deseando que alguien la oyera, algún dios o alguna deidad con el poder de ayudarme.

Nos adentramos más en el bosque. Las botas crujían sobre aquella blancura impecable. Las ramas de los árboles gemían y rechinaban sobre nuestra cabeza con los golpes del viento, pues cargaban el peso de la nevada de la noche anterior.

Acaricié el morro de mi montura con una mano enguantada y miré a Stig llena de esperanza.

—¿Que no me preocupe? —Me miró incrédulo—. ¿Cómo no me voy a preocupar? ¡Un dragón vivo! —Negó con la cabeza—.

Y te llevó… Tienes suerte de haber sobrevivido. Mató a uno de los hombres de Dryhten. Todos debemos estar preocupados. Este no solo es un problema de las Tierras Fronterizas; nos concierne a todos. Y podría haber otros.

«Podría haber otros».

Dio voz a la idea que tanto me había esforzado por evitar. Ahora tenía que enfrentarme a ella.

¿Podía haber otros? ¿Otros como yo? ¿Tan confundidos y tan solos como estaba yo? O tal vez tuvieran respuestas y comprendieran mejor lo que me estaba ocurriendo. Tal vez pudieran ayudarme a sentirme menos confundida, menos perdida, menos sola. ¿Era posible encontrarlos? Volví a mirar a los Riscos con el corazón lleno de esperanza.

—Encontraré a ese dragón —afirmó Stig con tanta vehemencia, con tanta convicción, que supe que…

Nunca se detendría.

Nunca lo olvidaría. Nunca renunciaría a la idea de cazar a esa criatura, aun si se daba cuenta de que aquello que tanto deseaba destruir, aquello que intentaba cazar…, era yo.

Tal vez ahí estaba mi respuesta.

Tal vez tenía que saberlo.

Tal vez entonces pudiéramos pensar juntos y encontrar una solución.

Tal vez. Tal vez. Tal vez.

Era mi más viejo amigo. A menudo había sido mi refugio, la persona a quien acudir, la persona que me reconfortaba y me ayudaba a ver las cosas con claridad.

Respiré hondo para armarme de valor.

—¿Y si supieras que el dragón no quiere hacer daño a nadie?

Me miró divertido.

—¿Qué sabes tú de las intenciones de un dragón, Tamsyn? —Soltó una risita, como si acabara de sugerir algo de lo más ridículo.

Como si yo fuera una niña tonta que todavía creía en los cuentos de hadas—. ¿Cuándo no ha querido un dragón hacer daño?

Una pregunta que no podía responder. A no ser que lo hiciera.

A no ser que le respondiera.

A no ser que le respondiera con sinceridad, con franqueza…

Había llegado el momento. Era hora de hablarle como se hablan los amigos, como se hablan los amigos que se son leales.

Si no podía confiar en Stig, ¿en quién?

Lo conocía de toda la vida. Era la persona que se había ofrecido a dejarlo todo atrás por mí, sus responsabilidades, su rango, su posición. A huir conmigo, a empezar de cero en otro lugar.

Estaba muy cansada. Cansada de guardarme aquello para mí, encerrado como un sucio secretito.

Cansada de cuidar cada paso cuando estaba con mi marido, de mantenerlo alejado de mí cuando lo que él quería era una esposa, cuando me quería en el sentido más puro de la palabra, como un hombre quiere a una mujer. Cuando yo también lo quería a él. Cuando una noche más en mi cama sería mi punto de no retorno, el último empujón ante el abismo.

Ese secreto, esa cosa que me pesaba como un saco de piedras en el pecho, era una carga que me estaba aplastando y necesitaba liberarme de ella, compartirla con otra persona. Con un amigo.

Me humedecí los labios. De repente, un escalofrío que nada tenía que ver con el viento invernal que nos rodeaba me puso la piel de gallina. Si me había estremecido era por lo que estaba a punto de hacer. Lo que estaba a punto de decir.

—Stig, tengo que contarte una cosa. —Tuve que respirar varias veces más, con la esperanza de que eso calmara mis nervios. Stig me miró expectante y esperó con paciencia. Al final, asintió para alentarme, como si presintiera que lo necesitaba—. No soy la misma persona que era cuando me fui de la Ciudad.

Se le ensombreció un poco el rostro, como si aquella confesión no le gustara, como si no le gustara que le recordara que me había marchado de la ciudad o que había cambiado desde entonces.

Negó con la cabeza, apesadumbrado.

—Jamás debí dejar que te fueras. Que te casaras con él. Te fallé…

—No. No es eso. No creo que irme de la Ciudad haya tenido nada que ver con el cambio que he experimentado. —Al menos, no lo creía, pero ¿qué sabía yo? Lo único que sabía era lo mucho que no sabía—. Me ocurrió algo ahí afuera…, durante la travesía.

Negó con la cabeza de nuevo. Alargó una mano para tomar la mía y me la estrechó con gesto comprensivo.

—Lo siento tanto… No deberías haber estado ahí afuera. Deberían haberte protegido. ¡Él debería haberlo hecho!

Esta vez, quien negó con la cabeza fui yo.

—Esto no tiene nada que ver con Fell.

Apretó los dientes, como si la mención de mi esposo fuera demasiado para él.

—Por supuesto que tiene que ver con él. Ese bastardo no tiene ni idea de cómo…

—¡Stig! No tiene nada que ver con Fell. Tiene que ver conmigo. Con lo que me pasó a mí. Lo que me está pasando a mí. Soy un…

La palabra se me quedó atorada en la garganta.

Stig me miró, expectante.

—Soy un… —Luché por pronunciarla, por escupirla, por expulsarla de mi lengua. Solo era una palabra. Una sola palabra. No debería cargar con tanto significado.

Él asintió con amabilidad, apremiándome a continuar.

Volví a intentarlo, y esa vez… lo conseguí.

—Soy un dragón. Soy el dragón que están buscando.

Pasaron varios segundos en los que él ni se movió, ni habló, ni parpadeó. No estaba segura ni de que respirara.

—¿Me oíste, Stig? —Él negó con la cabeza y se rio, incómodo—. Stig, no es ninguna broma.

Su carcajada se convirtió en una cosa seca y amarga.

—¿Por qué dices algo así?

—Ya sé que es increíble…

—No. —Se frotó la nuca—. Es… —Su voz se apagó, como si no lograra encontrar la palabra adecuada. Resopló, frustrado—. ¿Te obligó él? ¿Por qué dices tal cosa?

—Ya sé que parece increíble, pero necesito tu ayuda. —Se me rompió la voz. Las emociones contenidas me hervían en la garganta, a punto de desbordarse. Tragué saliva, intentando controlarlas antes de estallar en una erupción de sollozos.

—Ey, ey, tranquila —me tranquilizó Stig, estrechándome entre sus brazos.

Y me rendí. Las lágrimas empezaron a fluir como un río.

Enterré la cara en su pecho y farfullé una maraña de palabras sin sentido.

—Soy un… Yo… Estoy… asustada. Soy un dragón. Me convertí en un dragón. Por favor, Stig, por favor. Tienes que creerme…

Sopló suavemente contra mi pelo para acallarme y me abrazó con fuerza. Me hacía sentir bien que me reconfortara. Me sentía apoyada, pero no me estaba escuchando. No me creía.

Me aparté para mirarlo, para llegar hasta él, para transmitirle con la mirada y con mi expresión que le estaba diciendo la verdad.

—Tamsyn… —musitó mientras me apartaba mechones de pelo de las mejillas húmedas—. No sabes cuánto siento haber permitido que te pasara esto. Siento mucho haber dejado que te llevara…

Negué con la cabeza, cansada. No lo entendía. No me estaba escuchando.

Decidí intentarlo otra vez.

—Escúchame, por favor. Soy un…

Y me besó.

Apenas me dio tiempo para darme cuenta de que agachaba la cabeza, de que recorría la distancia que nos separaba. Engulló mi grito ahogado al pegar su boca contra la mía; se lo bebió.

Puse las palmas contra su pecho y lo empujé, pero no se movió. No parecía ni darse cuenta ni sentir la presión de mis manos. Continuó moviendo los labios sobre los míos e incrementando la presión, mientras un sonido ávido y satisfecho vibraba en su pecho. Me besaba con más insistencia cada vez.

De repente, se oyó un sonido. Una furiosa maldición.

Y entonces Stig desapareció. Me lo arrancaron en un abrir y cerrar de ojos, dejando ante mí solo el vacío.

33

TAMSYN

Observé boquiabierta cómo Fell derribaba a Stig envuelto en una ráfaga de nieve.

Rodaron por el suelo convertidos en una violenta maraña de brazos y piernas, pegándose puñetazos, golpeando carne y hueso. Gruñidos. Maldiciones. Piel desgarrada.

No daban muestras de debilitarse, ni de tener intención de parar. Eran como dos lobos salvajes, incansables y decididos. Pelearían hasta el final. No pararían hasta que uno de los dos estuviera muerto.

La nieve salía disparada a su alrededor en estallidos blancos, y mezcladas con los copos pálidos había motas carmesí. Sangre. Uno de ellos estaba sangrando; tal vez ambos. A ninguno le importaba. Ninguno se detenía.

—¡Paren! —grité. Fui hacia ellos, pero tuve que apartarme de un salto cuando rodaron hacia mí, convertidos en un nudo de brazos y piernas que se movía con violencia.

Los observé sin parpadear tanto rato que me empezaron a doler los ojos. No había ni una célula de mi ser que no vibrara de furia ante aquel par de idiotas. Al final, me agaché, agarré un puñado de nieve y se lo lancé, pero no sirvió de nada.

De algún modo, Fell se las arregló para girarse y ponerse encima de Stig. Tomó impulso y clavó el puño en el rostro de mi amigo.

Me estremecí al oír el crujido del hueso contra el hueso.

—¡Fell! ¡No!

Fell me dirigió una mirada penetrante con una expresión casi herida, traicionado, no supe si porque acababa de pedirle que dejara de pegarle a Stig… o porque lo había descubierto besándome. No lo sabía. Tal vez había pensado que yo había participado de aquello por voluntad propia. Eso tampoco lo sabía, y en ese momento era la última de mis preocupaciones.

Stig aprovechó la distracción momentánea de Fell y escapó de debajo de él, se puso de pie y se las arregló para darle un rodillazo en la cara. Un chorro de sangre salió disparado, ensuciando la nieve, y Fell cayó. Stig se abalanzó sobre él y todo volvió a empezar. Los golpes de la piel contra la piel; el crujido de los huesos contra los huesos.

El sabor a cobre me llenó la boca, me empapó los dientes, y comprendí que estaba sangrando. Me había mordido el labio. Alargué una mano temblorosa para tocarme la boca con cuidado y luego aparté los dedos. Ahí estaba, sobre mi piel. Manchas de sangre. De mi sangre.

Sangre de color púrpura.

Sangre de dragón.

Me le quedé mirando y doblé los dedos. El momento pareció durar eternamente, aunque no es posible que se extendiera demasiado en realidad. Y luego volví a gritar, sin pensar mucho en lo que estaba haciendo. Me limité a seguir una especie de instinto, una desesperada necesidad de evitar que aquellos dos siguieran matándose.

—¡Stig! —Alcé la mano y moví los dedos ensangrentados en el aire—. ¡Stig!

Se quedó quieto en cuanto logré llamar su atención. Recibió varios puñetazos más por parte de Fell y gruñó ante la fuerza bruta de los mismos, pero no despegó sus ojos de mí. Solo miraba mi mano. Las puntas de mis dedos. La sangre púrpura que las manchaba.

Fell paró por fin de pegarle y me miró. Se quedó quieto.

Ninguno de los tres se movió durante largo rato. Ninguno habló. Sentí la fuerza de su impacto, de su confusión. Vi sus miradas incrédulas, fuera de sí. Me miraban a mí. A mis dedos. A mi sangre.

Un fuego se prendió en mí, y el ardor se fue intensificando, enroscándose en lo más profundo de mi ser, como las lenguas retorcidas de las llamas.

Stig se puso de pie por fin y se acercó a mí tambaleándose.

—Tamsyn…, ¿qué es eso?

—Creo que sabes lo que es —susurré—. Ya te lo dije y no me creíste.

—Yo no lo sé. Dímelo —exigió Fell con su voz grave mientras él también se acercaba a mí con varias zancadas temblorosas. Se secó la nariz ensangrentada con el dorso de la mano.

Mi mirada se encontró con la suya. Mi intención no había sido contárselo a Fell, pero acababa de hacerlo. Ahora lo sabría; ambos lo sabrían. Ninguno de los dos lo había comprendido aún, pero no tardarían en hacerlo.

Fell lo comprendería y me miraría con el odio más profundo, con ojos asesinos. Tragué saliva, intentando contener un sollozo ardiente que ascendía, amenazando con salir disparado de mi boca.

—Dímelo, Tamsyn —pronunció mi nombre con gravedad.

Y entonces me estalló la piel. Demasiado calor. Siseaba igual que el aceite en una sartén al rojo vivo.

Me salía vapor de la nariz.

Stig siguió con la mirada las nubes de vapor cálido y se le fue todo el color del rostro. Me miró fijamente, pálido como un fantasma.

—Tamsyn…, ¿qué te pasa?

Me miré los brazos. Me parpadeaba la carne, brillaba como fuego dorado. No había duda: la situación me había sobrepasado. Era demasiado para mí, y el dragón se retorcía en mi interior. Mi dragón. Estaba empezando a manifestarse… y no podía detenerlo.

Me encogí de hombros con impotencia.

—Esto es lo que soy. —Tendí los brazos para enseñárselos mientras dentro de mí lloraba, suplicaba y gritaba que por favor no me odiaran, que por favor, por favor, siguieran queriéndome.

Stig negó con la cabeza, incapaz de aceptarlo.

—No. ¡No!

Estaba diciendo que no, pero lo había entendido. Lo sabía. Había visto la verdad con sus propios ojos.

Sc lo creía.

Respiré hondo y exhalé humo por la boca.

—Era yo. Yo soy el dragón. —Miré a Fell. Lamentaba que él también estuviera presente, pero, como se encontraba allí, debía intentar explicárselo—. Fui yo. Ese día, lo que viste en el bosque era yo. Fui yo quien mató a Arkin. —Negué con la cabeza, apesadumbrada—. Él estaba intentando matarme a mí y… y estallé… y me transformé.

La hoja de una espada desenvainada siseó al cortar el aire. Preparada, bajé la vista a las manos de Fell… Sabía lo que vería, lo que encontraría en ellas.

Iba a matarme.

El fuego siguió creciendo en mi pecho. Saboreé el calor en la boca, olí el humo en mi nariz. Por mucho que intentara reprimirlo, por mucho que me esforzara por hacerlo desaparecer y ordenara a mi cuerpo que parara, este estaba preparado para defenderse, para atacar, para aniquilar.

Pero Fell no tenía nada en las manos.

Aunque yo había oído el canto de una espada..., él tenía las manos vacías. Me miraba fijamente con esos ojos de escarcha muy abiertos y los puños apretados.

Todo se ralentizó entonces.

Aparté la mirada hacia Stig.

Stig, mi amigo más querido, en quien tanto confiaba. Stig, la persona a quien había elegido confesárselo porque lo quería y él me quería a mí.

Pero era Stig quien blandía la espada.

Fue Stig quien alzó su arma en el aire con la hoja apuntando directamente a mi corazón. Mi corazón, que se rompía.

Había cometido un error. Me había equivocado con él... Y lo iba a pagar con la muerte.

Se abalanzó sobre mí...

Y lo hice otra vez. Lo mismo que antes.

Mi cuerpo reventó en un estallido de luz cegadora, tan blanca y tan pura como la nieve que nos rodeaba. Mi ropa se desintegró y cayó a mi alrededor hecha jirones. Lo único que seguía sobre mi piel era el collar que Fell me había regalado, las piedras preciosas pesadas, calientes y eléctricas. Me hacían sentir más fuerte, más poderosa.

Sin deliberación o voluntad previas, arrastré los brazos y las piernas por el suelo, alargándolos y soltándolos, preparándome para emprender el vuelo. Surgieron las protuberancias serradas de mi nariz, que se contraía y temblaba con mis rápidos y fatigosos jadeos.

Se me estiró la espalda y se liberaron las alas, desplegándose y estallando detrás de mí. Me elevé varios centímetros del suelo. Estiré los brazos. La piel me parpadeaba; emitía una luz como la del fuego.

Pero no hui volando. No podía moverme. Al parecer, eso sí podía controlarlo. Me obligué a encararme con Stig y con esa espada suya que venía por mí.

Quizá fuera lo mejor.

Con los brazos y las alas estirados a los lados, floté en el aire; gracias a mi tamaño, era un blanco fácil, imposible de fallar.

Alcé la barbilla, cerré los ojos con fuerza y esperé. Esperé el final, deseando que no doliera.

Pero el final no llegó.

El aire estaba totalmente en calma. No había viento. No se oía el susurro de la niebla al desplazarse y asentarse como los gemidos de un edificio viejo.

Abrí los ojos poco a poco. El mundo seguía allí. Yo seguía allí. Seguía con vida.

La voz de Fell surgió entre el silencio, entre la blancura, entre aquel miedo silencioso y me encontró. Se enroscó a mi alrededor, mezclándose y colisionando con el sabor amargo del pánico en la lengua, que danzaba con el sabor del carbón y la ceniza.

—¡Vete, Tamsyn! ¡Vete!

Me estremecí y di un brinco, sobresaltada por el volumen repentino de su estridente voz.

¿Me estaba hablando a mí? Por supuesto que sí; el nombre que había pronunciado era el mío… Pero aquello no tenía sentido. Nada lo tenía… Nada lograba consolidarse en mi mente.

Miré a mi alrededor y por fin lo encontré. Hallé aquellos ojos suyos tan cambiantes, pero en ellos no vi más que confusión. No entendía nada. Su expresión de pánico me instaba a huir. «No». Había más que urgencia en aquella mirada ardiente y desesperada, en el acero caliente. Había una súplica. Un rezo. Y había un impulso tangible, un empujón que me embestía, que me instaba a marcharme.

«Vete, vete, vete, vete».

Negué con la cabeza. ¿Por qué me ayudaba? ¿Por qué no blandía su espada contra mí?

Pensaba que me mataría. Pensaba que, en cuanto descubriera la verdad, en su corazón no habría espacio más que para el odio y el arrepentimiento. Pensaba, pensaba, pensaba…

Tenía la espada en la mano, pero no me atacaba a mí. No. La había usado para detener la acometida de Stig. Había evitado que Stig me atacara.

Fell no había intentado matarme.

Fell no me quería muerta.

Era tanto que asimilar, que absorber… Era algo imposible, incluso inverosímil, y era incapaz de tragarlo por mi garganta henchida de fuego.

Era lo opuesto a todo lo que creía, a todo lo que esperaba. El mundo ya no era sólido bajo mis pies. La niebla ya no me humedecía la piel. El invierno había dejado de ser un beso helado sobre mis labios.

Todo era así: distinto a como debía ser.

«¿En qué más me habré equivocado?».

«Te equivocaste con Stig».

La traición de Stig me dolía, se me había clavado como un puñal con el que luego me desgarraran la carne. Me había partido en dos y me había dejado en carne viva, expuesta y sangrando.

—¿Qué haces, Dryhten? —Stig jadeaba intentando liberar su espada, que Fell tenía bloqueada e inmovilizada con la suya.

Por fin, las hojas de acero se liberaron con un siseo y Stig retrocedió. Los dos hombres recuperaron sus posturas de batalla, enfrentados.

Y entonces oí la voz de Fell, tan áspera y resuelta como el suelo cubierto de nieve.

—No pienso dejar que la mates.

—¿La? —Stig me señaló con su espada y luego escupió sangre en la nieve, una obscenidad sobre aquel blanco impecable—. Eso es un dragón.

Fell negó con la cabeza una única vez.

—Es Tamsyn. —Luego me dijo a mí—. ¡Lárgate de aquí!

Negué con la cabeza. No pensaba abandonarlo. No cuando Stig estaba decidido a cometer un asesinato.

Ambos guerreros empezaron a luchar entonces con todas sus fuerzas, y la batalla ya no era igual que antes. Ya no era una pelea a base de puñetazos y labios rotos por unos celos estúpidos. Era una cuestión de vida o muerte, y yo la contemplaba con el corazón a punto de salírseme del pecho, con el humo brotándome en forma de nubes de la boca y la nariz, mientras intentaba decidir si debía intervenir. Si podía…

Me elevé sobre el suelo, apenas unos centímetros. Mis alas se movían en el aire; mi dragón sabía cómo funcionar sin recibir ningún tipo de instrucción.

Por decididos que estuvieran los dos hombres a matarse el uno al otro, de vez en cuando desviaban la mirada hacia mí, como para comprobar que yo era real. Para demostrarse que aquello no era solo una pesadilla, un sueño terrible.

Stig no se había rendido; aún quería matarme. Más de una vez trazó un círculo y trató de apuñalarme, pero o bien esquivé su estocada o bien Fell acudía al rescate, interceptando la espada de Stig una vez tras otra. La lucha continuó hasta que derramaron sangre por fin.

Stig aulló cuando Fell le hizo un tajo profundo en la carne, acompañado de ese inconfundible sonido húmedo y cortante. Ahogué un grito mientras Stig se llevaba la mano al hombro para ponerla sobre la herida. Era muy profunda. Se tambaleó y estuvo a punto de perder el equilibrio, pero logró contenerse apoyándose contra un árbol. Jadeaba; le faltaba el aire. La sangre manaba por entre sus dedos, tan densa como un jarabe, tan oscura como el vino y tan rápida como la corriente de un río.

—Mierda —gruñó Stig. Apartó los dedos para inspeccionar los daños. Y fue entonces cuando vi que la herida no se limitaba al hombro: el corte era ancho y largo y le llegaba al pecho. Más de un hombre había muerto por menos.

Y a pesar de todo, a pesar de lo poco que había tardado mi supuesto amigo en renunciar a mí e intentar matarme, se me encogió el corazón, se me marchitó como un puño apretado, blanco y exangüe. No quería que muriera. A pesar de lo ocurrido, no quería.

Fell se acercó a él, sin duda, para acabar con su vida.

No podía permitirlo.

Sabía que Stig había intentado matarme, que aún se encargaría de verme muerta si podía... Pero yo no podía hacerle lo mismo a él. No podía olvidar lo que habíamos sido el uno para el otro y dejarlo morir, sin más, dejar que se desangrara en la nieve como un animal sin nombre. Quizá fuera demasiado tarde, pero aquello no podía permitirlo. Tenía que intentarlo.

Me elevé más, sobrevolé a Fell y bajé al suelo, poniéndome entre ellos para impedir que mi esposo acabara con él. La nieve crujió bajo mi gran peso.

Miré a Fell a los ojos y deseé poder pronunciar palabras que lo hicieran entender. Él me devolvió la mirada con esa mirada de escarcha y me di cuenta de que me comprendía. No hacía falta que me oyera decirlo. No hacía falta que se lo pidiera. Me di cuenta, sobresaltada, de que me conocía.

Negó con la cabeza.

—Maldita estúpida... Él no sería igual de generoso contigo —me dijo mientras Stig se escabullía por el bosque, chocando contra los árboles, como una rata en un sótano.

Era cierto, pero no me importaba. No podía ver cómo mataba a Stig. De todos modos, era como si ya estuviera muerto. Una herida así…

Agaché la cabeza y la moví con tristeza a un lado y otro. Stig no llegaría a ver el siguiente amanecer.

Fell se acercó y alzó una mano despacio y con cautela.

Deseé poder comunicarme. Agaché más la cabeza para invitarlo a seguir, para permitir que me tocara si quería. Una última caricia. El último momento que tendría con él.

De repente, me arrepentí de todo el tiempo perdido. De todo el tiempo que podríamos haber pasado juntos, sin una sima que nos separara. Sin negación, sin distancia, solo nosotros. Los dos juntos, antes de que me transformara en esa criatura que el mundo le exigía matar.

Colocó la mano sobre mi nariz y noté su palma caliente contra la piel parpadeante de dragón; la «x» soltaba chispas como el fuego. Exhalé aire caliente por la nariz para que sintiera mi aliento.

—Preciosa —murmuró—. Como siempre.

Se me hinchó el corazón. Quise llorar. Si las lágrimas hubieran sido posibles, lo habría hecho. Porque él lo sabía…, los dos lo sabíamos. Había finalidad en su voz. Había un adiós en aquellas palabras.

Bajó la mano y miró hacia donde Stig había desaparecido.

—Sabes que lo contará. Puede que muera, pero no antes de contárselo a todo el mundo. Tienes que irte. Tienes que irte muy lejos y no volver jamás.

«No volver jamás». Cada palabra fue como un golpe, como si me incrustaran un clavo en el hueso. No volvería a ver a Fell jamás. Eso era lo que implicaba.

Sentí que me anegaba la angustia, una corriente interminable de ella. Asentí, sin embargo. Debía irme. Debía ser valiente y estar sola, abandonar a Fell y a todos los demás, todo lo que había conocido. El miedo se apoderó de mí, dejándome casi inmóvil, doblándome en dos. Quise permitirme caer y hacerme un ovillo. Quise que el mundo entero se esfumara, con todo su horror, sus terrores y su infinita amplitud, que desapareciera a mi alrededor como el eco de una campanada.

Por fin podría ver los Riscos. Me tiraría de cabeza al misterio de aquellas cumbres. Por fin tenía lo que tanto deseaba, pero me sentía vacía. Tras oír su llamada durante tantas semanas, por fin me adentraría en ellos…, pero no sería como lo había imaginado. No sería como yo quería.

Fell soltó una maldición sin dejar de mirarme.

Yo no podía hablar. No podía llorar. Y, sin embargo, debió de percibir mi pena. Había tantas cosas que quería decirle… Las preguntas que quería plantearle tomaban forma en mi mente, cristalizándose.

¿Qué explicaciones podría dar él? ¿Cómo evitaría que Stig y su ejército volvieran su ira contra él? ¿Acaso él estaría allí más seguro que yo? Acababa de matar a Stig. Bueno, técnicamente no…, pero ese sería el resultado. Stig moriría de aquellas heridas y el señor regente jamás permitiría que después de eso Fell siguiera con vida. Planearía para él la muerte más terrible que se pudiera imaginar.

Se pasó una mano por los mechones oscuros.

—Mierda. No puedo dejar que te vayas.

Una llama de esperanza se encendió en mi interior.

Pero empezó a apagarse en cuanto Fell clavó en mí sus ojos fríos. En ellos había una decisión lúgubre, y algo más. Algo parecido a la ira. Una furia apenas contenida.

—Me debes una explicación y no te vas a ir sin mí a ninguna parte hasta que me la des. —Oí solo una cosa: «sin mí». No podía irme sin él—. ¿Me has entendido? —gruñó.

Solté un suspiro que reverberó en todo mi cuerpo. Sí, lo había entendido.

Asentí, me tumbé en el suelo y extendí uno de los brazos, aplanando mi garra sobre la nieve, con la esperanza de que comprendiera lo que le ofrecía.

Él miró mi brazo y, luego, mi rostro.

Asentí una vez para animarlo. Para que lo hiciéramos juntos. Fuera lo que fuere.

«Ven conmigo, Fell».

Dudó solo un instante y después, como si me hubiera leído el pensamiento, se subió encima de mí y encontró un lugar seguro entre mis alas. Se agarró con cada mano a la base de una de ellas. Sentí sus fuertes muslos apretándome la espalda, sus talones a los lados.

Esperaba que no se soltara. Que ese robusto cuerpo de guerrero no le fallara. Esperaba saber volar de una forma que no fuera salvaje e imprudente.

Era mi esperanza.

Esperanza.

Esperanza.

Era lo único que me quedaba.

Esperé un momento más para darle tiempo a adoptar una posición segura…, para que él se sintiera seguro, para que me sintiera segura yo también.

Para estar seguros de que aquella no era una idea disparatada… Pero esa seguridad no llegó jamás.

Y, aun así, me elevé y empecé a surcar los aires, dejando que la esperanza me guiara.

34

FELL

Éramos el caos en el viento.

Me agarré fuerte a ella mientras volaba. Evidentemente, no sabía nada sobre volar, aunque ella también parecía una novata. Y eso era una información nueva: significaba que me había contado la verdad y que no había hecho esto toda su vida. No lo había hecho hasta hacía poco. Sospechaba que el dragón acababa de manifestarse, fuera por la razón que fuera.

Se dirigía a los Riscos. No tardamos mucho en estar por encima de las nubes, atravesando vapor húmedo, y en sobrevolar aquellas cumbres afiladas que no había visto más que un puñado de veces, algún día de verano, cuando las nubes y la niebla eran poco densas.

Me atreví a mirar abajo, por encima de su hombro rojo y dorado. No se veía la tierra.

Era aterrador. Emocionante. Me atreví a subir un poco más por su espalda y soltar un grito, que engulló el viento acelerado.

Se acercó más a las cumbres, hasta que empezamos a volar entre las montañas, al lado de las escarpadas cuestas, los salientes serrados y las laderas desiguales, entre los montículos curvados y los afilados picos.

Nos acercó todavía más. La roca negra marmolada asomaba por debajo de la nieve y, de repente, lo entendí. Supe lo que estaba haciendo. Estaba buscando entradas, la boca de alguna caverna, túnel o cueva. Un lugar donde pudiéramos cobijarnos, donde pudiéramos reflexionar sobre qué haríamos después... Y donde yo pudiera obtener respuestas a mis innumerables preguntas.

Tal vez fuera una principiante en aquello de ser un dragón, pero el instinto la guiaba mientras se deslizaba por el aire. Hacía que pareciera fácil, sin esfuerzo. Atravesamos el viento y la nieve y un suave rugido me llenó los oídos.

Poco a poco, otro ruido se unió a nosotros. El rugido se oía más alto, y los silbidos, más tensos.

Hasta que me di cuenta de que no era el aire. No era el soplar del viento, ni el susurro de la niebla.

Estaba a nuestro alrededor. Por todas partes.

Ya no cstábamos solos en el cielo.

Se iban acercando. Miré a la izquierda y luego a la derecha para contemplar sus cuerpos gigantescos. Eran dragones. Más grandes que Tamsyn, y eso que ella ya me había parecido enorme.

Aferrándome a la base de sus alas, miré a mi alrededor de nuevo para contarlos, para marcarlos. Eran tres dragones negros descomunales, que fácilmente la doblaban en tamaño. Luego había un cuarto, azul y brillante como el agua, y otro más cercano a su tamaño, tan café como la tierra en primavera.

Parecían amenazantes. Tenían los ojos entornados y sus pupilas verticales vibraban, temblaban con ganas de muerte.

Grité el nombre de Tamsyn, pero el grito se perdió en el viento. Y, de todos modos, era innecesario. Ella también los había visto, también había presentido la amenaza. Sabía qué intenciones tenían. Eran de su especie, pero su ánimo no era amistoso.

Sus movimientos se tornaron salvajes y evasivos, pero no sirvió de nada. Ellos nos seguían de cerca. Iban pisándonos la cola, y a menudo se ponían justo al lado de Tamsyn. Entonces me di cuenta de que para ellos era un juego. Estaban jugando con ella. Con nosotros.

A diferencia de ella, no eran principiantes en eso de ser dragones. Su forma de moverse, la facilidad con la que giraban y descendían, indicaba que eran depredadores expertos. Podían acabar con ella en un instante.

De repente, uno de los negros apareció a nuestro lado, tan cerca que vi el brillo ónice de sus ojos. Me fijé en una cicatriz abultada y blanca en su nariz estriada. Era una herida que se había curado, pero que resultaba evidente que había causado un hueso de dragón. No había nada más que pudiera dejar una cicatriz en el pellejo de un dragón.

Se encontraba tan cerca de nosotros que sentía las ráfagas de viento que creaba al batir las alas, esas que casi me derribaban de lomos de Tamsyn. Y entonces chocó contra ella. Con fuerza. De forma deliberada.

Ella acusó el golpe. Su cuerpo descendió de golpe.

El corazón me golpeó contra las costillas; el pánico me trepó por la garganta. Me agarré a ella con fuerza, con toda mi voluntad. Me dolían los nudillos, blancos como el hueso, y también los brazos mientras luchaba contra la gravedad. Tensé tanto los bíceps que temblaban; las piernas me colgaban y se movían por los aires, fláccidas en la niebla creciente, hasta que Tamsyn se reincorporó y pude estabilizarme sobre su espalda.

La niebla era ahora más intensa; nos rodeaba como una gruesa cortina de humo. Apenas si veía el cuerpo rojo y dorado de Tamsyn debajo de mí. Una ventaja tanto como una maldición: no podíamos ver a los otros dragones, pero ellos a nosotros tampoco.

Tamsyn aprovechó la repentina cobertura y se hundió en el abrazo de la niebla. Sin embargo, todavía los oíamos. Las bofetadas de sus alas batientes estaban cerca. Uno de ellos rugió y los demás contestaron con gruñidos y castañeteos que me congelaron las entrañas.

El cuerpo tenso de Tamsyn vibraba debajo de mí. Contuve el aliento, como si de algún modo eso pudiera tornarnos más insignificantes en mitad de la neblina, más silenciosos, más invisibles.

Ella bajó un poco más, acercándose a la ladera de una montaña. Estaba buscando la inclinación nevada de una entrada entre las rocas, un lugar donde escondernos. Un refugio.

Pero, de repente, nos golpearon desde atrás. Esta vez no hubo forma de evitarlo. No tuve tiempo de agarrarme mejor ni Tamsyn lo tuvo de reincorporarse.

No hubo salvación para mí.

Me estaba precipitando al vacío.

El viento se aceleró; me envolvía, pero no hacía nada por ralentizar mi descenso. Su fuerza rugía como una tormenta a mi alrededor, me rodeaba un remolino de aire.

Oí el grito de Tamsyn. Vi el resplandor del fuego a través de las nubes cuando atacó a su perseguidor, a ese camarada enemigo.

Y luego acudió. Volaba directo por mí, pero yo estaba demasiado lejos. Caía más rápido de lo que ella podía volar, más rápido que el viento mismo.

Atravesé las nubes. Me giré retorciéndome y vi la tierra, el suelo que corría a mi encuentro.

Me estaba cayendo.

Iba a morir.

Me dirigía inexorablemente hacia mi muerte.

Un zumbido empezó a palpitar en mi mente; me empezaron a pitar los oídos al lado del silbido del viento, y una profunda vibración se desencadenó en mi pecho. La presión creció y creció, se contrajo y se retorció dolorosamente, y me pregunté si sería la desolación por mi inminente fallecimiento.

La imagen de Tamsyn afloró en mi mente. La echaría de menos. Y luego pensé que la estaba dejando, que la estaba abandonando con aquellas bestias. ¿Cómo sobreviviría?

Mi piel se expandió y se contrajo; un escalofrío consumió cada fibra de mi ser. Y mi cuerpo se retorcía y se contorsionaba; la espalda se estiraba, así como el resto de los músculos. No comprendía a qué se debía tanto dolor. Todavía no me había estampado contra el suelo.

No estaba muerto, pero me sentía como si me estuvieran despedazando.

Luché contra el dolor. Me retorcí y me resistí contra la agonía.

El hielo me atravesó como una ola imposible de contener. Arqueé la garganta y un bramido se acumuló en lo más profundo de mi ser, en una parte desconocida e inexplorada de mí. ¿Era eso la muerte?

Me crujieron los huesos. Se tensaron.

Seguí gritando, pero el sonido era grueso y estaba enmarañado en una boca que ya no me parecía mía.

Y entonces me vi la piel. No estaba bien. No era normal. Ondeaba, parpadeaba con chispas de plata iridiscente, como un remolino de nieve.

El suelo blanco estaba tan cerca; era tan brillante, tan resplandecientemente blanco… Nunca en mi vida había visto nada tan vivo, con una nitidez tan perfecta.

Contuve el aliento y me preparé para el impacto, preguntándome si lo sentiría o si la muerte me llevaría rápido.

Y de repente el cuerpo me estalló en un halo cegador de luz. La ropa se me hizo jirones.

Ya no estaba cayendo.

Bajé la vista. La tierra seguía allí, debajo de mí. El impacto no había llegado. No me había estrellado contra la tierra. Seguía en el aire.

Y estaba volando.

35

TAMSYN

Un sollozo me ardió en la garganta.

Contemplé impotente mientras lo perdía. Contemplé cómo Fell se resbalaba de mi espalda y, ya despojada de su peso sólido y reconfortante, lo vi caer con los brazos y las piernas moviéndose a los lados de su cuerpo. Lo vi desvanecerse en el aire, desaparecer bajo las nubes y la niebla junto con todas mis esperanzas.

Fui tras él, pero el enorme dragón de color ónice se interpuso en mi camino, resoplando y bufando, y me retrasó.

Me hizo perder unos segundos preciosos.

Pero reaccioné. El fuego creció en mis pulmones ardientes, engordando y estallando a través de mí y salió de mi boca convertido en un río. Y le di. Quemé al dragón que me había impedido el paso. Él chilló y se apartó retorciéndose de forma salvaje; las alas eran como las enormes velas de un barco y batían con violencia en el aire mientras retrocedía.

Y entonces desaparecí.

Fui hacia la tierra en picada.

Atravesé viento y niebla desesperada, presa del pánico. La desolación me acompañaba, convertida en una cosa fría que se deslizaba sobre mí, hundiéndose en mi calor. Tenía que llegar hasta Fell.

Pero ya no estaba. Había caído demasiado lejos y se encontraba fuera de mi alcance. No era más que un puntito que casi había llegado al suelo.

Lo intenté todo. Batí las alas con más fuerza, convertí mi cuerpo en una flecha... Hice todo lo posible por ser más rápida. Por moverme, por llegar hasta él.

Tenía que llegar hasta Fell.

Pero no sirvió de nada. No logré eliminar la distancia.

Abrí la boca con un grito que se me antojó como una corriente que me atravesaba, que me hacía castañetear los colmillos y vibrar los huesos, un rugido más alto que el bramido del viento en mis oídos.

Ya casi había llegado al suelo. Casi se había marchado para siempre.

Lo observé hipnotizada. Era incapaz de apartar la vista del horror que se estaba produciendo ante mis ojos. Era incapaz de detenerlo. Incapaz de salvarlo.

¿En qué estaba pensando? Debería haberlo dejado atrás. Era humano; este no era su mundo. Su lugar no estaba conmigo, ya no. Tal vez nunca lo había estado.

Debería haberse quedado en el Borg. Era su hogar. Allí tenía a sus guerreros, que eran como una familia para él. Jamás habrían permitido que nada le ocurriera. Podría haberse enfrentado a lo que fuera que el señor regente hubiera enviado contra él.

Lo había traído conmigo porque deseaba estar con él. Porque era egoísta, estaba asustada y no quería sentirme sola. Podía mentirme y decirme que él me había hecho llevarlo, pero podría haberlo dejado atrás. Estaba donde estaba por mi culpa.

Yo lo había matado.

De repente, ya no lo veía. Aquel puntito desapareció con un estallido de luz.

Sacudí la cabeza, confundida. ¿Se había estrellado contra el suelo?

Y entonces lo vi. Un dragón. Otro dragón que emergía del estallido de luz.

Dudé al ver a aquella hermosa criatura plateada, pero seguí examinando el suelo desesperada, en busca del cuerpo destrozado de Fell.

Pero no se encontraba en el suelo. En la tierra no se veían los pedacitos de él. No estaba por ningún lugar.

Continué mi descenso, avecinándome con recelo. Después de que los otros dragones hubieran estado a punto de matarme, desconfiaba también de este.

Y entonces voló directo hacia mí. A mí. Lo bastante cerca para que le viera los ojos. Esos ojos de escarcha que tan bien conocía.

¡Fell!

Encontramos una cueva.

La habíamos buscado juntos tras haber despistado a los otros dragones. O tal vez los hubiera ahuyentado con mi fuego. Volamos hacia una hondonada, a lo largo de la falda de dos montañas, bien pegados a los lados, hasta que la boca de un túnel apareció en la roca oscura salpicada de nieve.

Nos adentramos en la negrura.

Cuando ya no pudimos seguir volando en el confinado espacio, nos desplazamos a pie. La oscuridad no nos molestaba; nuestros ojos poseían una visión excepcional. Nos movíamos de forma experta, como si nos encontráramos en mitad del día y no en un túnel sin una gota de luz.

El peligro no había pasado. Ahí afuera había otros dragones y aquí estábamos nosotros, adentrándonos en un túnel, en el sistema de cavernas laberínticas que formaban los Riscos…, el hogar de los dragones. Y, como acabábamos de descubrir, no todos eran amistosos.

Resultaba que ser un dragón no implicaba estar a salvo de otros dragones.

Pero al menos estábamos juntos. Nos teníamos el uno al oro.

El túnel terminó en una cueva. Una madriguera.

Me hundí en el suelo de musgo, sorprendentemente cálido, blando bajo mi peso. Me llevé las rodillas al pecho y me abracé con fuerza. Fell estaba conmigo.

Se agachó y me rodeó con un brazo. Nos quedamos así sentados un rato; respirando de forma dificultosa. No intercambiamos más sonido que el de nuestros jadeos.

Alcé una mano para rascarme la nariz y me di cuenta de que ya no tenía la forma de un dragón.

Volvía a ser yo. La otra yo. La yo humana. Había vuelto a transformarme.

Me giré hacia Fell. Él también volvía a ser él, aunque… no del todo. Su pelo estaba…

Alargué una mano y le acaricié los largos mechones. Ya no tenía el cabello tan oscuro como las plumas de un cuervo. Había perdido su color. Los mechones eran del mismo color que su dragón, un plateado vivo e iridiscente.

Su dragón.

Fell era como yo.

Detuvo sus familiares ojos en mí. Eso no había cambiado. Eran del mismo gris gélido que antes.

—¿Qué acaba de pasar? —preguntó.

Negué con la cabeza. Ojalá tuviera respuestas. Para los dos.

—No lo sé. —Él me miró con incredulidad—. ¡No lo sé! —repetí con voz grave, sintiendo que mi furia empezaba a despuntar—. Esto no es cosa mía, Fell.

Y, sin embargo, no sabía si eso era cierto. ¿Y si aquello se lo había hecho yo? No entendía cómo me había pasado a mí, así que ¿cómo podía estar segura de que la culpa no era mía? ¿Lo había infectado, de algún modo? ¿Funcionaba así?

Alzó la mano rápidamente para capturar la mía. No había nada tierno en su forma de agarrarme. Solo había fuerza. Una dureza implacable. Nuestras «x» gemelas cobraron vida y la energía empezó a palpitar en ellas. El anhelo. Movió la mano para entrelazar sus dedos con los míos, de forma que nuestras palmas quedaron la una contra la otra, pegadas, besándose. Entre nosotros saltaban ardientes chispas.

Mi mirada encontró la suya, y al perderme en aquellos ojos de escarcha sentí una profunda sensación de reconocimiento. De repente, comprendí que éramos dos piezas que encajaban. El fuego se fundía con el hielo. El calor con el vapor. El humo con la niebla.

Aquello siempre había existido entre nosotros dos, esperando a que lo reconociéramos. Esperando a que lo hiciéramos nuestro, a que lo agarráramos. A que nos adueñáramos de ello e hiciéramos algo, a que fuéramos algo. Aquello tan inevitable.

Lo miré y sentí que algo salvaje palpitaba bajo la superficie, por debajo de mi piel. El corazón me latía como si tuviera un pájaro atrapado en el pecho, luchando por salir, por liberarse y llegar a él.

Estábamos tan cerca que casi no había espacio que nos separara, y de repente no nos separaba nada. No había espacio alguno entre nosotros.

No sabría decir quién dio el primer paso. Creo que nunca lo sabré. Solo sé que, cuando nos unimos, nos movimos como uno solo. Existimos como uno solo.

La sangre corría en mi interior, llenándome los oídos y marcando un ritmo que solo podía rivalizar con el de mi acelerado corazón. Las bocas se fusionaron, calientes y violentas.

La furia seguía ahí, igual que la confusión. Las desatamos el uno contra el otro al colisionar, con labios frenéticos, con desesperación, violencia y ferocidad.

Las manos iban por todas partes, tocando, acariciando, pellizcando y apretando.

Cayó sobre mí y su cuerpo más grande que el mío supuso un peso delicioso. Ya estábamos desnudos, y agradecí lo conveniente que era eso mientras se movía entre mis muslos. Devoré la hermosa imagen que me entregaban, la maravilla de su piel desnuda contra la mía. Me besó con violencia los pechos, el cuello y la barriga; no dejó ni una sola parte de mí sin tocar. Yo gimoteé y arqueé la espalda. Quería más.

Cerró la boca sobre un pezón y lo jaló con fuerza. Succionó la punta hasta que gruñí y me retorcí de forma enérgica. Le apreté con brío el bíceps duro, clavándole las uñas, y el aroma a sangre impregnó la madriguera. Él se movió y puso su miembro directamente en mi entrepierna, para luego frotarlo contra mi carne húmeda.

Él jadeaba; no sabía si aquellos sonidos de animal salvaje salían de él o de mí.

Lo jalé del pelo plateado y lo atraje más hacia mí mientras rotaba las caderas, desesperada, ávida. Lo necesitaba dentro de mí.

Sus ojos de escarcha se clavaron en los míos, brillando con brutalidad. Se apartó un poco y luego me penetró con fuerza. Yo gemí; el placer era tan profundo, tan salvaje, tan perfecto, que rozaba el dolor.

Me envolvió la cintura con un brazo, apretujando mis pechos contra su torso, y me levantó más para facilitarle el trabajo a su miembro, mientras me embestía con todas sus fuerzas, hasta lo más profundo, una vez tras otra. Sentí una avidez que se retorcía en mi interior mientras copulábamos, abandonados a esa fricción caliente y arrebatadora, que borró cualquier pensamiento racional de mi mente.

Me aferré a él y le clavé los dientes en el hombro.

Era diferente que la última vez. Era animal. Furioso. Duro.

No había ningún velo entre nosotros. El fuego de mi sangre ya no era metafórico.

Y no podíamos parar. No podíamos ir más despacio.

Le arañé la espalda con las uñas y él aceleró, meciendo las caderas contra las mías hasta que los dos gritamos, y nuestros gemidos reverberaron contra las paredes de la cueva. La presión estalló entre los dos convertida en una sensación brillante que se parecía mucho a volar.

La euforia posterior al clímax no duró mucho. Reventó como una burbuja; se desvaneció hasta convertirse en la nada. Como si nunca hubiera existido.

Fell levantó la cabeza para mirarme y sentí el golpe de su ira en su gélida mirada. Todavía estaba furioso. Todavía perplejo.

Quizá incluso más que antes.

Salí de debajo de él como pude y lo miré con recelo. En ese momento sí que deseé tener ropa, pues me sentía muy vulnerable… Muy humana.

Abrí la boca para hablar, pero me detuve. Ladeé la cabeza y escuché.

Algo se acercaba.

Él también se quedó quieto, y movió la cabeza igual que había hecho yo.

Los oímos antes de verlos.

No, en realidad, los olí. Eran dragones.

Tenían un aroma característico, una especie de almizcle terroso. Ahora lo sabría para siempre. Olían al viento y a la niebla, al fuego, a la tierra y a los bosques. Olían como yo. Y como Fell.

Nos habían encontrado. Hice una mueca. Tampoco habíamos sido muy silenciosos.

Ambos nos pusimos de pie para prepararnos. Miramos la boca del túnel, expectantes.

Cada vez estaban más cerca.

Nos dirigimos ambos una mirada persistente, reveladora. Alargó una mano para tomar la mía y me dio un suave apretón para tranquilizarme, lo que me alegró. Al menos no estaba sola. Al menos estábamos juntos.

El sonido de sus avances era cada vez más alto. Se oían sus pisotones por el suelo del túnel. Era la muerte, que se acercaba cada vez más, que se cernía sobre nosotros en aquel pequeño santuario de nuestra madriguera.

Y llegaron. Debía de ser una docena. Dragones…, pero no del todo.

Algunos de ellos eran como nosotros. Humanos en apariencia, pero claramente no humanos. Tenían, sin duda alguna, naturaleza de dragón. Les resplandecía la piel, parpadeaba con varios colores, como si no pudiera decidir si quería ser humana o dragona.

Fell me estrechó la mano. Al encontrarse frente a frente con nosotros, las criaturas se detuvieron. Nos miraron fijamente, de arriba abajo, a los dos. Sin embargo, Fell parecía resultarles mucho más intrigante. El apuesto Fell. Abrían mucho los ojos al verlo. Esa vez, fui yo quien le estrechó la mano a él, como si necesitara de mí ese gesto tranquilizador. Como si no lo necesitara yo.

El grupo entero intercambió una mirada y varios murmullos. Se produjo cierto movimiento entre ellos; los cuerpos se movieron, se apartaron para dejarle espacio a algo. A alguien.

Emergió de entre las sombras como humo que recorriera el túnel y tomó forma, materializándose en forma de hombre. Era alto, grande y musculoso, con el pelo tan plateado como la nieve por debajo de los hombros.

Ahogué un grito.

Era Fell.

Era el rostro de Fell.

Miré al hombre que tenía al lado para confirmar que Fell seguía allí. Conmigo. Y, sin embargo, aquel hombre, aquel dragón, tenía su cara, lo que, por irracional que fuera, me molestó. Era como si hubiera robado algo que le perteneciera a Fell.

El desconocido nos miraba fijamente. Deslizó los ojos por mi cuerpo desnudo con evidente interés antes de centrar su atención en Fell, que, sin lugar a dudas, era quien más le fascinaba.

Largos momentos pasaron, tan lentos como el día.

Por fin, entreabrió los labios —aquellos labios conocidos, tan iguales a los que acababa de sentir en todas las partes de mi cuerpo— y de ellos emergieron unas palabras tan graves y penetrantes como la niebla que se enroscaba a nuestro alrededor.

—Bienvenido a casa…, hermano.

Nota de la autora

La existencia de los niños y niñas de los azotes es tema de debate entre los historiadores. No hay mucha documentación que apoye la teoría, pero la idea de que los hijos y las hijas de los reyes eran intocables y que estaban protegidos por su «derecho divino» a sentarse en el trono, sin embargo, no está en discusión.

En 1852, el historiador Hartley Coleridge escribió: «que azotaran a otro en tu nombre era un privilegio exclusivo para aquellos de sangre real… Era una posición muy codiciada para los hijos de otros miembros de la alta burguesía, pues representaba el primer paso en la escalada social». Esto supone un firme apoyo a la teoría de la existencia de los niños de los azotes, e incluso lleva el razonamiento más allá, sugiriendo que los niños (y niñas) de los azotes constituían una clase honorable formada por unos pocos, una teoría a la que me he adherido al escribir *Fuego en el cielo*.

El mundo de *Fuego en el cielo* es ficticio, evidentemente, y, ya sea un mito o una realidad, me encantó la idea de tomar a una niña de los azotes y aportarle mi propia visión. Siempre me han gustado las historias de desamparados, y una heroína que hubiera empezado su vida como niña de los azotes era el comienzo perfecto para la historia que quería contar, que trata de una chica a la que han moldeado tanto su nacimiento como su entorno y que es mucho más de lo que parece, más incluso de lo que ella cree.

Agradecimientos

Lo malo de los agradecimientos es que siempre te da miedo olvidarte de mencionar a alguien que haya tenido un papel esencial a la hora de dar vida a tu libro, y lo cierto es que a dar vida a *Fuego en el cielo* me ha ayudado muchísima gente..., pero allá voy. Lo haré lo mejor que pueda.

Hace años, cuando terminé mi trilogía juvenil, *Firelight*, nunca se me antojó del todo completa. Nunca sentí que fuera un capítulo cerrado. En ese mundo había mucho más de lo que hablar, muchas historias que contar y personajes que no querían guardar silencio. Pero el momento, fuera por la razón que fuera, no era el correcto. Así que no la escribí... entonces.

Una de las historias que quería contar era la de los orígenes de *Firelight*. Tenía una idea muy concreta de cómo se habían originado mis dragones cambiaformas en *Firelight*..., de cómo habían evolucionado de los dragones hacía un milenio. Así que, cuando mi editora me preguntó si estaba interesada en volver al mundo de los dragones en forma de una fantasía romántica para adultos, mi mente regresó de inmediato a aquellas ideas que había tenido hacía años.

¿Era posible que por fin hubiera llegado el momento? ¿Seguía guardando esas ideas en mi interior? ¿Tenía todavía ganas de hacerlo? Decidí que me sentaría a escribir y a ver qué pasaba. Y lo que pasó fueron ciento cincuenta páginas escritas en un sueño febril. Ya tenía mi respuesta… y el principio de un libro. Y también lo tuvo mi editora: ¡gracias, May Chen! Gracias por haberme dado el empujoncito y la oportunidad de revisitar viejos sueños y convertirlos en nuevos. Ha sido un auténtico placer trabajar en este libro contigo y con mi fantástico equipo en Avon.

A Ally Carter y Rachel Hawkins: gracias por ser las primeras de mis amigas escritoras en animarme a hacer esto cuando me atreví a dar voz a la idea de que quizá podía hacer una visita a mis viejos amigos, los dragones.

A Diana Quincy y Jennifer Ryan: gracias por correr a mi lado mientras escribía este libro, por insistirme para que añadiera páginas y por ofrecerme su consejo y sus atentas lecturas plagadas de comentarios.

A Sarah MacLean: gracias por todas las llamadas de teléfono y por darme siempre el empujón que necesito y recordarme que me exija más a mí misma. A Louisa Darling: eres una artesana de las palabras maravillosa, la reina de la redacción creativa y muy generosa con tu tiempo. Me siento muy agradecida de tener acceso a ese cerebro.

A Melissa Marr: eres la mejor animadora y un manantial de perspicacia. No podría estar más contenta de tenerte como amiga.

A Angelina Lopez: gracias por ser tan entusiasta y por hacerme sentir que estaba en el camino correcto desde el preciso instante en el que te hablé de mi niña de los azotes, mientras comíamos pasta y bebíamos vino.

A mi representante, Maura Kye-Casella: hemos sido un equipo desde el principio. Gracias por haberme apoyado con todo. No puedo expresar lo mucho que significa tener una representante que te escucha y te apoya en todo lo que quieres hacer.

Y, por supuesto, no puedo no mencionar a mi familia.

Jared, no te lo digo lo suficiente. Gracias por tu fe y por tu apoyo. Siempre estás ahí cuando tropiezo, tu fe siempre me ayuda a levantarme. Eres un compañero de verdad y tengo mucha suerte de tenerte.

Catherine y Luke, mucho de lo que hago es por ustedes dos. Me ha encantado verlos crecer y seguir sus sueños. Me hacen sentir orgullosa y llenan mi vida de felicidad. Se han convertido en mi inspiración.

A mamá y a papá: siguen siendo los primeros a los que llamo siempre que tengo buenas noticias. Gracias por su apoyo, sus ánimos y por haberme enseñado el valor de los sueños.

Y a ti, querido lector: gracias por haber elegido *Fuego en el cielo*. Espero que encienda una chispa en tu interior y que te unas a mí para ver cómo continúa la historia de Tamsyn y Fell… ¡Se publicará pronto!

Esta obra se terminó de imprimir
en el mes de enero de 2025,
en los talleres de Impresora Tauro, S.A. de C.V.
Ciudad de México.